ANYA KOURO

暗夜行路

（上）

〔日〕志贺直哉 著

刘立善 译

CNS PUBLISHING & MEDIA 中南出版传媒

湖南文艺出版社·长沙

图书在版编目（CIP）数据

暗夜行路：全两册 / (日) 志贺直哉著；刘立善译
. -- 长沙：湖南文艺出版社, 2024.5（2024.12重印）
ISBN 978-7-5726-0657-1

Ⅰ. ①暗… Ⅱ. ①志… ②刘… Ⅲ. ①长篇小说—日本—现代 Ⅳ. ①I313.45

中国版本图书馆CIP数据核字(2022)第069481号

暗夜行路（全两册）

ANYE XINGLU（QUANLIANGCE）

著　　者：〔日〕志贺直哉　　译　　者：刘立善
出 版 人：陈新文　　责任编辑：夏必玄
封面设计：少　少　封面插画：林光希　内文排版：玉书美书
出版发行：湖南文艺出版社
（长沙市雨花区东二环一段508号　邮编：410014）
印刷：湖南天闻新华印务有限公司
开本：880 mm×1230 mm　1/32　印张：21　字数：360千字
版次：2024年5月第1版　印次：2024年12月第2次印刷
书号：ISBN 978-7-5726-0657-1　定价：88.00元（全两册）

目 录

谨献给武者小路实笃兄[①]

① 武者小路实笃（1885—1976），日本小说家、剧作家等。1910年与志贺直哉等创办《白桦》杂志，成为白桦派代表作家之一，也是志贺直哉的挚友。

前篇

序词

（主人公的追忆[①]）

家母产后染病辞世两个月后，祖父突然出现在我的面前。那时我才知晓祖父依然健在。那一年，我六岁。

黄昏时分，我一个人正在自家门前玩儿，一个素不相识的老人来到我的面前，站住不走了。他的双眼凹陷，腰佝偻着，令我不由得觉得他是个形象寒酸、十分难看的老人。于是，我本能地对这个老人心怀反感。

老人微笑着，要跟我说话。然而我出于一种厌嫌心理，低着头，避开他的问话。他那两端上翘的嘴角以及嘴角周围深深的皱纹，给我留下逾常卑俗的印象。"赶快滚开吧！"我心里这样说着，依旧执拗地低着头。

然而，老人迟迟不想离去。我实在忍无可忍了，突

① 这部分最初以《谦作的追忆》为题，发表在大正九年（1920）一月号《新潮》杂志上。翌年1月，综合杂志《改造》（1919年4月创刊）开始连载《暗夜行路》，这部分作为《暗夜行路》的开头，又发表在《改造》上。

然站起来，朝自家门内跑去。

这时，老人在我背后喊道："喂，喂，你是谦作吧？"

这句话令我感到后背好似被猛击了一掌。我停下脚步，回过头来，心里依旧没有放松警惕，脑袋却驯顺地点了一下。

"你爸爸在家吗？"老人问道。

我摇了摇头。但老人这般居高临下的口气令我心生一种奇妙的压抑感。

老人靠近我身旁，手抚摸着我的脑袋，说道："孩子长大了。"

这个老人究竟是谁？我毫不知晓。不过，靠着某种不可思议的本能，我已经感知到老人与我有着关系紧密的骨肉亲情。为此，我感到很郁闷。

老人哪儿也没去，径直离开了。

过了两三天，那个老人又来了。那时，家父才初次给我介绍说，老人是我的祖父。

又过了大概十日，不知何故，家中决定让我一个人去祖父家住，于是，我被领到根岸"行之松"[①]附近一条

---

① 根岸是东京都台东区北部地区名。自明治时代开始，正冈子规等著名文人墨客住在此地。"行之松"是位于根岸四丁目历史悠久的巨大古松，高两丈有余，又称"时雨松"，今已枯死。志贺直哉将谦作的祖父家设定于此地，或恐是因为作者外祖父家在根岸。

胡同深处一户房屋窄小古旧的人家。

这里除了祖父，还有一个二十三四岁的女人，名曰“阿荣”。

由此而始，我周围的气氛变得与以往迥然不同了。一切都显得贫寠而低俗。

其他兄弟姊妹都住在自己家，唯独我一个人被领到卑俗的祖父家中，尽管我是个孩童，对此也颇感不快。然而，人从幼儿开始，就被训练如何适应人生的不公，如此现象并非自今日始。正因如此，我连问别人一声“为何？”的兴致都不曾萌生过。但是这样一来，我萌生了一种朦胧的预感：今后这种事情或许会时常发生。如此预感令我的心情变得孤寂。以故，我想起两个月前谢世的母亲，心情变得哀伤起来。

父亲从未粗暴地对待过我，但对我总是显得很冷漠。面对这种现实，我已适应得非常习惯了。对我来说，这就是我所体验过的父子关系的全部内容。我甚至不晓得将其他弟兄的父子关系体验与我的进行比较。因此，我对自己的父子关系并不觉得那么悲酸。

总的说来，母亲待我倒是刻薄残酷的。我无论干什么事情，都会受到母亲的斥责。不过说实话，我也确实是个十分任性倔强的淘气包，虽然如此，同样的事，若是其他弟兄干，往往不会挨母亲申斥，唯独我干的时候，必受母亲斥骂。尽管如此，我还是由衷喜爱母亲。

忘了是在四岁还是五岁的时候，总之，事情发生在金秋的一个夕暮。家里人在忙着做晚饭，我趁此无人关注的良机，攀着搭在洗手间外面的梯子，一个人爬上正房的屋脊，沿着屋脊逐渐爬到尽头的鸱吻处，像骑大马一般骑着屋脊，奇异地感到非常快活，开始引吭高歌。这是我第一次登上这么高的地方。以往总须由下而上仰望的柿子树，此刻却出现在我的脚下。

西天晚霞，美不可言。鸟儿忙忙碌碌，自由飞翔在暮色中……

“谦作——谦作！”我察觉母亲在下面喊我。声调虽然很温和，却令我顿感毛骨悚然。

“哎，谦作，你要老老实实坐在那地方，别乱动！山本马上就上去，你在那地方老老实实等着吧。”

母亲的眼梢好似略微上扬着。她的态度这般异常温和，倒令我感觉将会有非同等闲的可怕的事情发生。我想在山本赶来之前自己下去，于是保持着骑马的姿势，一点一点沿着屋脊向后蹭退着。

“哎哟！”母亲惊叫着，因为害怕，现出了一副似欲哭泣的神情，“谦作，老老实实待着别动，谦作很乖，最听妈妈的话。”

母亲目不转睛地盯着我，我的身体好像被母亲锐利的视线捆绑起来，莫名动弹不得了。

俄顷，书仆[1]与车夫赶来了，将我小心翼翼地接了下来。

不出所料，母亲狠狠地揍了我一顿，出于亢奋，她痛哭起来。

母亲撒手人寰后，这件往事倏然变得明晰起来。多年之后，每当忆及此事，我总是情不自禁地潸然泪下。一言以蔽之，家中仅有母亲一人是真心爱我的，我一直这样认为。

时隔多年，现在我已经记不清下面这件事与前述往事的先后次序了，但确定无疑是在那个时候发生的事。

当时我一个人躺在茶室里。父亲回来了，他悄声从衣袖里掏出一包点心，置于食器柜上，便出去了。我依旧躺着，眼睛一直紧盯着那包点心。

父亲又进来了，将点心包塞入橱柜深处后，出去了。

目睹父亲的这般举动，我怒火中烧。过了片刻，母亲拿着父亲脱下的外出时穿的衣服，走入邻室。我猛地涌上犯浑任性的情绪，想要大哭大闹一场。

---

① 日文为“书生”，意即住在别人家中，边当仆人边上学的人。

“妈妈，我要吃点心！”

“你胡说什么！”我的话音未落，母亲便申斥我。因为刚才我已经拿到了当天的零食。

“给点什么，哎，给我一点儿点心吧。”

母亲置若罔闻。她将叠好的衣服放进衣柜，打算径直离去。

我爬了起来，挡住母亲，说道：“哎，给点什么吃的！”母亲一言不发，狠劲儿拧着我的脸蛋。我怒从中来，“啪”地打了一下母亲的手。

“你不是刚吃过吗！全吃完了吗？还要什么？”母亲两眼紧盯着我。

我实话实说，缠磨母亲，硬要父亲带回的点心。

“不行！你这孩子怎么这么能磨人啊。”

“不嘛。”我像维护自己权利一般，顽固地摇着头。此刻最关键的，是我郁闷烦躁得实在受不了，其实，我并非很想吃父亲带回的点心。总之，我或者放声痛哭一场，或者挨一顿怒骂，或者挨一顿狠揍，若不闹出点事儿来，无论如何也无法转换我此刻的憋屈心情。

母亲拨开我的手，急欲走出去。我站在母亲身后，突然抓住她的和服腰带，竭尽全力地拽着。母亲踉踉跄跄抓住了纸拉门，纸拉门随之脱落，倒了下来。

母亲怒气冲天，拽着我的手腕，猛地拉至食器柜前。

她一只胳膊紧紧搂住我的脑袋，另一只手拿着一块切得很厚的羊羹，硬塞入竭力挣扎的我的口中。我咬紧牙关，感觉羊羹在龋齿豁口间被挤成了细条，进入了嘴里。我一时吓得胆战心惊，想哭都哭不出来了。

由于过度亢奋，母亲突然哭了起来。少时，我也开始号啕大哭。

根岸家的生活十分散漫，一切都杂乱无章。祖父清晨爬起来，嘴里衔着牙签，就去澡堂。洗浴归来，穿着睡衣，开始吃早膳。

家中的来客，各种人都有，怪模怪样的。尤其是玩纸牌的晚上，奇妙搭配五行八作的人汇集此家。有大学生，有旧家具店的老板，有小说家，还有一个被大家称作“山上夫人”的五十出头的女人，好像是个寡妇。这个女人来的时候，手里总是拿着当时医生拿的那种小型黑色皮包，据说里面肯定装着许多零钱、一副新纸牌和一副金色宽框眼镜。但又听说这个女人不是寡妇，而是当时正在某所大学教历史的一位老教授的夫人，她的侄子曾与阿荣同居。以故，她才瞒着丈夫来这里，随心所欲地玩儿。大约二十年前，我听阿荣说，这个女人的侄子是个大酒鬼，嗜吸雪茄烟，还是个十足的放荡汉，终于在两三年前，不知何故，自寻短见了。

山上这个女人通常在夜里十点左右就回去了。到了这个时候，有个年纪轻轻的说书艺人常加入进来。他分明是东京人，却说着一口纯正的大阪方言。

阿荣不参与纸牌赌博，但她挂虑着祖父的输赢，时常焦虑不安地在一旁插嘴。每当这种时候，那个说书艺人总是说出一些下流的讥讽话，逗得众人哄堂大笑。

多年过去后，我时常思忖：祖父家的生活明明并不困窘，却为何偏偏过那种生活呢？父亲每月给祖父的钱足够他生活无忧，尽管如此，祖父却时而从事破旧家具的倒买倒卖，时而将房子出租给旧家具拍卖商，好赚些租金。与其说以发财为目的，我觉得这更像是祖父的一大生活乐趣。

阿荣这个女人，平时一点也不漂亮。然而出浴之后再施以浓妆，在我眼中却显得非常美丽。这时，阿荣有时奇妙地欣喜飘然。她与祖父对酌时，哼着当时的流行歌曲。喝醉了，有时就突然将我抱到膝盖上，用她那有力的粗壮双臂紧紧地搂着我。我虽然被搂得很憋屈难受，却无端地生出一种神志迷醉般的快感。

与其说我由始至终不喜欢祖父，莫如说始终很厌嫌祖父。但是对阿荣，我心中却逐渐萌出了好感。

我住进根岸的家半年有余后，大概是一个星期天或是一个什么节日，暌隔日久，祖父携我去了本乡[①]的父亲家。恰巧两个哥哥与书仆去目黑郊游，仅有不到一岁的婴儿咲子与父亲在家。

我与祖父一起进父亲的居室打招呼时，父亲的情绪很好，这可真是十分罕见的事。父亲对我说了一件从未有过的令我高兴的事。他说出此事，也许是因为一时心血来潮，也许是由于那天发生了令他欣喜的事，详细缘由我不知道。我的心情好像被什么吸引住了，祖父退回茶室后，我一个人仍留在父亲的居室里。

“怎么样，谦作，咱们摔个跤吧？”父亲出人意料地提出这样的要求。我当时恐怕肯定是现出满脸的喜悦，于是点头同意了。

“好了，你来吧！”父亲端坐不动，张开双臂，摆好了架势。

我飞身而起，倏地竭尽全力猛力朝父亲撞去。

“你还挺有劲啊！”父亲一边轻轻将我推回来一边说道。我低下头，迈着小碎步，又向父亲撞去。

我兴致勃勃，不顾一切，简直忘乎所以了。当时很想展示给父亲看看，我究竟如何有劲且厉害。与其说我真想在摔跤中获胜，毋宁说欲令父亲佩服我的身体强壮。

---

① 本乡是东京都文京区东南部的地名，东京大学坐落此处。原是东京市的区名。

我每次被父亲推回来，又不管三七二十一，向父亲猛力撞去。这样的事在我的父子关系体验中前所未有，令我浑身上下充满了喜悦。于是，我跳了起来，使出全身力量对抗父亲。然而，父亲很不愿意在我面前认输。

“这么来，你看怎样？”父亲猛地将我推了回来，因为我全力以赴向父亲撞过去，被父亲这么一反击，不料仰面朝天摔了一跤，后背撞在榻榻米上，令我瞬间处于窒息状态。我动怒了，便认真起来，爬了起来，又鼓足气力与父亲对抗。这时，我感到此刻映入我眼中的父亲的形象，与此前的迥然不同。

“胜负已定了。”父亲带着兴奋莫名的笑声说道。

“还没呢。”我说。

“那好，这把，一直摔到你认输为止。”

“我怎么可能认输呢。”

少顷，我被压在了父亲膝下。

“都这样了，你还不服吗？”父亲用力按住我的手，摇晃着我的身体问道。我缄口不语。

“好，那就这么干。”父亲解下我的衣带，将我的双手反绑起来。再用衣带余端把我的两个脚脖捆在一起，我动弹不得了。

“你只要说一声‘投降’，我就给你解开。”

我以毫无感情的冰冷眼神看着父亲的脸。父亲因为突然的剧烈运动，脸色铁青，露出一股杀气。然后，父亲把我撂在那里，自己面对桌子坐着。

我突然感到父亲面目可憎。望着喘着长气的父亲那宽阔肩膀，甚感可恨。其间，我凝视父亲的视线焦点逐渐模糊起来。我终于忍受不住了，突然放声大哭。

父亲一惊，转过头来。

“干啥呀，用得着那么大哭吗？说一声‘请给我解开’不就完事了吗？真是个傻瓜！”

衣带被解开后，我还是止不住痛哭。

“那么点事，犯得上大哭吗？行了！行了！去那边要些点心什么的吃吧。哎，快去！”说完，父亲把躺在榻榻米上的我拽了起来。

我对父亲怀有过度露骨的恶意，为此，我感到羞愧。然而，我的心中犹然残留着某些不相信父亲的情绪。

祖父与女仆进来了。父亲表情尴尬，边微笑着边做解释。祖父的笑声比谁的都响亮，并用手轻轻拍着我的脑袋，说道：“真是个小傻瓜！”

第一部

第一章

时任谦作因阪口而萌生的不快日积月累，由于阪口这次发表的小说，最终发展到可以得出结论的阶段了。一想到此事，他又由满腹怒气变得神清气爽。谦作觉得，就连将阅讫的登载阪口小说的杂志置于枕边，都是对自己的一种玷污，遂将其抛到睡衣的下摆处，关掉了电灯，时间已快到凌晨三点了。

但谦作依然处于兴奋状态中。脑袋与身体都已精疲力竭，却很难进入梦乡。为转换一下头脑的注意力，他想一边看些轻松读物，一边恭候困意袭来。可是，那种书大都被拿到阿荣的房间里去了。他有些顾虑，但转念一想，有顾虑才显得不自然。于是，他又打开电灯，下了二楼，站在阿荣房间的隔扇外说道："稍有打扰，我来拿一本书。"然后，又问道，"《塚原卜传[1]》在橱柜里吗？"

① 塚原卜传（1489—1571），鹿岛神宫的祠官卜部觉贤的次子，日本战国时代的著名剑客。

阿荣打开了电灯。

“那本书大概放在壁龛上或食器柜上。你怎么还没睡呀？”

“睡不着，想看看书，困了再睡。”

谦作进了屋，从食器柜上拿起那本小小的“讲谈本”[1]，道了声“明天见”，便走出了房间。

“多多保重！”阿荣说道。她等到谦作拉严了隔扇后，啪的一声关了电灯。

谦作一边读着那本轻松的讲谈本，一边听着鸟雀在户外快活地鸣啭。鸣声圆润，俨然被朝露滋润过似的。

第二天是一个天空阴沉沉的恬静秋日。下午一点左右，在阿荣的呼唤声中，谦作睁开了惺忪的睡眼。

阿荣告诉谦作：“龙冈君与阪口君来了。”

谦作没回答，他也懒得答话。但与此相比，更重要的是，自己脑袋尚未完全清醒，却须见阪口，这有点乱糟糟的。

“我已经将他们请到那边房间了。请您马上起床吧。”说完，阿荣就往外走去。

“请回绝阪口这个人吧。”谦作说道。

“为什么呀？”阿荣惊愕地回过头来，双手搭在隔扇

---

① 评书故事之类的读物，江户时代称“讲释本”，明治时代始称“讲谈本”。

上，站在那里。

“那算了。把两个人都留下吧。我立刻就过去。”

关于令谦作感到那般不快的阪口写的小说，其描写的是某个主人公与家中十五六岁的女仆发生了鱼水之欢，女仆身怀六甲，最后堕胎。谦作认为这大概是真人真事。对这个事实，谦作甚感不畅。干出这等事的主人公是何其缺乏责任意识，他对此更是怒气填胸。尽管事实令人不快，但如果干出这种风流韵事的主人公的心情值得同情，那么，主人公还可以得到宽恕。然而，阪口写这篇小说的动机与态度，在谦作看来，全都是极其不负责任的。加之，作品中主人公的朋友，谦作无论怎么看，都只能认为是以他自己为原型的。主人公对待这个朋友的态度，令谦作尤其怒火中烧。

阪口的小说写道，主人公认为女仆活像个孩子，过于天真无邪，谁也不会怀疑他与女仆会发生暧昧关系，他利用这一点，若无其事地公然在朋友面前戏弄她，欺负她。小说中还写道，主人公的朋友是个“老好人”，对内幕毫未察觉，衷心同情女仆。滑稽的是，主人公看透了这微妙的一点，心里多少有些焦虑不安，把女仆给弄哭了。

实际上，谦作并不讨厌这个女仆。她十分天真，人也像是挺不错的。因此，谦作觉得她很可爱。然而，谦作隐约察觉到阪口与这个女仆的关系也非同一般。在阪口的小说中，主人公的朋友对实情一无所知，好像内心也在暗恋着这个女仆。书中还写道，主人公强压着心中动辄涌起的嘲笑，冷眼旁观风流韵事如何发展。主人公对别人的内心世界一清二楚，因此萌生的那种得意的心情，实在令谦作感到怒不可遏。

谦作满腹狐疑：阪口今日究竟为何而来？那本杂志已经出版一周了，其间，阪口也许思忖我会寄去强烈抗议的书简，但迟迟未见书简，受焦虑不安的威胁驱遣，他今日才亲自来访的吧？或是出于性质恶劣的“伪恶[①]者根性”，打算让我看看他那目中无人的无耻厚颜也未可知。谦作又转念一想：要不开门见山，当面锣对面鼓，数落阪口一顿亦可。

谦作的思考逐渐肆意起来。他一边洗脸，一边因上述想法而兴奋不已。

谦作在茶室换衣服之际，客厅里传来二人交谈声，语气十分从容。于是谦作觉得唯有自己一人有些想太多，搞得神经紧张，莫名其妙。倘若大家都心平气和，仅有一人火冒三丈，这样的人俨如狐妖附体，神志不清，显得愚不可及。这么一想，谦作又独自郁郁不乐起来。

---

① 日文“伪恶”是相对于“伪善”而言，意即假装作恶。

“听说你昨夜睡得很晚，真的吗？”谦作刚走进客厅，龙冈就问道，流露出十分抱歉的心情。

“已到了该起床的时间了。”谦作回答。

阪口翻阅着阿荣拿来的当天报纸，一副若无其事的神情。谦作意识到，阪口并非带着自己想象的那种心情来的。看他那一如既往的吊儿郎当的形象，肯定是听从龙冈的劝诱才来的。虽然如此，为慎重起见，谦作问龙冈：“你俩在何处遇上的？”

“是我把他硬拽出来的。”龙冈回答，“你读过这家伙这次发表的小说了吗？”龙冈特意用了“这家伙”的称呼，他将半含亲密半带轻蔑的眼神投向了阪口。谦作没有反应。

“真是一篇令人讨厌的小说。这倒无关宏旨，关键是书中主人公的那个笨头笨脑的朋友，很明显是以我为原型塑造的。我昨天读后，怒气满怀。今天清晨一起床，我就去阪口那里，怒斥了他一顿。”

阪口的双眼不离报纸，哧哧地笑着。龙冈兀自继续说下去。

“他说绝大部分是虚构的，但很值得怀疑。言行不一的事，阪口干得出来。”

听到龙冈这样的评价，阪口并未流露出不悦的神情。阪口心中怎么想的，别人无法知晓。但据阪口的行为情趣倾向说来，听到如此评价，他还能一味哧哧地笑着，就充分证明他对龙冈的评语感到称心。他想在这种地方显示自己的优越感。另一缘由是，龙冈干的是与阪口截然不同的工作，以故，阪口似乎能够心无芥蒂。龙冈该年从工科大学毕业，为了深度研究发动机，最近准备远赴法国留学。

“我曾对你说过，你那种似乎能看透他人心情的写法，最令人感到不愉快。虽然偶尔或许能写准，但人的心情瞬息万变，往往后一个瞬间的心情，就在怀疑或反省前一个瞬间的心情。或者有的瞬间，人甚至可以同时怀有截然相反的两种心情。然而，在阪口的作品中，仅仅能看到对主人公一人有利的心情，而对主人公不利的心情，一点也看不见。”

“我已经明白了。你没完没了再絮叨多少遍，也就是那么一回事。”阪口终于流露出有些不快的神情。

“今天一大早，我就劈头盖脸地训斥了他。”龙冈将脸转向谦作，多少有些神经质似的，笑了起来。

“真是个烦人的家伙！”阪口自言自语般说道。

“你说什么？”龙冈也来气了，“就说了你这么几句，你根本没有恼怒的资格。你若恼怒，我还有好多话要说呢。你以非常了不起的恶汉自居，其实，你根本没有资格当恶汉。据你写的东西看，你好像是个非比寻常的恶汉，但归根结底，你充其量只能是个廉价的‘伪恶汉’——堕胎，那成何体统？”听龙冈的口气，好像要与阪口绝交。刚才龙冈还看似很快活，后来看阪口哧哧发笑，他又似乎感到不快，终于情绪爆发，说出这一番话来。阪口身材矮小，龙冈是个彪形大汉，身形比阪口高大一倍，而且还是柔道三段。从这一点看，阪口也被龙冈彻底镇住了。

从刚才开始，谦作就在思忖自己究竟该以何种态度对待阪口。经过龙冈此番激愤言论，谦作也不晓得怎样收拾这般冷场的僵局了。于是，三人皆缄口不语。

“赴法的轮船定下来了吗？”少顷，谦作打破了沉默。

“定了，十一月二日的船。”

“行装都打点完毕了吗？”

“也没什么需要特别准备的——对了，我想买几幅浮世绘带去。方便的话，你能和我一起去看看吗？反正太昂贵的我也买不起，我打算当作礼品，赠给那边将来会关照我的人。”

“我对浮世绘也不太在行。但我随时可以陪你去。不过，好像最近涨价挺厉害，听说知道以前的行情的人都不想买了。说不定在巴黎买，会比这边还便宜呢。”

“这看来不好办了，那就买点别的东西吧。”

“带点榛原[1]产的千代纸[2]去，如何？与勉强凑用的浮世绘相比，那边有孩子的家庭或许会更喜欢千代纸。”

谦作目睹阪口被龙冈震慑住的样子，觉得他也挺可怜的。但是，关于阪口那篇作品中主人公的朋友，虽然龙冈硬说是以他为原型，谦作却不这么认为。诚然，书中描写的场面，大都是谦作不知晓的，但据那个朋友的性格看，谦作只能认为阪口将映在他眼中的自己当作了原型。“确实，场面借用了与你交往的场面，但人物性格与你迥然不同。”实际上，阪口是否真的对龙冈这样说过，谦作不太清楚，但谦作觉得，阪口可能对龙冈说过这样的话。谦作认为，这是阪口的狡猾手段。如果谦作与阪口争执说：“性格方面，你无疑是以我为原型。”那么，也就等于事实上承认了自己与作品中那个无聊至极的人物性格十分相近。倘若如此，倒不如作品中设定的场面，实际上与自己经历的相符，这样一来，谦作就可轻易对阪口大发雷霆。然而，阪口的作品仅仅抽取谦作的性格，这倒叫谦作满腹怒气却又有口难言。主人公的朋友被刻画得如此俗不可耐，龙冈若动怒，阪口就会辩解：“有谁会认为你是那种性格的人啊？！”谦作若发

---

① 榛原是东京日本桥附近的一家高级文具店的名字。

② 千代纸是带花纹的手工纸，纸偶人的衣服就是用这种纸制成。据说千代田城（即江户城）内女官们嗜用这种纸，故名。

火，阪口不难说出这等话来：“你果真认为自己是那种性格吗？”灵活运用这种“两头堵”的伎俩，阪口定会扬扬得意。想到这一层，谦作更觉恼上加怒。虽然如今的谦作对阪口胡猜乱想，但此前却很相信他，正因如此，在遭背叛的现在，谦作对此前阪口的一切都开始胡猜乱想了。尤其是与爱子的不如意的婚事发生以来，谦作分明知道胡猜乱想是令人不快的心理倾向，却莫名地难以相信他人了。此刻，回顾昨夜以来自己对阪口所持有的心情，甚至目睹龙冈因自己被阪口设定为作品原型而怒不可遏，谦作也心存某种猜疑了。

龙冈有古板而重义气的气质，谦作这样猜度：说不定龙冈明明知道作品中主人公的朋友是以我谦作为原型加以描述的，却故意将原型之事全揽到自己一人身上，将阪口狠狠训斥一顿。谦作又做如下揣度：龙冈这样做，一方面定是为了惩罚阪口，另一方面也可尽量缩小我与阪口之间的隔阂，然后他再放心地离开日本。否则，龙冈特意将阪口带到我这里，又在我面前这般声色俱厉地训斥阪口，按龙冈平素的禀性，此举显得有些不自然。尽管龙冈的脾气偏于急躁，谦作也无法理解他竟然会在第三者面前那样赤裸裸地大谈自己的问题。谦作认为，龙冈这样做有一种意图，而在某种程度上，这意图正是出自他那古板而重义气的气质。

第二章

这里宛如新建的街区一般，低俗而明亮晃眼的灯光照射着泥泞的路面。路两侧鳞次栉比的房屋中，女人们身穿色彩浓艳的和服，光彩照人，呼喊着走在大街上的男人，招揽生意，令神经疲惫者或许为之作呕。她们的呼喊声听起来既像在乞求怜悯，又像在骂街。

龙冈与谦作完全被这种气氛吓倒了。二人在路中间并肩径直疾步向前走去。虽然如此，龙冈还是低声对谦作说："有的女人确实很漂亮啊！"

该日，三人从位于赤坂福吉町的谦作家出来的时候，已是午后四点左右了。尚未摆脱不畅心情的阪口本欲立即与二人告别，龙冈却说什么也不肯放阪口归去。龙冈觉得如果就这样分手了，自己必会受良心谴责，寤寐不安。他似乎觉得自己说的话有些过火，而感到有些懊悔。三人同行，为买龙冈需要的千代纸，奔向日本桥[①]方向。

三人在木原店[②]的一家餐馆吃了饭。谦作不胜杯杓，几乎没喝。走出餐馆时，另外二人都醉得飘飘然了。

龙冈忽然提议想去参观吉原[③]。他说，赴西洋前，想去看一次从未去过的吉原。

“谦作，怎么样？咱们只是去参观一下。”龙冈拘谨地回头看了一眼谦作。对于那种地方，谦作当时也一无所知。他虽然冷淡含糊地应答了一声，心里却顾虑重重。但他也并未下定决心决不涉足那种地方。归根结底，他对那种地方多少还是感兴趣的。所以，此刻龙冈一提议，谦作尽管表面装作兴趣寡淡，心却微妙地怦怦直跳。

谦作与龙冈来到电柱林立的仲之町[④]，在此处等候落在后头的阪口。阪口一副酩酊大醉的模样，蹭着一家家的窗棂向前走着，不时还和女人开个玩笑。

“喂，你能快走两步吗？”龙冈喊道，“你看，要变天了。”

---

① 日本桥建造于1911年，位于东京都中央区北部地区。自江户时代以来，日本桥地区一直是金融与商业繁华地及交通中枢。

② 木原店是东京日本桥白木屋北侧的一条路名，当时这里有一家说书馆，名“木原亭”，缘此这条路被称为木原店。

③ 自江户时代始，吉原就是东京的柳陌花巷区，位于今东京都台东区浅草北部。

④ 仲之町是吉原的柳营花市里的一条街名。

阪口佯装没听见，犹然慢慢悠悠地走着。谦作举头望向夜空，见乌云翻滚，沉闷地笼罩在鳞次栉比的高大建筑物上方。

“我们要打道回府了。你与我们一道回去，还是就此分别？”龙冈问道。阪口嘟嘟囔囔不知说了些什么。于是，三人顺着大街向前朝大门方向奔去。

“吧嗒，吧嗒”，天上开始掉雨点了。三人都已经相当疲劳，最后决定在附近找家茶馆，休憩一下再走。路边一溜两行相同的房屋，打出灯笼，灯罩上浓墨粗笔写着各种各样的屋号。三人随便选了一家灯笼上写着“西绿”的茶馆，钻了进去。

女掌柜年过四十，眉毛稀疏，身材瘦溜，瑟缩地两袖相叠，搭于胸前，站在店前，眼望着雨中的街道。

“里面请！”女掌柜带领三人，经由还挥发着浓烈漆香的西洋风格楼梯，进入二楼临街客室。新建的白茬木材板壁反射着煤气灯明亮刺眼的强光。一帧文晁①的脏乎乎的横幅山水画，挂在进深颇浅的简单壁龛内，与这个房间显得极不协调。挥发着浓烈漆香的西洋风格楼梯也好，美感失调的崭新客室风格也罢，谦作觉得都与戏剧中的仲之町大异其趣。他多少有些心绪不宁，背倚

① 谷文晁（1763—1840），日本江户时代后期画家，擅长画山水，自成一家。

木柱，双腿十分乏力，膝盖以下隐隐作痛。他支起双膝，抱之而坐。

女掌柜离去后，一个女仆端着茶具走了进来。她双目细长，身材五大三粗，俨如一头大象。

“小稻在吗？”阪口口气老练地问道。

“哟，已经很晚了。如果在，能来。她是您的旧交吗？”

“不是。”阪口应对得体。

面相和善的女仆对阪口此言将信将疑，有些困惑地说道：“我去看一下，就回来。”说完，她就下楼了。

谦作与龙冈都有些拘束。为了打破拘谨心态，龙冈从餐桌上的烟具盘中拿起纸烟点燃。他猛地站了起来，拉开纸拉门，独自来到套廊里。他咯吱咯吱一打开那里的玻璃门，立即传来了夜雨声以及行人疾步走在泥泞路上的脚步声。

“看行人那奔跑的架势，真带劲哟。”龙冈俯望街面，随口说道。

女仆回来了，她说适才说的那个艺伎实在来不了，换了另外一个女子来。

俄顷，那个艺伎走进来了，青春年少。她看着神态冷淡的三个男人，不知如何开口说话为好，粉面略现绯红。这个艺伎露出细长漂亮的玉颈，文文静静地低头施礼。谦作觉得这个艺伎是个美女。他心想，自己与龙冈不谙此道，难免不知所措，可阪口为何也示以冷若冰霜的神情？然而，阪口很快就开口说话了，或问“你叫什么名字”，或问“你的老家在何方”——于是，他们知道这个艺伎名唤“登喜子”。

此时，一个名叫阿丰的雏伎走了进来。她那小巧的鼻子稍显扁平，精气神十足，但不太文雅，就连她的名字也像男人名。

登喜子与阿丰进入邻室，阿丰摆弄鼓的时候，登喜子从箱子里拿出三弦琴，调试音调。

登喜子身材瘦溜，个子细高，纵然坐在那里，也令人觉得仿若一根木棒直挺挺地立着。登喜子的动作中，很少能见到带弯曲线条的地方，而且异常轻巧，干净利索。归根结底，登喜子看上去颇有女人味儿。

阿丰跳完舞，阪口提议：“咱们换个玩法吧。”阿丰的舞跳得实在拙劣，阪口好像等着她快点跳完似的，阿丰刚舞毕，他就立刻提出如此建议。谦作同情地觉得，阿丰会因此很伤自尊而闷闷不乐吧。然而，阿丰并未如此，反倒因变换玩法而欣悦。于是，她即刻下楼去拿扑克牌。

夜已深沉，过了十一点。谦作透过玻璃窗，一边眺望窗外一边说：“这可怎么办啊。”

“说的是啊。”龙冈随口附和，与谦作一起望着窗外景状。雨绵绵不停地正经八百地下着。路上行人也与此前大不相同了。一台汽车行进在雨阵中，车灯的强光照射雨丝，车在银丝中穿过去了。

就这样，大家只好老老实实地待在这里，打扑克，玩“二十一分”。

“怎么看，登喜子都长得跟石本夫人一模一样。”谦作边分发扑克牌，边回眸看了一眼龙冈。

“还真是。”于是，龙冈又仔仔细细地观瞧登喜子的粉面。

此刻，登喜子正在和阿丰说着什么，她察觉别人在评议自己，便将不甘认输般的眼神投向谦作，回答说：“这位先生真像我此前单相思的那个男人。”

闻听此言，谦作一时不知所措，无言可回。如此沉默片刻后，登喜子又面对阪口，语气轻松地说：“接下来，我评一评这位先生。他的形象与我的亲哥哥别无二致。”

“这话可不公平啊。”阪口发泄不满。

“哪里，我这话，是发自肺腑的大实话。”话虽如此，登喜子却粉面略浮红云，莞尔而笑。

龙冈开始呼喊道：“喂，大家赶快来赌一把！赌一把！”

双目眯缝着，眼睛显得细小的女仆也加入其中，大家开始玩起“军师拳”[①]。这时，谦作必须不时与登喜子握手。

“这次出这个。”谦作与登喜子肩并肩，二人在背后互相握着做暗号的手指。对方准备得稍慢时，登喜子就凝视着谦作的脸，说道：“哎，是这根吧？”说着，登喜子又重新握着谦作的同一根手指。这种时候，谦作以别人无法感受的敏锐度，细心感受着登喜子握他手指的力度。然后，变成谦作握登喜子手指的时候，他也以同样的敏锐度，在握法上留意不要表达超出范围的其他什么意思。对登喜子多少兼含其他意思的握法，谦作感到可怕。其实，对登喜子的如此握法，谦作既渴望，又害怕。这可真是矛盾心理呀。然而，这确是谦作的神经上与行动上的乐趣。而且，谦作还想进一步确认登喜子以何种手段作为其表达好意的证明。

为了玩“镍币传递”，他们以划“石纸拳”[②]的方式，分成三人一组：龙冈、阪口与女仆为一组，谦作、登喜子与阿丰为一组。“镍币传递”是这样一种游戏：每组的

---

① 室内游戏的一种，又称“狐拳”。参加者分为红白两组。为了不让对方发现，以手指于背后交换暗号，各设军师，听军师指挥出拳。

② 二人用手模仿石头、纸、剪子的形状划拳，以决胜负。亦称“石拳”。

头领坐在中间，将握有五分白铜币[1]的拳头与另一空拳相叠，然后两拳交替向上倒换着。当不知白铜硬币究竟握在何拳之中时，头领将两拳分开，置于左右两个同伙的拳头上，让对方看着觉得硬币既像转移了，又像没转移。最后三人都将握紧的拳头放在膝盖上，然后在对方监视下，依次张开对方认为无白铜币的拳头。猜中空拳多者为胜。

此刻，在刺眼的煤气灯光下，谦作这一组三个人皆规规矩矩地将拳头置于膝盖上。阿丰的小手像孩子手似的，肉乎乎的，放在华丽的“友禅花纹”[2]的衣服上。作为女人，登喜子体形显得高大了些，其形美肤丽的双手也显得偏大。她的手放在黑色和服上面，显得尤其漂亮。两个女人中间，坐着一个男人——谦作，他的手独具特色，大手的骨节凸现，手背长着许多黑绒毛，唯有骨节尖端泛出白色。谦作用力攥紧这样的手，置于叠纹已消失了的旧和服上。

“这个是空拳吧？”龙冈指着登喜子的手，眼望阪口问道。

---

① 20% 的镍与 80% 的铜制成的合金，称白铜，易加工，耐腐蚀，用于制硬币。此处的白铜硬币与镍币是同一种硬币。

② 元禄时期京都绘画师宫崎友禅斋创作的鲜艳花纹，人气很旺，“友禅花纹”由此诞生。织物上印有友禅花纹者，称“友禅染”。

“已经传到这里了。”阪口目不转睛地盯着阿丰的面孔。阿丰低头下视，沉默不语，噘起了小嘴。

“从那头开始，让他们依次张开拳头吧。”龙冈说道。阪口兴致勃勃地面对登喜子，说道：“是左手，哎，右手。”他相继让登喜子张开双拳，然后屈己两指，认真计算着。

“反正白铜币不会在谦作的拳中吧。”阪口征得本组同意后，说道，“喂，把你那长着熊毛一般的双拳都打开吧。”闻之，阿丰哈哈大笑起来。谦作却一声不吭，在膝盖上张开了粗大的空拳，心里颇感不快。

从刚才玩军师拳游戏开始，谦作就因自己粗大的双手而深感拘谨。谦作不断暗示自己：“应泰然处之！泰然处之！”可怎么也无法排除粗手与此刻场面不协调的劣等感。因粗手不雅观，适才惨遭阪口直言不讳的奚落。不言而喻，这也令谦作甚感不悦。与奚落相比，阪口更主要的目的是借丑化谦作的粗手，进而令谦作不愉快，阪口如此低劣的意图尤其令谦作怒气填胸。

到了凌晨三四点时，户外宁静下来，雨下得也小了。更夫巡逻，铁棍点击地面的声响听来感觉十分清脆。

阪口双眼凹陷，双眼皮越发明显。不知何故，他有些焦虑起来，明明身陷由肉体和精神构成的无精打采的状态中，却仍在絮絮叨叨，没完没了。

东方已经露出了鱼肚白。因筋疲力尽与醉意蒙眬，龙冈与阪口都躺在那里迷迷糊糊睡着了。阿丰来到套廊，呆滞地望着静静秋雨中零零散散归家的行人。她的和服因嬉闹而散乱，下摆已经不成样子了。煤气灯逐渐失去了光芒。残羹冷炙，杯盘狼藉。滚在烟盒外的香烟，凌乱的扑克牌，围棋的棋子，散乱点缀在客室里。那景状尤其令人感觉娱乐该收场了。

谦作已是疲劳不堪。昨日就睡眠不足，身心颇惫，内心却很亢奋。于是，谦作独自一人坐在大家玩“抢座位”游戏时摞起来的坐垫上。目睹包括自己在内的几个人因酒与尘埃搞得薄污满面，他感到形象非常丑陋，心中甚是不快。他渴望尽早摆脱眼前如此场面，去享受个人的自由。谦作觉得自己平素的心绪皆被斩草除根，拿到其他地方去了。为了将那种心绪再搜寻回来，他下腹运足气力，巡视着自己的前胸与双肩。

谦作忽然忆及胞兄信行。对这唯一的胞兄，他比对谁都更怀好意，更有亲密感。谦作仅仅略想一下胞兄，就能找回素日的心情。

“差不多了，他该起床了。”谦作心想。他拿出怀表一看，已经是清晨六点半了。

他走下了楼梯。一楼深处微暗库房内的客厅里，女掌柜手拿纸捻，忙而不乱地在那狭小空间里做着“百度祈祷”[1]。女掌柜从尽头的高高的点着油灯的神龛下面转身返回之时，恰巧遇见谦作。她略微低头，态度和蔼地打招呼：“早安！”当谦作想询问电话在何处时，女老板又一下子转过身，向里面走去了。

谦作向在厨房洗碗槽边干活的女仆问明了电话所在，然后给胞兄打了电话，那边回答说信行尚在酣眠中。他有些失望，但转念一想，也没什么大事必须让胞兄起床，于是，他放下了电话。

阿丰已经趴在餐桌上睡着了。登喜子坐在阿丰身旁，低声弹着三弦琴。户外行人逐渐增多了。谦作想随着那些行人一起回去。不然的话，打发这两个女子早点回去算了。

龙冈与阪口都正在酣睡，轻轻地打着鼾。登喜子下楼取来薄棉睡衣，盖在二人身上，施了一礼，然后叫醒了阿丰。阿丰半睁半闭着眼睛，带着困意施礼之后，晃晃悠悠地站起来，迷迷糊糊地跟着走了。

“阿丰，还有这个。”说着，登喜子将龙冈带来的大包千代纸递给了阿丰。这是昨夜龙冈赠给阿丰的。

九点左右，三人终于要了两把没有印着茶馆铺号的油纸雨伞，走进了淅淅沥沥的秋雨中。

---

① 在神社或寺院境内，将一定距离往复走上百遍，礼拜祈祷，求吉消灾。也称“百度参拜”。

第三章

亭午时分，疲惫不堪的谦作归来，刚要进家门，听见一周前开始饲养的小山羊咩咩地叫着，俨如婴儿的啼哭声。谦作径直绕至房后，来到靠近库房搭起的一间小小的羊圈。小山羊的腿像小孩穿着长裤的腿，它兴高采烈，迈着小碎步，蹦着跳着。

"傻瓜！傻瓜！"

小山羊的两只小前蹄搭在羊圈的铁丝网上，尽力抻长脖子。邻居家的樱树黄叶隔墙落在了谦作家院内。因昨天以来下个不停的雨水，黄叶严严实实地粘在地面上。谦作拾起五六枚，走进了羊圈。小山羊迈着细碎的步伐，急急忙忙地跟随谦作转悠着。谦作一蹲下，小山羊就立即跑到他面前，欲将小脑袋塞入谦作怀里。

"哟，小傻瓜。"

小山羊香喷喷地吃着樱树叶，一直横向揉搓似的活动着下颚，樱树叶好似被吸入一般，进到了小嘴里。当一枚樱树叶藏进唇内后，谦作即刻又喂小山羊第二枚树叶。小山羊四蹄站立不动，仅仅活动着嘴巴，非常心满意足地吃着。欣赏着小山羊如此形象，谦作觉得好像完全找回了昨夜以来被揉搓掉了的心绪。他变得快活起来。

“得了，树叶已经没了。”谦作两手夹住小山羊的小脑袋瓜，一把将它拽到胸前。小山羊大吃一惊，略做反抗，然后马上又任凭谦作摆布，一动不动地站立着。谦作抚摸着尚未生出角来的小山羊的头顶，发现该处已略微凸起。谦作想起了两三天前，附近一条小狗没完没了地戏耍小山羊，小山羊便用尚未长角的脑袋，猛地撞向小狗的肚子。

“哟，是谦作啊？”阿荣从厨房门口探出头来，说道，“听见外边有动静，我还以为是谁呢。”

“给小山羊喂过豆腐渣了吗？”

“阿由刚出门买去了。”

谦作来到茶室里。

“吃过饭没？”阿荣问道。

“已经吃过了。”

“那么，来一杯咖啡，还是喝茶？”

“现在什么也不想喝。”

“昨晚去龙冈君那里了吗？”

“没去。去了一个奇妙的地方。在吉原的一个娱乐茶馆里，熬了一个通宵。”

“欸？是阪口君带你去的吗？”

谦作三言两语地讲了讲昨天以来的事，接着说道：“我第一次去那种地方，但也没觉得有什么特别了不得的。”

“哪里是第一次呀，我们住在根岸‘行之松’附近的时候，和你爷爷咱们三个人去过的。大概是成立国会那一年，梅花绽放枝头时节去的吧。”

“没有的事。如果是国会成立那一年，我才三岁或四岁。”

“是吗？那么是什么时候去的呢？是观夜樱那次去的吗？”

阿荣又提及赏夜樱时表演的“仁轮加狂言”[1]等往事。经阿荣这么一说，谦作模模糊糊记得好像赏过夜樱，看过“仁轮加狂言”。

谦作即刻让阿荣铺好了被褥，少刻过后，便进入了梦乡。

黄昏时分，谦作还在酣睡时，胞兄信行来了。谦作到玄关迎接，见胞兄站在那里，抱着一个很大的红皮公

① 亦简称“仁轮加”，指在宴会或街头，业余爱好者即兴上演的滑稽短小狂言剧。

文提包，像是从公司下班归途顺便来的。

“你在睡觉啊？”

“是的。”

“咱俩出去找个地方，吃顿饭啊。”

“好的。你不进屋稍坐片刻？”

“还得脱鞋，太麻烦了。听说你今天清晨给我打电话了？”

“是打电话了，但并没有什么要紧事。”

阿荣出来了，频劝信行进屋稍坐，信行不进，反而劝诱阿荣：“您也跟我们一起去吧，行不？”

信行领着谦作，去了日本桥方向一家精致整洁的大阪料理屋。在这里，谦作对胞兄说了参观吉原的事。当谈到登喜子这个艺伎时，信行说道：“登喜子可真是个很不错的艺伎啊！她还是雏伎的时候，我曾会过她两三次。这个艺伎，带她去任何地方都绝不丢人。”接着，信行突然又问：“你想和她深度交往吗？”

谦作有点困惑，脸颊略泛红云，回答道：“若想深度交往，究竟怎么办为宜，我心里实在没谱。”

信行哈哈大笑，然后指出：“涉足此类风流事，可需要花好多钱哟。”

信行自学生时代起就熟谙此道。谦作风闻，有一段时间，胞兄曾包养一个艺伎。信行如今依然单身，性喜挥霍，总是囊中羞涩。

谦作与信行走出大阪料理屋，分手之际，信行说：“咲子让我给你带话，如果你明天得暇，希望你带她与妙子去帝国剧场[①]看一次‘午后文艺节目’[②]。”

翌日，呼呼刮大风，是个令人颇感不快的日子。午后，十六岁与十二岁的两个妹妹来找谦作。他领着两个妹妹，去帝国剧场看女伶演出。

登喜子给谦作留下的印象虽然是淡淡的，谦作却总是不断地思念着她。谦作没法一心无二地看女伶戏，他甚至觉得登喜子好像也来到了剧场，坐在某处。每次幕间休息时，他就领着妹妹们漫步于走廊，遇见了三四个熟人。然而，不言而喻，即便偶有机缘巧合，登喜子也不可能出现在剧场。谦作转去啜茶，邂逅了石本。石本说道：“我想跟你说点事……如果需要送妹妹回家，那么晚上咱俩聚一下也可以。”

石本与其说是谦作的朋友，毋宁说是胞兄信行的朋友。信行中学毕业赴仙台读高中之前，曾拜托石本关照

① 位于东京都千代田区丸之内，明治四十四年（1911）创建，是日本第一座闻名遐迩的纯西洋式剧场。

② 源出法语“matinée”。相对于“soirée”（夜间文艺节目），“matinée”指白天文艺节目，后通常指午后演出。明治四十五年（1912），帝国剧场采用了这种演出形式。

谦作。谦作与石本此前就挺熟悉，由此而始，二人变得愈发亲密起来。当时，谦作是中学三年级学生，信行之所以拜托石本关照谦作，是因为在信行看来，中学三年级的谦作正处在中学生阶段里最危险的年龄段。一言以蔽之，在谦作呱呱坠地的本乡的那个家里，人们对谦作大都很冷淡。不知何故，唯有信行一人，总把谦作的事挂记在心上，怕他这一时期出现问题。至于石本，作为他那个岁数的青年，接受如此委托，自然不会萌生不悦。加之，石本对谦作本来就心怀好感，所以，对谦作关照得无微不至。谦作对代数考试感到心里没底时，石本就先放下自己的考试复习，通宵达旦辅导谦作的代数题。

谦作与石本的这种亲密关系，自那时起一直延续至今。石本永远是前辈，谦作永远是后辈。此事姑且不论，昔日石本对谦作那种苦口婆心般的关爱态度，如今已令谦作逐渐感到厌烦。同样是关心自己，胞兄信行的关心，在他那种不急不躁的禀性中，存在着思考周密关怀备至的要素。正因如此，对来自胞兄的关心，谦作并不太介意。然而，来自石本的关心却显得带有“我要不断教给你这教给你那”的意思。谦作虽然认可其好意，却又时常生气。直到不久前，石本还在担任某大臣的秘书官，如今随着内阁的更迭，石本却过起较为闲散的日子来。

“如果去餐馆，不便从容不迫地长时间交谈，你若不厌烦的话，咱俩去娱乐茶馆如何？”石本提议道。

于是，二人步行，走过银座，奔往筑地方向。石本领着谦作，进了一家挺大的娱乐茶馆。

“我们想静静地聊天，别叫艺伎来，只上饭菜就行了。”石本对女仆吩咐道。

二人被领进茶馆深处八叠[①]大的包间里。这间客室飘漾着茶室特色的风雅气氛，无人工雕琢痕迹，给人一种舒服的感觉。小巧的前庭设计得颇显典雅。与此前去过的那家娱乐茶馆的客室风格相比，可谓大相径庭。壁龛上挂着画轴，画面是京都画家画的稻荷山[②]。谦作以前非常厌嫌这个画家的作品，然而挂在今天这家茶馆的客室内，他觉得这幅画真挺不错的。尤其是那生在水盘里的秋草，与画中稻荷山的山路显得十分协调。

石本要说的，是谦作的婚姻大事。

“其实，这是信行委托我的。”石本打开了话头，“信行自己是独身，他觉得亲自对你提及此事有些不好意思。不过你若有想成家的心情，我们想认真地给你介绍一个好姑娘……”

---

① 1叠约为1.62平方米。

② 位于京都市伏见区，是“东山三十六峰”南端山峰，山西麓坐落着日本闻名遐迩的稻荷神社（伏见稻荷大社）。

谦作一口回绝了。

“为什么？”

“因为我不想让别人替我操心。”

“这又是为什么？”

“不为什么，我讨厌涉及此事。”谦作冷漠地回答。他避开紧盯着自己的石本的视线，凝望着前庭，沉默不语。连谦作自己都觉得很奇怪，一遇到石本，自己立刻就变成了一个很不听话的犟孩子。继之，谦作又补充了一句：“首先，我不喜欢你那种婆婆妈妈一般的热心肠。”

“如果是这样，那就算了吧。”石本颇感扫兴地回答。二人沉默了片刻，石本又开始喋喋不休。谦作欲说什么时，石本立刻阻止道：“打住，你先让我把话说完嘛！”谦作坐立不安，无可奈何地听着，终于忍无可忍了，说道：“我实在受不了了，别说了，行不？”谦作如此直言不讳地表达自己的不快，打断了石本的话头。

石本突然笑了起来，谦作也情不自禁地笑了。

谦作说，目前自己的精神状态不佳，因而总是莫名其妙地对别人胡猜乱疑，压根儿也没想通过月下老人合二姓之好。谦作现在本不想说出与爱子的事。但信行也好，石本也罢，之所以这般异乎寻常地热心做媒，明显是由于他和爱子的婚事不顺。想到这里，谦作觉得自己唯有实话实说，别无他法。

“眼下，我正在写与爱子交往的事，但是，我怎么也搞不清爱子的真实心情。”

就连这样的事，谦作都和盘托出了。

谦作感谢石本的一片好心，但他也明言，希望石本今后不要再过度介入自己的事。

石本的神情略显难堪，一声不响。恰在此时，女仆将饭菜端了进来。俄顷，二人交谈的内容换成了轻松的话题，心绪也变得轻松起来。

“你有没有兴趣去看一位形象很像令夫人的漂亮女子？”谦作说出了刚才就想说的话。当然，口出此言，是由于他为谈论登喜子之事的欲望所驱使。另一目的是他想邀请石本去西绿，以制造去见登喜子的理由。

“我对此不太感兴趣。不过那女子究竟在何处？”

谦作讲起了登喜子的事，并说道：“无论怎么看，她都与令夫人长得一模一样。”

“那么，过两天你领我去看看吧。”石本这样说道。但是看起来，石本对此事好像不太有兴致。

谦作与石本分别后，徒步回家。途中他忽然忆起石本转述的别人的一句名言——“认为两个年轻人的恋爱能够永续，这种想法就等于认为一根蜡烛能够伴随人燃烧一生。”谦作又想：事实果真如此吗？对目前疑神疑鬼的自己而言，这句话听起来总觉得并非不悦之音。谦作之所以这样深思，是因为他想起了外祖父与外祖母的关系。二人由互恋进而成眷属，一生相亲相爱。“确实，第一根蜡烛于某时会燃尽也未可知。然而在其即将燃尽前，二人之间已预备好了第二根蜡烛。然后，第三、第四、第五……前一根将燃尽前，相继接续下去。纵然爱的方式变了，互爱的心情却未变，即便蜡烛变了，烛火却俨如长明灯一般持续不熄。”如此想法令谦作心折首肯。他认为，外祖父与外祖母的关系定是如此。适才没能把这种想法讲给石本听，谦作悔憾不已。但他又忽然觉得石本会这样说：“但是，西洋蜡烛无法接续。”想象中的谦作会作如是回答：“他们二人是纯粹的日本蜡烛。”

谦作一边走路，一边这么思考着，兀自觉得很可笑。

第四章

谦作无论如何也无法忘却登喜子。在两三天前不愉快的夜晚，他因玩“军师拳”而与登喜子比肩而坐。他一想起此事，一种不可思议的烦恼便涌上心头。他握着自己的手指，品味比较手指握住与被握的感觉究竟有何差异。然而，因为二者都是自己的，差异并不明显。但是，目前自己的心情尚未达到非得与登喜子深交不可的程度。只是若照此下去，任凭自己这般心情自行凋败，谦作总觉得太可惜了。虽然如此，若自己带着这种微妙的念头，主动去找登喜子，即便她是干那种职业的女子，自己也会觉得脸皮太厚，自惭形秽。

总而言之，若不挖空心思设计一个表面上说得过去的理由，谦作无法去见登喜子。思来想去，他觉得唯一的办法就是邀石本联袂而往。

谦作雷厉风行地给石本写明信片，但写了好几张都没写好。利用石本的这个意识对谦作构成了干扰。最后，他决定不写明信片了，干脆打电话直接联系。

“我想明天去，能邀你一道去吗？”谦作这样简短说道，然后心情有点低沉。

“可以。到时候你再给我来个电话吧。”

谦作适才郁闷的心情此刻豁然开朗。

谦作需要准备钱。父亲给他的钱，用作生活费、购书费、旅费以及其他必要费用，倒是足够了。而零花钱则是时常从阿荣那里零打碎敲拿来个三元五元的，这是谦作自幼养成的习惯。至于去娱乐茶馆的钱，谦作必须另想良策来解决。他向熟知的神田的旧书店发去明信片，让对方明天早晨派人来。

谦作觉得自己收藏的浮世绘可以全部卖掉。广重的《东海道五十三次》中的几幅，式亭三马编纂的初代歌川丰国与歌川国政的肖像画本，喜多川歌麿、礒田湖龙斋、胜川春潮等画家的长卷画，以及其他一些无用的东西，划拉起来有一抱左右。谦作拿着这些东西，去了自家附近的古董店。

“大清早，我已走了两家宾馆了。”古董商一看谦作的脸，即刻说道，“我将祥瑞古瓷器[①]拿给他们看，他们

---

① 中国明末，景德镇民窑按照日本茶人要求烧制的瓷器，瓷器底部有“五良大甫吴祥瑞”字样。

竟然说是赝品。”

这个商人没有鉴别古董的眼力，仅靠胆量买古董，再把这些古董拿到洋人中间转悠，转手倒卖。察觉到商人的这种赤裸裸的赚钱意识，谦作又不想将拿来的东西给古董商看了。可是，古董商问道：“你拿来的是啥东西？”说完，他伸出手来，于是谦作还是将东西递了过去。

谦作沉默不语，古董商一幅一幅地看，故意装出并不在意的样子，还不时径自反复哼着“哎——”或者“啊”等毫无含义的话来，实令谦作感到讨厌。古董商意在让谦作看出他是如何轻视这些画的价值。如此居心令谦作感到十分无聊。他根本不跟古董商谈价钱，立刻让对方把画包好，拿着打道回府了。

回家一看，龙冈正在焦候他的归来。

“这可太好了。这个作为饯别礼品，送给你。”谦作将拿回来的浮世绘，连同包袱皮，递到龙冈面前。

“多谢！这可是你的全部收藏品啊。我就这样拜领了，实在不好意思啊。反正我是送人，你把其中高级的都挑选出来，自己留着吧。”

“没事的，你可以都拿去。”

继之，话头又涉及两三天前那个夜里的事。

“登喜子那个艺伎，形象很出色啊。”龙冈说道。

“是吗？”谦作一时拘谨，回答了这么一句。谦作平素一直认为,"漂亮"与"出色"这两个概念多少有点区别。他认为"出色"必须具备"高大"和"丰腴"的要素,但是登喜子的美中不存在此类要素。因是,谦作带疑问的回答未必是假话。实际上,谦作的拘谨,是因为他心中突然浮上这样的疑问:难道龙冈也……

"与其说登喜子出色,毋宁说她是通常的那种漂亮吧?"谦作以此订正了适才带否定韵味的话。

"换言之,就是这个意思。"

"你喜欢登喜子吗?"谦作鼓足勇气问道。

"这么问,倒叫我犯难了。你是怎么想的啊?"龙冈反问道。

谦作一时有点不知如何作答是好了,他感到自己此刻已经面红耳赤,却明确回答:"我喜欢她。但是你若也喜欢,我可以退让的。这种事我还是能做到的。"

龙冈晃动着五大三粗的躯体,笑了,接着说道:"不必退让了。毕竟,再过两个月,我就出国了。"

"嗯。"

"你喜欢登喜子,这太好了!"龙冈又诚挚地说道,"此前,不知何故,你的神情好像有些不愉快,邀你去那样的地方,我还甚感内疚呢。"

"倒是确实不愉快。"

"怎么了?"

“还不是因为讨厌阪口那副神态。”

“阪口最近总是那副德行。”

谦作默不作声了。

“那么，你还想去看登喜子吗？”

“打算明天与石本一起去。”

“这样的话，那今天晚上我陪你去吧。”

于是，当天晚上九点左右，二人又去了西绿。遗憾的是，登喜子不在，据说她去了新富座，大概夜里十一点过后才能回来。女仆还记得此前阪口说的那个艺伎小稻，于是二人便问，结果女仆询问过后回说小稻也不在。唯有阿丰在。近邻的娱乐茶馆来了一个艺伎，姿色寒酸，二人兴致索然。二人待了约一小时，就打道回府了。临别时，女仆阿茑建议道：“要么明天黄昏时分，请先打个电话来为好。”

“没关系，我们肯定来。这样也需要先打电话吗？”

“话虽如此，还是打个电话吧，万一……”阿茑不便明言，欲说还休。

翌日，清晨八点左右，谦作醒来，户外大雨滂沱，声响哗哗。雨水管容纳不下的雨水从二楼房檐直接倾泻在地面上。谦作耳闻聒噪雨声，心想这雨下得可令自己犯了难。雨倒是难不倒谦作，但是若冒着如此大雨前往西绿，大概会被别人认为自己做事太轻佻。想到这里，谦作心情很郁悒。首先，下大雨也去，石本会怎么想？加之，自己认为登喜子像石本夫人，倘若见到了她，石本却对我说“这也不像啊”，我该如何回答？一想到这个，谦作又犯怵起来。

谦作起床后，总是心绪焦虑，一直思考天气的事。明信片上写着让旧书商务必上午过来，人却没来，亭午开始，雨下得略小了些。

过了一会儿，旧书商来了，他先解释来迟理由：“您明信片上写着让我上午来，怎奈这雨下得也太大了。”

谦作让旧书商看了挑选出来置于邻室的旧书，共卖了大约五十元。谦作又拿出了作为外祖父遗物而保留的特大的开盖银表，以及与之相连的粗糙金链。

“这个能设法帮我卖了吗？”

“可以。”

“但是，这金链或许是镀金吧？”究竟是纯金还是镀金，他完全搞不清楚，为慎重起见，叮问了一句。

旧书商装模作样地用手掂了掂表链的重量说道：“不是，不是镀金。但还是交给人家，当场用硝酸擦拭确认下吧。若是纯金，那可老值钱了。”旧书商将手放在身边堆积的旧书上，又说道：“千真万确，能值这些旧书的两倍价钱。”说完，旧书商缄口不语，似在等待谦作兴致勃勃的回答。可谦作一声不吭。于是旧书商又针对旧式大表评议道："这种东西船员喜欢。到了热带，若非这种表，一旦机械膨胀，表就走不准了。总之，我拿去给他们看过，再致函答复您。"说完，旧书商背起大包袱，离开了。

到了傍晚，雨完全停了。

谦作洗了澡，神清气爽地走出家门。天朗气清，可以望见美丽的蓝天。大雨冲洗过后，露出小碎石的路上，南来北往地走着手拎湿淋淋雨伞的人们。

谦作顺路来到熟知的杂志店，按约定，先给西绿打了电话，然后又给石本打电话。

"现在客人找我有事，但估计马上他就会走。如果时间还早，我肯定过去。"石本如此回答。接着，石本又问进了大门还需走多远，茶馆在路的哪一侧，就连"西绿"二字都认真确认后，才撂下电话。

谦作乘电车到三轮，从那里走上黑乎乎的河堤路，望着右侧灯火辉煌的柳巷花街，他像一个去办急事的人，步履轻健地走着。

从山谷方向过来的人们，从道哲方向过来走河堤路的人们，从此刻谦作走过的三轮方向过来的人们，于日本堤警察署前聚合之后，汇成一股人流，源源不断地走着铺石道路，涌进烟花柳巷，谦作也是其中一人。

进入大门后，路面突然变得很糟糕。谦作于鳞次栉比的娱乐茶馆前，紧靠套廊，躲开泥泞，一家一家地向前挪动，终于来到西绿的门前。

登喜子早已来此恭候着。她与阿蔦在店里坐着，一边眺望大街，一边语调轻松地聊着什么。一见谦作光临，二人同以“哎哟，总算盼来了”似的心情，站了起来。谦作顿生一种微妙的感觉。

“就您一个人吗？”登喜子问道。

谦作一边登楼梯一边回答：“马上，还有一个人来。”

“是龙冈君吗？”

“是我说过的长得像你的那个女人的丈夫。”

“是吗？”

“那个人的夫人长得特像你啊。”谦作快速回答，口气略显急躁。

“啊？”登喜子笑了起来，“您只说是某某的丈夫，这叫我怎么能明白他到底是谁啊。”

餐桌周围摆了三个坐垫，谦作刚坐在其中一个坐垫上，登喜子就问：“各位先生今晚都来吗？”

“我和龙冈昨晚来了一次。”

“嗯，昨晚我顺路来这里问过。还有那位……那位阪口先生呢？”

“从那次以后，我再没见过他。”

阿茑上来了，并且也问道："他们来不？"

每当被这么询问，谦作都觉得自己好似在遭受某种谴责。对这种地方不太习惯的自己，给不太习惯的这种地方打电话，然后自己独自一人来了，这种事无论怎么想，谦作也觉得不好意思，很不自然。谦作觉得，若没有让石本来看看登喜子这个理由，自己再喜欢登喜子，也不会再来这种地方的。

登喜子一边笑着，一边谈着适才那位"丈夫"的事，自得其乐。

"你俩到底说的什么事，我一点也弄不明白。"这次，阿茑露出了百思不解的神情。

"你不明白吧？说的是那位先生的夫人长得像我。很了不起吧？"登喜子侧身看了一眼阿茑。

"哪方面了不起啊？"阿茑反问道。

在谦作眼里，登喜子显得与此前有点两样，但又一如既往的美丽。

"下次还希望大家都光临。还是人多玩起来有意思。也就是说，我们恳求客人带我们玩。有的客人一坐下来，就让我们不停地弹三弦。遇上那样的客人，固然能促进我们三弦技艺的提高，然而，时常令我们想潸然落泪。"

"我听说你的舞蹈水平相当高。"

谦作忆及信行对登喜子的评价。

“那是谁说的呀？”

“我从一个看过你跳‘喜三太舞’的人那里听来的。”

“欸？喜三太？啊，是‘弓张月’[①]的喜平次。”登喜子说道，粉面略浮起红晕。

谈及日前通宵达旦玩乐之事的时候，登喜子说道：“阪口先生的这个。”她将白皙的细长手指握成拳头，两拳相叠，摇晃着模仿阪口，称赞道，“阪口先生的技艺非常高明。做得尽叫人焦急，最后根本弄不清白铜币到底转移到哪一只手里了。”但谦作却因为那天的游戏腹含怒气。

“您的同伴怎么还没来呢？”

“稍过片刻，我打电话问一下。”

“还是早点光临为好。就两个人什么也玩不成啊。”

“那个名叫小稻的姑娘，在不在？”

“说得是。时间还挺早，她肯定在。”

但是，谦作没说把她也叫来。此刻，他就这样面对着登喜子，说着一些无关痛痒的话，努力维持不冷场。谦作思忖：归根结底，这与两三天以来自己的那般拘谨，

---

① 即江户时代后期曲亭马琴所著的《椿说弓张月》，讲述平安时代末期武将源为朝波澜万丈的生涯。喜平次（正确名字是“纪平治”）是这部作品中的登场人物。

那般煞费苦心竭尽全力，究竟有何种关系呢？他一开始压根儿就没想深入交谈，但他觉得此刻谈话的内容，或者谈话的心情，皆过于肤浅，过于平淡。

谦作又纠正思路，觉得这是理所当然的结果。自己像在玩“单人相扑”，却用力过猛。总的看来，今日的登喜子想对谦作表现出较日前稍浓的亲昵，此刻他只要对如此亲昵感到满足即可。谦作认为，期望较此更多的亲昵，是错误的想法。

登喜子原以为谦作会谈论小稻的事，看着谦作的面孔，谦作却一言不发。所以，登喜子说道：“初次见面的那天晚上，就有人提及小稻，听说昨天晚上又问及小稻，对她相当执着啊。这是为什么呢？”她露出富含情绪又略显顽皮的眼神，莞尔而笑。谦作认为她的这种表情很美。

“昨天是这里的人随口提到了小稻。”

“要么，把小稻叫来吧。就两个人，也没法玩儿啊。”

说完，登喜子连忙起来走了。谦作如释重负一般，感到心神轻松。

过去挺长时间了，登喜子还没上来。谦作好像突然想起来似的，从袖中掏出香烟，开始吸烟。他本来没有烟瘾，吸也行，不吸亦可。香烟是“萨摩亚”牌，烟盒上画着黑人女性的头像。

“小稻来了！”登喜子说着，走了进来。坐下后，她略开玩笑地问道：“这个女子是大美人吗？”她把香烟盒拿到谦作面前。

“你觉得呢？”

“这个啊，肤色相当黑啊。”

“肤色黑就不漂亮吗？”

“……在我看来，和这个相比，我还是喜欢那个……叫什么名字来着，叫‘阿尔玛’牌[①]吧，烟盒上的女子头上好像插着蔷薇花，那个女子真挺漂亮。”

“是吗？”

“这么一说我想起来了，楼下就有‘阿尔玛’牌，我这就去拿来。”登喜子站了起来。

“我也想下去打个电话。”

于是二人一同下楼。石本在电话里说：“客人刚走。有点太晚了，下次叫我吧，可以不？”听到这话，谦作倒没怎么感到失望。

约十分钟后，小稻来了。她姿色颇佳，举止文静，相当有女人味儿。小稻走进来的瞬间，谦作就觉得这个女人可谓燕妒莺惭。小稻一进来，就跪着施礼，然后站起，道一声：“登喜子，晚安！”接着，她面带微笑，来到

① 高级香烟，流行于明治时代末期至昭和时代初期。

餐桌旁，与登喜子比肩而坐。

“喂，小稻，这个和这个比，你认为哪个是美人？”登喜子立即将两个香烟盒并列摆在小稻面前。

“哪个？”小稻把脸凑向前去，“哎哟！”她突然喊了一声，便大笑起来。那异常尖锐的笑声，与她丰腴的身材与适才文静的举止，明显失调。

谦作认为，小稻在整体上恰好与登喜子形成对照。姿势与动作皆各具特色。而且近瞧登喜子，皮肤又薄又美，颞颥与嘴巴处纤细的静脉明晰可见。与登喜子如此美丽的皮肤相反，小稻的皮肤则显得偏厚而且粗糙。

谦作逐渐摆脱了局促不安的情绪。五六杯清酒啜完之后，他满脸通红，有了能够埋头于轻松游戏的心情。

他们开始进行吸烟技巧比赛，看谁吸阿尔玛香烟吸到金嘴处，犹能保持烟灰不掉。

“吸到‘阿尔玛’的‘尔’字了。”

“喂，你们看看我的。”小稻提心吊胆的，用画有萤草[①]的小扇子接着烟灰，将香烟探至谦作面前。

“渐渐吸到接近‘阿’字了。”

“就是‘阿尔玛’三个字全烧尽了，离金嘴还有二分[②]长的距离。这样的话，很难吸到金嘴处啊。”小稻笑了。

---

① 又称“露草”或“鸭跖草”，日本的扇子、屏风或图书封面上常画有萤草。

(2) 市制长度，10分为1寸，1分约合3.33毫米。

登喜子一声不吭，朱唇紧合，夹着香烟，用力吸着。其间，小稻的香烟灰掉了。“啊！”她尖叫了一声，身体略动了一下。就在这时，“啪！”登喜子的香烟灰也掉在餐桌上了。

“啊，好你个小稻！”登喜子一本正经地说道，好似生气了，瞪着小稻的面孔。

“登喜子，太对不起了。”

“……”

“真的，太对不起了。”小稻又笑了。

“这烟灰由你来收拾，好吧？”登喜子将夹在手指间的金嘴“啪”地扔进烟灰碟，就势站了起来，说道，“这满屋子都是烟雾。”她朝上望了一眼，走出了客室。小稻掏出两枚“怀纸”[①]，灵巧地叠起来，用它将烟灰巧妙拨至扇子上，收拾干净了。

俄顷，登喜子回来了，她拉开隔扇，若无其事地站在那里，说道：“喂，快点！快点！”她站在入口处说话，是因为刚才谦作说过，小稻进房间的那一瞬间，神情之美不可名状。

“我把女掌柜与阿茑找来了。”说完，登喜子坐回原位。“这个烟，味道如何？”她从“萨摩亚”牌烟盒里抽

① 叠好揣在怀中的纸，用于随时写诗歌、记事，或用于包东西等。

出一根香烟，看着小稻的脸，倏地站起，中隔餐桌，坐在小稻的正对面。然后，登喜子沉默不语，从香烟盘中取火，点着了香烟。小稻见此愣住了，说道："哎哟，你这也太过分了！"说完便声音尖厉地笑了起来。

女掌柜与阿蔦来了。于是大家开始用纸牌玩"二十一分"。

深夜一点左右，谦作坐人力车归来。到赤坂的路途相当远。所幸是个月明之夜。更深夜阑，途经雨后二重桥一带时，他感到心情十分朗畅。

归抵家中，他发现旧书商的信已经到了。信中写道：表链确实并非镀金，但铜的含量较高，卖不出预想的高价；关于那块表，经多方商谈，归根结底只能卖个废品价，这一点挺遗憾。

第五章

再会登喜子之后，谦作的心情发生了不可思议的变化。他现在依然认为登喜子很漂亮，而且依旧喜欢她。然而，如今无论是认为她漂亮，还是喜欢她，与此前沉重抑郁的怪异心情相比，感觉莫名其妙地变得轻松愉快起来。谦作终于进入心平气定的状态。回顾此前的自己，究竟为何那般竭智尽力，那般一人疾走抢先？谦作百思不解。

不消说，谦作的这种心理变化的缘由之一，是受了登喜子态度的诱导。但与此相较，毋宁说是他与爱子的关系，令他对男女之情怪异地失去了自信。似乎如此无自信的心理，令谦作对如今心平气定的状态感到满足。

一个谦作甚想继续突进；然而，另一个谦作却惧怕继续突进。他与爱子的婚事令他受到十分惨重的伤害，至今令他感受犹新。

爱子的父亲是水户[1]的一位汉医[2]。爱子的母亲是谦作的外祖父母的养女，后来嫁给了那位汉医。至于此类事情原委，谦作一无所知。谦作的母亲与爱子的母亲自童年起就是朋友，二人格外亲密。母亲辞世后，谦作时常从爱子的母亲那里听到关于生母的事。爱子母亲常说："你妈是个好人，心太软，爱流同情之泪，待人接物非常亲切。"爱子的母亲还说，二人都喜欢戏剧，有一次，二人模仿演戏，遭到外祖母的一顿训斥。

谦作不相信有谁真心实意爱过自己，他沿着仅有的一点记忆线索上溯，归根结底，还是轸怀亡母。说实在话，母亲对谦作并非那么慈和，尽管如此，他从未怀疑过母亲的慈爱。据谦作被爱的体验说来，不言而喻，阿荣爱他，胞兄信行示他以标准的手足之爱。但是，与前二者程度迥然不同的、不折不扣的爱，唯有母爱，这种爱从其他人那里是根本感受不到的。其实，母亲如果健在，是否能令谦作觉得她是一位难得的好母亲，这一点谦作并不清楚。然而，母亲今已成故人，正因如此，谦作愈发将亡母奉为自己的偶像。

于是，谦作总觉得在爱子的母亲身上，能发现亡母的面影。某时，大概是亡母十三周年忌日之时，谦作去

---

① 茨城县中部城市，县厅所在地。

② 汉医是日本对中国传统医学或从业者的称谓。

了本乡的家。在那里，他看见爱子的母亲身穿大小花朵相间的旧式细纹和服，外面扎着一条黑缎宽幅腰带。其身姿令谦作心生一种不可思议的怀念之情。他佯装无意地不时望着爱子母亲的身姿。忘了是何机会，爱子的母亲来到谦作身旁，她扯着和服衣袖给谦作看，并解释说："这件和服和衣带，都是现在已经成佛的你母亲的遗物。"闻之，谦作心情微妙，被一种感触打动了。他默不作声。少顷，爱子母亲将胳膊在衣袖内收缩着，开着玩笑："衣袖不能再变长了，唯有将胳膊缩回去。"说完，她笑了起来。

爱子的长兄名叫庆太郎，读中学时与谦作不在同一所学校。庆太郎与信行同庚，年长谦作两岁，三人自幼就常在一起玩耍。但是，信行也好，谦作也罢，与庆太郎都不怎么亲密，性格上某些地方合不来。与信行相比，谦作倒是常去牛込[①]的爱子家。最主要的是，谦作渴望去见爱子的母亲。

爱子比谦作年幼五岁。总的来说，童年时代，谦作有点讨厌爱子。原因是譬如谦作与庆太郎等人玩耍之际，爱子明明什么也不会，却偏要加入，或者谦作与爱子的母亲谈兴正浓之际，爱子却说"我要睡觉，我要睡觉"，

① 在东京都新宿区神乐坂附近一带，昔年是放牛的牧场，故名。

然后将母亲拽往床铺，此类事经常发生。谦作自幼就了解爱子，以故，纵然爱子长大了，但谦作并未明显觉得爱子是个异性。

爱子十五六岁的时候，父亲作古。葬礼上，谦作看见爱子身穿洁白无垢的孝服痛哭的形象。从此，谦作意识到自己开始真心实意地爱怜爱子。

爱子读女子学校时，英语考试前，谦作辅导过她英语。那时，谦作尽量不让自己对爱子的喜爱之情流露出来。之所以如此，原因有三：其一，自己胆小；其二，他的感情尚未燃烧到那般炽旺；其三，谦作认为，对尚未脱尽孩子气的爱子而言，恋爱还是相当遥远的事情。然而，这是谦作极其主观的想法，爱子并非由于年龄关系而恋情晚熟。对爱子而言，因为与谦作自幼相识，所以她对谦作的感情一直是极其清淡的。

随着爱子即将从女子学校毕业，人们逐渐开始谈论爱子的终身大事。谦作相信自己如果求婚，绝对能成功。尽管如此，一种莫名的不安在他的心中闹腾着。但谦作认为这种不安并无根据，而是源于自己的胆怯。谦作思考着求婚一事，是对爱子的母亲表明好呢，还是对庆太郎表明为宜。若向爱子的母亲表明，像是在利用她平素对自己的好感，谦作讨厌这样做。但是，先对庆太郎说吧，谦作不知何故又无此动力。二人工作不同，人生观相异，导致产生了相互蔑视的心理。庆太郎目前就职于大阪一家公司，而且最近将迎娶该公司经理的女儿为妻。他的这桩婚事含有相当不纯的动机，庆太郎曾满不在乎地对谦作这样说过。虽然谦作坚信求婚之事胜券在握，绝不会遭对方拒绝，但是若向庆太郎提出此事，谦作总觉得兴致不足。

谦作思来想去，最后认为，唯有先对本乡的家人表明心愿，由父亲出面向对方求亲。除此别无良策。

除非迫不得已，谦作极少与父亲说话。这是自幼年以来形成的习惯，二人之间互不介意。这次去本乡的家向父亲拜托此事，谦作还是感到很犯怵。某夜，谦作终于鼓起勇气，求助于父亲。

“如果对方答应了，那很好。”父亲表态，接着又说，“但是现在你已分家，当上了户主，这种事就别求助于我了，尽量自行解决为宜。我觉得这样做比较好，你怎么想？”

谦作原本就预想父亲不会有爽快的回答。尽管不出所料，但谦作的心情还是相当不快。事实上，他早已充分做出负面的预料，但他还是抱有幻想：“尽管如此，万一碰巧，父亲或许会示出令我欣慰的态度。”然而，父亲的答复比预想的还次，出奇地冷漠，语气瘆人。为何自己兴致勃勃要迈出第一步时，父亲却以要让我栽一跟头般的心情和我说话呢？父亲的心情，他实在无法理解。

谦作想求胞兄信行帮忙。他忆及从前自己谈到此事时，胞兄很为他欣喜，说道："这件事如果顺利，那可太好了，爱子真是个好姑娘。"然而，如今被父亲这么一说，谦作觉得也难以求信行了。他心想，反正都是一回事，归根结底，一切全由自己来办吧。谦作认为，这样一来事情反倒可以简单解决。某日，谦作自己去了爱子家。

然而，爱子的母亲听了此事，似乎大惊失色。谦作开口之际，看见爱子的母亲张皇失措的样子，竟然觉得她挺可怜的。谦作也有点张皇失措，他猜度莫非爱子已经有了未婚夫，自己却毫不知晓？

"总而言之，等我与庆太郎以及亲戚们商量之后，再向你本乡的家里做出答复。"爱子的母亲说道。

谦作解释说，这次求婚与本乡的家全然无关。他又补充道："不消说，父亲知道此事，实际上我是根据父亲的主意才直接前来求婚的。"

"哎？这可真是不可思议啊。"爱子的母亲神色阴沉地说道。

谦作败兴而返。总之，父亲的答复本在他的预料之中，但爱子母亲的答复——如此答复的表面意思合情合理，并无匪夷所思之处。但如此答复中包含的怪异冷漠的口气，却完全在谦作的预料之外。

然而，谦作并未舍弃希望：如果庆太郎最近进京，我再向庆太郎提出此事，听一下明确结果为宜。爱子母亲的怪异反应令谦作捉摸不透。

过了十日左右，谦作从胞兄信行口中得知庆太郎进京了。但是，他觉得对方来通知前，自己主动登门会显得不自然。他在一心渴盼中过去了四五天，对方犹然杳无音信。谦作焦急不安，觉得自己好像受到了侮辱。他下定决心，给庆太郎打了电话。庆太郎以圆滑老到的口气回答："我早就想去你那里，怎奈我是到此地支店办事，事情干净利索办完之前，我没和任何人联系啊。"

谦作强压不快，问道："今天晚上，你在家吗？"

"哎哟，今天晚上偏巧我应邀须出席宴会。"

"明天晚上呢？"

"明天晚上啊——明天晚上我恭候光临。如果方便，就在饭前来吧。"庆太郎语调异常快活地说道。谦作虽未见其神情，却也能明显感觉到此话并非肺腑之言。

谦作一开始就决定尽量将爱子置于事外，不和她直接交涉。谦作觉得，这样做对崇尚传统习俗的爱子母亲也很合适，倘若与爱子直接交涉，只能令爱子感到困惑。总的说来，爱子是如此风格的女子。但事到如今，谦作觉得实不该将爱子完全置于事外，而且自己竟然还很乐观。他悔恨当初对待此事这般粗心草率的自己。实际上，谦作万没料到自己会受到如此对待，他甚至胡猜乱疑：莫非父亲以某种理由在背后干扰捣乱？

求婚一事未公开期间，谦作只告诉了阿荣。他忆及当时阿荣既高兴，又露出了寂寞的神情。如今谦作认为，如果神经质地深思，阿荣流露如此表情，或许有某种缘由。继之，谦作又深思，阿荣有阿荣的处境，自己若娶妻成家，阿荣必离开自己，一人单过，她是因为想到这些，才又欣喜又寂寥，这也是顺理成章的事。

翌日，一到黄昏，谦作马上去拜访庆太郎。但是，有两个素不相识的客人已在那里。据说二人是庆太郎读高等商业学校[①]时的同窗。

“本来打算白天与二人会面，突然来了急事，没能见面，便让他俩晚上来。再过两三天，我就全是闲暇，到那时我再去找你，我们可以从容不迫地谈。今天晚上，你就听一听我们这几个商家小学徒的谈话，供你做点文学创作用的素材吧。”说完，庆太郎快活地笑了。谦作即刻意识到自己面浮怒色。如此赤裸裸的谎言，庆太郎竟然能够满不在乎地说出来，谦作觉得庆太郎的内心真是难以理解。他怒火中烧，但意识到庆太郎这般将与自己会面当成沉重负担，求婚之事纵然对他说了，估计也

① 三年制的商业专门学校。

是白搭。

“你能住到何时？”

“那边的工作也很忙。本打算事情完了就回去。尽管如此，明后天晚上，我设法挤出时间，一定去拜访你。你方便吗？”

“好的。”

谦作在那里待了一小时左右，就打道回府了。

该日，爱子与母亲外出走亲戚了，不在家。但谦作认为他们必定是故意做此安排的。

此刻，谦作不想直接回家，厌烦见到阿荣对自己问这问那的。如果阿荣是骨肉亲人，他或许会以愿被阿荣抱在怀中的心情，一头扑过去。但他不能有此举动。谦作漫无目标，一直走在一条行人稀疏的路上，映入视野的一切，他都觉得兴味索然。

十一点过后，谦作终于回到家。胞兄信行在家中等待他的归来，开门见山地问道：“你无论如何也非爱子不娶吗？到底是不是？”

“那倒也不是。”

“真的‘倒也不是’吗？”

“……”

“倘若你果真非爱子不娶，那么，我哪怕去和庆太郎及其母亲大吵一架，也是值得的。婚事能不能谈成，现在不好说，但总归先要竭尽全力地干。不过，只有你下定‘非爱子不娶’的决心时，才能这样干。如果你对爱子的心情尚未达到如此程度，我认为还是断念为宜。二者取其一吧。”

“断念吧。”

“嗯。”信行略像施礼一般点头后，沉默不语了。

兄弟俩沉默了片刻。

“若能断念，还是断念为宜呀。”信行说道，“我很理解你不愉快的心情。对你来说，这是双重的不快。但庆太郎就是那样一个人，爱子的母亲对你确实有好感，不过到了这种时候，女人是不能指望的。”

“庆太郎的态度很恶劣。如果拒绝，为何不明确说出拒绝的理由？他总是古怪地左躲右闪，以令我不愉快的方式间接暗示拒绝之意。”

信行没有答话。

“庆太郎做的事，太没有良心。”

“那家伙，以前就那副德行。”信行说道。

少顷，信行起身回去了。

谦作已经不再指望庆太郎的到来了。但他认为，庆太郎万一来了，一清二楚地道出理由，纵然自己会苦不堪言，却也最终可以从目前身陷泥淖般的不愉快中逃脱出来。说到底，庆太郎肯定欲将爱子的婚事作为手段，以期达到某种目的。除此之外，别无理由。即便如此，能明明白白说出来也好啊。但谦作觉得，庆太郎是不可能明确说出来的。

果然不出谦作所料，庆太郎到底也没来。该夜九点左右，谦作收到了来自庆太郎的快信：

> 我收到大阪发来的电报，现在必须十万火急地回去。估计再过两周左右，我还会进京。关于你的事，我从家母那里详细听说了，以故，我回到大阪后，即刻奉翰回复。我屡次三番毁约，委实惶恐之至，谨请鉴谅。

快信写的是如上内容，笔速飞快，字迹潦草。

而后，又过了一周左右，从大阪寄来一封长信，内容如下：

> 实话说来，在进京前约一个月，永田君（庆太郎的课长，由谦作的父亲一手提拔起来的人）做媒，给爱子介绍了一个人，此人也是本公司的人。决定让爱子嫁给此人，不消说，这仅是我个人的意见。先日进京也兼办此事，但从家母那里突然听到你求婚的事，我真是大吃一惊。如你所了解的那样，我

这个人很少给家里写信。又因近期能见面，加上工作忙乱，没能尽早将此事告知家母，此乃我的过错。爱子婚事的定夺，虽然是我个人的意思，但永田君与男方本人皆已同意了这桩婚事，这样一来，实令我犯难。不言而喻，你是我的老朋友，就我个人而言，一心希望爱子能与你结合。然而男方说事情须分个先来后到，他已有约在先。事逼无奈，回到大阪。我想只有先恳求对方充分谅解，得到同意后，再运作爱子与你的事。然而，永田君没意见，男方本人却无论如何也不松口。对方说，自己已对亲戚朋友彻底公开了此事，事到如今，仅因此故，废弃前约，实令自己太丢面子，如果我说无论如何也不把妹妹嫁给他，那他无话可说，如果让他同意解除婚约，那我想得也太简单了。想不到他竟然如此怒气冲冲。我想，他如此反应也自有道理。爱子早就对我说，婚姻事宜完全由我决定，于是我按她的话办，没和她好好商量，就基本定下了她的婚事，此错在我。这样一来，站在我的立场上，唯有拒绝你的求婚，恪守前约。因以上缘由，我觉得我在回大阪之前，许多事情做得令你不悦，请你理解我的心情，尽量将诸事皆理解为出自善意。云云。

谦作一边读信，一边不时自言自语："撒谎！纯属撒谎！"他心想，庆太郎也真行啊，竟能虚情假意无中生有，且坦然自若地写出这样一封信来。

由此，约三个月过去后，爱子确实嫁到了大阪，嫁给了某大款的次子，而并非庆太郎所在公司的那个职员。

谦作的心所受伤害之惨重，超出想象。其结果是，这件事与其说是失恋，毋宁说迫使谦作从此对人生产生了某种失望。爱子是无能为力的，谦作不能生她的气。按庆太郎的德行，他只能如此。庆太郎的做法尽管令谦作怒气冲天，但谦作又认为这种做法十分合乎庆太郎的恶劣品质，便逐渐不那么生他的气了。对谦作打击最沉重的，是爱子母亲的态度。正因为谦作平素对她的好意坚信不疑，因而面对如今的结果，他全然不晓得爱子母亲的所谓好意究竟是何用意。婚事纵然被拒绝了，爱子母亲若对谦作示出了某种真正的好意，谦作还是会感到满足的。然而，谦作毫未见到那种好意便遭排斥，对此，谦作甚感匪夷所思。

但是，谦作不能简单地彻底认定：世间就是这样。如果能做出这样简单的概括，倒也轻松了。正因为他做不出，他的心情变得愈发灰暗了。

谦作思忖，将此事写成作品，也许多少能明白事情内幕。于是，他开始笔耕，但写至某处，便碰到百思不解的问题，无法取得进展。

“人心不可信。”这种低俗的令人不快的想法不知不觉在谦作心中扎下了根。察觉这一点后，他心情郁闷。再加上最近与阪口的关系渐趋不睦，谦作郁闷的心情更是雪上加霜。

然而，谦作不欲将人生的所有想法悉数归纳为低落消极的意识，他欲作如是界定：这是自己一时的心病。尽管如此，与其说他还小心谨慎地存有戒心，担忧新的相同失望不知何时会袭来，毋宁说，他已变得越来越胆怯了。

谦作与登喜子的关系已表现出他的胆怯了。他分明害怕压抑自己心中涌荡不息的感情，然而一接近登喜子，却又变得四平八稳，不能完全贯彻最初的感情。于是，心中就再也涌不出继续突进的激情了。因此，谦作的感情出现了某种程度的萎靡。

第六章

这是谦作第二次见登喜子后又过了两三天的事情。该日，恰巧是十四五年前辞世的谦作的挚友的忌辰。他与当年很亲密的朋友们一同前往染井[①]，为故友扫墓。

扫墓后，大家来到巢鸭车站时，已是夕暮时分。他们打算由此处去繁华之地，共进晚餐。究竟是坐这趟电车绕至上野，还是坐市内电车赴银座？大家出现了如此两种意见。二者相较，谦作还是更愿意去上野。虽然没想从上野再去找登喜子，但不知何故，谦作的心被上野给勾去了。

然而，最终大家还是去了银座。到了银座，为去哪家饭馆，意见又出现分歧。大家像当年的孩子一样，任性地争执起来，这倒也挺有意思。一部分人提议去最近

① 位于东京都丰岛区驹込的染井墓地。

法国人开的西餐馆，另一部分人主张去味道可口的牛肉馆，争执良久，互不相让。

“喂，大家可知晓？那家法国西餐馆的餐前小菜里有玻璃屑呀。”绪方这个人挑起毛病来。

最后大家决定分为两伙，各行其便，但约定进牛肉馆的一伙，餐毕后必须进西餐馆喝茶。如此谈妥，众人分两伙而去。

众人会合一起，走出西餐馆的时候，已经九点了。大家沿着尚在营业的夜店一侧，信步走至某处，决定分手。

“今天算了吧，因为哥哥姐姐来我家了。要是不打个招呼就不回家，可太失礼了。”绪方如此表态。但是，谦作一旦动了念头，很难断念。

“别的姑且不论，即便现在去，也不知那个艺伎在不在啊。”绪方又说。

“如果那个艺伎在，你去不？”

“哎，先慢着。你这么认真啊。”

最后，他们决定先打电话确认一下，于是二人进了一家咖啡馆。

谦作打去电话，接电话的是阿茑。

“登喜子今天去市村座[①]看戏了，小稻昨天出远门，

① 著名歌舞伎剧场，位于东京下谷二长町，宽永九年（1634）创立，昭和七年（1932）因火灾化为废墟，退出历史舞台。

还没回来。”阿莺带着歉意解释道。

“戏散场后，她能回来吧？”

“哎呀，我觉得她大概能回来，我马上打电话问一下。先生那边电话号码是多少？我问完登喜子后，即刻答复先生。”

就这样，他们稍等了片刻，电话打来了。

“戏没看完，登喜子就陪客人去了藏多屋，此刻正在用餐，大概很快就有空了。”

“那咱俩去吧。”谦作劝道。

绪方嗜酒，说道：“如果决定去那里，那我在这里再少喝一点儿。”说完，绪方暂坐这家咖啡馆，连续喝了两三杯掺汽水的威士忌。

约一小时后，二人来到西绿。

“刚才，先生的电话一挂，小稻就回来了。”阿莺这样说道。她将引导客人入客室的工作推给别的女仆，自己立刻站在电话机旁。

少时过后，小稻来了。又过了片刻，登喜子也来了。

在谦作看来，登喜子与上一次又有些变化。因为绪方首次来此，登喜子的心情多少有点拘谨。加上她好像也累了，精神不振。登喜子从那边陪客处直接过来的，穿着打扮不像小稻那般整齐。她心中挂虑此事，时不时欲整理一下自己的服装。谦作瞧之，觉得可笑。

该夜一如既往，他们俨如孩子般玩游戏，通宵达旦。然而，谦作思忖：自己总是这样，到底好不好？没有比适可而止打道回府更好的了，但是到了三四点，还是不能回去，既然如此，谦作不晓得好不好让她们安排自己与绪方睡在这里。

户外，秋雨正在静悄悄地下着。谦作与绪方一边听着雨声，一边迷迷糊糊地睡着。此时，女子们都归去了。

上午十点左右，二人醒来了，开始泡澡，心情清爽起来。他们又叫昨夜那两个艺伎，唯独小稻一个人来了，登喜子去这家茶馆临街二楼接客了。

绪方稍微醒来，就开始喝酒，他不玩游戏也不说话。小稻瞧着这意兴阑珊的场面，心里无可奈何。她露出百无聊赖的寂寞眼神，凝视长时间仰卧着的绪方。

绪方闭着的眼睛突然睁开了，察觉小稻在凝视自己，感到有点不好意思，有气无力地说："你有没有很有趣的故事，给讲一个怎么样？"

"好啊。"小稻现出寂寥的笑容，"《白狐狸推着下谷艺伎们的汽车》，这个故事，先生知道吗？"

"不知道。发生在什么地方？"

"听说这是最近的事。大概是去大宫的时候……"

小稻一本正经地说起了这个故事。

"那可是个吓死人的事，据说将此事告诉同伴就好了。可是如果告诉了别人，恐怕过后会遭到残酷复仇吧？”小稻这样讲着。

谦作觉得这个故事荒谬无聊。小稻若真信倒也罢了，自己不信却郑重其事地讲着，何其无聊啊。

“这个故事不太有意思呀。”谦作说道。于是，小稻也立即表示同感：“是的。”

“这是胡诌出来的。”

“是的。有点不可信。”小稻笑着说道。

自己郑重其事地讲着，被别人否定后，毫无不悦的表情，且与别人同笑。凡事皆看客人脸色，迎合客意。谦作看着这样的小稻，既感到不愉快，又觉得她很可怜。

“这一定是‘三题单口相声’[①]没编好，搞成了这个样子。”

“嗯，肯定是的。”小稻好像很高兴，高扬着与生俱来的尖锐声音，哈哈大笑。

“是我们这里的陪酒女郎，在伊豫纹[②]或其他什么地方听来的。我还以为是真的呢……确实是这样的。请您相信我。”

“那么，你再给我讲个别的故事吧。”绪方闭着双眼，懒洋洋地说道。

---

① 当场将观众给的三个题目穿插起来编成的单口相声。

② 伊豫纹是位于东京下谷同朋町的一家有名的餐馆。

“有意思的故事？我没有什么太有意思的故事。”说完，小稻一脸困惑，一声不吭。当二人快忘了这码事时，小稻突然笑了起来，说道：“那么，这回我讲一个真实的故事。”

这个故事发生在这一带的花街柳巷。讲的是法院提审情死未遂的男子时，男子说“收盘价时去”，审判官问道：“打折大减价[①]时去，是何意思？”小稻讲完，觉得此事挺幽默，情不自禁地笑了。谦作晓得这句青楼行话的意思。但绪方与该审判官一样，不懂得“收盘价”这句青楼行话，本来是难得的一个笑话，在绪方那里，却未能成为笑话。

不知何时，绪方又发出低微鼾声，进入梦乡。谦作虽然疲惫，却无困意。他百无聊赖地拿出围棋盘，与小稻下起黑白五子棋来。

谦作在客室里听到了登喜子的说话声。如今，在自己与登喜子的关系方面，谦作已不抱什么幻想了。虽然如此，身边倘无登喜子，或者说登喜子在别的房间与别人言来语去，他都莫名地感到寂寞。登喜子若没来倒也罢了，来了却在别的房间，那“登喜子在别的房间”这

① “收盘价”原文是“大びけ”，意即交易所收盘的行市。“大びけ”是昔时江户青楼行话，即当日营业完毕，闭灯关门。在江户新吉原一带，指半夜两点左右。“大びけ”与“大割引き”（打折大减价）发音近似。

个念头无论如何也离不开谦作的意识。实际上，登喜子走过谦作等人的客室外时，肯定会主动打一声招呼，有时还进入客室。于是，谦作的情绪又变得令他自己都感到不可思议般富于清新活力。

黄昏时分，雨终于停了。临街二楼的客人尚无归去的迹象。谦作与绪方离开了西绿。离开青楼区，绪方即刻顺路进西餐馆去喝威士忌。绪方饮酒海量，千杯万盏也不醉。谦作已经精疲力竭了，但是此前总觉得心情郁悒的他，此刻接触到雨霁的户外新鲜空气，立刻感到神清气爽。

二人决定去日本桥方向，先徒步至三轮，然后从该处坐开往人形町的电车。

绪方戴着好像鞣制的浓橄榄色礼帽，靠着玻璃窗，抱臂，闭着眼睛。

抵达中阪，二人在此换车，上下车的旅客颇多。一个已婚的年轻貌美女子抱着一岁左右的婴儿，进入车厢。她的身后跟着一个十六七岁的温厚的女仆，抱着包袱上了车。二人坐在谦作对面恰巧空着的座位上。

婴儿胖乎乎的，很健壮活泼，穿着带花纹的美丽衣裳，外面套着漂亮的婴儿坎肩。然而，由于身体太小，衣裳穿得不太板正，好似穿着肥大的宽领和服，从领口处可以瞧见后背滚圆而柔软的白皙嫩肉。婴儿摇着头，手脚不停地乱动着，独自活泼地在撒欢儿。

女子好像二十二三岁，但是谦作难以准确估计她的年龄，因为他一看见已婚女子，就觉得无论哪一个都年长于己。对面的这个女子，以与朋友交谈般的轻松温和与亲切感，在和女仆说着什么。

在与这女子及女仆相反的一侧，坐着另一对女子与女仆，主仆二人之间，隔着一个乘客。那家的女仆背着四岁左右的小女孩。小女孩从刚才开始，一直瞪大眼睛，以孩子的稚气与兴趣，凝视着这边活泼乱动的婴儿。婴儿有所察觉，望着女孩。最后，婴儿哇哇尖叫着，胡乱地扭动着身子。尽管如此，女孩犹然以沉默生气的表情看着婴儿。

婴儿乱动得太厉害，一直忘我地与女仆闲唠的婴儿母亲终于察觉到了。她极轻捷地回头，看着女孩。那是一种充满蓬勃朝气的视线。

“哎哟，这孩子要去小姐姐那里聊天呀。”说完，女子笑了。女孩却依旧若无其事地板着面孔。背着她的那个女仆慢声慢气地哄着她。

这边的女子与随行女仆的谈话就此中断。她突然——毋宁说是发作般开始“啪啪”地，用略带惩罚似的日本式亲吻，狂吻着婴儿。时而吻脸颊，时而吻脖颈。婴儿好像感到发痒似的，扭动磨蹭着身子笑着。女子露出美丽的发际，椭圆略扁的发髻倾斜着，继续执着地亲着婴儿咽喉一带。谦作目睹这一场景，觉得这是一种怪异的过度甜蜜，不好意思继续正视下去了。他坦然自若地转过头去，远眺车窗外的景色，心中却在想象：这个女子远比还不晓得如何撒娇的婴儿更擅长撒娇。

女子的举动，是当了父母的年轻男女之间甜蜜亲昵的关系无意识地再现于婴儿身上。谦作想到这里，莫名地感到害羞。与此同时，心情也不那么轻松自如了。但是，这个女子的精神也好，肉体也罢，均无松弛懈怠感，而总是给人一种轻松畅快之感，因此，谦作觉得这个女人很美。他忐忑不安地想象着：若有这样一位好女子来做自己的妻子，自己肯定会非常幸福。一时之间，谦作甚至觉得，若能娶上这样一个女人，自己一定会幸福得别无他求了。

"哎呀，下一站咱们该下车了。这回你背着孩子，一边'嗯嗯'地哄着孩子一边走吧。"漂亮的少妇一边让女仆背着婴儿，一边这样说道。等到电车停下，她们便下车了。

谦作本能地感到幸福。这种幸福感连同那个少妇的印象，在他的心中余韵绵长。

谦作与绪方在小传马町下车，沿着人行道奔向日本桥方向。雨水浇洗过的街道将路灯映衬得分外悦目。二人过了日本桥旁的临时桥，又前行片刻，进了一家小巧精致的酒馆。

绪方一边夸赞这家酒馆的美酒，一边一杯又一杯地喝着。绪方一喝酒，精神头儿就涌上来了，他围绕初识的仲之町的艺伎与新桥赤坂一带的艺伎进行了比较。

绪方说，他因与赤坂的某艺伎的关系，惹下了麻烦，搞得焦头烂额。如今那艺伎的包养者仍在从中作梗，阻止二人往来。面对乱七八糟的烦心事，绪方既毫不采取逃避的态度，同时也奇怪地无积极运作的打算。谦作觉得这样的绪方真挺有意思的，因为这里遗留着某种绰有余裕的风雅精神。谦作思忖：自己之所以觉得有意思，是因为讲这种风流事的烦恼，通常容易引起听者的某种反感，但绪方讲这种事，自己听来却毫无反感。

九点左右，二人走出了酒馆，但总觉得还不想就此分手。于是，二人漫无目的地徜徉在银座的大街上。

“咱俩可以走到清宾亭，那个店里放着我的威士忌[①]。怎么样，去吗？”

“你怎么还想喝呀？”

“嗯。”

---

① 日本酒馆的一种习俗，在酒馆买一瓶清酒、烧酎或威士忌，没喝完就寄存在酒馆里，瓶上写着自己的名字，或将写着名字的小牌挂在瓶颈上，下次来时再喝。

绪方是真嗜酒，可谓祖传的酒仙。纵然鲸吸牛饮，他也不会变成一个失态的醉汉。

“那家店里有个女子，原来是横滨的艺伎。”

“那家店里，有许多这样的女子吗？”

“哪有那种事啊，就她一个。与以往当艺伎相比，目前的酒吧工作显得挺称心。最主要的是交往轻松，不需要太多的时髦衣裳。”

来到清宾亭，二人被领进二楼深处稍低一点的房间，门上挂着镜子，装饰得花里胡哨的，俨然是微型电影院。

女仆们在热热闹闹地忙碌着，各处都传来哈哈大笑声。

“欢迎光临！”“O 先生[①]，欢迎光临！”两三个女招待走过门前，这样说完，就匆匆忙忙地跑过去了。

谦作因熬夜与过度吸烟，双眼充血，情绪不佳。他把买来的眼药水滴在眼睛上，然后，双肘拄在桌子上，手支着额头，闭着湿润的双眼，一动不动。两个人真是都力倦神疲了。

“这家店里的人，个个都是精力充沛的。咱俩却没有精神头儿了，所以，格外觉得人家精神饱满。”

一个身穿带领和服的、二十三四岁的女招待，一只

---

① “绪方”的日语读法的第一个字母发音即“O ”，以此称呼绪方，含有亲密感。

手提着威士忌瓶，另一只手提着汽水瓶，笑眯眯地走进屋来。

“是这个吧？”女招待举着威士忌瓶，俯首问道。

“欢迎光临！”女招待凑上前来，郑重地向谦作施礼。继之，又向绪方默默施礼，显得很亲密。

威士忌瓶的商标上画着一个圈圈，中间写着笔画颇粗的日文“オ”[①]。

“这字是你写的吗？写得好难看呀。”绪方说道。

“字写得是难看，但能明白意思就行呗。”

女招待从衣带间掏出瓶起子，起开了汽水瓶盖，向摆好的酒杯里先倒入威士忌，再注入汽水稀释。完事后，女招待提着空汽水瓶跑出去了。

“你说的是不是刚才这个女子？”

“啊，不是她。那个要是不来，就打发人去找一下。”

这时，另一个女招待怀着在初次见面的谦作面前有些拘谨的心情，静静地走了进来。这是一个身材高大的美女，谦作思量，绪方说的大概就是这个女子。女子双眼微显浮肿，露出献媚的神色，说道：“先日多蒙关照。”说完，就凑到绪方的身旁。她的朱唇带着清丽莹润的美丽颜色。

① “オ”是日语片假名，发音与“O”相同。

绪方一言不发，拿起眼前酒杯一饮而尽。然后，他向威士忌中掺入汽水，放在女子面前，命令道：“你把它喝下去！”

女子坐在绪方旁边的椅子上，凝视着酒杯，眼神似乎欲将酒杯看透，并说道：“这酒太有劲了。”说完，她一口没喝，将酒杯置于绪方面前。

“这酒该你喝的呀。”说着，绪方要将酒杯放回去。

女子按住绪方的手，说道：“这么有劲的酒，我实在受不了啊。”

“那么，咱俩就各喝一半。”说着，绪方将酒杯推给女子，酒晃荡间洒了出来，渗入厚厚的桌布。

“请O先生先喝。”女子宛如对待脏物一样，将酒杯放到绪方面前。

“这次，你肯定喝吧？”

“我肯定喝。”

绪方挺起胸膛，一口气喝下约半杯，然后将酒杯置于女子面前。实际上绪方喝的不到半杯。女子乖乖地端起酒杯，红润的美唇贴了上去。

“这酒，真是太有劲了。”女子故意皱紧眉头，分成好几口才喝光。

适才那个女招待拎着新的汽水瓶走了进来，然后站在那里一本正经地说道：“这可不行啊，加代，你怎么敢喝这么烈性的酒呀……”

“我不过是把剩下的半杯喝了。”名曰“加代”的女子回之以嗔怒的眼神，快言快语回答。

女招待并不理会加代，对绪方说：“O先生，您这么干可不行啊。请千万别把加代给灌醉了。”

“你这个领班可真严格啊。这可难办了。”

女招待起开拎来的汽水瓶盖，一边往杯子里倒一边笑着说：“那一位的杯中酒，还一点没减少呢。”

“所以，你如果不给找陪酒的来，我们这酒还怎么喝呀。如果加代不行，阿铃，你就来陪酒吧。”绪方说道。

“陪O先生喝酒，那我可真不是对手啊。”

名曰“阿铃”的女招待也在加代身边坐了下来。

加代生气似的小声对阿铃说道：“你也许以为自己岁数比我大点就谙熟世故，就来指责我，这样很失礼哟。”

“这话可真讨厌。”阿铃皱起了眉头。

沉默不语的绪方此时开口说道：“你俩现在生气，正适合喝闷酒，怎么样？”

两个女人略显不好意思地对视了一下，接着，同时笑了起来。

绪方东拉西扯，花言巧语地灌两个女人。名曰阿铃的女招待也不像刚才那样说三道四招人烦了。

楼下时常有人喊加代，每次听见被喊，她就起身下楼，一有空儿就又返回来。

谦作还没习惯这里的氛围，没怎么开口说话。他一边听着三人交谈，一边独自搂着葡萄盘，用指尖小心翼翼地捏着紫葡萄粒，送到嘴边，葡萄滑入口中。

加代又跑回来了。

“哎哟，真热啊。”她双手平扯着袖子，呼啦呼啦地在酥胸处扇动着。加代已经醉了，她那两泓水灵灵的秋水，在电灯光的映照下，闪动得异常美丽迷人。

“加代，说真的，到此为止吧，要是又喝倒了，后果可就严重了。”

“我？我怎么可能喝倒呢？”加代双目凝视着阿铃，无所顾忌地回答。

谦作仰卧着，又开始滴眼药水。

“眼药水能给我一下吗？”绪方伸出了手。谦作闭着眼睛，将眼药水递了过去。

“O先生，我来给你滴眼药水吧。”

“你能行吗？”

“绝对能行。”加代接过眼药水，转到绪方身后。

“头再往后仰一仰。”

“这样，行不？”

“再仰一仰。”

趁这工夫，阿铃眼疾手快，将四把椅子并列排了起来。

“O先生，躺在这上面吧，好滴眼药水。”

加代坐在其中一把椅子上，对绪方说道：“您把头枕在我的腿上吧，这样我好给你上眼药水。”

阿铃取来餐巾纸，递给了加代。

“哎呀，我的腿上如果铺上了餐巾纸，二人关系就显得生分了。”加代且说且将餐巾纸展开，铺在了自己腿上。绪方仰卧在并列的椅子上。

“我用手指翻开你的眼皮，可以吗？”

“我自己来翻吧。”绪方张开双臂，自己翻开了眼皮。

加代没滴好，眼药水顺着耳朵往下流淌。加代笑着说：“再来一遍。”说完，翻开了眼皮。

“光线不暗吗？”阿铃抻着脖子问道。

“挺亮的。就这样，就行。”加代抬头看了一眼阿铃说道。加代全神贯注要滴眼药水了，可是细玻璃管内的药水所剩甚少，很难滴落下来。绪方翻着白眼苦苦等待着，药水却不落下来。于是，他仍旧扒着眼皮，想看看药水状况。

加代突然发作似的尖叫一声，站了起来。与此同时，扑通一声，椅子朝后倒在了地上。绪方大吃一惊，坐了起来。

“哎哟！怎么了？”阿铃吃惊地问。

加代手拿着眼药水瓶，默默地站着，继而以略带沙哑的声音说道：“一直是白眼珠，突然滴溜溜一转，出现黑眼珠，还看着我……”

“在说什么呢。你这个人啊……”阿铃略现出不愉快的神情。

加代的脸色稍微显得苍白，默不作声地站着。

该夜将近十二点之际，谦作与绪方又去了西绿。惰性发作，二人就是不愿分开。到了深更半夜，一时泛上明显的疲劳感，没能持续太久。三点左右，二人愈发困得不行了。谦作开始一味思恋着自己的床，渴望在自己床上随心所欲地进入梦乡。他与绪方约好，让他明天归途务必来家中一坐，然后借了一件棉袍披着，坐着人力车一个人打道回府了。

行至途中，天色破晓。谦作望着雨后美丽的曙光从东方逐渐涌现出来，忆起约十年前的金秋往事。那次他一人独旅，坐船通过日本海[①]时，望见薄雪覆盖的剑山后面升起了非常美丽的曙光。

---

① 日本海是太平洋边缘海，位于亚洲大陆与日本群岛之间。志贺直哉对日本海情有独钟，许多作品以日本海一侧的山阴地方为舞台。

第七章

谦作一觉醒来，已至亭午时分。一连两天夜不归宿，他有点不好意思见阿荣了。户外的伯劳鸟清脆鸣啭不停，令谦作都觉得有些吵了。他又贪恋了一会儿床笫，才下定决心，猛地一挺而起。他横拉开一扇套窗[①]，邻居家梧桐树梢的伯劳鸟被惊动，鸣叫着逃之夭夭了。

天气实在好，没刮风，金秋柔和的日光斜照着淋湿的地面与刚才飞走了伯劳鸟的梧桐树。浴室的烟囱冒着淡烟。谦作想起来了，他曾吩咐清晨为自己开门的那个女仆烧好洗澡水。

“终于起床了。”楼下传来信行响亮的话语声。阿荣登着楼梯上来了。

“信行君已经等了一个钟头了。”

① 日式住宅为防风雨、保温、防盗，安在窗外或套廊外的木板窗。

谦作雷厉风行地下楼来。信行正坐在茶室的长火盆旁，吸着香烟。谦作站着，闲扯了三言两语，接着问道："哥哥，你洗不洗澡？"

"我早就洗过了。"

"那么，我先去洗澡，容失敬片刻。"说完，谦作走进了浴室。

谦作觉得自己好像时隔日久之后才又洗澡了，悦目暖心的阳光透过玻璃窗，一直照射至箱型浴槽的底部。阳光中的水蒸气化作无数颗粒，朦朦胧胧晃动着。若非此刻胞兄正在焦候着，谦作真想以这悠然自得的心情，从容不迫地泡上一阵子。

"你夜不归宿，令阿荣十分挂虑啊。"说完，信行莞尔一笑。

谦作含糊其词地应付过去了。

"昨天我偶然碰见山口君了，他说想在某杂志上发表你的小说，你写出什么好作品了吗？"信行问道。

"山口君说将登载于杂志的几月号？"

"他希望能在下个月发表。不过，登在哪一期都行吧。"

"若是这样的话，方便时我把稿子寄去。"

"没有现在已完稿的小说吗？"

"此前一直在写的一篇小说，目前已经中止了。"

"嗯。"信行好似早已知晓，仅仅点了点头。

“等何时我写出了新作品，再寄去吧。”

“以前写完的，没有什么可心的吗？”

“有倒是有，但我不太想发表。”

“是吗？那么，你何时能写出拿得出手的作品，目前还不得而知啊。山口君很想介绍你的作品。”信行说道。

所谓山口君，是信行的中学同级同学，高中时中途退学了。现在，山口君任杂志的专职记者。

“为何？”

“可能最初是由龙冈推荐的。而后，似乎山口君又去阪口君处打听过。听说阪口君频繁夸赞你的作品。”

“嗯。”谦作觉得有些怪异，“山口君何时见的阪口君？”

“他说是昨晚见的。”

“是吗。交稿时间现在不敢约准，如果写出了像样的，也许可以求山口君帮忙发表。”

客厅里饭菜都摆好了。今日阿荣也与哥俩共进午膳，这可是稀有的事。

谦作心中一直挂记着绪方。饭后，他立即去附近的书店给西绿打了电话。

“刚才，他已经回去了。”阿茑回答。她又接着说：“请您稍等片刻。”说完，退了下去。

“昨晚……”登喜子出来接电话，“您能听出来我是谁吗？”

“嗯。”连谦作自己都觉得如此反应有点冷漠。原因之一是身边有书店的小伙计或顾客，谦作觉得打电话须注意语言分寸。

“您怎么了啊？”登喜子问道。谦作甚至能听见登喜子转向阿茑说：“先生这是怎么一回事啊？”

“绪方先生到您那里了吗？……如果去了，请您代我向他致歉。昨晚打‘二十一分’，我不该生气。可以不？……他老是赢，搞得我真的有点生气了。”

谦作听罢，临机应变敷衍了几句后，便走出书店，返回自家。

少顷过后，绪方来了。身上还带着酒气。

“登喜子也真可以，竟然欺负我，真叫我受不了啊。”绪方似乎当作笑谈，这样说道。

“是关于玩纸牌的事吧？刚才我去打电话。登喜子在电话里求我代她向你道歉呢。”

那是将近拂晓谦作欲回家之际的事。绪方他们玩纸牌打“二十一分”，真是莫名其妙，唯有绪方净来好牌，一路顺畅，将大家的钱财席卷一空。换庄再玩，钱还是被绪方赢去了。当时登喜子又后悔又来气，口中说着什么。究竟登喜子说了些啥，谦作也没听。不一会儿，绪方突然仰面朝天躺下，说道：“哈哈！这种赢法真没意思。”说完，就退出不玩了。对此，谦作并没在意。而后三人又继续玩下去。谦作将刚才电话里登喜子挂虑的事以及此刻绪方满不在乎地说的这一番话结合起来考虑，觉得这件不值一提的小事肯定令二人的心情出现了一个微妙的小疙瘩。谦作不可思议地回忆起一周前在同一场所，自己因为阪口而甚感不快，龙冈却几乎毫未察觉。现在自己置身龙冈的位置，竟然也出人意料地根本未察觉那种事。这些姑且不论，若阪口向山口推荐并夸赞谦作之事属实，这倒让谦作愈发感到迷惑："阪口此举，究竟出于何种心情？"

过了不久，信行就回去了。

酒劲一过，绪方就觉得浑身阵阵发冷。谦作家中有雪利酒[①]，阿荣就寝前时常喝一点。谦作拿来雪利酒，绪方厌甜酒，迫不得已地喝着。下午四点左右，二人走出家门，联袂去了芝区的龙冈家。

然后，邀上龙冈，三人在日荫町散步后，又钻入清宾亭。然而此日不知何故，加代一直没露面。

翌日，谦作自起床开始，无端地感到心情不畅。但有事须赴丸善书店[②]。途中，谦作喷嚏不断。办完事，谦

---

① 一种白葡萄酒，黄褐色，酒精度较高，味甘，芳香浓醇。

② 福泽谕吉的门人早矢仕有的于明治二年（1869）在横滨创办了丸善书店，后迁至东京日本桥附近。丸善书店致力于进口洋书，对日本的学术研究之进步做出了贡献。

作径直归家，钻入了被窝。因为生活不规律，搞得身心交瘁，他染上了感冒。第二天，谦作依然从早到晚躺在被窝里，度过了一天。他意识到，对目前自己的生活，不做某些调整是不行的。但是，谦作的心情怪异地焦虑不安。翌日，他萎靡不振，在被窝里度过了半天。因为没发高烧，沐浴过后，他在家里实在待不住，黄昏时分去找龙冈，一同去了西绿。登喜子与小稻都来了，但气氛并不热闹。夜渐深沉，谦作的心情由焦虑变得痛苦起来。谦作第二次见登喜子，就感觉自己对她不抱幻想。而今日对登喜子的感觉，与此前认为对登喜子不抱幻想的那种感觉，最为近似。于是，他对登喜子怀有的心情，宛如失去了弹力的橡皮筋，变得松弛无力，二人的距离逐渐越抻越远。谦作如今仍喜欢登喜子，但这种喜欢根本无法化作激情，燃烧起来。他因自己的这般心情而悲怅。谦作很想认为，是自己与爱子的婚事风波将自己变成了这样的人。但谦作一想到实际上自己对爱子的心情早就是这般状态了，心情就变得异常寂寞起来。

谦作觉得自己已经沦为无聊至极的人了。他必须独自一直忍耐着如此心情，一边咀嚼着如此苦涩，一边渴盼暗夜过去，清晨到来。谦作深深地意识到，此刻的这种地方不符合自己的禀性。

次日午后，绪方来访。他的一个亲戚想和信行同级某同学的妹妹结成眷属。如果信行熟悉对方家庭概况，绪方想求谦作替他向信行打听一下女方的底细。绪方是兼带这个任务来访的。

“这件事暂且不谈。前天你到底没回家吗？”绪方说道。

“为何问这个？”

“是这么回事，加代让我找你，她说你哪怕只能腾出片刻时间亦可，她想见见你。夜里十点过后，我曾打发人力车来接你，你不知道吗？”

谦作的脸红了。加代究竟是以何种心情提出此事的呢？她是否也经常这样对别人？对于此事，谦作心中没底。他初次见到加代，就多多少少被她迷住了。不过，那种本能的粗杂的感觉中，含有“既喜欢又厌烦”两种要素。谦作有一种预感，在这种情况下，如果与加代深交下去，定会以不愉快告终。首先，谦作觉得加代是一个自己难以对付的女人，因此对她感兴趣。仅此而已，别无其他想法。其次，谦作执着地认为，那日加代对自己的态度不冷也不热，在她的眼中，自己只不过是一个路人。如今听绪方这么一说，谦作心中开始涌动着微妙的甜美滋味，但他极力掩饰自己的真情实感。

然而，另一方面，谦作又有些不快。为何阿荣也好，女仆也罢，都不告诉自己这件事？谦作猜测，在每日过着单调生活的阿荣看来，派人力车来接人，这并非不算一件大事——不言而喻，阿荣不是忘记了转告，定是故意不传达，阿荣很可能甚至叮嘱女仆对此事也须守口如瓶。

“今天下午四点，我家在东海寺祭祀先祖，要做法事，在此之前，你若时间方便，咱俩出去吃顿饭，如何？”绪方建议道。

于是，二人去了山王下的一家餐馆。

白天的这家餐馆很安静。二人选择的客间正面对打扫得干干净净的、小巧玲珑的前庭。谦作和绪方将坐垫置于靠近屋檐处，随意聊着轻松话题。

“再过四五天，我必须带领我们家的几个老太太，去京都参拜桃山[①]。白天和她们打交道，但是到了夜里，我可以自由活动。”绪方说道。

一身打扮干净利落的女仆来了，开始更换壁龛里的“生花”[②]。女仆距坐在靠近屋檐处的二人较远，她坐在壁龛前，仔细端详着生花的位置，端详一遍之后，重新摆设一遍；端详一遍之后，又重新摆设一遍。

“把上次那个阿婆叫来，好吗？”绪方对女仆说道，

---

① 桃山位于京都市伏见区，因在伏见城遗址上栽桃树而得名。

② 展示日本植物艺术之美的“生花”，滥觞于寺院或佛前“供花”。花开花落，象征无常。欣赏生花的习俗可溯及平安时代，确立于室町时代，江户时代形成规模与系统，称“花道”或“华道”。

“然后，还有那个千代子……”

女仆将更换下来的旧花拿到走廊，又回来跪在榻榻米上，静候吩咐。

“那么，把她俩叫来就行了。”绪方说完，女仆施礼后，出去了。

少顷，所谓“阿婆”的艺伎进来了。这个女人年过四十，身材细瘦小巧，脸色稍显苍白，好像饮酒海量，而且口若悬河。

“我们吃完饭，立刻就得回去。所以，你再催促一下千代子，让她快点过来。”绪方对端饭菜的女仆这样吩咐道。

“哎，那个姑且不说，我到底何时能陪您去呢？”年老的艺伎问道。

绪方没立即作答，他瞅着谦作说道：“我已说好，下次约这阿婆一道去吉原。我对阿婆说了此前去过那里的事，她赞不绝口。”

“能与仲之町的艺伎们玩耍，已成为名副其实的此道行家了。”老艺伎说完，笑了起来。

绪方与老艺伎讲着谦作不知道的某人的事。老艺伎滔滔不绝，不时夹杂着响亮得俨然敲铜锣般的大笑声。这笑声怪异得令人心情烦躁。

绪方话锋一转，突然问道：“蕗子现在在吗？”

老艺伎突然语塞，表情也略显变化。绪方也无意识地露出一种紧张的神情。谦作猜测：蕗子可能是他俩交谈时提到的艺伎。

“她正在旅行。”老艺伎终于回答。她的语调从旁听来很像是在撒谎。

尽管如此，绪方又问：“去何处旅游了？”

老艺伎又语塞了。

“我想，她可能去了盐原[①]。”说完，老艺伎将话题岔开，谈起观赏盐原与日光[②]一带的红叶目前为期尚早或已晚了等话题。绪方也好像就此忘了蕗子，不再提这个女人。老艺伎以饱经世故者的傲慢表情，忐忑不安地回答绪方的轻松问话。看着老艺伎的这个样子，谦作总觉得滑稽可笑。

事情内幕是这样的。有一个富豪老爷明知蕗子与绪方的感情关系，却仍旧对蕗子母子很好。他的一个男仆认为蕗子这样做实在太过分，便正言厉色劝诫蕗子。蕗子勃然大怒，将当年春天老爷给做的漂亮衣服当场撕得粉碎，然后痛哭流涕地坐着汽车来到绪方家。因为不便公开喊出绪方，遂于门前徘徊，这时恰好绪方的弟弟外出归来。蕗子拜托他，表明自己欲见其兄绪方。那是深

---

① 位于栃木县北部，是那须盐原市西部的地名，“盐原温泉乡”遐迩闻名。

② 位于栃木县中西部，大部分属于“日光国立公园”，著名观光地。

夜一点左右的事。绪方已经听见门前传来汽车的声响，觉得可能是有什么事。

“已经钻入被窝的人，焉能即刻就爬起来出去，于是我置之不理。过了一会儿，她就回去了。”四五天前，绪方曾对谦作这样说过。事到如今，绪方与蕗子已有两个多月没见面了。

饭快吃完的时候，艺伎千代子终于来了。她与前一个老艺伎截然相反，是个大高个儿漂亮女子。千代子体形近似小稻，总体上非常丰满，形象美丽。尤其是她的眼神，饱含美感与力量，能令人的心情不可思议地平静下来。谦作被这双眼睛深深地迷住了。

过了片刻，谦作与绪方走出了餐馆。绪方去往品川的东海寺方向，谦作与他在赤坂见附[①]瓮城门下分道扬镳。谦作登城后，漫无目的，孤零零地朝日比谷方向走去。此刻，涌上谦作心头的人，并非适才见到的漂亮的千代子，而是迄今没太思念的清宾亭的加代，她的形象萦绕在谦作的心头。“加代让我找你，她说你哪怕只能腾出片刻时间亦可，她想见见你。”绪方的这句话多次在谦作心中重复着。

登喜子也好，电车上见到的那个少妇也好，今日初

---

① 赤坂见附亦称“赤坂御门”“赤坂口”，江户城外护城河边瓮城门之一，位于东京都港区与千代田区交界处。赤坂见附也是这一带的地名。

识的千代子也罢，最近的谦作几乎见一个喜欢一个。而如今在这几个女子当中，最吸引他的，是说过那种话的加代。

归根结底，我在追求什么呢?

谦作情不自禁地这样思索着，心情变得安宁轻松。因为这是一个他虽讨厌解答却能够解答的问题。

第八章

年幼于谦作的朋友宫本去“上方”[①]进行短期旅游归来了。他手拎一篮松茸，前来拜访谦作。

二人在二楼谈天论地。傍晚时分，附近一个经营外卖的餐馆派人来，说有谦作的电话。

“您能马上光临吗？”这是加代的声音。

“绪方在那里吗？”

“他已经在这里了。”

“那么，能否有劳你转告他，说我这里虽无美味大餐，却有京都的松茸，请他马上过来享用。”

加代以生气的口吻快速回答：“我这边特意请您光临，您却叫绪方过去，真讨厌！”

“我和绪方吃完饭，再去你那里，不也挺好的吗？”谦作说道。

① “上”意即皇居所在地的方向。“上方”指京都及其周边一带，亦称“京阪地方”，广义指畿内地方。

"真麻烦！净辛苦O先生一个人来回跑腿。"

谦作与加代问答顶嘴了数个回合，最后表态："好的。那我们吃完饭就出发。"说完，谦作撂下了电话。

大约两小时过后，谦作与宫本联袂去了清宾亭。

绪方坐在小房间内，在阿铃与加代的陪伴下喝着威士忌。

"你真是太不像话啦！人家一片好心请你来吃饭，你却不与我直接商量，径自任性拒绝了。"绪方一边说着话，一边伸手揉抓着并排坐在身旁的加代的肩头。

"真是这么回事啊。"阿铃说道，"但不知先生享用的是什么美味大餐。"

"您说过没有什么美味大餐。是吧，时任先生？"加代说道。

"先生那么讲话，理所当然。"阿铃说道，"有哪个人会说自己有美味大餐呀。"

"我听着信以为真，不也挺合适吗？"说着，加代瞅了阿铃一眼。

"喂，"绪方拍着阿铃的膝盖，劝道，"就着桥善的'天麸罗'[①]，喝日本酒[②]吧！"

"我哪怕看一眼天麸罗，都感到心累。"性格内向的

① 亦称"天妇罗"，是一种日式油炸食品的通称。

② 用日本传统酿造法酿造的酒，又名"清酒"，以大米为主要原料，酒精度大多为十四五度。

宫本说道。

“不喜欢天麸罗吗？那你就别吃了。”

“真的。现在正当节气交换的节骨眼，万一吃出事来，后果就严重了。”阿铃说道。

“你这个人到底怎么回事？说起话来婆婆妈妈的。”加代像旁白似的说道。

宫本饮酒海量，与甜味薄荷酒混着喝也毫无醉意，但不知为何，脸色阴沉着。可能是由于昨夜乘夜车归来，睡眠不佳，蔫头耷脑的。

“怎么了？”与谦作并肩而坐的加代盯着坐在对面低着头的宫本，这样说道，“这可不好。从刚才开始，他就独自一人意志消沉……”加代看了一眼谦作，又说，“他到底是怎么了？”

说完，加代挺起上身，用后腰夹住了谦作随意搭在自己椅子上的手指头。

“是因为睡眠不足。”谦作一边这样解答，一边想悄悄抽出自己被加代用后腰夹住的手指头。

“当是要风流导致的睡眠不足吧？”说完，加代向谦作投去了带诱惑意味的眼神，后腰又适当用力，夹住谦作的手指头。

“哪里是风流导致的，是坐夜车导致的睡眠不足。”谦作口气冷淡地解释着，然后用力从加代后腰与椅子靠背中间拔出了手指头。谦作以为加代会流露出不悦的神情。但是，加代假装根本没在意谦作的这一动作。

对来自女人的这种传情达韵的动作，谦作并未感到心情朗畅。于是，他冷漠地抽出了手指头，却又对此举悔之不及。谦作在男女风情方面有着怪异的洁癖，对这样的自己，他甚是讨厌。眼瞅着自己放掉了一个良机，谦作感到十分遗憾。谦作觉得之所以如此，是因为众人皆醉我独醒。于是，他一时心血来潮，说道："能给我来点那种酒吗？"谦作让别人给他斟满适才自己拒绝喝的薄荷酒，将之一饮而尽。

"真是不可小觑啊！"加代夸赞道。

随着醉意趋浓，加代的双眼又变得美丽动人了，朱唇的颜色亦显得明艳悦目。她的动作也逐渐变得粗犷无忌起来。

煤气灯下，绿色的酒洒在蒙得板板正正的桌布上，愈发显得好看。

"哎哟！这简直太美了！"阿铃说着，脸凑近桌布，仔细观赏。

"我再往桌布上洒点酒给你看，怎么样？"加代一边放肆地说着，一边执舀盐的小匙舀酒，将其胡乱地洒在桌布上。

"又干这种粗野的事。"

“还不是因为你刚才夸赞说桌布上洒了酒，简直太美了。”

“确实很好看。”谦作说道。

加代立刻回眸看着谦作，粉面近靠着他，近得俨如脸贴着脸一般，并颔首说道：“是美吧？”

谦作这次故意迎合加代，他像加代一样颔首，表示赞同。这一举动就连谦作自己都觉得有些不太自然。当谦作的此种心情流露出来时，此前一直缄默不语的宫本模仿京都方言开起了玩笑：“看你俩关系，好得非同一般啊！”谦作微妙地感到此言带有奚落色彩，他想反击，但若反击必导致自己愈发不自然。他挪动椅子，身子靠近加代，终于说出一句话：“我喜欢你！”

“谢谢！”加代对谦作出人意料的举动感到有点惊慌失措。虽然如此，她仍然流露出娇羞可爱的神情，与刚才的粗莽形象一对比，简直判若两人。

“咱俩该怎么办才好呢？”谦作更加大胆地用肩膀碰触着加代的肩膀。

“那么，咱俩就干脆想方设法做点啥吧。”加代以过度撒娇般的声音说道。其间不知何时，加代恢复了常态。然后，她歪着头，粉面一直贴在谦作的胸前，一动不动。满头云发碰触着谦作的脸颊。

“你们这可真叫别人受不了啊！”说完，阿铃哈哈大笑。

谦作用手搂着加代的脖颈，俯首贴近粉腮，笑吟吟地端出了欲亲吻加代的姿势。二人的颞颥与额头贴在了一起。但是，嘴唇与嘴唇之间尚有三四寸的距离。在这凝视不动的过程中，可以感受到陶醉了的皮肤挥发出的温润香气，飘浮在脸颊与脸颊之间。谦作感受到魂迷意荡的快感。

忽然，周围变得静寂无声，谦作抬起头来。不知何时众人放下了门口厚厚的门帘，都去了别处。加代也抬起微带汗水的粉面。二人骤然恢复了清醒，连开个玩笑的心情都没有了。

“他们一定去了邻室。”

“咱俩过去看看吧。”

二人立即走出房间，进邻室一看，一个人也没有。

大家都在前面的大屋子里。屋子里有个名曰“山崎”的人，原来与谦作同校，比谦作高三届，现任律师。山崎拉住绪方与宫本，一副十足的醉汉形象，高声喋喋不休，不知在说些什么。名曰“阿清”的女仆身材瘦小，眉毛稀疏，模样漂亮，坐在山崎身旁。

从很早以前，谦作就讨厌这个山崎。每次见面，山崎总是不知不觉地采取居高临下的压迫态度。今日，谦作压抑着对山崎的厌恶，坐了下来。

山崎握着阿清的手，不依不饶地逼着她喝酒。阿清虽然嘴里说“讨厌！讨厌！”，却满不在乎地被逼则饮。

加代虽然也醉了，却以镇静的心绪和阿铃并肩坐着。

谦作终于有些坐立不安了，他小声劝诱绪方与宫本去西绿，宫本没明确表态。

“我去打个电话联系一下。”说完，谦作站起身来，却突然被椅子腿绊了一下，摔倒在地。

“下楼梯可危险啊，时任先生。”加代说完，跟在谦作身后。

“没事的，你不必跟来。”

“看你个招人恨的样儿。”加代使劲拍了一下谦作的后腰。他也不回头，一声不吭地准备下楼。此时，谦作察觉自己双颊肌肉浮现出蠢笨的笑容。他像摘掉了假面具似的，回头说道：“那么，你跟我来呀？”

“现在不想跟你去了。”

谦作小心翼翼，一个人下楼去了。他站在电话机旁，心中不畅，没能立即打电话。

“登喜子出远门了，小稻确实在家。”

“是吗……”

“请先生光临吧。”

谦作觉得若情况相反，是登喜子在家，自己倒是很想去的。

谦作又静静地登楼梯，一回到二楼，就只能听见山崎在大声说话。

山崎紧紧搂着阿清的脖颈，正欲亲吻她。阿清将脸转过去，避开了山崎的嘴。山崎无可奈何，只好将脸紧贴着阿清的后脖颈亲吻着。阿清好似感到非常发痒似的，皱着眉头，望着站在旁边的加代喊道：“桑原，桑原！快来救救我呀！”

加代满怀憎恨，咬着下唇，在山崎的头顶挥舞着拳头。

去西绿的事最终作罢，过了片刻，三人离开了清宾亭。

第九章

第三天清晨，谦作还躺在被窝里的时候，信行早早就来了。因为赶着去公司上班，信行没有进屋上二楼。谦作只得睡眼惺忪地来到门口。寒冷的大清早，信行精神饱满，红光满面。

“有人给咲子寄来了这样的东西。”

说完，信行随意地从风衣兜里掏出一个草绿色洋信封与用红墨水写的信，交给了谦作。信封上的字迹细弱轻薄，信封背面写着“寄自第 × 高等女子学校宿舍”，署名是“志津子”，信封的封口处写着一个“蕾”字。

“这封信是昨天从这里转寄过去的吧？”

“是的。写信人知道是你的妹妹，因此，好像以为妹妹住在你这里。”

谦作一边预想着信中肉麻的令人不快的文字，一边读着信。也许因为已有预想，这并非一封如同预想那样十分令人讨厌的信。信中这样写道："我一向认为，男女之间的正当交往是无可非议的。以故，我想与小姐面谈片刻。望于后日（六日）小姐放学归途（二点或三点），于冰川神社内，拜识数分钟。"信中还写道："我已于今夏卒业于某私立大学，目前栖身于麹町区××町×子爵家。"又反复强调须严守秘密。还写道："若因此事影响小姐婚前声誉，则甚感内疚。倘若如此，望勿客气，请直言拒绝我的奢望。"

"这封信是以暧昧的态度进行试探。"谦作笑了。

"写此信的家伙，似乎不像写上一封信的那个家伙那样怀有不良用意。但总而言之，究竟是个什么家伙，你还是先去见一见，确认一下吧。根据实际情况，随机应变，可以吓唬他一顿。"

"嗯。"

"本来我去也可以，但我不想因此耽误了上班。"

"那我去看一下。所谓'××町×子爵'，那应该是松山的祖父啊。问一下松山就知道了。"

"是的。这个家伙也许并非那么坏。然而，为了吓唬吓唬这个家伙，对他说'我们欲将此事告诉松山'，也是可以的。"

说完，信行即刻离去了。

那日不仅清冷，牛毛细雨也好像不定性似的时降时停。谦作吩咐仆人在二楼笼起了火盆，他坐在暌隔日久的桌子前。因为懒惰，日记已中辍多日了，此刻，谦作又开始执笔写很长的日记：

——我觉得自己身上被压着莫名其妙的重物。令人不畅的黑东西正蒙在我的头上。我的头上并不直接就是苍穹，重叠的郁悒气闷的东西飘浮在我的头与苍穹之间。如此感觉究竟从何而来的呢？

——我的心情俨如日暮前点燃的门灯之光。蓝色毛玻璃灯罩中，闪烁着朦朦胧胧的橙色灯光，任凭你再焦急也是徒劳的。纵然用爪子嘎嘎地从灯罩内挠着玻璃罩，黄昏时分，灯还会亮的，仅此而已。灯火有一种想烧光某物的欲望，这该如何是好？逼仄的毛玻璃灯罩中，日暮前点燃的灯火朦朦胧胧，对这灯火而言，它的欲望如何处理为宜？暴风快来吧！将这毛玻璃灯罩打碎吧！将油壶吹到干燥的木头屋檐上吧！唯有这样，我才能够变成火，熊熊燃烧。否则，我的一生只能是毛玻璃灯罩里的火苗。

——一言以蔽之，若不认认真真加倍努力学习，我必然一事无成。自己非常受拘束，不自由，事业方面也好，生活方面也罢，自己都是笨头笨脑的，手足无措。无论如何，我若不能更自由舒展地、勇往直前地干自己想干的事业，我就完蛋了。我的步伐不可忽东忽西，必须一步一步脚踏实地，振奋地甩开双手，大步向前进，不急躁，不停顿——是的，我不能当渴盼暴风的门灯之光。

——我不想于某处放弃希望死心断念，以求得平安。不死心，不放弃，我愿永远追求下去，在如此基础之上，求得名副其实的平安与满足。完成了不朽实业之人，永生不朽。如今的自己，不仅针对艺术天才作如是观，针对科学天才亦复如此。对居里夫妻干的事业，我不太熟悉，但是他俩给人类留下的实实在在的珍宝，毫无疑问，给他俩带来了平安与满足，如此平安与满足令他俩面对任何命运，都不会怀疑自己的事业。我憧憬如此平安与满足，我欲见前人未见过的事，听前人未听过的声音，感受前人未感受过的体验。

——人类的命运，未必肯定是为地球的命运而殉死。对其他动物我不熟悉，但仅就人类而言，人类面对被赋予的命运，会进行反抗。男人面对事业永不厌腻的这一本能性的欲望之中，肯定存在这种盲目的意志。人的意识承认人类会灭亡，但是，人的盲目的意志实际上一点也不想承认人类会灭亡。

人类的发展与地球的条件成正比。地球的状态逐渐有益于人类，人类得以不断发展。然而，从某时开始，地球的条件将逐渐恶化，地球逐渐变冷，变得干燥。从那时起，人类将开始逐渐退化。于是，终于在某一天，地球上最后一个可怜的人死了，人类随之灭绝。不仅仅是人类，一切生物逐渐都会死绝，葬于寒冰之下。如此想法绝非什么耸人听闻，地球条件如此这般变化下去，这当然就会成为人类和其他所有生物的可怕命运。然而人类——这焦急的、这几乎毫无目的地发展着的人类，能够老老实实接受前述的命运吗？地球的条件逐渐恶化，不知不觉之间严重退化后，我们的子孙甚至不晓得他们的祖先曾何等焦虑过，我们的子孙对祖先历经焦虑发展过来的人类文明的价值也漠不关心。我们的子孙冷眼观看着毫无利用价值的文明遗产，最终他们也许会以失去希望的空虚头脑，迫不得已地老老实实接受人类的命运。不过，那是人类彻底退化之后的事情。在那之前，在地球条件尚未变得对人类不利之前，人类仍欲取得力所能及的发展。因此，人类在反抗天赋的命运，从命运中救出人类。

女人生孩子，男人劳动，这就是人的生活。在人类尚不发达的时代，男人的职责就是为自己一家老小的幸福，为自己部落的幸福工作即可。人类逐渐发达，一个部落的范围扩大了。在日本，男人通过为“藩”[1]工作来满足劳动的本能。如此现象逐渐发展到为一个国家工作，为一个民族工作，乃至为人类工作。

譬如“永生”这个理念，儿童时代的我认为，人若不能永生，感情上则得不到满足。然而如今——虽然如今死也是可怕的，但每个人的永生各随其便，同时我也根本不相信人能永生。但如今我自己的感情是，事业必须日积月累，人类无论如何必须永生，否则，情何以堪？也许不久之后能从这种感情中解脱出来，“解脱思想”应运而生。但目前，男人的工作本能是焦躁地追求整个人类的发达。如此“工作本能”有时甚至存在盲目性与病态。若失去了原来的目标，反倒会令人类的发达陷入不幸。尽管如此，在本能性的欲望深处，仍然存在人追求人类永生的愿望，这是一种共同的伟大意志，它反抗天赋的命运，欲摆脱来自命运的框束。我想起那日一个名曰“玛司”[2]的飞行员初次在日本将飞机开到天空的事。飞机在跑道上

---

① 江户时代，俸禄稻谷一万石以上的诸侯统治的领地。明治维新后，藩被撤销。

② 明治四十四年（1911）三月，美国飞行员玛司应《朝日新闻》之邀访日，于城东练兵场驾驶双翼飞机进行飞行表演。

滑行，不知不觉离开地面，飞向天空。那一瞬间，由于不可思议的感动，我几乎要流出泪来。这种感动从何而来的呢？是来自亢奋的群众心理吧？然而我总觉得并非仅仅如此。纵然那种场合算是受到群众心理支配，而在与此相异的场合，例如读到某人在科学上有了伟大新发现的新闻报道时，自己也曾感动得想哭。这个感动的缘由又是从何而来？我觉得，这或恐是因为尚未意识到的人类的意志在自己心灵深处产生了反应。

我们知道人类将会灭亡，然而，此事丝毫不能令我们的生活陷入绝望。当我们思及人类将会灭亡之事时，会心生难耐的寂寞之感。如此感觉恰好与我们思考“无限”时产生的微妙寂寞心情相同。实际上，我们一面承认人类会灭亡，一面在感情上并未接受这个理念。这个事实倒是令人不可思议。我们为追求人类尽可能的发达而焦虑，归根结底，这是因为我们有一种希望，即不愿为地球的命运而殉死。这不正是因为有一种伟大的意志在无意识地作用于每一个人吗？！

第十章

日记中辍了约半个月后，今日谦作在日记中写了以上的内容。最近一段时间，这些想法一直萦绕在他心头。事实上，谦作觉得如今的人们都在因一种模糊的目的而焦躁，被莫名其妙的伟大意志驱动着。艺术也好，宗教也好，科学也罢，所有领域都以各种不同形式展示着如此现象，谦作是这样认为的。他感到现在的自己就是这样。每当焦虑得坐立不安时，谦作就感到被那种东西驱赶着。

谦作因为亢奋，在屋子里走来走去。

"谦作！谦作！"阿荣在楼梯下边喊着，"吃午饭不？"阿荣问道。

谦作感到自己好似如梦初醒。他有睡懒觉的癖习，通常都是早饭与午饭合二为一。然而那天清晨被信行叫起来，罕见地在九点前就吃了早饭。

"这个啊。"他有点不悦地说道，"肚子还没怎么饿，但吃就吃吧。”

少时过后，谦作下楼去了。

吃饭时，阿荣担忧地说：“对方是个‘不良少年’，你一个人去不害怕吗？是不是让龙冈君陪你一同前往为好？”

谦作觉得此话有理。“没事，似乎还没坏到‘不良少年’的程度。”他虽如此回答，但也觉得心里没底。因为自己性格急躁，较易因对方的态度动怒。

吃得有点过量，谦作服了消化剂，登上二楼。他从桌子下拿出竹篾编的废纸篓当枕头，躺了下来。过度亢奋后，心情又变得寂寥起来。

少时，宫本来了。

“龙冈君的送别会在何处举办为宜？若不早做决定，怕来不及，已经没几天了。”宫本说道。他负责张罗这件事。

“还没定下来吗？”谦作带着责难的口气说道，“就剩一周时间了，在哪家酒馆都可以。打听一下龙冈哪天有空，尽早定下来为好。”

“龙冈君方便的日子，我已经打听了，但是送别会的地点还没定下来。清宾亭啦西绿啦，最好别选那样的地方吧？”宫本试探性地说道。

“这是自然，最好别选那样的地方。”谦作说道。

“征求一下你的意见，我就放心了。”宫本笑了起来，“清宾亭和西绿，那种地方也并不坏，但不太适合举办送别会。这件事若不征得诸君同意，自作主张，我觉得不太好。”

说完，宫本与谦作都笑了。

“我打算把地点定在富士见轩或三缘亭[①]。饭菜味道如何，我不知道，但总觉得那里的氛围像往昔的洋行，真挺好的。另外，照相馆也选稍老一些的字号为佳。如果地点定在富士见轩，我想，就找武林照相馆之类的，较为合适。”在他们这一伙朋友中，宫本是一位讲究风流儒雅的人物。

谦作对宫本讲了给妹妹写信的那个青年的事。

“你想不想跟我一起去看看？”

“真可怕。如果那家伙掏出手枪来，那就只好这副模样了。”说完，宫本做出举起双手的姿势。

“那你等我片刻！”

午后两点，恰好雨也停了。谦作拄着一把雨伞，一个人奔向距离有两三町[②]远的冰川神社。冰川神社平素是附近儿童玩耍的地方，今日下雨，一个孩子也没有。

---

① 富士见轩是西餐馆，在东京的麹町。三缘亭是法国餐馆，在东京芝公园附近。

② “町”是日本的距离单位，一町约合109米。

只看见一个二十二三岁的瘦削青年，坐在神乐堂[1]后面的石头上。他脸色不佳，天气寒冷，却只穿着一件微脏的白底上印有碎花纹的单衫，蜷缩着身体，以怯生生的目光望着谦作。“不是那个人。”谦作心里这样断定。他在青年附近走了一趟。一个在神社额堂[2]经营茶食的男子，因无顾客，正在摞着小凳。除他之外，再没别人了。谦作又信步片刻。不时有人通过神社境内，但似乎写信的那个男人没有来。

其间，谦作联想到瘦得鸠形鹄面的清玄[3]，他觉得寒酸瘦削的青年颇像清玄，此人或恐就是自己要见的人。虽然不敢断定就是他，但之所以猜测是他，是因为从刚才开始，他就一动不动地坐在同一个地方，叫人一眼望去便认为他是在等人。谦作走向青年的方向，那里高耸一棵高大的银杏树，雨水淋湿的地面上散落着金黄色的叶片。谦作用雨伞尖端一枚一枚地扎着银杏叶，在青年

① 神乐是在乐器伴奏下于神前表演的歌舞，最初称“神游”。神乐在古代的寓意是神降临凡世，舞者是神的附体，舞者动作代表无形神灵的有形肢体。后来，神乐变成安慰、取悦神灵的一种艺术形式。神乐堂即表演神乐的舞台，亦称“神乐殿”“神乐屋”。

② 神社或寺院里悬挂着信奉者奉送的匾额或绘马（为祈福或还愿奉献的木板画，上端呈屋脊状）的地方，亦称“绘马殿”“额殿”。

③ 歌舞伎《江户樱清水清玄》中的主人公。清水寺高僧清玄恋上美女樱姬，为恋人消得人憔悴。

面前走了两三个来回。青年神色不安，不时望着谦作。

终于，谦作走上前去，问道："你是在这里等人吗？"

青年露出恐惧的表情，未能立即回答。看到他那突然惊恐万分的样子，谦作觉得可能还真是这个人。

"为何老在此处坐着？"

"不是在等……等……"他呼吸急促，一边俯首摇头，一边好不容易继续回答，"不是在等人。"他的身体本能地哆嗦不止，眼睛流露出十足的怯惧之色。二寸长的稀疏头发因营养不良毫无光泽，手脚的皮肤干巴巴的，像附着一层白粉。

"我有家。家住箪笥町十九番地。"青年一直仰视着谦作发怒似的面孔，上气不接下气地说道。而且他几乎无意识地揭拽着大拇指指甲盖旁边的倒刺，那倒刺处渗出了鲜血。尽管如此，青年好像没觉得疼痛，仍旧一直揭拽着。原来青年曾犯过流浪罪，此刻胆战心惊，以为谦作是便衣警察。

"对不起！"谦作说道。他略微低头，但表情好像仍然带着怒气。

谦作来到鸟居[①]处站着。他发现那个青年惊恐未定，

---

① 亦称"牌坊"，是神社象征神域的一种门，两根立柱，上搭一根横木，横木下是一根贯木，连接两根立柱。入此门就等于走进神域。"鸟居"的原义是鸡栖息的地方，鸡是奉献给神的供品。

从神乐堂后面偷偷望着这边。

一个十八九岁的学生模样的年轻人，没戴帽子，着休闲装，手里拿着一本书，不时看着书，走了过来。他似乎在背诵着什么。谦作推测可能是这个人。他认为此人可能一面装作在背诵什么，一面留心等着某人的到来。谦作一直紧盯着青年，于是，青年现出有些拘束的样子。

谦作心想，只有问一下看，除此别无他法，遂走上前去。他吸取上次问话失败的教训，这次恭恭敬敬地问道："对不起，敢问你是在这里等人吗？"

青年神情非常稳重平静，回答道："不是。"

青年并无傲睨自若的神态，言谈举止甚似良家子弟。

"是吗。"谦作点头致歉。

总之，谦作决定等到三点，他进了额堂的茶食店。一张没被摞起来的小凳上，也没蒙着毛毯什么的，谦作坐在这张小凳上。茶食店老板好像没把谦作当顾客对待，随口说了一句："您来了。"说完，继续手执扫帚，将凋落在用火山熔岩组合成的庭石间的树叶仔细清扫出来。谦作吸着香烟，心情像秋天一样平静。等待着见写信的人，这是此刻的最佳心态。如果等到三点还不来，谦作就打算回去。他不时看看表。适才那个寒酸青年此刻还坐在那里。谦作心想，一直在揭拽自己大拇指上的倒刺，揭拽到出血，手指一定很疼吧？思及此事，谦作很想去安慰他一下。但转念一想，他为何以那副模样一直待在那里？非病人亦非乞丐的青年，在十一月寒冷的日子里，仅仅身穿一件白色单衫坐在那里。这样的人的生活，谦作有点猜不透。

在茶食店里待的时间太长了，老板端来了茶水与点心。“好像不来了。”谦作心想。他留下了茶点费，正要站起来时，看见阿荣登着石头台阶上来了。二人不约而同皆面浮微笑。

“从这边回去。”说完，谦作立刻走向通往大街的一个小门。他想去和刚才接触过的那个青年打个招呼，便朝那个方向走去。然而那个青年突然挺直脖子，脸转了过去。于是，打招呼的计划作罢，谦作与阿荣一同走向大街。

“知道对方地址，给他写封回信吧。”

“好的，就给他写封回信。”

一回到家中，谦作便让宫本等一下，开始写信。连自己与松山儿时便是朋友的事都写入信中了。

宫本突然说道：“当不良少年挺好啊，我也当个不良少年吧。”说着便笑了起来。谦作被宫本引逗得一起笑了，但他觉得其中含有说不清的不快。因为谦作觉得宫本在用“不良少年”这个词，以赤裸裸的口气指出了自己这伙朋友中的一个共同欲求。

天空又开始飘洒雾一般的雨。谦作与宫本在下象棋，杀了五六盘之后，乏劲儿泛上来。棋盘上已经昏暗模糊。正当稍感不快之际，电灯亮了[①]。谦作冥思苦索了一会儿高招，到底也没琢磨出来，于是建议："算了吧。到此结束吧。"

"算了吧。"宫本立即将手中的棋子扔到棋盘上。然后，他俨如突然倒下似的，仰面朝天地躺在了棋盘旁。

饭菜都准备好了，二人吃完饭，即刻走出了家门。谦作易染感冒，便夹着和服外套出门。

二人在溜池乘电车，下车后从新桥奔向银座。与路灯并列的垂柳细枝随风摇摆，闪闪发光，非常美丽。

宫本平素对手提兜、钱包等商品感兴趣，来到此类店前，他将额头贴近橱窗，颇有耐心地仔细观瞧。

"最近，对笤帚、土簸箕、笊篱等家庭用品仍有兴趣吗？"

"当然还有啊。"宫本回答。

兜、袋之类的东西，真正考究的，无论如何也以古旧物居多，不知以前什么样的家伙用过，东西再好，从某种意义上讲，也是甚为不洁的。而笤帚、土簸箕、笊篱等家庭用品都是新的，而且价廉，比较起来，对此类

① 当时东京尚未采用电表制，到了黄昏一定时间，居民家一齐来电。

东西感兴趣是可取的清洁爱好，脏了立即扔掉也不觉得可惜。宫本一边走路，一边说着诸如此类的话。

“我上次旅游，买了很多。近期我想去朝鲜。朝鲜的此类东西相当不错。”宫本说道。

走过台湾吃茶店[①]门前时，谦作无端地觉得绪方好像坐在店内。确实，谦作看见店内深处，有拉低帽檐身穿雨衣的绪方的身影。

“绪方在这里。”经谦作这么一提醒，宫本稍微后退，在吃茶店门口眯着近视眼向里面望着。

“进去找他啊？”

“算了吧，别进去了。绰号‘长尾猿’的那个家伙在里面。与其咱俩进去，倒不如将绪方喊出来。”说完，宫本求女服务员去把绪方叫出来。绪方出来后，即刻同意三人同去别处。他又回店内，取出了手杖。

三人徒步，奔往京桥方向。

“你讨厌长尾猿吗？他可是个谦虚谨慎的好人啊。”绪方说道。

“也不是特别讨厌，但总觉得让人受不了。”

“你们俩可真是性情怪僻。”

三人来到尾张町的换车站，绪方指着咖啡店问道：

---

① 位于东京银座尾张町二丁目，以乌龙茶闻名。

“去那个地方怎么样？”

“那个地方有比长尾猿更令人受不了的人啊。”宫本又说道。

“你到底是怎么回事？性情也太怪僻了。你讨厌酒吗？”

“酒倒没事。可是，不知何故，突然觉得人挺可怕的。”

“没有人，仅有酒，存在这样的酒馆吗？”

最终三人决定转去清宾亭。

三人进入二楼小客室，放下窗帘，坐了下来。阿铃在楼下服务，不太上来。陪伴三人的除了加代，还有一个名曰“阿牧”的不太漂亮的女招待。

谦作这日心情冷静，酒也不想喝。

加代亦然，无论绪方如何劝诱，她也不想喝酒。

“有原因，我不沾酒了——真的，因为喝酒，我惨遭一顿狠狠的训斥。”加代生气似的补充说道。

“又因为喝酒，喝出错来了。”阿牧说道。

“什么‘又’，太夸张了，你这家伙。”加代以多少带有鄙俗的语气说道。她撞了一下阿牧的肩膀，又自言自语道：“发迹之前的人是不喝酒的。”

谦作日前在自家突然思考起加代到底是单眼皮还是双眼皮的事，并将此事写在致绪方的明信片末端。此刻，谦作想起了此事。恰好就在这时，绪方说出了这件事：

“喂，喂，加代！听说时任先生思考过你究竟是单眼皮还是双眼皮。你给他看一眼吧。”

适才略含怒火的加代突然媚眼传情，望着谦作。

“两种眼皮我都有。您看，我这只眼睛是单眼皮吧？这只眼睛是双眼皮。”

“你正好说颠倒了。”

“哎哟，是吗？”加代一边用指尖抚摸着眼睑，一边眨巴着眼睛，说道，“还真是啊。”

然后，加代再次将欣喜的、带着微妙诱惑力的眼神投向了谦作，默默不语地微笑着。趁本人不在场时，琢磨人家究竟是单眼皮还是双眼皮，此事对加代发挥了巨大的取悦效果。

然而，总的来说，该夜交谈得不热闹，话题动辄中断了。谦作欲将去冰川神社的事讲给大家听，又担心女招待们将此事当作笑柄讲给客人听，遂做罢了。大家都一声不吭，加代和阿牧二人便随心所欲谈论她们的事情。

“哎呀，是脚行的胡同呀。”

“脚行？就是那个坐着一个美男子的家吗？”

“是的。”

加代与阿牧交谈着如此话题。

“真是岂有此理。美男子到底怎么了？”绪方兴味索然，勉强说出了这句话。

加代立刻语言粗蛮地顶撞道："我们不是在讲美男子的事，而是在讲美男子所在的胡同里的事呀。"

"如果是讲胡同里的事，那就更加岂有此理了。"绪方随口胡说了一句，然后无聊地笑了。

"这一带，哎哟，美男子多着呢。"阿牧说道。

"说到底，你俩是在单相思呀。"

"O先生，前两天，"说着，加代笑了，"阿清说在露月町那边，有一个非常帅气的男理发师。还没等弄清楚，我就和阿牧一起去了。但无论如何也确定不了究竟是哪一家理发店，我俩就一家一家地寻找，站在理发店外往里窥伺……"两个女人斜目互视，粉面通红地笑了。此刻，加代的脸颊令人觉得莫名流露出一种低俗感。谦作带着一种不安的心态，看着宫本。宫本也看着谦作。二人的脸上浮现出既像恶作剧又似同情般的笑容。

加代与阿牧开始得意扬扬地讲起这一带"美男子"的事来了。脚行的老板是其中一人，蔬菜店的少东家包含在内，汽车司机也名列其中。宫本一边听着两个女人的谈话内容，一边将甚为不快的神情露骨地展露给两个女人看。

加代又说，她每日上午十点去浴池之际，浴客稀疏。若赶上除己之外再无他人时，她就时常在身体两侧夹着洗浴用的水桶，舒畅地游泳。

“哎呀，此人游泳水平很高。”阿牧在一旁说道。

一个肌肉丰满的大个子女人，两侧夹着水桶，在浴池中游泳，谦作想象着这种形象很不成样子。但他又觉得加代那种不雅观的形象格外给人一种肉体美感。

加代还讲了一个连她自己也觉得津津有味的事。有一次，浴室里的煤气灯坏了，煤气公司工人将大梯子拿到浴池的冲洗处，磨磨蹭蹭地修理煤气灯，没完没了，因此，自己一直没法从浴池里上来。

初次见面时，谦作并没觉得加代是一个气质颇佳的女人。但是她那大大咧咧朝气蓬勃的派头，莫名其妙的妩媚女人味儿，曾经迷住了谦作。看着加代今天过度的轻薄感，谦作的热情彻底凉了。他觉得与加代接触得越近，如此感觉也就越强烈。就加代的形象而言，谦作觉得初次见面那次是最好的。

少顷之后，三人离别清宾亭，直接各回各家了。

翌日，起床后，谦作昨日寄出的信有了回音。这是一封深刻再三的道歉信，内容如下：

“事实上，我只是见过令妹的玉照，心中原本并无那般奢望。但是，受T医院的护士 ×× 劝说，我才寄去了那封信。万一此事被松山君知道了，对我来说，后果不堪设想。万望以慈悲之心，海涵是盼。”如此云云。信中所谓 T 医院，一年前咲子曾在那里住过院。而且那个护士谦作也还记得，是一个略有姿色的女子。

谦作简洁地写了昨天自己去冰川神社的事，并将这封来信同封寄给了信行。然后给那个男子回信，答应他绝不对松山说出此事。

第十一章

其后不久，谦作开始放荡。一个乌云飘动的冷飕飕的上午，谦作当时其实毫无性欲冲动，毋宁说，他是以实践已经决定了的事情的那样一种心情，一个人奔向深川[①]的那种地方。

大约两年前，谦作从木场[②]出发，到过这一带，然后通过沙村，去过中川河边。以故，他大致记住了道路。谦作在过了永代桥不远的地方下了电车，带着阴郁不快的神情走在八幡前的道路上。自己的表情究竟如何阴郁、如何丑陋，谦作自己都能感觉出来。他觉得路上行

---

① 东京都江东区西部地名，位于隅田川左岸，自江户时代起，这里就存在柳陌花巷。庆长年间（1596—1615）深川八郎右兵卫开发了这一带，故名“深川”。

② 东京都江东区中西部地名。江户时代幕府御用木材的批发店聚集于此地，并有贮木场，故名。

人好似都知晓自己要奔向何处去干什么。因是，谦作对路人心怀淡淡的敌意。于是，他急于抵达目的地。谦作不时吞下唾沫，疾步而行。

走过若干座小桥后，往右一拐，即可望见泥沟对面的花街柳陌。谦作心想，事到如今我终于来到了这里。此举与去登喜子处的目的相异，正因如此，谦作的心情与其说很不自然，毋宁说非常不愉快。尽管如此，他也不想中止此举。

对面来了一辆人力车，前无遮帘，上有车篷。车上的人戴着墨镜，这副模样反倒引起了谦作的注意。此人姓“田岛”，是校友，比谦作高三个年级。在这种地方遇见他，据其职业来看，实属出乎意料，谦作稍感困惑。他走了五六米，眼睛没有离开那个男人的脸。对方似乎也在看着自己，但难以透过墨镜内的眼睛判定。片刻过后，谦作将视线投向别处。这条路除了通往养鱼场，就是通往花街。谦作想，他一定是从花街来的。根据此人平素不戴墨镜这一习惯判断，谦作更笃定了。

谦作认为他们相互都发现了对方的隐私，于是甚感不快，一肚子气。但他觉得自己还没进入花街，遂浮上这样的念头：若继续前行，穿过养鱼场，抵达沙村后，可以去西绿之类的茶馆，然后直接回家。然而若没看见田岛从花街出来，这么做还说得过去，如今看见田岛后，再这样做，总觉得自己有点卑劣。谦作又作如是思考：纵然今天不逛花街，自己迟早还会来的。

约两小时后，谦作以迥异于来时的心情，走出了花街。身心舒泰，轻松得连自己都觉得不可思议。至于懊悔心情，则丝毫没有。

烟花女子是个丑女人，她脸色苍白，脸盘扁平，好似小巷里出租简陋房屋的女掌柜。此女是慢性子，心地很善良。谦作不想再见到这个女人，但他总觉得今后也还应该对她示以好意。他想，给此女子寄点钱为宜。谦作听说烟花女子每接待一个客人，仅能从雇主那里拿到五分钱。

谦作开始性欲放荡后，他怪异地意识到阿荣的存在。如此意识并非从未有过，但那时经常出现的奇妙想象，内容都是阿荣主动诱惑坚守道德的谦作。在如此想象中，总是谦作对阿荣讲道理进行劝诫。谦作向阿荣解释说，干这种事是非常可怕的罪孽，二人的命运会因此陷入狂乱。谦作想象中的自己，是这样一个对阿荣谆谆告诫、过度一本正经的青年。其实阿荣迄今并无任何言行促使谦作产生想象，虽然如此，他却经常做如此想象。

这种现象最近发生了变化。夜里因邪念总在闹腾，睡不着觉时，他就读书。但是无论怎么读，脑袋根本不接受书中的文字。淫荡的邪念在脑海里旁若无人般肆行无忌，纵然谦作一次次驱逐，睡在楼下的阿荣的身姿还是会钻入他的意识之中。这种时候，谦作坐立不安。他怀着侥幸的空想，心脏激烈地跳动着，走下楼去，经过阿荣卧室前，去洗手间。在谦作的空想世界里，自己通过阿荣卧室前之际，阿荣突然拉开隔扇，将自己悄悄地拽进了黑暗的房间——然而，现实中什么事也没发生。谦作怀着既气恼又焦虑的心情，返回二楼。但登至楼梯中途，他又站住了，欲下楼梯的心情和欲回房间的心情，在他的心中展开搏斗。暗夜里，他在楼梯中段坐着，不知如何调控自己为好。

谦作的放荡性欲愈演愈烈，但他毫无所谓放荡者的痛快心境。未进入痛快心境，导致谦作在放荡过程中时常伴有不愉快。他认为世间有令他由衷爱得神魂颠倒的女人，但他一直无缘邂逅如此品位的女人。有时，谦作纵然感觉某个女人有这般品位，如此感觉却也无法持久。他认为这既怪自己有错，也怪对方不好。

谦作不再像以前那样频频去登喜子或加代那里了，不过与绪方或宫本相聚时，还是常去的。进入某种平静状态后，谦作对登喜子怀有的感情再无进展，亦无后退。毋宁说，进展是越来越难了。

谦作对女人即便有某种程度的迷恋，譬如他与登喜子，或者他与加代，或者他与其他什么女人，开初的好心情其后总是不能达到始终不渝。能够轻易深入交往的女人另当别论，反而与非此类女人深入交往之后，谦作觉得好像能产生一种专一执着感。不过一达到执着的程度，他又奇妙地觉得自己并无继续深入下去的激情。尽管认为照这样下去，自己永无希望，但若因如此，便硬要深入交往，谦作觉得如此做法十分无耻，且很不自然。谦作认为，凡事若非“感情最优先”，那做起来就是不自然的。一想到对哪个女子似乎都不能感情专一，谦作就时常陷入“自我嫌恶”的心情中。他的心情虽然如此，但他的身体却日益坠入放荡的深渊。

随着生活的紊乱与头脑的逐渐混浊，谦作对阿荣怀有的邪念闹腾得愈发厉害。如此状态若持续下去，自己与阿荣的后果不堪设想。二人年龄几乎相差二十岁，而且阿荣长时间里曾是祖父的小妾，自己若与阿荣发生那种关系，即等于在某种意义上将自己引向毁灭。面对如此想法，谦作感到恐怖。他对阿荣的性冲动俨如噩梦一般。白天与阿荣轻松对坐的时候，谦作对萌生那种念头的自己感到莫名其妙。这若不是噩梦，又是什么呢？！实际上，这种噩梦逐渐频繁地袭击着谦作。

某夜，谦作做了一场大梦。

他正在酣眠，宫本带着怪异的笑容走了进来，说道：“阪口于旅途中辞世了。”睡梦中的谦作心想：是吗，他终于死了！梦中的谦作知道，阪口未告诉任何人，离家出走般，独自一人踏上了旅途。谦作无端地感觉阪口会采取那种死法辞世。他沉默不语，宫本又说道："听说他采用了'播摩式'——他终于那么做了。"说完，宫本笑得很怪异。谦作心想：正如我所料啊。

所谓"播摩式"，究竟是怎么一种方式，谦作并不清楚。但总之是一种豁出性命的危险方法，阪口之前在大阪学会了这一招，谦作仅仅知道这一点。宫本从阪口那里听说过，他理当知道"播摩式"究竟是怎么一回事。

阪口为了满足自己的恣意淫欲，一直在追求所有的刺激。一想到阪口竟然堕落到采用播摩式，谦作顿时有一种周身寒彻般的异样感觉。关于播摩式的可怕程度，阪口心里分明一清二楚，最终却追求到如此地步。谦作认为，毫无疑问，阪口的淫欲已超出了其自由意志的范围。

"播摩式是怎样一种做法？"谦作差点这样问，却欲问还休，终于缄口不语了。若问了，自己也定会采用。想到这里，谦作不寒而栗。自己若采用播摩式，也许有幸免一死的可能，但通常都是会死的。谦作觉得如此可怖的方法，既然百分之一甚至千分之一的人能有幸免一死的机会，当自己无法击败闹腾的邪念时，很可能会铤而走险。他悟及：不知道是福；知道了，就一命呜呼了。

宫本推测谦作会对播摩式刨根问底，露出恶作剧的笑容，一声不吭。然而谦作没问。继而，谦作从梦境里醒来了。可怕的令人厌恶的糟糕心情仍萦绕心头。谦作觉得来报信的宫本已变成妖魔了，是妖魔附在了宫本身上。——谦作去洗手间（此事又发生在梦境里），洗手间的窗户大开着，户外是沉静的月夜。树叶一动不动，万籁俱寂。夜景中的宽阔庭院（这个院落比谦作家的宽阔得多）中，清晰映出屋脊上的山形的影子。谦作忽然发现庭院地面上有个东西在晃动着。映在地面上的屋脊倒影处，有个东西在晃动着。谦作想起来了，刚才“咚”的一声钝响，有个什么东西落在了自己卧室的屋脊上。

这个东西有七八岁小孩那么大，脑袋特别大，身子往下似陡然萎缩了似的，变得很小。与其说形象可怕，不如说是一个显得滑稽的魔怪。此魔无声无响，静悄悄独自轻佻地跳动着。此魔不知己影已被谦作发现，在那里上望，下看，举手，投足，独自嬉闹着。其影晃动在庭院地面上。夜，一如前述，这月光里的深夜，寂然无声。谦作觉得每当魔怪跳动于屋脊之时，住在屋脊下的自己便须忍受恶劣淫荡之念的百般折磨。谦作意识到淫荡之念的本体竟是这般轻佻，这倒令他莫名地感到神清气爽。这一次，谦作彻底醒来了。

第十二章

谦作一直以为是一头小山羊，仅仅两三个月里，不知何时，这头小山羊的羊角竟然长出来了，有三寸许，下巴也长出了尾梢尖细规整的胡子。

“最近小山羊特别臭，给它洗多少遍也是一样。这是为什么呢？”阿荣在茶室与谦作一起吃饭时，皱着眉头说道。

“怎么洗也不行吗？”

“好像是的。而且脾气越来越粗暴，阿由吓得都不敢进羊圈了。如果没有什么可撞的，小山羊就要么弄翻食槽，要么用头猛顶木桩，独自怒不可遏。”

“那把它送给谁吧。”

“送给鸟清如何？送给他，或许多多少少还能换几个钱呢。”

“送给鸟清也可以。但给那种地方，小山羊肯定会被卖给传染病研究所，那就等于把它送上了断头台。”

“这可不行——要么，给它配一头母羊如何？”

“到底送到哪里好呢？为何着急送人呢？因为最近我或许会外出，进行短期旅行。”

“去哪里？”阿荣略微露出了意外的神情。

“究竟去何处，还没定下来。我想去东京以外的地方，在那里住上一年半载的。”

“怎么突然冒出了这个主意？”

“是啊。也没有什么清楚的理由，总之，如果不下决心改变一下自己目前的生活，我这个人就废了。”

“我也随你一起去吗？”

“不。”

阿荣的表情略显不悦。谦作不知如何对她解释。过了片刻，阿荣问道：“告诉信行君了吗？”

“还没告诉他。”

“可是——这到底是为什么呢？是因为在这里无法学习吗？”

“这么刨根问底可真叫我难回答。反正，我有必要换个地方住，以此转换一下心情。”

“是吗。要是这样的话，你就换个地方住吧。一年半载过后，你肯定还会回到这里吗？”

“哎呀，肯定回来。这里是我的家呀。”

“要是为了改变心情，我觉得在外地住上个把月，就足够了……”

“我带着需要长时间才能干完的活儿去。等作品写完了，我才能回家。”

二人沉默了片刻。

“这样的话，这个家怎么办？我一个人租这么大的房子，太浪费了。”

“哪里的话。我仅仅在外地住一年。”

“是不是还有其他缘由啊？”

“要说缘由，就是刚才我说过的那些。”

“我总觉得还没明白呀。”阿荣略带不快地笑了。阿荣好像怀疑谦作打算领个女人去外地同居。

“简单一句话，我就想纯粹一个人独处。就想离开朋友，离开自家人，离开所有的人。”谦作故意不说“您”，而用“自家人”这个词。仅仅这么一换词语，阿荣心中就生出些亲近感，她笑着问道：“一个人去外地独处，不寂寞吗？”

“也许会寂寞，但毕竟我须读书写东西。”

“我会相当寂寞的。如果太寂寞了，我就收拾一下家当，出走。”

谦作发出苦笑。他把目前考虑的计划比较具体地告诉了阿荣。他要去的地方大概在“山阳道”[1]的某地，或者是濒海的某地，在那里过简单的自炊生活。

“轻松自在，真不错啊。”阿荣说道。她心里好像在说“你可真是个悠闲的人啊”，并以善意的眼神凝视着谦作的面孔。

当天晚上，谦作打电话确认信行在家后，去了本乡的家。

“我真有点羡慕你啊。”信行立刻这样说道，“去尾道[2]可以。尾道是个好地方啊。”

“是吗？无论何处，是个好地方就行。船可靠岸吧？”

“可以。你讨厌坐火车，乘船去或许更好。你尝试一下，可以从横滨港乘船去尾道。”

谦作觉得乘船前往挺有意思的。于是，他委托信行查一下近期出发的航船班次，并求信行给买船票，约定好翌日再碰头后，兄弟俩就分别了。

翌日，接近午后四点，谦作站在三越百货商店[3]拐角处，等待从附近的火灾保险公司走出来的信行。接近

---

① 日本古代行政区划的“五畿七道”之一，即现在的“中国地方”（含冈山、广岛、山口、岛根、鸟取五县）濒户内海一侧。

② 尾道属于山阳道备后国，今属广岛县，1898年建市。

③ 创立于延宝元年（1673），最初是绸缎庄，后来从事多种经营。总店在东京日本桥，分店星罗棋布于全国各地。

年底，室町大街[1]一片繁忙景象，南北方向电车往来穿梭，不断在谦作面前停下，乘务员重复着同样的话，然后，电车又开走了。大街上，人力车、汽车、载货马车、自行车，还有穿行于各种车辆之间的行人，以各随己便的速度，奔向四面八方。大街上还有狗。谦作一边承受着掠过自己鼻尖的男性行人肩头带起的凉风，一边展开遐想：自己马上就要去一个遥远恬静的好地方，眼前是一望无际的大海。他因此心情愉快，却又略感寂寥。

谦作信步朝日本银行方向走去。通过一个小邮局门前时，时钟恰好敲响报时——下午四点。俄顷，从三面包围广场的三井大楼里，人群俨如被喷吐出来一般涌了出来。有的人臂夹手杖，在俯首点着香烟；有的人一阵小跑，追赶着走在前头的同事。转眼之间，广场因这人群而变得热闹起来。接着，从日本银行里，从正金银行里，从其他大楼里，相继走出了下班的人群。三人一帮，五人一伙，接连不断。谦作立刻发现了人群中的信行。信行正在与一个五十岁上下没有风度的胖乎乎的男子且走且谈。信行一边笑着，一边用卷成圆筒状的杂志拍打着胖男人的手，不断地说着什么。胖男人不时回应着，频频颔首赞许。

① 东京都中央区日本桥一带的大街，从日本桥通往神田方向，是商业繁华区。

信行一发现谦作，就加快脚步跑了过来。

“你等了好长时间吧？”

“没有。”

此刻，背后传来胖男人打招呼的声音：“那么，恕我失陪了。”他把手搭在礼帽檐上，没有脱帽，略微低头施礼。

“你不是走这条路回家吗？”信行问道。

“是的。但今天我有点事。”胖子回答。

“是吗？那么，刚才你说的事，小事一桩，我这里怎么都行。别搞得太露骨了。拜托！”

“知道了。”说完，胖子再度低头施礼，然后朝外城壕方向转身走去。

哥俩来到了电车大街。

“反正咱们必须到路对面。”信行身着厚外套，他像用肩头推着谦作的后背似的，跨过了电车轨道。

“你想吃什么？”

“都行。”

“去吃鸡肉如何？”

“可以。”

哥俩来到日本桥旁的临时桥。为了筑桥基而砌的堤坝围住桥基，煤油发动机水泵将堤内的渗水不断地抽至堤外。奇怪地翘起变形的锌板遮盖的发动机房的屋脊上，钻出一粗一细两根烟囱。细烟囱噗噗地猛烈喷吐着水蒸气，喷吐一次就连带着震动一下。粗烟囱生着红锈，烟囱口仅仅冒出一点无精打采的烟尘。

有人用泥箕将水泥与沙砾搅拌成的浆料从陆地运至桥基处。一个长着络腮胡子表情严肃的建筑工人，手执铁锹，正在摊平浆料。另一处，建筑工人将草席盖在摊平的浆料上，然后，二人面对面抬着木夯，“嘿哟！嘿哟！”地喊着劳动号子，在用力打夯。

一个男子身穿西装，打着绑腿，在进行测量。此人对面立起两根圆木，有人正在将连接木板钉成 X 形，将两根圆木连接起来。圆木下侧，闪闪发光的漂浮油花的水洼旁，一个女性建筑工人正在洗脸。

哥俩在工地旁稍站了片刻，倚着栏杆，望着劳动场面。少时，二人离去。

“有人以劳动为手段，目的在于谋取每日的饭钱，这样其实也挺好啊。而我干的工作与谋生之间就不存在这样的必然相关性。”信行突然说出这种话来，又说道，“我时常感到莫名其妙的不安，令我无可奈何。”

听到这话，谦作感到有些匪夷所思。想不到连信行也说出这样的话。

“你打算辞职吗？”

“嗯。”信行颔首，“要是能进一步明确知晓自己喜欢干什么，我就打算辞职。”

“在尚未明确知晓之时就辞职，不也可以吗？”

“那也行，但是……”说完，信行神情略显不畅，仰起了头。谦作觉得自己的话有点过火了。信行的性格比较脆弱，虽因放荡等行为令父亲与继母颇为担忧，但他又是个很有孝心的人。正因如此，虽然受父亲宠爱，信行也很怕自己擅自下了辞职的决心，会令父亲痛苦而失望。

“你到底想干什么啊？”

谦作问道。但是，信行没有明确回答。

少顷，二人钻入一家小小的鸡肉餐馆。

“你刚才看见有个男人和我说话了吧？”信行问道，“那个人是我们火灾保险公司的推销员，今天我听了他讲的事，才知道世上真有如此心狠手辣的家伙，令我大吃一惊。一个名叫‘河合’的老头，也是我们公司的推销员，大约两个月前，他对我说：‘同事野口的家属患病，困难至极，走投无路。野口对我说，想跟你借五十日元，期限半年。’河合这个老头是个烦人的家伙，但野口是个好人。此人不太适合当推销员。我一听说他孩子病了，就把钱借给了他。当时河合问利息的事，我说利息不要了。他又说，那么让野口写个借据。我说借据也不要了。我对河合说，按照野口的性格，若到期还不上钱，他对我心怀愧疚，以致不来上班，那就不好了。我对河合说：‘别提我的名字，以你的名义借给他吧。’然而，结果你猜怎么的，河合先扣下十二日元的高利息，然后才将钱借给困苦万状的野口。这件事干得也太歹毒了。”说完，信行笑了，“今天我和那个胖男人谈野口的事，才突然知道河合干的这件坏事。不消说，野口已经把那笔钱花光了，但五十日元的借据还握在河合的手中。今天那个胖子义愤填膺，要狠揍河合一顿。我说，你揍他一顿又有何用？我对胖子说，若能尽量稳妥地将借据和被河合扣的钱要回来，也就行了。再说了，河合这个人工作能力很强，很擅长与客户签约，不能将他赶出公司。”

信行宽宏大量的风度令谦作感到耐人寻味。他认为，这事如果摊在自己身上，自己一定会怒不可遏，或许会将那老头叫来，申斥一顿，逼得他无路可逃。

“你应当下定决心，声色俱厉训斥他一顿才对。”

“那又能如何？只能招他怨恨。河合这个人无论做什么坏事，都不会意识到自己心地险恶。”

“你真能想得开。难道你不生气吗？”

“很生气哟。但是，一想到纵然训斥他又有何用，也便不生气了。”

“是吗？你这么做或许是正确的，但要是我，很难消气。”

“对这种事，越深究下去，也就越不愉快。”

“即便明知如此，我也不会完全饶恕他。”

“我这样做，可能是源于我面慈心软的性格。”

约一小时过后，兄弟二人走出了餐馆，徒步来到银座。信行在此处买了一条驼绒围巾，作为饯别礼物，送给了谦作。

第二部

第一章

这是一个冬季里少有的天朗气清暖洋洋的日子。谦作乘的客轮不知不觉间离开了码头的岸壁。岸上，阿荣与宫本夹杂在人群里。谦作曾劝阻说："我到了神户就下船，若来人送行，可谓小题大做了。"但是，阿荣说想去看看轮船，便拜托宫本陪她来了。钟声已鸣，送客的人必须下船之际，阿荣对谦作或者说："要多多保重啊！"或者叮嘱："要常来信呀！"因是，谦作的心情有些感伤。

客轮的螺旋桨一个向后推水，另一个向前顶水，时而两个都停了下来。客轮逐渐离开了码头。三人不时微笑着，相互挥手致意。似这般两方相互送别，没完没了，令谦作有些为难。当船头方向已定，船尾距离码头六七十米时，谦作高喊着："再见！"然后低下头，怀着不畅的心情，硬是转过身来，背对二人，下到了自己的舱室。

这是个四人间的舱室，但另无他人，谦作可以独占了。他坐在没有靠背的小圆椅上，想干点什么，却又无事可干。他心情难以平静，便站了起来，从床下拽出小型旅行提包，手执挂在怀表链上的钥匙，打开提包随便看了一下。谦作心中挂虑：此刻，阿荣与宫本在干什么呢？

谦作又登上了甲板，船速快得超出想象，码头上的人脸已经看不清了。然而，有两个人离开人群，正站在人群左侧，像是阿荣与宫本。手中斜挥着拢闭着的阳伞之人，无疑就是阿荣。谦作朝她挥手致意，对方立刻做出回应。宫本大幅度挥舞着帽子，阿荣也一起频频挥舞着阳伞。看不见面部表情，谦作反倒能以轻松的心情挥舞起手绢。当客轮接近防波石堤之际，阿荣与宫本的身姿已经完全看不见了。海港上笼罩的像是薄雾，又像是烟霭。随着客轮的行驶，陆地渐渐显得朦胧起来。略往旁看，刚离开的码头也已经看不见了。舰尾写着"MINOTAUR"的一艘英国军舰，烟囱冒出淡淡的烟气，俨如扎根海底一般，一动不动地停泊在海面上。客轮通过军舰旁侧时，连码头上鳞次栉比的高大红砖建筑物也望不见了。

谦作独倚着船尾的栏杆，呆呆地望着螺旋桨卷起或推开的波浪，那波浪给人以清爽之感，颜色也非常漂亮。

继之，他浮想起刚才与阿荣、宫本一起走过的、铁轨纵横交错的铺石广场。谦作揣测，此刻他俩正通过广场归去。

下面的钟声响了，谦作下去一看，午餐已经准备妥当。餐桌旁除了谦作，还有一个讲英语的年轻外国人，头等舱船客的保姆，客轮方的一个官员，拢共就这几个人。官员与外国人在说着什么。谦作默默地吃着颇不可口的牛肉，这时，身旁的外国人操英语问道："您会讲英语吗？"谦作也操英语回答："我不会讲英语。"谦作觉得住在横滨的西洋人不可能完全不懂日语，于是，他又操日语问道："您会讲日语吗？"年轻外国人感到困惑，略微歪着头，面红耳赤。

用餐后，保姆回到头等舱，再也没出来。这个像空旷大房子的二等舱室里，仅剩下谦作与年轻的外国人。他操着不熟练的英语与年轻人交谈。当谦作独自来到甲板吸烟室时，那个年轻外国人拿着扑克进来了，邀他一起玩。谦作觉得自己会的玩法与他的相异，若一起玩会太麻烦，遂婉言拒绝了。年轻人无可奈何，一个人在桌子上摆好牌阵就洗牌，又摆好牌阵就洗牌，如此这般，重复了若干次。

年轻人老家在澳洲，如今他住在美国，约三周前来到横滨。因为接到母亲患病电报，他此刻正在回悉尼的途中。年轻人说无论如何也想看看富士山，但不知今日天公作美否。按现在天空阴沉的样子，富士山恐怕是看不成了。实际上，上午那暖洋洋的朦胧天气正是阴天的前兆。此刻天色阴暗，已成微冷的阴天了。

客轮绕过三崎后，谦作换上和服，钻进了被窝，立刻进入酣眠。醒来，已过午后四点。谦作于和服外披上外套，登上了甲板。黄昏阴沉的灰色天空中，露出了富士山明显的轮廓。眼前是一片汪洋大海，伊豆的群山之巅又高耸起富士山，这一幅天成的和谐构图令谦作想起葛饰北斋[①]画的富士山。

吸烟室内，响起了拙劣的钢琴声。琴声消失后，年轻的外国人走出了吸烟室。他心满意足地说："第一次看见了富士山！"

大岛已经被抛在后面了。风刮得冷飕飕的，谦作从吸烟室里眺望外面的景色。伊豆七岛[②]一座又一座相继映入了视野。年轻的外国人又开始弹出拙劣的钢琴声。他嘴里横衔着石楠根烟斗，哼着什么歌儿。年轻的外国人说他听过帕德雷夫斯基[③]的曲子，还说他的姐妹中有

---

① 葛饰北斋（1760—1849），江户时代后期浮世绘画家，"葛饰派"鼻祖，代表作有《富岳三十六景》《千绘之海》等。

② 伊豆半岛东南方的大岛、利岛、新岛、神津岛、三宅岛、御藏岛、八丈岛。主岛是最北端的大岛，又称"伊豆大岛"。

③ 帕德雷夫斯基（1860—1941），波兰钢琴家、政治活动家，曾主编《肖邦作品全集》。

出色的小提琴演奏家。

谦作又泛上了困意。连续四五天睡眠不足，因此每天仅仅睡两小时根本不顶事。于是他又钻进了被窝。船摇晃得很厉害，加上他的舱室位于船尾，操纵船舵的粗铁链不断发出哗啦哗啦的怪异声响，传入耳中，令谦作难以入眠。他还能听见发动机“噔噔噔”的声响中，混杂着被螺旋桨推出的“哗哗”波浪声。

谦作感到有点晕船，好像醉酒一般，手都变得通红。床铺的对面是一面明镜，他躺着，看到镜中的自己半张脸陷入雪白的枕头里，俨如镶嵌在画框中，而且脸色也是红的。谦作一外出旅行就容易染病，他怀疑自己又感冒了。迷迷糊糊浅睡之间，晚餐的钟声将他惊醒了。

年轻的外国人说，外出忘记带书，心中没着没落的，但是船上的阅览室明天才能开放。谦作带着迦尔洵[①]的英译本作品，便借给了他。

寒冷的夜幕降临了。一到晚上，谦作的眼睛反而习惯性地清亮起来，毫无睡意。他来到宽敞微冷的食堂写明信片，先给今天到新桥送行的信行、咲子、绪方等人写。然后给阿荣、宫本写，最后给龙冈写。目前龙冈大

① 迦尔洵（1855—1888），俄国小说家，以短篇著称，代表作有《四天》《红花》等。

约正好抵达贝宁[1]一带，致龙冈的明信片可通过驻巴黎日本大使馆转交。

与龙冈惜别，无论怎么说，都令谦作甚感寂寥。龙冈总是装出自己是艺术的门外汉的神情。但是，他谈到自己的工作，例如关于飞机的制造，特别是针对飞机发动机的研究，以及谈到他自己的宏伟计划时，总有发自肺腑的激情，非常亢奋。谦作的工作与龙冈不同，但他见到事业心如此旺盛的龙冈，总是会受到良性刺激。如今，身边失去了这样的朋友，谦作真的感到了寂寞。

谦作脚穿蓝袜，足蹬麻布里草鞋，感到寒冷彻骨。而他头顶上却挂着一个很大的电风扇，在俯视着他。因为这艘客轮开往澳洲，行驶至马尼拉[2]一带，电风扇就须转动起来。

谦作写完若干张明信片后，睡觉之前，还想看一次外面的景色，便来到甲板上。漆黑的夜里，什么也看不见。只有桅杆高处的一盏小灯，乍看像远处的星星。甲板上一个人也没有，风发出飕飕的呼叫，吹打浪头，沙沙作响，此刻仅能听到这些。至于发动机的噪声、铁链的响声，此时根本听不见了。客轮逆风行驶，默默地冲进黑暗，活像一个巨大的怪物。

---

① 贝宁是位于西非中南部的国家，首都波多诺伏。

② 马尼拉是菲律宾的首都和最大的港口，属热带季风气候。

谦作裹紧外套，双足略岔开站着。尽管如此，由于客轮随着海浪的起伏大幅度摇晃，再加上逆风行驶，谦作不时摇摇晃晃，站立不稳。他没戴帽子，海风宛如要从他的每一根发丝中间穿过去似的吹打着他。他的睫毛被吹倒了，导致眼睛发痒。此时此刻，谦作觉得自己好似被巨大的东西包裹起来了。上下前后左右，都是一望无际的暗夜，自己就这样站在暗夜的中心。所有的人，此刻都在家中安眠，唯有自己一人，面对自然，这样站着。代表所有人在这里站着。他沉浸于如此夸张的心情中。虽然如此，谦作仍有一种被某种非常巨大的东西吸入的感觉，他无法战胜这种感觉。这虽然未必是一种糟糕的心境，但确实令他产生了一种无所凭赖的不安。为了更精准地确认自己的存在，谦作气运丹田，极其用力地加大了深呼吸的力度，令肺活量达到极限。然而松缓下来后，谦作又觉得自己被某种非常巨大的东西吸进去了。

一个漆黑的人影向谦作走来，原来是乘务员。他说了些什么话，但全被海风给卷走了，谦作一点也没听明白。乘务员回去了，少时过后，谦作也下去了，身体早已被冻透了。

谦作已经相当疲惫了，但他仍然按照习惯，拿一本杂志钻进了被窝。没过十分钟，字里行间的意思已离他远去，谦作半睡半醒。尽管如此，他仍要频频追随远去的文字意思，硬逼着自己保持头脑清醒，读着杂志上的文字，但意义却已进入毫无约束的梦乡。不知何时，眼皮盖严了眼睛。谦作舒舒服服地进入了睡眠状态。可是，他还在思考着什么，思考着这两三个月来眼花缭乱的、令自己讨厌的生活，以及随后好不容易终于到来的这一场沉酣的睡眠。

谦作一觉醒来时，室外发白的光亮透过舱室小圆窗厚厚的玻璃射进了室内。他从枕头上抬起了脑袋。大海与昨日相同，在灰色的寒冷天空下怒涛汹涌。已经八点了，谦作起床时，年轻的外国人已经吃完了早餐，餐厅里看不见他的身影。谦作吃罢早饭，披上外套，来到甲板上。海风有些平静了，客轮沿着纪州海岸前进。

年轻的外国人在船尾一角走来走去，气喘吁吁，哼着歌儿。一发现谦作，他立即道一声："早安！"并劝谦作与他一起走，说这样可以暖和身体。谦作拒绝了。因为他身穿便服，穿着厚厚的毛裤，如果不将和服衣襟撩起掖入后腰衣带里，便无法快走。谦作退回了吸烟室，少时过后，那个外国人手里拿着迦尔洵的作品走了进来。他用"病态""可怖"等词语盛赞短篇小说《四天》。

"大约几点，船可抵达神户？"乘务员进入吸烟室后，谦作问道。他打算据此调查一下西行列车的时刻。

"昨晚海面风浪有些不平静，耽误了一些时间。现在正开足马力，不会误太长时间。下午三点左右，可以抵达神户。”乘务员回答。

确实，下午三点，客轮停在了神户港。客轮尚未停稳，几艘宾馆的小艇宛如车夫争客似的，在客轮周围转来转去。谦作坐着随后驶来的邮船公司的大艇上了岸。然后，坐上人力车，将被海关用白粉笔画了记号的旅行提包立在双腿之间，奔向三宫车站。

第二章

盐屋、舞子海岸[1]，风光美不可言。晚霞映在黄昏平静的海面上，靠近海岸处，一只扁舟轻轻摇荡，艄公盘腿坐在舟上，正在修补渔网。有的渔船将缆绳系在白沙海岸的松根上，准备夜泊。谦作怀着快乐的心情眺望着美景。随着列车的运行，夜幕逐渐降临。谦作又困了。经过了眼花缭乱、睡眠不足的生活之后，他无论怎么睡也睡不够。谦作去餐车用罢简单晚餐，换上和服，躺在了空座位上。夜里十一点左右，谦作被乘务员叫醒了。他在尾道车站下了车。

旅行指南手册中介绍的尾道市旅馆，竟有两家位于火车站前。谦作进了其中一家。旅馆安静得超出谦作的预想，但能听见弹三弦的声音。他对掌柜说："尽量给我

① 盐屋位于神户市垂水区东端，濒海。舞子是神户市垂水区海岸，濒明石海峡。

安排一间靠里面的安静的客房。”

谦作被领进了二楼安静的客房里。他站起来，打开纸拉门看了一下。外侧套窗尚未关闭，室内电灯光照至前面墙头插的防盗竹签与碎玻璃。墙外是一条窄路，再往前就是大海。说是大海，但前面有一座大岛，海被夹在陆地与大岛之间，令人觉得俨然是一条大河[①]。数十只渔船或货船停泊各处。红黄色灯光映照水面，其美不可名状。这地方很是热闹，令谦作油然想起了深夜东京的街市。

女仆端着火盆进来了，向站在套廊的谦作说道："请烤火吧。"

谦作沉默不语，从套廊进入室内，拉严了纸拉门，坐在火盆旁边。女仆将淡茶与点心摆在了谦作的面前。

"此刻还能拜托按摩师来给按摩吗？"

"哎，可以的，只要哥哥[②]您需要的话。"女仆非常亲切地说完，走了出去。由于过分亲昵，谦作有点怀疑自己进了一家很不普通的旅馆。

从按摩师口中，谦作听到了西国寺、千光寺、净土寺以及讲谈本里出现的涉及物外不迁和尚[③]的梵刹，还

---

① 所谓"大岛"，即向岛，所谓"一条大河"，即"尾道水道"，幅宽三百米许。尾道的细长市区分布于尾道水道旁。

② 原文为"あんさん"，意为"哥哥"，这是对年轻男子表示亲近的尊称。

③ 物外不迁（1795—1867），亦称"拳骨和尚"，曹洞宗的高僧，伊豫（今爱媛县）松山人，精通禅道剑术。

听到了附近鞆津的仙醉岛、阿武兔的观音、四国岛的道后温泉与赞岐的金刀比罗宫、高松、屋岛以及净琉璃[①]中出现的志度寺。从东京寄出的行李等物品到达尾道尚需一周左右，谦作心想，干脆利用这段空闲时间，去什么地方旅游好了。

按摩师被讲话占用精力，按摩力度逐渐减弱了。

“能否再加大点气力儿？”

按摩师突然加大气力，臂肘好像水车木杵舂米一般，在谦作肩上粗暴地捶打着，连压带环揉。

“你的这种按摩法，叫什么流派啊？”

“称作‘长崎绪方派’。”

谦作想起昨日到新桥送别的潇洒时髦的绪方，与眼前这个略显邋遢的“长崎绪方派”按摩师一比，他不由得兀自面浮微笑。

海的对面传来“噼噜、噼噜”的声音，像是清脆悦耳的鸟鸣，又像其他什么声音，听起来好似戏剧中模拟的白鸻的鸣声。在人们都进入梦乡的寂静夜半，默默地听着这种声音，谦作情不自禁地萌生出寂寞而轻松的旅行情趣。

“那是什么声音？”

① 日本传统曲艺的一种，兴起于室町时代。其说唱内容一般为忠孝节义、爱恨情仇及宗教传奇等。

“那个声音吗？那是船上滑车发出的声响。”

翌日上午十点左右，谦作走出旅馆，打算参拜坐落在山上的千光寺。千光寺位于市中心，驻足于此，全市尽收眼底。因此，谦作想站在千光寺，大体上选定自己今后居住的位置。

谦作随意选了一个地方往左拐，跨过铁路线，前面有石阶，石阶上面的山门高挂一盏大灯笼，灯笼上写着“狮子吼”三个遒劲大字。此寺名曰“光明寺”。谦作穿过寺院，向山上攀登。然而蜿蜒曲折的羊肠小道有若干条，他难以分辨哪条可到千光寺。心中没底，他便站在岔道口休憩。

“敌人涌过来，把他全杀光——”一个十二三岁的男孩，朝气蓬勃，以吹冲锋号的节奏，一边大声唱歌，一边挥舞着一根细竹竿，从山上跑了下来。

“去千光寺，应该走这条道吧？”谦作手指去向，向男孩问道。男孩停住了脚步，与谦作一起仰望山顶。怎样才能为谦作指明道路？男孩似乎感到有点困惑。

“告诉你，你也不会明白。我和你一起去吧。”

男孩未等谦作回答，又面对刚才下山走的山坡小路，左右摇晃着弓着的腰身，快活地走在谦作前面，斜向一直往右上方登去。他们又攀登片刻，左侧出现麦田，麦苗高二三寸。麦田的上侧，有一排屋脊低矮的三座连脊长条房屋，最左边房子上挂着“房屋出租”的牌子。谦作对男孩致谢后，二人分别了。他去看了欲租用的房子，正在向阳处浆衣服的女房东亲切地向谦作详细介绍了各种情况。

之后，谦作又斜向上登了约百米，又发现一排三座连脊长条房屋，其中东端房屋出租。此房的视野角度与景观质量等均高于刚才看的那一家。此处也有待人亲切的老妪，热心地回答了谦作提出的问题。谦作觉得刚才的男孩、女房东以及此刻眼前的老妪，都是心地善良的人。虽然他觉得根据偶然遇到的印象，就立即断定这三个人都是善良的人，如此想法过于单纯，然而，谦作还是以这三个人为依据，对首次踏上的尾道这块土地抱有好感。

终于来到了通往千光寺的石阶路，这是一条路幅颇窄却相当漫长的石阶路。在路的中段旁侧，有两三家关着玻璃门的茶屋，每家都将镶嵌着千光寺名胜彩画明信片的画框挂在屋檐处。石阶登完，往左拐，再向右拐，登上路幅稍宽的石阶，巨松的枝叶覆盖着一家简易茶屋。谦作坐在茶屋的凳子上。

谦作的视线越过前面的海岛，遥遥望见了四国岛覆盖着薄雪的群山之巅。然后，他望着濑户内海上尚不知其名的大小岛屿，欣赏着辽阔广大的景色，感受到了非常少有的愉快。烟囱上标有大阪商船白色记号的轮船，以前面海岛的海岸为背景，不时喷吐水蒸气，间隔片刻后，“呜——”地鸣着底气十足的汽笛，缓缓驶入港口。小船随着上涨的海潮，以意料之外的快速，在轮船旁边反向擦过。船体宽展、形象难看的渡船斜穿潮流，慢悠悠地划向上方。然而，谦作眺望着这尚未见惯的景色，觉得未久便会感到厌腻，正因为是美景，似乎反而会令自己变得痛苦。

谦作一边吃着煮鸡蛋，一边听茶店的店主讲着故事，知道了眼前海岛名曰“向岛”，向岛与陆地之间的小海，名曰“玉之浦”。店东由玉之浦讲到“玉之岩”，古昔千光寺“玉之岩”顶，有一颗闪闪发光的明珠，无论在多远之外，都能看见这颗明珠。明珠之光甚亮，尾道人夜出都不用提灯笼。某时，一个外国人乘船经过海面，发现了玉之岩，问道：“此岩能否卖给我？”尾道街里的人认为，山上巨岩纵然卖了，那外国人果真能带走吗？便答应卖了。孰料外国人只将岩上明珠剜出带走了。尔后，无月之夜的尾道与其他地方别无二致，夜里出门，也必须提着灯笼走。

“现在，那巨岩上还留下了足有两个酱油桶粗的大洞呢。用现在的话说，那明珠可能就是钻石之类的珍宝啊。”

尾道人将祖先愚蠢的传说原原本本地流传下来，谦作觉得，这倒可以证明尾道人从容大度的性格，挺有意思的。

据茶店店主所言，之前商家的一个老者辞世了，老者住过的房子目前正空着。他决定去看看这所空房子。走在落满枯叶的潮湿难行的小道上，到跟前一看，一栋俨如小茶室模样的房屋，建在似被巨岩环抱之处，光线阴暗。房屋荒芜至极，修缮亦非易事。与此相比，更主要的是气氛阴郁，谦作实在不愿栖身此处。他又返回茶店，登石阶向千光寺方向走去。天然巨岩耸立，巨岩之间高耸着苍劲古松，刻有碑文、和歌与俳句的巨石星罗棋布。触景生情，谦作想起很久以前去过的山形县的山寺以及锯山的日本寺。千光寺的开山祖师据说是来自长崎的中国高僧，以故，从岩石、树木的状态到山门、钟楼等，这里的一切，与山寺、日本寺相比，给人的感觉更富于中国风格。所谓“玉之岩”，位于钟楼前面，是一块孤立的巨岩，有单门独户二层小楼那么大，其形状与宝珠一模一样。

驻足钟楼处，整个尾道市几乎可以尽收眼底。夹在山与海之间的市区，呈细长条状，市区长宽比例失调，不和谐地东西延伸着。房屋鳞次栉比，山麓挺立着许多粗墩墩的烟囱，那是造醋的人家。谦作眺望人烟稀疏的市郊海边，心想若能在那一带租到理想的房子，那该多好。

少时过后，谦作再次以极大耐性，一步一步下着漫长石阶路，回到街上。清晨求旅馆的人给买的木屐，待他下山之后，木屐带已经彻底松弛了。

谦作走过脏乎乎的泥泞胡同，来到大路上。大路较窄，但路边店铺中大店较多，总体上买卖兴隆。路上行人个个生气勃勃，不像是让玉之岩上的明珠被外国人剜走了的愚蠢祖先之后裔。

他又觉得街里飘荡着特有的气味，那是醋的味道。最初谦作并没察觉，当他来到挂着写有"醋"字的招牌前，明显感到醋味浓烈冲鼻，这才察觉到。小巷脏乱差，是尾道的特色之一，而许多人家都挂着葫芦，此事也令谦作诧为奇事。古董店、旧家具店、葫芦专卖店自不待言，就连蔬菜店、杂货铺、点心店，甚至钟表店、洋货店、印刷店的橱窗里，都能看见葫芦。他回到旅馆，听女仆说，她的丹波[1]柳条包里，还放着几个葫芦呢。

当天晚上，谦作很早就睡了。翌晨尚未天亮，他就爬起来，请旅馆掌柜当向导，走过灯火通明、似被清扫过一般的干净大街，抵达附近的码头。白霜蒙地，清晨寒冷。

谦作觉得濑户内海的景色并不像自己想象的那样美

① 山阴道八国之一，相当于今京都府中部与兵库县东部。

丽。此刻正赶上涨潮，海水不再平静，怒涛迭起，汹涌澎湃，一直向东流去。谦作观之，感到有些不可思议。

谦作在高滨下船，乘列车赴道后，住了两宿。然后又由此乘船在宇品下船，从广岛奔赴严岛。他觉得如果能发现比尾道更称心如意的地方，可以移居该地。但第四天，谦作还是返回了尾道。

旅途的轻微疲乏令谦作全身心地感到一种舒服的倦怠。行李尚未到达，翌日，谦作再次去千光寺的山腰，决定租下那座看过的房子。他从街上叫来榻榻米经营店与灯笼店的人，给榻榻米换上新面，纸拉门糊上新纸。

第三章

谦作租的是三座小型连脊房屋中最里面的那座。邻居是一对心地善良的老夫妇。谦作拜托老妪给做饭洗衣服等。再往前的邻居姓松川，四十岁左右，是个游手好闲的懒汉，他让老婆去街上旅馆当女招待，从老婆那里要零花钱买酒喝。

此处景色真不错。躺着就能欣赏各种各样的景物。眼前的海岛上有造船厂，清晨开始，那里就传来“噔噔”的锤打声。该岛的左侧山腰是采石场，松林中的采石工人一边唱歌一边采石，歌声从远远的高处不断直接传到谦作的居所。

黄昏时分，谦作以悠然的心情，坐在套窗外的窄廊上，望见山下商家屋顶的晾衣台上，一个孩子正面对落日挥舞着棍棒，远远望去，显得很小。五六只白鸽忙碌地飞翔在屋脊上空，在夕阳的照耀下，白鸽翅膀闪烁出晃眼的桃红色。

下午一到六点，千光寺就撞响了报时的钟声。“咣——”响声一发出，随之立即就会出现“咣——”的回响，如此这般，从远处一次连着一次返回声响。从这时起，白天在向岛群山中略露塔尖的百贯岛灯塔开始放射光束，忽明忽灭。造船厂炼铜的火光映在海面上。

夜里十点一到，驶往多度津的联络船便鸣着汽笛归来了。船头的红灯与绿灯，甲板上的黄灯，映在海面上，宛如美丽的长绳在挥舞着，伴随联络船前进。此时谦作已听不见市区的任何喧嚣，而水手们响亮的话语声从远处传来，听得一清二楚。

谦作的家，外间是六张榻榻米大，内间三张榻榻米大，还有一间没铺榻榻米的厨房，结构就是这样。榻榻米与纸拉门焕然一新之后，墙壁显得布满脏痕。谦作从街上买来漂亮花布，将脏痕盖得严严实实。他还将做假花用的缎子树叶，用按钉固定于盖不严的小脏痕处。总之，这处房子建得粗糙，若将采暖用的煤气炉与烧饭用的煤气炉同时燃起，由于房子窄小，可达80华氏度[①]。但一闭火就马上变冷。寒风袭来的夜里，谦作将双幅宽的毛毯折为两层，挂在两扇纸拉门内侧，以防户外寒风。

① 约26.67摄氏度。

尽管如此，从套窗缝隙吹进来的风一直掀动着毛毯。榻榻米面换了，而作为内瓤的席草却如波浪般起伏不平。如果粗心大意，没找好位置，就将生着藠头的平底瓶置于榻榻米上，瓶子立刻就会倒下。而且，榻榻米之间的缝隙也由下而上地刮进冷风。谦作将正在读的杂志中读过的部分撕下来，卷成长条，执火箸将其塞入缝隙中。

这种与东京迥然不同的生活令谦作感到快乐。时隔很久，他终于有了平适的心境，开始从事一项按计划需要很长时间的工作。他打算创作一部叙写从自己幼年至现在的自传体作品。谦作是父亲赴海外留学期间出生的孩子，父亲究竟何时回国的，他没记住，但他能忆起父亲不在家期间，与祖母、母亲、哥哥、姐姐一起居住的茗荷谷的窄小古旧的家。登完吱嘎吱嘎作响的窄楼梯，进入一个小屋，天棚低得像亭子间，祖母常在这里织布。晚上，祖母和母亲坐在茶室里昏黄的吊灯下，不断地从丝绵中抽丝，然后将丝置于用涂过防腐增强漆的纸做成的酱渣过滤筐内。一次，谦作因摆弄筐内的丝，遭到了申斥。还有纺丝车"嗡嗡"的声响，这一切都好似前世的事情，淡淡地浮上了谦作的脑际。

谦作还回忆起这样的事情。某日，一只狐狸一边不断回头留恋地张望，一边从容不迫地从树篱间钻了出去。（和他一起坐在套廊里的祖母告诉他："那是狐狸。"）

又一次，他发现柿树高枝上的油蝉，认为那是非常大的蝉。还有，大概在同一棵柿树下，自己与邻居家年龄相近的孩子互不相让，都说："'小少爷'这个词，指的是我！"

父亲留学归来不久，便移居本乡龙冈町。某时，女仆背着他，去上野的山下买父亲吃的面包。归途女仆依旧背着他，让他拿着面包，二人于池边观看龟仔之际，一个漂亮太太将他手拿的面包连同纸包一起抢走了。还有，旧藩主作古时，他将"薨"理解为"捉迷藏"，因此，他频去立在棺椁后侧的金屏风背面寻人。在传通院举行葬礼时，和尚用木杵撞击小吊钟，他被吓了一跳，遂恨极了撞钟的和尚，认定他是个没有爱心的人。诸如此类断片式的琐碎回忆，俨如沼气池底的沼气，扑哧扑哧地浮了上来。凡此种种，多是些无关紧要的往事，但其中一件事令他记忆深刻。那还是家住茗荷谷的时候，他与母亲一起睡觉，趁母亲酣眠之机，钻进母亲被窝深处。俄顷，他以为已经熟睡了的母亲狠狠地掐了他的手，然后将他拽到枕边。此后，母亲酣眠似的，闭着眼睛，也不说话。他为自己的行为感到羞耻，他和大人一样，知道自己所做的事意味着什么。这个回忆令他觉得不可思议，这是一个可耻的记忆，是感到难以置信的记忆。是什么令他做出这等事？是好奇心，还是冲动？若是好奇心，为何感到那般可耻？若是冲动，那么任何人从那时开始，都会出现如此现象吗？他不得而知。如此可耻举动，似乎存在以“冲动”难以完全概括的地方。对一个三四岁孩子的举动，他不想从道德角度进行评论，他觉得此乃先人的习性。当思及连此事也存在因果报应，及至子孙，他有些悲怅。

谦作从幼时记忆逐步写来，他将半夜至黎明作为自己主要的工作时间。

头一个月大体都很顺畅。生活，工作，身体等，无不如此。然而，自这一个月的末尾开始，一切都慢慢紊乱起来。

自告别东京以来，谦作故意没有频给阿荣去信。原因之一，他欲甩掉一时紧紧纠缠于他脑际的妄想；原因之二，孤独导致他身心衰弱，他无力战胜如此状态的自己。但他较频繁地给信行去信，信中涉及如下说明：“若是在东京，这是与朋友杂谈的时间。我是以和朋友杂谈时的心情给你写信。”阿荣常寄来写得很长的信，看得出谦作致信行的书简，阿荣大都读过。

工作进展不畅，随之，单调的生活开始折磨谦作。他每天的生活内容完全相同，周而复始。“昨天降雨”，“今日晴天”，除此以外，每日生活无丝毫相异。谦作在稿纸的每一角都写上日期，贴在墙壁上，再一天一天地写掉。能写东西的时候还算好的，因心情与健康情况异常，厌倦写作之时，就是在名副其实地消磨时光。尽管谦作原想摆脱他人，以一人独处为目的，但当身边真的没有任何人时，面对如此孤独，谦作却又不堪忍受。山下的上行快车[①]呼啸而过，在居所只能看见烟雾，听不见声响了。片刻过后，远远望见了如弓形蜈蚣的列车，一边喷吐黑烟，一边竭尽全力地行驶。然而，远远望去显得行驶非常缓慢。按那种速度明天清晨也能抵达东京新桥，想到这里，谦作有些莫名其妙地心生嫉妒。自己仍在这里过着无所作为的日子，马上就会混到明日清晨。少时，列车转过前面的山脚，消失了踪影。

虽然如此，谦作还是不想回东京。他觉得若是回去，就很难再来此地了。现在回去，必会过度地故态复萌。作品写得是否出色另当别论，但他下定决心，无论如何也要完成这项创作任务。谦作时常漫无目的地进邮局或火车站闲待片刻，因为此处是距东京最近的地方。他来尾道时才仅有二三寸高的麦苗，如今已长到六七寸了。

谦作觉得脸颊的肌肉莫名地严重松弛，而且双眼也不能清醒地睁开了。他发觉数十天的时间里，自己从早到晚，表情一直是阴郁的，不曾笑过，不曾怒过，甚至都

---

① 列车或巴士由地方开往首都东京，称“上行”。反之，称“下行”。

不曾舒畅地深呼吸过。

一个朔风呼啸的夕暮，谦作想去一个无人之处，肆无忌惮地大声呼喊。于是，他去了离市区稍远的海滨，这里有三座烧瓦的窑。迎着呼啸的朔风，松木熊熊燃烧，松脂发出吱吱的声响。苍茫暮色中，强烈的光焰很是刺眼。谦作呆呆地望着火焰，片刻过后，又朝海滨石垣方向走去。他驻足石垣上，面对大海。然而，他并无可唱的歌。他毫无意味地大喊，但是这喊声好似极其无力的悲怅之声。寒冷的朔风激烈地吹着谦作的后背，烧瓦窑的黑烟被强风压抑着，吹向怒涛汹涌的大海浓灰色的上空，黑烟被风撕得细碎，飞向远方。他以生自己气般的糟乱心情，返回了居所。

“老爷，俺自己出钱，领我去什么地方玩玩吧。”一个乡村卖春妇花言巧语地说道。她是个胖得肥圆的可爱的姑娘，颇有被爱的自信，时常装出悲凉的神情，从谦作手中骗去 日元或两日元[①]。

一个天气晴朗的暖洋洋的午后，谦作乘渡船去对岸向岛看盐田。归途中经过平素只能望见部分山巅的百贯岛，突然想顺便一览百贯岛全貌，于是他信步朝百贯岛走去。当走近连接两个山丘之间的一条缓坡道路时，他

---

① 当时一日元相当于人力车夫三天的工钱。

发现一对男女由坡上走下来。女子好似时常取悦谦作的那个卖春妇。谦作本能地靠近竹林，拐入一条小路。走了约二十米后站住了，他回头一望坡路，正是那个胖姑娘。她身穿华丽的长袖和服外褂，粉腮涂得过白，反倒显得难看了。她兴高采烈地与男子说着话，走了过去。男子将礼帽檐压得很低，深深扣到眼皮处，形象似一个年轻掌柜。

健康状态、心情乃至工作，皆令谦作逐渐感到不如意，很无聊。首先，双肩严重发僵，脑袋很沉，握住后脖颈时，会发出令人感到难受的“唧唧”声。他还食欲不振，难以进入深度睡眠，迷迷糊糊地做一些令己不悦的梦。

夜半，他开始工作时，工作几乎毫无进展，情绪却往往怪异地非常清醒，十分亢奋。由于亢奋，谦作在狭窄的六张榻榻米大的房间里长时间走来走去，将榻榻米下横木上铺的木板踩得嘎吱嘎吱作响。这种时候，他觉得自己在面对一切，是一个非常伟大的人。

夜间的生活状态基本如此。白天则截然相反，他被逼迫得陷入了悲惨心情的深渊，肉体与精神上皆成为半病之人。郁闷，慵懒，困倦，双眼充血，无精打采。

某日，邻居老妪说，宝土寺石阶路下有个名曰“岩兵卫”的盲人，以前在海岸当过船舶装卸工，如今在当按摩师，劝谦作去那里看看。谦作听从劝说去了一次。但按摩师令人不悦的粗暴疗法对谦作的双肩毫无疗效。事出无奈，他只好中止了自己目前的笔耕。

第四章

一个春色十足风和日丽的日子。从漫长冬眠中苏醒过来的一条大蜥蜴，从门前石墙缝隙间露出半截疲惫的躯体，一动不动地晒着太阳。就是这样的一个上午，谦作心情稍感轻松，他将房间向阳的纸拉门完全拉开，开始吃早午饭。向岛的山上嫩绿一片，还可以淡淡地望见四国岛的群山。谦作突然动了外出旅行的念头，便拿出了旅行指南手册，查找驶往赞岐的渡船时刻。

邻居老妪说道："真能闻味儿啊。"

她边说边来到前面套廊，坐了下来。谦作吃饭时，附近的两条小狗总是来到这里，于套窗外廊下露出小黑鼻尖儿，仅仅根据这翕动着的鼻尖儿，就能看出是两只什么样的小动物。

"去金刀比罗宫，坐联络船比较方便吧？"

“喔，像今天这样的好天气，去参拜本山[①]的人大概会很多，商船公司的船会很挤吧？”

“是下午两点开船吧？”

“是啊——哥哥要去参拜金刀比罗宫吗？”

“啊。我的屋子就这样吧，不用收拾。净是些即便被盗也无所谓的东西。”

“哎，哪里有这等事哟。”老妪笑了。

“贵重东西都放在提包里，把提包寄存在您那儿就可以了。”

“好的。像今天这样的天气，鞆浦的明月，可以看得一清二楚啊。”

“老奶奶去过吗？”

“没去过。”老妪否定道，“只是前些年我去四国参拜与弘法大师相关的寺院时，乘船路过了鞆浦。”

“是吗？那么我今晚在鞆浦赏月，明天再去金刀比罗宫。后天去高松，看看刚开放的城内园林。”

“听说非常壮观，比冈山城的‘后乐园’还漂亮。”

谦作吃完饭，将剩菜残渣收拾到一个盘子里喂狗。一条狗频频发出呜呜声，威胁另一条狗。

“去！去！”老妪坐在那里，用穿着草鞋的脚做出要

① 指神社流派中的总社，即金刀比罗宫。

踢狗的样子。

这时，谦作看见一位老翁摇摇晃晃地走在窄而陡的坡路上，从下面上来了。他退休后发挥余热，在商船公司的码头当检票员。

“老爷爷回来了。”

“哎。”老妪应答着，笑着俯视那个方向。附近一个刚六岁的女孩站在老妪家小门前面，大喊：“爷爷——”

老翁停下脚步，直起腰仰望着这边。老翁穿得过厚，鼓鼓囊囊的，无论怎样挺着腰，看上去仍像是弯着。

“芳子——”老翁以浑厚愉快的声音回应着。

“爷爷——”

“芳子——”

如此这般，清脆的声音与浑厚的声音一呼一应着。老翁又以弓腰姿势，摇摇晃晃地登着坡路。老妪回到隔壁自家。

俄顷，谦作下山去取款。街上的邮局很近，他来到写有“存款汇兑”的窗口，拿出汇票。

“今天只有上午办公。”办事员对他说道。谦作忘了今日是星期天。“现在业已结算完毕，正在上交现金。”办事员很抱歉地说道。

谦作不太情愿离开，后退两三步，看了一眼挂在头顶上的大钟，已经过了约二十分钟。没办法，谦作的旅行只好推迟一天启程。

翌日，天空薄阴，阳光微弱，寒冷，是个令人不快的日子。要变天的样子，刮着风。谦作有些犹豫，但最终还是决定出发。下午一点半左右，他抵达轮船起航地。轮船晚到了半小时，原定下午两点开船的轮船也顺延了时间才起航。谦作穿着祖父穿旧了的和服外套，来到甲板上。船沿着细长市区向东航行，从船上望去，千光寺山半腰处谦作的小家更显渺小。适才还穿在身上的棉衣与和服短外褂，如今正搭在屋檐下晾衣横杆上，望去显得极其微小。老妪坐在晾衣横杆前，望着海面这边。谦作挥手示意，老妪立刻也笨拙地举起一只手，而且好像面带笑容。

谦作望见了坐落于两山之间的西国寺。少时，船驶过净土寺前，出了市区，向南一拐再拐，绕过向岛，朝离岸较远的海面驶去。迄今为止，谦作仅知道因岛、百贯岛等几个岛名，而今天过了 岛又 岛，岛岛并立。远处群岛，看不见岛和岛之间的缝隙，船每通过一个岛角，即可看见弯曲的海岸，几乎千篇一律，无太大差异。

刚才还是阳光微弱、薄阴的天空，不知何时阴云密布，寒风由西阵阵吹来。谦作想进船室，又有点觉得良机难舍，便合上外套，立起衣领，将下巴埋于其中，依旧坐在甲板的长椅上。

轮船穿过岛和岛之间的缝隙，继续前进。每座海岛的山坡上都有麦田，这一片深绿，那一片浅绿，深浅色调对照鲜明，在阴暗天空下，望去像天鹅绒一般滑润悦目。此外，群岛峰巅的轮廓曲线，眺之显得异常富有强劲力度。阴云遮日，以云中太阳为背景，峰巅轮廓尤显清晰。谦作想起了在市内葫芦店看到的葫芦，那葫芦一剖为二，剖面的曲线与峰巅曲线相似。他叹服于自然造出的曲线，与葫芦有着共同的强劲度与美感。

轮船前行，一个海岛被远远抛在后头，另一个海岛又耸立在眼前。在有稀疏几户人家的海滨，被岬角海风吹弯了的一两棵古老苍松下，肯定有一座古香古色的石砌灯塔，那上面刻有“长明灯”几个大字。有个传说讲的是，另一岛上的年轻姑娘，每夜依靠对面岛上的灯火游过海面，与恋人幽会。一个暴风雨之夜，变了心的恋人故意吹灭了灯火，姑娘游至途中淹死了。每个岛上的灯火，都像这个众所周知的传说中的灯火。

谦作看见了阿武兔的观音堂。陆地与小岛之间，有一条窄细的海峡，观音堂在陆地一侧的岬角上，拜殿[①]在陆地上。楔入海中的一根巨大立岩上，砌着约四米的石

---

① 在寺庙建筑中，拜殿指正殿之前的建筑物，供善信摆设祭品祀神。

墙，那上面建有奥院[1]。从拜殿到奥院，中间有十余米陡坡走廊相连。此外全是自然状貌，附近没有人家。眺望过去，感觉颇似中国画。

绕过此地，轮船沿着陆地航行，出现几座玲珑小岛，岛上生长着松树，那般姿形的松树正适合移植于庭院中。未久，船停泊于鞆津，仙醉岛静卧此处。仙醉岛所在位置与谦作根据彩绘明信片随便想象的方向正相反，令他感到多少有点美中不足。但归根结底，仙醉岛是一座令人观之欣悦的平静小岛。岛上街里人家拥挤杂乱，到处耸立着烟囱，那上面用油漆写着“保命酒制造厂”或“元祖十六味保命酒”。

谦作原打算此夜滞留仙醉岛赏月。遗憾的是，天公不作美，没有见到明月的可能，他便决定不下船，继续前行。

谦作渐渐觉得浑身发冷，心情不畅。他下到船室，因是二等舱，里面仅有五六个乘客。他混在众人里，也躺了下来。船体轻度摇晃，谦作听见了波浪“啪嗒啪嗒”拍打船体的声响。他有点困倦，但睡了又怕感冒，便坐起来，开始阅读随身带来的小说。

“各位定是感到腻烦无聊了。”身着西装、袖口镶两

① 亦称“内殿”，建在寺院或神社幽深之处，祭祀安置开山祖师的灵像或神灵。

道金边的船员进来说道。水手拿着唱片盒与留声机，船员笑着说道："让各位破费了，请自由细赏唱片。"乘客大都躺着，留声机便置于坐着的谦作面前。

谦作照旧读书。谁也不伸手动唱片，谦作便将唱片盒拽了过来，看了一下。浪花节[①]居多，也有义太夫节[②]。他喜欢义太夫节，连续听了三四张。

"丰竹吕升[③]的嗓音别具特色哟。"躺着谈股票的两个人中的一人说到此事。该男子望着谦作，问道："有没有'浮节'[④]的片子？"

"喔？"谦作猜测大概说的是浪花节，却假装没听懂，故意以冷静的面孔，装上了义太夫节的唱片。那个男子就一声不吭了。谦作觉得这样有点残酷，待义太夫节播放完毕，他又装上了吉原艺伎唱的《四季歌》。他原以为此歌开头唱的是"春季里来樱花开，大家去东山，乐赏春樱风采"，没想到喇叭先是发出唧唧的声响，然后突然意外地唱道："春来令人欢喜，咱俩能在一起……"连谦作自己都能感觉出来的不悦表情与《四季

---

① 江户时代末期，兴起于大阪的说唱鼓词，用三弦伴奏，明治维新后进入鼎盛期。

② 竹本义太夫开创的净琉璃代表流派，在三弦伴奏下边操纵偶人边说唱。

③ 丰竹吕升（1874—1930），义太夫节的女艺人，凭其美声美貌风靡一时。

④ 关西地方称浪花节为"浮节"，此称呼始于江户时代后期。

歌》这娇滴滴的艳情歌曲，构成了滑稽的对照，令谦作感到可笑。唱片唱起，不便中止，于是，留声机便肆无忌惮地继续唱着浪荡歌曲："夏来令人欢喜……秋来令人欢喜……"发动机发出"噔噔"的声响，甲板上响起的"呜——呜——"的汽笛声，拍打船体的波涛声，这些声响中又夹杂着留声机的歌声，唱的是与这些声响不协调的娇滴滴的《赏雪酒》。谦作关闭了留声机，又来到甲板上。

不知不觉，已经望见了赞岐海岸。那里站着三四位客人。

"事务长先生，有金刀比罗宫的山是哪座？"

"就是那座山。"刚才那个身着西装、袖口镶两道金边的船员，手指着远山回答，"就是那座，形状好似大象的头，所以叫'象头山'[①]。又叫'金刀比罗大权现'。这边望着黑乎乎的地方，从这里望，是很小的森林，嘛，实际上那可是很大一片森林呀。"

四五艘张着帆的渔船飞驰在深蓝色海面上。事务长说，这一带是濑户内海正中心，潮水由西、东两个方向涌到这里，然后又从这里分开，向西向东分别退去。事

① 位于香川县西部琴平町，本名"琴平山"。金刀比罗宫为眼睛，南侧爱宕山为鼻子，状似象头，又名"象头山"。

务长还说："下个月善通寺'开扉'[①]，会更加热闹。"

谦作一个人来到船尾，坐在那里的长椅上。他眺望着象头山，再遥望连绵起伏的群山。谦作觉得，与事务长刚才讲的那座山相比，那座山前面的山更酷肖象头。他幻想着躯体埋入大地、头伸出来的大象全身站起来的情形以及由此引发的人类的骚动，骚动的结果或是人类因此而灭绝，或是人类打倒了大象。全世界的军人、政治家、学者都将为这场骚动竭尽力量与智慧。若用大炮、地雷轰击，只能稍稍伤害大象的皮肤，而大象皮肤厚达百余米，此类武器根本无济于事。若采取"粮食攻击"，大象的早餐与午餐间隔五十载，"粮食攻击"制伏不了它。智者云："你不惹怒它，它就不做恶事。"印度虔信某宗旨的人说，大象是神。然而，整个人类玩弄阴谋诡计，千方百计欲杀死它。大象终于怒不可遏……谦作觉得自己不知何时变成了大象，在与人类的战争中，独自感到亢奋。

在都市里，他一脚踩下去，顿时五万人被踩得细碎。他遭到大炮、地雷、毒气、飞机等所有竭尽人智造出的武器的攻打。然而，他用鼻子一吹，飞机比蚊子还脆弱，

① 位于香川县善通寺市，是真言宗善通寺派总本山。"开扉"即寺院平时不公开的佛像，隔几年后开放一定时间，供人们参拜，亦称"开龛""启龛"。

掉了下来；齐柏林[①]飞艇如气球般飘得无影无踪。他用鼻子吸水，喷出去则成洪水；他钻入大海里再跑上来，则造成巨大海啸……

“各位旅客一定都感到很腻烦了。那就是多度津，再有十分钟就可抵达。请各位旅客整理好自己的行李……”事务长来通知大家。其实，事务长自己已经比谁都更腻烦了。

汽笛频鸣，“呜——呜——”，震耳欲聋，响在耳畔。轮船朝现出密集屋脊的多度津前进。

谦作从不着边际的幻想中清醒过来，然而，他并不觉得这种幻想很滑稽。尽管以人类为对手有些怪异，但谦作自幼生成的幻想癖，因孑然一人无交谈对象而愈益加剧，所以到如今，他对适才的想象并不感到荒谬。

谦作没有什么需费事整理的行李，他下了船室，取出阳伞后又上来了。大海中的岛屿在夕阳照射下红光闪闪。甲板上站着十四五个船客。

“您去参拜金刀比罗宫吗？”

“是的。”

“您是独自一人吗？”

“是的。”

---

① 齐柏林（1838—1917），德国飞艇制造家，实用飞艇的首创者。

“那可很是寂寥啊。”

“嗯。”

“您下榻何处？”

“您可知晓哪家客舍较好？”

“最好的旅馆是‘虎屋’，其次是‘备中屋’。但这两家旅馆若一个人去住，恐怕不合适。”那个男人说道。

谦作只是点头回应。

“还有一家名叫‘芳吉’的旅馆，倒也不错。我也是来多度津办事。今晚我想住在芳吉，如果可以，咱们一起去吧。”

这个二十五六岁商人模样的男子，脸与手都很脏，形象卑俗。这个男子自行决定要与谦作同住，对谦作说明了芳吉的具体位置等。

波浪激烈拍打着多度津的码头。驳船、千石船[①]等许多货船驶入了码头。

谦作第一个走下栈桥。在激烈横吹的大风中，他疾步前行。恰巧赶上退潮，从浮桥到通往码头的吊桥之间有一段陡坡。登上陡坡前行时，迎面来了一群欲乘此船的老妪，她们手提矮齿木屐，赤足走了下来。刚才那个商人模样的男子距离谦作六七米远，他离开其他船客，

---

① 可装载约千石重货物的大帆船，是大型货船的俗称。

从后面疾步追赶谦作。谦作明显不愿被那人追上，遂疾步前行。但谦作不知火车站在何处，打听之间，眼看将被那人追上。谦作于是盲目地快步走向闹市的方向。

那个男子再也跟不上了。谦作走过邮局门前，发现一个办事员神情悠闲地从窗口探出头。谦作向这个办事员问了路，然后直奔附近火车站。

火车站候车室内，火炉炽旺燃烧。在此等了约二十分钟，一列较小于普通火车的火车到了。谦作乘这趟车奔向金刀比罗。

第五章

当天晚上，在金刀比罗，谦作栖身曾被告知不接待单人顾客的那家旅馆。翌日清晨，他去了金刀比罗神社。此处珍藏的某些宝物令谦作欣喜。他感到《伊势物语》《保元物语》《平治物语》①的古香古色的装帧很漂亮。他平素讨厌狩野探幽②的绘画，但此刻看狩野探幽描绘的雪景水墨画屏风，觉得也很不错。谦作觉得自己对这些东西达到了相当渴望的程度。在去神社正殿途中，他还发现了人工之美。

去正殿的路上，有一段很陡的石阶路。谦作觉得石阶前的景观十分美好。但从正殿到奥院的路像是最近才

---

① 此三部作品均为日本古典文学 作品。《伊势物语》著于平安时代，后两部著于镰仓时代。

② 狩野探幽（1602—1674），江户时代初期画家，作品有《东照宫缘起绘卷》等。

修的，毫无人工美。此前在尾道看到的全是松树，以故，谦作对此处山上各不相同的大树颇感稀奇。但他突然想起令人不畅的树皮，觉得脆弱的神经遭到了威胁。

午后，谦作按计划去了高松。他没能看到作为观赏目标的高松城内园林，却游览了栗林公园[①]。然后，他在街上闲逛了片刻。某街角有一家经营洋酒洋食品的屋檐低矮的小店，商品却很丰富。谦作走了进去。尾道没有像样的店铺，他打算在这里买些罐头什么的。他默默地在货架前边走边搜寻，然而净是些红烧牛肉、“五三烧”等尾道也有的食品，没发现自己需要的东西。

“您需要什么？”一个男子出来问道，他头发涂着头油，闪闪发光，不知是掌柜还是少东家。

“有进口的肉罐头吗？”

“有。”说完，年轻男子立刻从里面拿出一个大大的深蓝色罐头，标签上写着“Pure English Oats”[②]。

“这是肉罐头吗？”

“是。”那男子毫不迟疑地回答。

谦作摇晃了一下罐头，里面发出咣啷咣啷干燥的响声。他将罐头还给男子，问道：“果真是肉罐头吗？”

---

① 香川县高松市紫云山东侧的县立公园，高松藩主松平赖重下令修建，为池泉回游式庭园，是国家特别名胜。

② 意即“纯英国燕麦”。

那男子接过罐头，边看商标边以流畅的日语发音读道："哎，pure English oats。"

谦作一言不发，走出了店铺，心里有点生气。映在那个年轻人眼中的自己，是什么形象呢？想到这里，谦作才意识到自己形象很寒酸。头戴脏兮兮的鸭舌帽，上身穿二十年前做的黑斜纹呢和服外套，脚蹬屐纽松了的廉价木屐，手持合闭后很粗的雨伞，再加上多日未剃胡须，一副懒散郁悒的神情……不像是有资格选购进口肉罐头的人。谦作心中怀有些许余愤，想返回店里，让年轻人当场打开罐头，确认到底是不是肉罐头，然后再退给他。

谦作决定去屋岛，便坐人力车奔向车站，坐上开往志度寺的电气列车。他坐的电车空空荡荡，而返回的每趟列车里都是满满当当的乘客。这是因为高松市报社与电车公司在屋岛联合举办寻宝游戏或进行扮演艺人、名角的比赛，这些乘客都是参加了这些活动，从屋岛归来的。谦作在屋岛下车后，仍然看见归客络绎不绝。归客中有脖颈上搭着黄手巾或额头缠着黄手巾的掌柜或学徒；有手拉着艺伎的醉汉；有的男人领着孩子，孩子的帽带上系着上扬的气球；有的人坐的轿子，好像"十日惠比寿祭礼"[1]时出现的那种艺伎娼妇们坐的轿子。还

① 正月初十举行的海神及商业神惠比寿的祭礼。

有书仆、车站服务员以及扛着货物的庙会商贩。五行八作的人汇成人流，大多数人都满脸通红，身体疲惫，相互你依我靠着归来了。唯有谦作一人，心情与那些人有天壤之别，与人流反向擦肩而过。但他的心在享受着清淡的情绪。在他的孩提时代，去龟井户赏完藤花归来时，去大久保赏完杜鹃花归来时，或者去驹场看完运动会归来时，都曾蓦然萌生过与此刻相似的清淡情绪。从尘土飞扬的平道逐渐走到坡道时，归客渐疏。谦作静登松林中的坡道，时登时憩，渐渐地能看见自高松一直延续至这里的盐滩。烧盐的水蒸气从小房子的屋脊冒出，俨然粗大白柱，在黄昏平静的空气中升腾着，然后变成点状，一个点一个点的，持续到远方。谦作懒散郁悒的心情终于得到了安慰。

谦作登上坡顶平地，此处几乎没有人影，仅有破碎的薄板空饭盒与橘子皮之类的东西散落在地上。出售彩绘明信片与“平家蟹干”[①]的小店正在收拾闭店。谦作一边行走，一边自然地俯视西边海面，不觉来到小松林中的旅馆门前。一伙迟归的游客在旅馆一间厢房里喧哗不已。女仆们正忙着打扫旅客用过的房间。

谦作被领进厢房。这小巧玲珑的风雅厢房位于崖

① 坛之浦的源平交战中，平家灭亡，传说平家亡灵化作此蟹，故名平家蟹，其方形甲壳酷似愤怒的人脸，濑户内海多产此蟹。

巅，可俯望大海。右侧海面上，静卧着沐浴暮霭的小豆岛，还能望见远近不知名的一个个大小海岛。远处，“五大力船”[①]与千石船之类的传统日本船，桅杆上已高挂起灯笼，正在休息。海面浮出暮色，虽然如此，从远海涌荡而来的弯弯曲曲的长弓状波浪曲线，于昏暗中还能看得出来。总而言之，此地景色十分壮观。然而不可思议的是，谦作并没有欣赏眼前美景的心情。

女仆端来了饭菜，谦作几乎毫无食欲。女仆来收拾碗筷之时，对谦作说道：“您的被褥铺在那边的房间。”

“铺好之后，请立刻告诉我。”

谦作的心情异常低沉。这并非旅愁那样的淡淡的怅怀，而是非常阴暗压抑的心情。

少时，女仆来接谦作。他在女仆引导下，穿过庭院直奔客房。房后松林上空，升起一轮又大又圆的蔷薇色的月亮。在将要进院的入口处，有一个带屋脊的小门。小门旁，几乎就在他走过的脚下，一个男子软绵绵地俯卧在地上，像个死人一样。他的长发乱蓬蓬的，俨然是个乞丐。他好像就那么躺着小解，腰部旁侧地面黑湿了一片。

女仆对此人几乎视而不见，谦作却本能地挂虑。进

---

① 一种载重能力极大的货船，名称源于日本五大力菩萨。

客房后，他问女仆："刚才那个人是不是病成那样的？"

"他是醉成那样的。"

"他是住在这附近的人吗？"

"他名叫'新太'，光棍一条，是个乞丐。看他今天那个样子，定是又喝多了。"

宣德火盆[1]里，火势炽旺。谦作一边烤着火，一边等待女仆快点退出客房。他终于忍不住说道："这样就可以了。"

"我来给您叠一下衣服吧？"

"这个啊……不用叠了。"

女仆微笑着退出了客房。谦作马上脱了短外褂，将和服衣带结拽到前面，和衣而卧。

谦作躺在被窝里，打开了带来的书，可是怎么也读不进去。他觉得阴暗寂寞的心情从四周聚拢而来，自己备受压抑，动弹不得，只好一动不动。实际上，这是一个寂静的夜晚，清寒，即便在有火盆的房间，他的脸也冻得冰凉，脚趾尖都没暖和过来。

户外，那个乞丐的鼾声轻轻传来。

谦作夜不能寐，思及那个乞丐的境遇，想到乞丐无家可归，无人等他回家，便情不自禁地觉得，乞丐的境

① 泛指中国明朝宣德年间（1426—1435）制作的铜火盆及仿制品。

遇正是他的境遇。自己的事业成功也好，失败也罢，无人对此感到欣喜或悲伤。父母、兄弟姐妹，他们不是自己的家人。其实这也无妨……他这样思索着。

谦作由衷感到孤独。他觉得自己的孤独，与此刻醉卧寒冷天空下的那个乞丐的孤独一模一样——他突然想见阿荣。

无论怎么说，从感情方面讲，跟他最亲密的就是阿荣。阿荣为何就不能更真正地与自己的生活相结合呢？是因为绝不可结合吧？对自己和阿荣而言，在心情上几乎是骨肉相连，然而，按本乡的父亲的规定，自己与阿荣依然是雇用与被雇用的关系。自己一旦结婚，阿荣就必须离开这个家，二人为何都必须无条件认可这一规定？谦作认为，此事真是十分怪诞。

自己与祖父的小妾结婚，此事确实荒诞无稽。然而谦作认为，既然自己在内心已经玷污了阿荣，莫不如在二人发展到实际关系之前，先正式结婚，反倒会令自己心情颇为释然。这样一来，尽管二人会成为嘲讽谩骂的对象，自己却可以振作精神。谦作觉得，虽然二人年龄相差很大，阿荣又是祖父小妾，但若除去这两点，二人结婚，对自己、对阿荣，都是最大的好事，因为自己可以心定神安，阿荣也可得到身心的安定。为何自己未能更早地考虑到这一点呢？

与阿荣结婚，这个念头令谦作的心情明畅起来。这个决心在返回尾道之前一直没有改变。事不宜迟，谦作想立刻写信，却又怀疑阿荣是否能同意此事。谦作心想，阿荣倘不同意，自己就即刻回东京，亲自鼓励她。

第六章

翌日，谦作返回尾道，此日天气比较晴好。去多度津那日，未能赏到鞆津的明月，而此日正宜赏月。但是谦作的心绪不太安宁，遂径直回到尾道。

当天晚上，谦作打算马上写信，但不知如何开头为好，有些困惑。若开门见山直奔主题，那倒是再简单不过了，但那也太突然了。遭遇如此突然袭击的阿荣，陷入狼狈不堪境地时，无论自己怎样心平气和地解释，力求她能够理解，她也不会听的。所以，他认为还是先写信给信行，求信行平静地转告阿荣，除此别无他法。

谦作在致信行的信中实话实说，告白自己因对阿荣的那般冲动苦不堪言，由此提及夜泊屋岛时动了希望和阿荣结婚的念头的事。

信中写道：不言而喻，此事会令父亲与继母以及本乡的其他人十分不快，但面对与爱子的那桩婚事时，父亲就表态说这种事应该由我自行处理，因此，与阿荣结婚一事，我不打算再和任何人商量。一商量，就会遭到意外干扰，十分无聊。若因此事今后禁止我进出本乡的家，那是父亲和继母做出的迫不得已的决定，所以，自己愿以驯顺的心情接受如此事实。

信中还写道：阿荣也许会大吃一惊，求你就结婚一事对她做出解释，让她能够理解。我想，关于此事你也有你的想法，但我的性格你是知道的。此事纯属打如意算盘，总而言之，求你将我的真实心情如实转达给阿荣。

除了此信之外，谦作也给阿荣写了一封信。内容如下：

> 久疏问候，想必您诸事皆好吧？……我在这封信里什么要紧事也没写，详细事情全写在给信行的信中了。那封信与此信同时寄出了。大概您惠阅此信的翌日，信行理应会前来说出各种事来。他的话会令您吃惊，但请您不要仅仅吃惊，还请充分理解我的心情，冷静地思考一下。不要胆小，无须畏惧。此事恳切拜托。

谦作写完这两封信后，却又满怀沮丧。一想到两封信将决定自己的命运，他的心情就变得寂寞起来，但并不为写信而感到后悔。此刻，时间已过深夜十二点了，为避免因信尚未寄出而犹豫不定导致心情不快，谦作提着灯笼前往车站，将信寄出了。

回音到来之前，谦作心神不定。他认为对方见信立即作复，也需三天时间，但若对方略微磨蹭，肯定需要约五天时间。这五天的忐忑不安，现在就可想象出来。谦作在致阿荣的信中写道："不要胆小，无须畏惧。"然而自己的心情却不时陷入脆弱状态，令他因言行不符而懊恼。谦作知道信行了解他的性格，明白他绝不会为他人想法所动，他虽然已将如此气势展示给信行，但两种截然相反的心情在他胸中相互冲撞，令他既感到愤怒，又觉得残酷。

实际上，谦作怀有强度几乎完全相同的两种心情。一种是渴盼此事如愿以偿，另一种则是渴盼事与愿违。他不大清楚哪一种是自己真正的心情。总之，事情一旦决定，谦作的心情则能够适应客观现实。然而，在事情未成定局期间，谦作怪异地因两种完全相反的心情而苦恼。这是一种癖习，也是一种病态。归根结底，全靠阿荣的意志来决定自己的命运。谦作陷入了这种别无选择的被动心境中。

他的心情虽然处于这种状态中，另一方面，肉体却急剧涌出性欲冲动。与阿荣结婚，如此预想以各种各样的形式刺激着谦作的性欲。事实上，其间他曾与烟花女子放荡过数次。

第六天，谦作终于收到信行的回信，其详细内容如下：

> 读了你的来信，我一时相当惊诧。实话实说，我认为因诸多理由，你若能放弃这个念头，最好放弃吧。但虑及此前你与爱子的事以及你不见棺材不落泪的性格，我纵然明示己见，你也不会听的。于是，我让阿荣大致看了你的信，某些地方我还做了口头补充。你求我的事，我完成了任务。我认为将事情结果与我的想法一并写信告诉你方为正理。今天从公司归来，去了福吉町。
>
> 一言以蔽之，阿荣不同意你的要求。你给阿荣的信，她给我看了。阿荣读你给她的信，好像已猜得八九不离十，她看了你给我的信，并未大惊失色。毋宁说，她以坦率态度表明：此事断乎不可！我很敬佩她。你也许认为我很不会办事，等待阿荣那样表态——实际上我确实有那样的心情，尽管如此，我想对阿荣解释你来信的意思，并做了一番劝说，希望她同意。然而，阿荣当时态度明确，我根本没有劝说的余地。
>
> 我与阿荣谈了很多事。阿荣患感冒，两三天前

开始卧床，我去了，她才起来。

在此信中，所有事皆须对你写明，这是令我感到非常痛苦的事。迄今为止，我做了对不起你的事，尽管如此，现在向你挑明此事，我也非常痛苦。但我觉得若守口如瓶，今后这将永远折磨你。你得知此事，虽然会有像是突然从悬崖巅被推下去的感觉，但我还是下决心必须写明实情。

你是母亲与祖父生的孩子。详细内情我不清楚。我也是中学毕业时，听神户的叔母说才知道的。父亲与继母恐怕到现在也不知道我已知晓此事，因此，我没有机会了解详情，而且在心情上也不想知晓详情，也就漠然处之了。总之，我们家住在茗荷谷的时候，父亲去德国留学三年，其间，你出生了。我知道，连这等事都写出来，纯属在折磨你，但我以应将我知道的一切全告诉你的这种决心写着此信。据说祖父祖母欲瞒着父亲秘密堕胎了事，然而住在芝区的外祖父非常愤怒地表态："你们打算罪上加罪吗？"以故，堕胎一事终于作罢。母亲立即被领回芝区的娘家。外祖父修书一封，将此事始末缘由如实写出，寄到德国。不消说，这是做好了夫妇离婚的心理准备。然而，父亲回信说他宽恕一切。听说收到父亲回信不久，祖父就一个人离家，不知去了何处。

你是在“被诅咒的命运”下出生的，当我听到此事时，非常诧愕，心绪阴暗。一奶同胞的兄弟姊妹，为何单独你受父亲歧视，被当作外人对待？这个自孩童时代以来模糊的谜团，如今终于解开了。我曾认为你现在也肯定知道了此事，漫长时间里，阿荣或许因某种缘由，会告诉你此事。纵然阿荣守口如瓶，你自己或许也会心生如此疑问。你与爱子的婚事失败的原因，你完全不知就里，对此，我甚感匪夷所思。今天见到阿荣，提及此事，我由衷地敬佩她。阿荣恪守她与父亲的约定，没告诉你此事。阿荣说：“真可怜啊，我怎能对他说啊。”此话或许是真的。总之，在这漫长岁月里，她一直秘而不宣，这是一般女人很难做到的事。

事到今天才能明说，你与爱子未成眷属的原因，全在这里。爱子的母亲平时很同情你，但一到关键时刻，她也无法同意爱子与你结为连理。爱子的母亲作为一个遵从传统风习考虑问题的人，面对这件事，也是十分无奈。

那时，我看你对“出生的秘密”一无所知，独自痛苦，我曾心想：纵然知道此事必定痛苦，我也必须告诉你。我觉得现在不说，将来你肯定会怪怨我。但同时又实在不愿告诉你。说是“姑且勿言”，确实有如此心情。不知此事时，你尚且处于痛苦中，若知道了此事，你的痛苦将情何以堪？此外，暴露亡母那种丑事，我也感到痛苦。加之，对我构成的最大问题在于，你既然是一个小说家，倘知此事，痛苦之余，不可能不将此事写入你的作品中。我这样说，你可能认为我对你的工作很不理解。但我觉得事到如今，将亡母的那种过失公诸世间，给渐入老境的父亲旧痛苦上又添新痛苦，这令我实在难以忍受。父亲在德国被告知此事后的痛苦，从初尝痛苦到毕业，其间的痛苦肯定是超出想象的。如今再次触痛旧伤，仅仅是想一想，都会痛苦不堪。如此想法或许来自我的脆弱性格。确实，无论因何事由，令渐入暮年的父亲遭受精神折磨，我都觉得是非常可怕的事。

然而，同时我又觉得很对不起你。尤其是对于你那样工作的人，故意不让你知晓自己与生俱来的命运，这肯定是干坏事。与爱子的那桩婚事，我心想：你若坚持无论如何也要得到爱子，那就竭尽全力商谈，如果失败，那也无可奈何，为让你死心断念，我曾想把真正原因告诉你。所幸你对此事想得开，我才终于长舒了一口气。

神户的叔母告诉我此事时，用了“被诅咒的命运”一词，我的感觉也与之相同。然而后来我逐渐觉得，这样思考你的命运，想法出自心中怀有略带恶意的小说情趣。你未来的命运，未必会因此而被诅咒，一切若单纯地顺利进展，你那种出生也不会被诅咒的。我力求轻松地作如是思考。我认为一切都过去了，过去的就作为过去，将其埋葬了吧，你应以不断开拓新命运为宜。然而与爱子的婚事，乃因你的命运作祟。对此，我的心情糟乱，不过我觉得也没必要想得过于严重。然而，这次你提出的事，你若坚持到底，我觉得是有些危险的。那种事两度发生，不由得令我感到可怕。

阿荣坚决拒绝这桩婚事，其他理由姑且不论，她首先也是害怕那种事两度发生。

你的许多事情我都愿意赞成，实际上也确实可以赞成。但这一次，我无论如何也不能赞成。我依稀看见远方有某种黑暗的东西，我觉得自己眼看着你好像正向那黑暗的东西走去。你对阿荣怀有的感情，我表示理解。我并不认为那是不道德的。然而关于道义上的评价另当别论，对此事我总感到可怕，对于这种感觉，似乎不可轻视。

如上所述，该写的我基本都写了。我担心此信不知会给你带来多么大的打击。

立即动身回东京吧，这样最好。我去尾道亦可，但还是你回东京快些。若希望我去尾道，不必客气，可以给我发电报。咱俩一起去九州旅行也挺有意思的，但你还是尽可能回东京吧。

我相信你不是一个自暴自弃的人，但你很可能有些吃不消。你的性格令你对任何事的敏感度都比别人强一倍，因而所受打击也就更加沉重。望你鼓足勇气，战胜现实！

按理说，阿荣不会给你回信了。她患感冒，尚未治愈。但你若回京，我想阿荣定会欣喜满怀。我也想见你，翘盼速归。

谦作一边读信，一边感到自己脸颊冰冷。不知何时，他站了起来。

"我该怎么办才好？"他在自言自语。他焦虑不安地在狭小的居室内走来走去。"我该怎么办才好呢？"他又自语道。他不断小声重复着这句几乎无意义的话："这样一来，我该怎么办才好？"

谦作觉得万般皆如一场虚梦。他觉得首先是自己——自己这个人，迄今的自己这个人——俨如烟雾一般，飘向远方，逐渐消散。

远逝的母亲，为何做出那种事来呢？此事对自己是一次打击。其结果是，自己出生了。若没发生那种事，自己不可能会来到这个世上。这个道理，谦作是明白的。尽管如此，他也不能认为母亲所做之事是正确的。那个卑俗的、阴沉乖僻的、一无可取之处的祖父，他与母亲，二人的如此结合，何其丑陋，何其污秽啊。此事对母亲是一种亵渎。

谦作感到非常同情母亲。他以想扑进母亲怀中的心情喊了一声："妈妈！"

第七章

谦作感到身心异常疲惫，无力思考任何事情。而后，他进入酣眠，呼呼大睡了两小时。

凌晨四点左右，谦作醒来。这时，他的身心几乎恢复到了平素的状态。他洗了脸，俄顷，蹲在套廊里，呆呆地眺望眼前的景色。这时，他想到阿荣与信行大概正为自己而担忧，于是立即执笔作复：

读了来信。一时之间，我甚感苦涩，好像找不到平素的自己了。但是睡了一觉后，现在已恢复了。你将难以启齿之事告诉了我，我十分感谢。

关于母亲，现在我什么也不想写。但那种事发生在母亲身上，我备感凄凉。我毫无责备母亲之意，我现在只能认为母亲是最不幸的人。

至于父亲，由于知道了此事，我朦胧中觉得更应感谢父亲。毫无疑问，事实上，迄今父亲为我所做的一切，是一般人做不到的。因此，我认为自己应该感谢父亲。父亲因为此事长时间承受的痛苦，也可想而知。那肯定是相当可怕的事情。只是今后作为我，应当与父亲保持何种关系，这是个疑问。我认为还是以此事为契机，在不给父亲带来痛苦的前提下，将相互关系妥善处理清楚为宜。

至于我与你的关系，另当别论。此外，我强烈地觉得，如果可能，我与咲子、妙子的关系也另当别论。

至于我，请不必过于为我担忧。确实，一时之间实在受不了，今后或许还会感到受不了。但我采取的或许是回避式思维，我不把自己那样出生的问题想得过于严重，我讨厌将此事想得特别严重。这或许是可怕的事情，但这并非我所能管控之事，因为此事与我无关，我无法负此责任。这是我的想法。我只能这样想，我认为这是正确的想法。

我是那样出生的，此乃令我不快之事。然而事到如今，因如此意识，即便痛苦不堪，也于事无补。总为此事而感到不快，无益甚至有害，这是犯傻。我并不把自己的出生视为“被诅咒”的事。若被遗传了肺病，那才是“被诅咒”的事。你说我与爱子的婚事遭拒，原因在于我的出生。归根结底，那时我无法知晓遭拒的原因，才导致我心境异常阴暗，精神苦恼。当时若知晓原因，就不至于那般困惑痛苦了。我这么说，并无责怪你的意思。你不告诉我真相，这种心情我充分理解。我明白你这样做自有道理。特别是你是个孝顺父亲的儿子，这样做理所当然。在这件事上，你没有重复前一次的做法，而是对我道出实情，我衷心感谢你。你若不告诉我实情，我肯定还被蒙在鼓里。这样一来，那件事或许会像一种莫名其妙的阴郁的东西，扣在我的头上。我的事情望勿担心。我知道了真相，今后会愈发强化对事业的执着，这是我须杀出的一条血路。我唯有靠这条血路来战胜现实，这是一条一举两得之路。

回京之事，尚需延些时日。今后若出现吃不消的事，我不再那样忍耐。我很想见你和阿荣。我若说起泄气话来，就没完没了。不过我想再稍住些日子，因为事业上的收获太少。当该回去的时候到来时，我自然会老老实实地回去。

还有，你担心家丑出现在作品里，对如此担心，我有同感。家丑也许会以某种形式出现在作品里，但我尽量注意，不让作品产生不愉快的结果。

代问咲子、妙子好。

望阿荣不要过度挂虑。

此外，关于阿荣的事，请允许我再稍加考虑。如果阿荣有明确拒绝的意志，我也无可奈何了。究竟是再度提出结婚，还是就此断念？对此事我还想稍加考虑。

信写完了，谦作感到现在已经完全找到了自己。他站起来，取下挂在立柱上的镜子，照了一下自己的脸，脸色略显苍白，但这是他平素的神态。因为激动，神色生气勃勃。他无端地笑了，然后心想："我终于成为独自一人了。"他萌出自由的心情。

户外有人打招呼，邻家老妪诚惶诚恐地拉开纸拉门，端来了晚饭。见他什么下饭小菜也没准备，说道："给你做点比目鱼干之类的菜吧？"

谦作几乎没有食欲。

"过一会儿再吃，请先放在那里吧。"

老妪将饭桶放在那里回去了，俄顷，又端来一盘冒尖儿的焯菠菜，然后回去了。

谦作总觉得不能踏实地待在家中，恰巧大阪的艺人来新地街剧场演出，他想约上邻居老夫妇去看戏，但是邻居家嫁到三原的孙女回来住，老夫妇离不开。老翁频劝老妪："你去吧。"老妪说："咳，我也不去了。"说完，她面带笑容，说什么也不去。老妪是后妻，未生儿女。所以，孙女不是亲孙女。

“人家特地请咱们看戏，你陪先生去吧。”老翁似乎觉得错失良机会很可惜，便硬劝老妪去。但老妪无论如何也不答应。如此这般，没完没了。于是谦作表态：“那下次一起去也可以。”

说完，他提着老妪给点亮的灯笼，孑然一人走下了坡道。

剧场里在上演盛纲①的戏，风格与以往相异，平舞台上围着许多金色屏风，正在确认首级真伪。盛纲的扮演者随着净琉璃三弦的伴奏，跳得倒也挺好，但丝毫看不到内心世界的变化，外行人轻松看热闹，倒是挺有意思。谦作看了三幕，就走出了剧场，独自一人沿着海边道路，溜溜达达走了回来。他的胸中涌动着寂寞、谦逊而清澄的心情。他感觉阿荣也好，信行也好，咲子也好，妙子也罢，其形象宛如反看双筒望远镜所看到的那样，突然变得与自己相距很远，身影很小。所有人都远离了自己，这才是名副其实的孤独滋味。同时，谦作心中对这些人涌出非常思念的感情。他又忆及亡母，无论怎么说，自己仅拥有母亲一人。事到如今，谦作尤其这样认为。

① 指净琉璃《近江源氏先阵馆》中的佐佐木盛纲，镰仓时代的武将。

他各种各样的幼年记忆都苏醒过来了。他毫不羞涩地沉浸在感伤心绪中，回顾幼时记忆。这是他精神上的安全阀。谦作这时想起了骑在屋脊上的事，清泪盈眶。回忆钻入母亲被窝之事，他觉得自己意外地被什么东西推了回来。他的心中浮上当时母亲残酷的心情。那一定是因为碰触到了母亲的罪孽之处。罪孽之子，正因为自己是真正的罪孽之子，才会做出那等事来，谦作这样认为。

谦作意识到自己正逐渐陷入那种心情中，其陷入的速度就像走在坡道上，因惯性原理，越走越快。他欲马上停下，有意识地让心情恢复到原来状态。作为手段，他想到了辽阔广大的世界。地球、星星（偏巧赶上阴天，看不见星星）、宇宙，他越想越扩大范围，最后，思路又返回只有一个原子大的自身。于是，适才满脑子广大的黑暗悲惨的他的个人世界，急速缩小到花籽那么大。——这就是谦作在如此场合活用的手段，现在已经获得了某种程度的成功。

肚子有点饿了。他打算返回常去的那家西餐馆，但又不愿再路过新街区，便在沿海道路上后退几步，进了一家牡蛎船餐馆[①]。

---

① 江户时代，从晚秋到冬季，人们用船将广岛湾产的牡蛎运抵大阪，将船系于河岸，专营“牡蛎料理”。尔后牡蛎船普及于濑户内海周边各市的河边。

谦作从栈桥过渡桥，进入餐馆。一个身穿褪色的藏青色半截外褂的十四五岁少年，生气勃勃，领着谦作，穿过哈着腰才能通过的狭小走廊，来到餐室。餐室低矮的天棚上，仅仅吊着一盏昏黄的电灯。

他点了饭菜。等待饭菜的过程中，餐室阴暗压抑的氛围影响了谦作的情绪，促使他愈发决心将注意力投注到事业中。唯有干事业，才真正是他目前必须杀出的一条血路。尽管这样思考，这么努力，心情却不能与之同步。怪异的寂寥，不知是何物的黑暗的东西，从四面八方袭向谦作，而他身上没有潜藏着能将其阻挡回去的力量。脑袋与胸膛空空荡荡，怪异的寂寥与黑暗的东西可以轻松浸透其内。谦作像一个被浪涛卷荡的人，身体全凭浪涛摆布，以等待浪头过去的心情，驯顺地跟随浪涛起伏。除此以外，谦作别无他法。

他拉开低矮的纸窗，眺望窗外景色。石墙上面是黑暗的道路，道路对面是五六处并列的仓库山墙。谦作在黑暗中发现大概是从新街前往旅馆的艺伎，坐在三四辆前后相连的人力车上，语调浪荡，相互在说着什么，通过了窗前。

谦作思忖，与自己背负着相同命运而出生的人肯定不少。他觉得，因道德的缺欠而出生的人，在某种意味上，很难说没继承可怕的遗传基因。他也觉得不能说自己身上没有如此萌芽。但同时自己也具备与之相反的遗传，谦作认为靠后者来抑制恶芽的生长即可，而且需要认真谨慎对待此事。因为知道了自己出生的秘密，愈发应当谨慎。这里面毫不含有致命的要素。谦作认为，因父亲泥醉而出生的孩子，终生为生理缺陷所折磨，与这样的孩子相比，自己幸福得多。他觉得自己必须认真克制淫荡的心情。

刚才那个少年端着承载着饭菜的托盘，大步走了进来。他将托盘置于摇摇晃晃的餐桌上，富有朝气地略微俯首施礼后，退了下去。

谦作本来觉得肚子饿了，却吃不下太多东西，只吃了蘸醋牡蛎。

一个不知是何物的小东西留在谦作的舌头上。他用指尖将其拨落下来，是一颗有鳉鱼眼那么大的珍珠。不消说，据其大小来说，并非价格昂贵之物，但它毕竟是从吃入口中的食物里发现的，谦作生出某种幸运的心情。

第八章

大概十日过去了。其间，谦作数次意气消沉，然后又精神饱满。精神饱满时则下决心：“再不可意气消沉！”然而，当“精神饱满”——亢奋消失后，又慢慢地意气消沉，好似发高烧，只能靠时间的推移，自然地把高烧降下来，他只有等待。

谦作将牡蛎船带回的小珍珠送给了咲子。咲子寄来了感谢信。与此同时，信行的信也到了。内容如下：

> 出了麻烦事了。我做了对不起你的事。因我未能深思熟虑，结果给你带来了意外的不快与麻烦，我必须向你道歉。我因为此事，有生以来第一次与父亲发生了激烈冲突，对其结果也感到不悦。
>
> 实际上，本来此事不言亦可，因我未加深思，便将你向阿荣求婚一事告诉了继母，继母立即转告

了父亲。父亲于是怒从中来，一开始，我不清楚父亲为何这般怒不可遏，我还是第一次见到父亲如此模样。“那种事断乎不可，马上解雇阿荣！”父亲说道。现在我也理解了父亲的心情。是什么令父亲怒气冲天？深思其因，我流出了眼泪。父亲既非生你的气，亦非生阿荣的气，而是对那件“错事”（这是父亲用的词）的震怒。然而，我当时未能洞晓如此深处。当时我可谓是被父亲的震怒吓破了胆。其次，我感到自己做了一件很对不起你的事。我想说服父亲务必收回将阿荣逐出家门的成命。如今我知道，纵然作为父亲，做出如此决定也是僭越之举。惊骇失色的我，当场只能想到这些问题。而且我最近对阿荣渐有好感，父亲以那种口气决心将阿荣逐出家门，对待漫长年月千辛万苦照顾过我们家的阿荣，我觉得父亲此举非常不合人之常情。于是，我为你辩护，更重要的是为阿荣辩护。父亲相当激烈地反对我的意见。

“连你也说出这等混话！”父亲突然拿起桌上的笔筒，砸向我的膝前。当时笔筒底的一个笔尖，不知靠何种寸劲儿，竟然扎入了榻榻米中。见到父亲此举，我意识到在如此氛围中，说什么话都是白搭。尽管如此，我还是说道：“纵然您那样说，谦作也不会同意的。”父亲表态：“不！我绝不允许！”没有办法，与父亲的交涉就这样告一段落。而后，亢奋稍微平静，我才明确理解了父亲的心情，数年里没哭过的我，这次哭了。我充分认识到自己是个傻瓜。我考虑不周，给你和阿荣带来了意外的麻烦，也碰触了父亲逐渐忘却了的伤痛。请勿责怪我。不言而喻，我的所为全非出自恶意，而是出自我考虑不周导致的过失。

——我觉得这封信真难写。写不出一件令你喜悦的事。我没办成一件像个哥哥（无论事实如何，我永远认为你是我的弟弟）样的事，反倒继续干着令你失望的事。对此，我苦不可言。你很讨厌我吧？

当天晚上，我又见了父亲。当时父亲与我都与此前大不相同了。这是指情绪方面。情绪是平静了，但父亲的主意与此前毫无二致。我无力再反对了，唯有遵从父亲意见。

父亲表面的理由如下：你既然栖居尾道，没必要在东京还有个家。阿荣这个人，也不可能永远和你在一起。你应尽早独立生活，谋一条安身立命之道为宜。此即父亲的主意。至于阿荣，父亲早有打算，说只给她两千元钱。我说区区两千日元，现在做任何买卖都不够用，便要求父亲给五千日元，父亲无论如何也不答应，最后只同意给三千日元。连这种事都写出来，肯定会破坏你的心情。但我想万一你心情改变，也许会同意如此做法，因是，事情就这样定了。

看来，继母与我同样，也后悔对父亲说了此事。但继母对此事不示任何意见，这对我们倒也挺好。昨天，为告知此事经过，我去了福吉町。不消说，此事不是仅靠父亲一个人的意见就能定下来的。以故，我去阿荣那里，仅仅为报告此事——毫无掩饰地说来，意思如下：父亲命令式的条件是，认不认可父亲的意见，随你和阿荣的便。只是若不认可，阿荣理当拿到的钱，再想拿到则有点困难。仅此而已。针对此事，我的表达也略显直白，对阿荣一清二楚地讲了。但是阿荣对此未做任何明确回答。不言而喻，父亲给的钱并非巨款，但对阿荣那样境遇的人来说，理当不会反应冷淡。就阿荣而言，她不想与你结婚，所以，早晚你必与他人成家，她也肯定会与你分开，她好像在认真思考此事。阿荣知道，与你分别仅仅是时间问题，是眼下立即分别，还是等到将来再说呢？至于钱的问题，现在与你分离，阿荣能拿到钱，若将来分离，钱就泡汤了。这样一来，问题性质就变了。因此，阿荣若为自己今后考虑，便应遵从父亲决定，眼下就与你分道扬镳为宜。然而，阿荣好像出于另一种心情，觉得现在若被拆散，精神非常痛苦。这一点，我看得出来。

“我不知此事怎么处理为好。所有事我都听从你和谦作的意见。”阿荣如此表态。确实，作为阿荣，她只能这么说。归根结底，未听到任何明确结果，我就回来了。阿荣再三地说，你如果继续住在尾道，她自己一个人住这么大的房子过于奢侈，总之，最近想搬到再小一些的房子住。我也赞成她的想法。

该日，夜里归家甚迟（原因之一是讨厌见到父亲）。你二十八日寄出的信，我收到了。我一边读信一边心里佩服：不愧是你！你那为摆脱苦海而立志寻路的心情，令我心折首肯。我想，你可真是苦不堪言啊！在那般痛苦之上，我又须告诉你这次的问题。想到这些，我感到非常郁悒气闷。不仅如此，当得知你向阿荣求婚一事仍未断念，我感到不安：或恐因这次的问题，你愈发下定决心与阿荣结婚。我说“不安”，又觉得对不起你。但我确实感到不安。为你而感到不安，但想到父亲因此而承受的痛苦，则更感到不安。我真是因自己的无能为力甚感焦虑懊恼，左右为难。我若有能力，对这种事或许会有点良策，但我束手无策。父亲贯彻自己的主张，你也按照自己的意志面对一切，双方都正确，我又不能对双方完全同情。返回我的立场思索这个问题时，我真是不知如何是好。

我真是个胆小鬼。两三年前，我曾与一个女子同居了约一年。我与该女子有约定，最终我却背信弃义。我认为这是可耻之事。因为父亲根本不可能同意我俩终成眷属，与这样的父亲发生冲突，仅仅想一下我都感到厌烦。退一步说，与父亲冲突也没什么，但即便我获胜了，想象一下父亲失败沮丧无可奈何的样子，我也无意贯彻己见了。所幸该女子没纠缠，理解了我的处境。虽然这样结果挺好，但在你看来，也许是不可想象的事。此外，你动身去尾道的前一天，我三言两语对你说过，我强烈感到必须改变自己目前的生活，详情写来话长，兹不赘述。当时你说，在公司马上辞职为宜。但是连辞职一事，我都不能果断做到啊。事到如今，本来没必要写这种事了，连我自己都厌烦自己，我为何这么懦弱啊?!

以故，无可奈何，我只能实写我的希望。如果可能，你与阿荣的事，就死了那份心吧！此事如前信所写，我未必是以父亲为本位而表态的。不知何故，此事令我觉得会将你的未来带入黑暗中。其次，还有可能的话，趁此机会，你与阿荣分离吧！若能如此，我认为今后对大家都是好事。就你的倔强性格看，我觉得你很难听从我的忠告。但你若能听从忠告，我们大家都能过上消停日子。我深知我在自己的过失之上，又提出如此极端利己的事，是不合情理的。然而若要诚实表达我的希望，我只能这样说。这里，我对你甚感过意不去。

这封信本可以更早地发出，但因怕让你连续听到令你讨厌的事，加之，我又必须写出我不愿说的话，终于延迟至今才寄出。其后，虽挂虑阿荣，我却一直未去福吉町。与父亲于那天晚上交涉后，我总觉得不愿见父亲，一直躲着不见面。云云。

谦作终于读完了这封给他带来不快的信。他还是首先对父亲的震怒感到怒火满怀。他觉得自己的愤怒未必正确，但与此相同，也不认为父亲的愤怒是正确的。

归根结底，谦作很生气。对自己与爱子的婚事，父亲极其冷酷地说：“……尽量自行解决为宜。”如此父亲的形象，不知何时已铭刻在谦作心上。当时闻听此言，谦作颇感不快，而后渐渐又觉得：“这样倒也挺好。”以故，这次向阿荣求婚一事，父亲必感不悦，这本在谦作预料之中，只是父亲竟然那般七窍生烟，采取那般命令式的态度，这是他始料未及的。因是，他总觉得这样的父亲令自己怒气难消。

谦作对信行也无甚好感。事情尚未敲定，没必要告诉继母，也没必要与继母商量。信行定是将此事当作闲谈的谈资了，这纯属多此一举。还有，信行嘴上说同情自己，最终却视父亲的心情为绝对。对此，谦作颇感不满。

然而，谦作理解信行的心情。他甚至觉得必须理解信行的心情。同时谦作又想，如果十分理解信行，那么，自己到底该怎么办？信行来信只提及他讲出了自己向阿荣求婚一事，至于信行对自己透露了“出生秘密”一事，他讲了还是没讲？信中只字未提。对此，谦作也有些不快。不言而喻，信行肯定是讲了。信行定是不愿写出自己若干轻率之举，故而未笔及这事。如果信行连这事都讲出来了，那么，他就更应该彻底说服父亲同意让自己解决自己的事。信行看重三千日元的事，也令谦作颇不赞同。

谦作即刻执笔写回信，内容如下：

> 刚才读完来信，对父亲的震怒，我感到不愉快。如前信所述，我与父亲的真实关系未能明确解决，才发生了这个问题。父子关系尚未明确解决之前，便对父亲讲出那件事，这确实很无聊。然而事到如今，再

谈此事已于事无补。作为我——作为我的行动，我现在只好采取理应在父子关系明确之后再采取的行动。换言之，我只有按照我的思路前行。

婚姻大事，不消说，不能我一个人为所欲为。我与阿荣究竟分离还是不分离（纵然到某时会出现分离的情况），我希望仅将此事作为两个人之间的问题来看待，我只能如此表态。今后，我若能与阿荣正式结婚，则心满意足；若不能结婚，我决定还是保持一如既往的关系，决不深化下去。如果这样，我对父亲的态度也一如既往。我并非为了父亲才下了这样的决心，而是因为我知道了自己的命运，意识到对此事尤须小心谨慎。

此外，关于金钱，虽非直接与我相关，但我拒绝父亲做出的这一决定。我的钱本来也是从父亲那里领取的，我决定将我领到的钱分给阿荣一部分。

至于搬家一事，我认为无此必要。阿荣若为此事而忧虑，那我赞成搬家。移居郊外某处为宜。

父亲勃然大怒的心情，我可以理解。但我不能像你那样，以父亲的情绪为主轴，然后才考虑自己的事。你左右为难的立场，我可以理解，但我不能按照你所希望的那样做。按照我的性格，那样做事是不自然的。这或许是我的任性，望莫见怪。

第九章

谦作致信行的书简寄出后，没等收到回信，他就离开了尾道。因为他患了轻度中耳炎，而尾道没有专科医生。看病的医生劝谦作："如果最近想回京，还是尽早回去为好。"事实上，纵然未患中耳炎，谦作恐怕最近也会离开尾道。只是他在远虑回京后的生活。一想到又会重复与以前相同的生活，他就失去了回京的积极劲头。已经着手的事业，正进行到不上不下的阶段。谦作在尾道无法心定神安，他想象着离开尾道后的生活也一定不会称心如意。从东京出发前的两三个月里，谦作过的是令人眼花缭乱的生活，然而他总觉得那是腻腻歪歪的不愉快的生活。那种生活即便适合那个阶段，但与那时的自己相比，现在的自己已经变了，若让现在的自己去重复过去的生活，其结果很明显，那就是自己势必陷入日益焦虑不安的心境。因此，谦作认为不重复那种生活为宜。

如果回京，不消说，应该先下定决心，然后踏上归途。但是，自己下的决心究竟能坚定到何种程度？能持续多久？这一点，谦作心里也没底。根据以往的经验看，在这种事上，自己总是不能相信自己。

某日夕暮，乌云蔽空，夜半忽然碧澄澄万里天如水。闷热的夜，到了黎明时分忽然冷飕飕的。谦作身穿一件薄棉睡衣睡觉，被冻醒了。但还是犯困，起来又嫌麻烦，于是他又睡了过去。结果因此感冒了。翌日，他一天到晚擤鼻涕，擤得太厉害，影响了耳朵，当天晚上耳朵开始疼痛，乃至胀痛，听力减退，虽尚未严重影响睡眠，但他不时因耳痛而醒，盼望黎明的到来。

翌日清晨，谦作去看医生，被诊断为中耳炎初期。医生建议最好尽早去请专科医生给看看。医生给开了橄榄油与湿敷药。但是尾道没有耳鼻科专科医生，必须去冈山市或广岛市[①]。如果往返治疗，将占用大量时间，若住在那里治疗直到痊愈，又嫌太麻烦。最终谦作决定回京。他原本就想回去又不想回去，于模棱两可心境中，能遇到如此理由得以决定归京，却也心生喜悦。一旦决定归京，谦作突然生出了归心似箭一般的心情。

收拾行装很快，邻居老夫妇也来帮忙，不到一小时，

① 尾道市大致位于冈山市与广岛市的中间。

一切整理停当。老妪帮忙捆绑行李，老翁替谦作东跑西颠，去电灯公司与煤气公司交电费与煤气费。

快车在尾道不停。谦作决定乘普通列车赴姬路，在那里等快车。

临近中午，老夫妇和提着沉重的旅行提包的松川送谦作到了车站。

谦作煞有介事地用三角巾包着脸颊，从窗口伸出了脑袋。老翁老妪以低沉的口气不断说着惜别的话语。谦作也与他们依依惜别。然而，今日抛却尾道，他又不由得感到开心。尾道是个好地方，但来到此地后，一切都是痛苦的。他的痛苦回忆无论如何也不能与这块土地分割开来。他渴盼尽快离开尾道。

车厢里比较空荡，作为春日，此日略显闷热。车外的强风吹入车内，让人觉得很舒服。昨夜睡眠不足，谦作头靠着玻璃窗，少时，便迷迷糊糊睡着了。未久，人声嘈杂，谦作懒洋洋地睁开眼一看，不觉到了冈山车站。坐在他对面结伴的三个女子，不知是烟花女子还是良家妇女，三人下车后，一对年轻的军人夫妇领着两个孩子进了车厢。军人大高个，是个年轻的炮兵中尉。整理好行囊后，军人将护膝毯折成双层铺下，让妻子与六岁左右的男孩及头发蓬松的妹妹坐在上面，自己在座席的稍远一端坐下。

谦作筋疲力尽，不知何时又睡着了。在抵达姬路一小时前，他终于彻底醒来。这趟列车终点站是京都，他在京都等快车亦可。但是，欣赏姬路的白鹭城[①]是谦作的一大乐趣。另外，他出发时，阿荣求他买明珍派[②]的火箸，故而必须在姬路下车。

面前座席上的男孩夹在折叠的毛毯中躺着。女孩也想那样躺着。于是，给人以文静感的年轻母亲将靠在玻璃窗边的气枕垫在女儿头下。男孩头朝父亲，女孩头朝母亲躺着。女孩兴高采烈。母亲将气枕给了女儿，自己又拿出小毛巾，折叠数层，顶在窗户旁，将额头靠了上去。

"妈妈，把枕头放低一点。"

母亲放出了一点枕中的空气。

"再低点。"

"再低点就不像枕头了。"

女儿沉默了，然后闭上眼睛，装着在睡觉。

唇髭剪得很短的军人像突然想起某事似的，从兜里掏出一面小镜子，然后拿出一小胶管油膏，将油膏略涂

---

① 姬路在兵库县中西部，姬路城建于1346年，丰臣秀吉又进行改建。姬路城天守阁墙雪白，似白鹭羽毛颜色，故又称"白鹭城"。

② 明珍派是制作甲胄的世家，始于镰仓时代，兴隆于京都，后普及全国各地。姬路是明珍派的支派所在地，明珍宗之制作的"明珍火箸"，巧妙摇动时，会发出美妙鸣声，因此远近闻名。

于指尖，自得其乐地一面瞧着小镜子，一面开始捻动唇髭两端细细上翘的红色胡须。

一开始，妻子以毛巾为枕头，颞颥附其上，似看非看地呆呆望着丈夫。军人捻须玩赏个没完没了，妻子无表情的脸上自然地浮上了微笑。她略耸肩头，无声地笑了。军人毫不在乎别人，仍涂油于指尖，一本正经地捻动着口髭两端上翘的细胡须。

两个没睡的孩子闭着眼睛，在毛毯内互踢，踢得毛毯鼓鼓囊囊地凸起。女孩窃笑着。

军人的双眼略离小镜子，申斥了两个孩子。妻子一声不吭，微笑着。

然而，男孩还在胡乱地踢着女孩的脚，毛毯滑落地上，露出了光溜溜的四条小腿。二人终于坐了起来。

然后，二人打开两扇车窗，一人占据一扇，眺望车外风光。车外刮着大风，男孩特意将脑袋伸到窗外，引吭高歌。女孩未将脑袋伸到窗外，只是附和着哥哥而唱。风烈，抢走了歌声。男孩逆风，愈发拼命高唱。尽管如此，根本听不见歌声。男孩故意扯起了粗野的铜锣大嗓门，欲战胜大风，越唱越来劲。谦作觉得他虽然是个孩子，却显示出了男子汉气概，情不自禁地感到愉快。

"吵死人了！"突然，军人发出怒吼。女孩大吃一惊，立刻不唱了。男孩却置若罔闻，一如既往地唱着。妻子只是在微笑着。

下午五点左右，列车抵达姬路。快车尚需四小时左右才能到达。谦作进入站前旅馆，换了一下敷耳的药。用罢晚餐，谦作坐人力车去逛姬路城。耸立于苍松上方的白色城墙，于沉静暮霭中眺望，则愈显邈远，尤显巨大。车夫显露出当地人的自豪，做了种种说明，并劝谦作再靠近些，细赏白鹭城。他由广场入口处折回，然后被拉到阿菊[①]神社，此时夜幕降临。谦作徒步在神社境内转了一圈，便出来了。车夫说，阿菊的怨灵化作菊虫，每年秋末都落到阿菊神社境内树木的枝头。

谦作听说明珍火箸在旅馆里就有出售，便坐着人力车返回旅馆，买了几把火箸，还买了菊虫。关于菊虫，旅馆掌柜说，菊虫形象宛如阿菊被反绑着双手吊起来的样子。

九点，快车滑入姬路车站。谦作买到了卧铺票，上车后立即睡了。醒来时，列车已到静冈市附近，正值旭日东升。他在静冈市买了一份东京的报纸。离别东京后，谦作一直未读过东京的报纸，以故，对此倍感亲切。见到富士山，遥望箱根褶皱遍布的连绵群山，他都不由自主地喜上眉梢。从沼津市车站上来一家人，操东京方

---

① 传说阿菊是姬路城城主家一个颇有性格的女仆，含冤而死后，化作麝凤蝶幼虫，故称为菊虫。

言说话，谦作听了，觉得心情愉快。

谦作心中只有一个念头——尽早到东京。列车越接近东京，他盼得越焦急。车过国府津，然后过大矶、藤泽、大船，逐渐接近东京，他反倒焦急得简直坐立不安了。时间难以消磨，他便耐着性子干着空无意义的事，一根接一根地数着短外褂纽带的穗头，好不容易分散了注意力。

昨日在姬路，谦作就给阿荣拍去了电报，他猜测阿荣会来新桥站接他。他想象着与阿荣久别重逢的瞬间尴尬，虽然如此，但再过二三十分钟就可见面，他仍喜不可言。

未久，列车开始减速。车还未接近月台，谦作就把脑袋伸到了窗外，搜寻阿荣的身影。他立即发现了阿荣。她正朝这边望着，谦作向她招手，以为她已看到了自己时，她却表情呆呆地频频看着一个又一个别的窗口。谦作将几件小行李托付给戴红帽子的搬运夫，三步并作两步，朝阿荣走去。

谦作走到只有五六步距离的时候，阿荣终于发现了他，她一改适才焦急不安的神情，急忙跑了过来，说道："太好啦！太好啦！"接着，阿荣见谦作耳朵敷药，脸也包着，又问道："哎哟，你怎么了？"

"耳朵有点毛病，现在已经不疼了。"谦作很高兴，心情和预想的一样，二人相互并无尴尬之感。阿荣还是以前的阿荣，那件事她似乎毫不介意，也看不出硬装的迹象。

二人一起走在人群里，阿荣又问了几句耳疾之事，并带着表扬的口气说：“总之，早早地回来，太好啦！”继之，阿荣语音低沉地说：“谦作，你瘦了。今后再别一个人去那种地方了。”谦作只是笑了一笑。

“刚才我让人给在公司里的信行打了电话，他回答说下班回家时会顺路来一趟。”

“好啊。”

检票口处，那个平时很熟悉的人力车夫抱着护膝毯，正在等人。谦作将红帽子搬运夫送来的行李交给车夫，又将行李托运单交给车夫，让他代取，然后决定与阿荣一起坐电车回家。

“午饭还没吃吧？”

“是的。”

“家里也准备了一些，但是，咱们去别的地方吃怎么样？”

“我都可以。”

“尾道有很多美食吧？”

“鱼有味道鲜美的，不过我不会做。”

二人通过清宾亭门前。谦作不愿被加代或阿铃等人发现，尽量弯腰俯首前行。

来到电车大街，阿荣问道：

“怎么样？到底是回家吃，还是在外边吃？”

“那在外边吃吧。时隔月久，我想吃西餐了。”

于是，二人去了不太远的风月堂。

阿荣频问关于尾道的生活。谦作从风月堂西餐馆给信行去了电话。

少时过后，二人回到家中。

谦作先登上二楼，进了自己的书斋。匾额、桌子、书架，都保持着他出发前的样子，甚至可以说比出发前更整洁利索了。壁龛上摆着山茶花等，看上去反倒有点不像自己的房间了。

“哪儿也不如自家吧？”阿荣边问边登楼梯上来了。

“我感觉来到了一个非常漂亮的家。”

“在尾道，把家搞得脏乎乎的吧？谚语说：‘独身男人，身上生蛆。’你身上没有蛆吧？”

“邻居老奶奶常给我打扫房间，还是比较干净的。”

“哎，洗澡水烧好了，快进浴室吧。”

第十章

谦作洗完澡，就去了离家不远的耳鼻喉专科的T医院。此前咲子在那里住过几天院。谦作想，即便不是工作时间，如果医生在，应该也能给看病。

他的耳朵只疼了一夜，现在一点也不疼了。只是用指尖磨蹭耳畔时，好耳朵能听见“沙啦沙啦”的声响，坏耳朵却一点也听不见，因此总觉得情绪低沉，郁郁寡欢。

医生身穿和服，口衔反射镜，立即给他诊察。

“哎，充血挺严重，但没啥大事。耳中好像窝了点水。开刀把水放出来就好了。”医生轻松地说道。

医生从衣帽架上取下白工作服，很随便地套在和服外面。

身材丰满的芳年女护士从盛着升汞水的搪瓷盘中取出小矛状的手术刀与细细的镊子等，并列摆在纱布上。

“还没来电吗？”

护士转动一下开关，电还没来。

“没事，没事。”医生说道。当时夕阳还照射着西窗。护士在几根有柄的短细金属丝上缠好了脱脂棉。

俄顷过后，手术结束。手术刀碰触鼓膜，发出“咯吱咯吱”的很大声响。与此同时，谦作感到了针扎似的疼痛。小手术刀刚伸进耳朵时，他感到那是个很大的东西。手术感受仅此而已。谦作觉得医生说得非常轻松，但实际做起手术来，真还挺疼的。如医生所云，手术很快完事了。

“耳中积水之多，超出想象。”医生将缠有脱脂棉的金属丝插入耳朵吸取积水，一连用了好几根。抽出来时，脱脂棉上都沾着血。医生给上了药，包上湿敷，叮嘱谦作明天上午再来。之后谦作在候诊室等待拿药。

谦作想起去年秋天有个女护士唆使某青年给咲子写信的事。来医院前，此事他忘得一干二净，今天这个护士不是那个女子，所以他才想起那件事。

“那女子最近如何？”他暗自思量。这次他没见到那个护士，谢天谢地，那个护士也一直没出来。

谦作并不讨厌那个护士。她不仅有些姿色，还有某些聪明之处，另外还给人以城府很深的感觉。不过她对谦作还是谦虚谨慎的。谦作与她交谈时，她与一般护士常见的那种一本正经明确回答的风格相反，总是微笑着，喜好做出暧昧的回答。当年谦作读大学时，在同一专业的几个人创办的同人杂志上，发表过两三篇短篇小说。好像咲子对那个护士说了此事，一次，那个护士通过咲子之口，想借同人杂志。谦作明白，提出这个要求，是因为她想阅读自己写的东西——对自己护理的患者之兄的作品，心怀兴趣。谦作觉得，那个护士从别处借杂志读倒没什么，但谦作不想将自己的作品特意拿给别人看。于是，他给咲子带去七八本杂志，其中不含载有自己作品的那几本。而后谦作去医院，咲子代替那个笑而不语的护士大发牢骚。未久，咲子出院了。之后过了大概一年，如前所述，某青年给咲子寄来一封信。谦作斥责那青年时，那青年再三道歉，并坦白是在那个护士的劝说下，自己才写了那样一封信。于是谦作觉得那个护士不可貌相，是一个有所谓不良品性的女人，因而开始有点讨厌她。当初没把自己的作品给她读，真是太明智了。

黄昏时分，谦作回家，走在孩子们喧闹的大街上，忆及此事。谦作思忖：那个女子如今还在那家医院吗？那个青年写给自己的信，究竟给没给那个女子看？那个女子最好对此事一无所知，否则，双方都会感到尴尬。谦作不知不觉对那个女子产生了一种朦胧的低级趣味，如此趣味源自那个女人的不良品性。

回到家里，谦作发现信行正在焦候自己的归来。

“听说你耳朵有点毛病？”来到门口的信行以此言代替了问候。

“耳内有积水，去医院，马上给取出来了。”

“没什么大事吧？”

“一点事也没有。”

信行走在前，二人进入茶室。桌子上摆着信行刚动筷的饭菜。信行坐下后，重新向谦作表示问候：

“哎呀……”说完，信行低头施礼。谦作也默默地低头施礼。

“我们刚吃。谦作也马上吃吗？”阿荣问道。

“嗯，吃吧。”

阿荣动作利落地为谦作准备饭菜。

“阿荣，你说他看上去好像老了十来岁。我看也没到那种程度啊。”信行说道。

“你说的不对。他都变成老爷爷了。”阿荣一边瞅着谦作的脸一边说道。

“我倒不那么认为。是啊，瘦倒是瘦了……”

“现在看惯了，不觉得那么老相了。在新桥，他刚来到我眼前时，我第一眼不由得觉得，这不是你爷爷吗……”

不知何时，“老爷爷”转变成了“爷爷”。谦作觉得自己侧腹好像被刺痛了一下。信行立刻察觉到了，但阿荣依然满不在乎地继续说着。

“用布包着脑袋，只能看见脸。因此，看上去显得也许更像了。”

自己被说成毕肖那个轻薄低俗的祖父，谦作觉得这对自己是个致命打击。阿荣毫不介意地喋喋不休，对神经如此麻木的阿荣，谦作感到生气。与此同时，他察觉到自己萌出一种意外的感情。事实上，这真是连自己都感到意外的感情。他不曾从祖父身上感受到骨肉亲情。六岁时初见祖父留下的讨厌印象，原封未动地留在他的心中，那种印象无法改变。祖父的下贱性格是与生俱来的，他的所作所为皆带有低俗色彩。以故，当谦作得知自己是私生子之际，他觉得母亲与任何男人——与祖父之外的任何男人发生关系生下自己，自己心里都会好受一点。母亲与祖父发生如此交合关系，此事最令他不堪忍受，他是如此嫌恶祖父。因此，此刻听到阿荣所言，谦作感到不堪忍受，很是生气，同时，他还察觉到自己心中涌出了与此截然相反的感情。对此，如何解释为好？他不得而知。一言以蔽之，如此感情毕竟是骨肉之情。谦作尽管嫌恶，却又对自己的生身父亲萌生了亲近怀念之情。阿荣说谦作酷肖祖父，他感到这是致命的打击，但同时在心中某处感到一种欣喜。这本是谦作不该有的心情，却意外地浸入他的心里。他觉得心乱如麻。

饭桌上，信行问了尾道生活的方方面面。谦作尽可能地以轻松的语调回答。餐后，谦作劝信行："去二楼吗？"

"嗯。"信行带着若无其事的神情，与谦作同时站了起来。此后仅有二人在一起时，又必须涉及讨厌的问题。谦作看着信行一副似要缴枪投降的样子，觉得因自己的事把信行搞得很可怜，很是可笑。

二人中间隔着一个无火的火盆，面对面坐着，没有马上说话。

"我前天寄去的信，收到了吗？"

"没收到。"

"对这次的事，我真是心有余而力不足。信中写了很多，归根结底，这件事只能你按着你的想法做，父亲按着父亲的想法做。纵然我居间斡旋，父亲与你最终肯定还是那种结果。我想插手也无可插手的余地。由于我的轻率，事情弄到这步田地，我觉得很对不起你。如今我想对这个问题暂且保持沉默。关于这个想法，大前天我对父亲说了。这似乎是不负责任的，但我实在无可奈何。我想，应该还有该我出场的时候，在那之前，我暂且回避，你看如何？"

"此事究竟能谈出何种结果，目前尚不清楚。你退出也好。你若插入中间，双方都无法进行彻底交涉，相互关系也永远得不到明确落实。”

“嗯。”

“我想尽量继续保持一如既往的关系。若对真相一无所知，那倒好办。如今真相大白，要想继续保持以前那种关系，我略感勉强。彼此关系，能破裂的部分就任其破裂净尽，不能破裂的部分就保留下来。在此基础上，若能建立稳定的关系，则建立，除此别无良策。若破裂到一刀两断，那也是迫不得已，无可奈何。”

“你的心情如果已坚决到这种程度，那么，我也没什么可说的了……”信行有些不快地看着谦作，“我总想千方百计地居间斡旋，但我的斡旋总是不彻底，那也没办法。但话也不能完全这么说……”

谦作沉默不语。谦作并不认为自己的意见是错的。自己几乎不执着于父子关系，信行却永远不能脱离父子关系，如此斩钉截铁地面对信行说出这番话来，谦作感到有点对不起他。首先，面对同称父亲的一个人，对信行而言，是生身父亲；对自己而言，却非如此。谦作认为从这一点看，二人对父亲的心情迥然不同。

女仆送来了茶点，沏完茶，置于二人面前。在此过程中，二人缄口不语。

“阿由！水果放在这里，快给送过去。”楼梯下传来阿荣的吩咐声。

女仆边回答边退出了房间。

“光线昏暗的地方，小心别碰着。”谦作叮嘱道。

女仆面浮微笑，下楼去了。

“若重复信中内容，父亲的想法与此前别无二致。更棘手的是，父亲提出，你创作小说时，绝不可涉及自家事情。我对父亲说，谦作于信中表示，写小说时尽量避开会产生不愉快结果的那些事情。父亲却说，谦作纵然那么表态，但那是按谦作的标准说出的话，即便谦作认为并非不快的事，但对他未必就不是麻烦事，如果谦作不能立下牢不可破的誓言，不能保证绝对不写自家之事，那么，他就无法心安。父亲因此担忧起来，对此事保持警惕也许是必要的，但他这也太过分了。不过你也说过，很难断言不以某种艺术形式将此事表现出来。我对父亲说，我不能对谦作的事干涉过宽。我又说，因工作性质，要求谦作绝不提及家中事情，这是无理的要求。父亲说，并非仅有‘家庭小说’是小说。总而言之，父亲对你的工作毫无理解与同情。与父亲的交涉很难进行下去。因是，我也向父亲提出问题，现在想来，这个问题非常幼稚。我问父亲：‘谦作以文学创作为工作，对此，您有何看法？’父亲回答说，文学创作是谦作自己的工作，谦作从事这项工作，他毫无意见。于是我说，如果是这样，文学创作是谦作投注终生为之奋斗的工作，或多或少引发点麻烦，您也应宽大对待，不应严加限制吧，因为您在工作中遇到到底是建高架铁路还是建地面铁路这一问题时，您根据工作需要，力主建地面铁路，这说明为了工作，纵然给别人带来一点麻烦，也在所不惜。也是我的语言表达不得体，此番话招致父亲劈头盖脸的一阵怒骂。”

关于修铁路一事，说的是信行的父亲曾创办一家铁路公司①，敷设铁路贯穿某镇时，为节省成本，计划敷设地面铁路，遭到了当地人的反对。人们反对的理由是，决定敷设地面铁路还是高架铁路，其相异点在于长远看来，是决定牺牲或不牺牲几十人甚至几百人生命的大事。由于骚动影响过大，最终公司做出让步，决定敷设高架铁路。信行说的就是这件事。

“你提这件事，父亲肯定火冒三丈。”谦作笑了，“但是，我不能向父亲保证‘我的创作绝不提及家事’。首先，我的事与敷设高架铁路的事是两码事。总之，我最好利用这个机会，与本乡的家明确地一刀两断。否则，今后各种事情没完没了。为了顾及一时体面，将问题暧昧地搁置起来，这样做，将来对双方都不利。”

“嗯。与本乡的家一刀两断，或许是良策。但不知

① 志贺的父亲参与了总武铁道公司（后来的总武本线）的创建，任专务董事。

何故，父亲不愿干净利索地处理好这件事。此外，有这么一件事，我也是最近才知道的。你拿到手的钱，悉数由芝区的外祖父支出，表面上由父亲支出，实际上父亲未掏一文钱。”

“……”谦作目瞪口呆，脸也变得稍红。他从知道“父非生父”时起，就开始反复深思金钱的来源。声称要与本乡的家明确断绝关系，迄今花掉的金钱却不返还，对此事避而不谈，这是狡猾之举，令谦作感到内疚。在致信行的第二封信中，谦作本欲谈及金钱之事，却终于未提。对谦作而言，倘若还钱，自己必会陷入走投无路以致断炊的困境。他不希望走到这步田地。但到了必须还钱的时刻，他知道自己不会继续揣着明白装糊涂。在这一点他有某种自信，故而还债问题暂且搁置不提。

二人沉默了片刻。

“我嘛。”信行以如此口气开始谈自己的事情，“最近打算辞职，我对父亲透露了此意，没想到父亲爽快地同意了。”

“是吗？那倒挺好。辞职后，你打算干什么？”

“打算参禅。”

谦作感到出乎意料，遂默不作声。

“最近，我深深感到很羡慕你。在某种意义上——这是命运，还是境遇？我搞不清楚，总之在这种意义上，你比我不幸。然而，从性格方面论，你是一个远比我幸福的人。若说什么才是更大的幸福，不言而喻，我认为，性格方面的幸福，才是真正的幸福。”

“在性格方面，我毫无幸福啊。同时在境遇方面，我也并非像你说的那种不幸之人呀。”谦作插嘴反驳。他认为信行没资格说刚才的话，对他的这些评语，谦作听得有点不耐烦了。

“这也许是因为我表达得不好。我找不到恰当词语来表达，因此，这是用词不当。总之，我觉得你是一个比我幸运的人，真羡慕你。你是强者，你做任何事都能按自己的意愿进行，你有坚强的自我。但我没有自我，也不是没有，虽然有，却极弱。参禅是我最近决定的事。很早以前，我就对自己的生活感到不如意，但无论如何也下不了决心立即辞职。有一回，你曾干脆地说‘马上辞职，不就完事了吗’，我却很难做到。”

“为何那么讨厌公司？”

“公司本来就是个令人讨厌的地方。只是刚进公司时，忘我狂热，觉得自己总算在从事一项工作，这种意识欺骗了我。即便现在，看一下新进公司的年轻人，也是如此。靠父母养活而感到自卑的人，如今靠自己的双手赚到钱，觉得自己突然变成有独立生活能力的人了，因而欣喜欲狂。其中也有靠挣钱养家糊口的人，这些人的理智倒是很清醒。我们不必那样为谋生计而奔忙，进公司后，立刻失去了工作兴趣，因为自己永远必须过受雇于人的生活——纵然担任要职，亦复如此。我逐渐在思索：归根结底，人生一世，为了什么？有道是'四十不惑'，一到四十岁，大都有点这样的感慨。但我的感慨来得比别人格外早。"

"参禅一事，对父亲说了吗？"

"说了。我原本以为父亲绝不可能同意，但父亲还是那种习惯性表达：'让我考虑考虑。'估计八成是同意了。有你的事在先，再向父亲提参禅的事，我觉得对父亲有些残酷。自己不断因这种心情而优柔寡断，我很讨厌这样的自己。这次的事，你总是有某一个焦点，所有的针皆直指焦点，令我非常羡慕。我没有焦点，因为我是个稀里糊涂的性格。现在我的生活很糟糕。我觉得若不摆脱现状改变生活，我这一辈子就彻底完了。"

父亲对信行的态度宽容得出奇；而对自己则截然不同。对此，谦作有些不快。但他又觉得此乃理所当然，对此感到不快才是错误的。信行由于自己的喜悦，无暇顾及谦作的心情。毋宁说，信行欲以自己的喜悦令谦作高兴。信行孩子气似的取悦谦作，令谦作不能不对他的好意心怀感激。然而，信行认为，参禅能真正进入心安意贴的状态，对此，谦作感到担忧。他对最近流行的参禅风潮心怀反感。

“你决定去哪座梵刹？”

“我想去圆觉寺。因为无论怎么说，SN 都是当代一流高僧。”

谦作默默无言。

不知何故，他不喜欢 SN 和尚。SN 常去三井集会所一带宣扬佛法。谦作觉得 SN 好似一个在荒地上播种的人，很不喜欢他。然而，他又不知道此外哪座佛寺有著名高僧，所以，他默然不语。

第十一章

大约一个月过去了。

信行如愿以偿地辞职了。他来到镰仓一个名曰西御门的地方，租下一处农家小厢房栖身，每日去圆觉寺僧堂听经坐禅。谦作曾去那里看过一次，房子紧靠山凸角旁的山崖而建，很新，挺不错的。壁龛上，堆积着许多最近搜寻买来的关于禅宗的书籍。

谦作与父亲的交涉，因信行远住镰仓，自然而然又稀里糊涂地搁置起来了。对谦作而言，这却是好事。按照二人的性格，若想明确解决，或许反倒会引出无聊之事，稀里糊涂搁置的过程中，谦作如愿解决了相互关系。他现在根本不去本乡的家了，而且仍旧和阿荣一起生活。不过，对如此现状，父亲不会泰然处之。听父亲发泄不满的人，依旧肯定唯有时常回京的信行。但关于此事，信行对谦作守口如瓶。谦作也没有更好的解决方案，所以，他也不谈论此事。

谦作对阿荣的心情，与此前相比也发生了些许变化。为何变了？对此，谦作不想解释得一清二楚。总之，原因如信行致谦作的信中所写，即对命运的恐怖——祖父与母亲的关系，继之，祖父之妾与自己的关系，谦作觉得如此重相续叠的黑暗关系，似乎会将自己引入某种恐怖命运中。这种朦胧的恐怖感渐渐在他的心中扩张着。事实上，谦作并不像信行评价的那样坚强。对遭到反对的事，谦作虽然不管对方同意与否，都会旗帜鲜明地表态，但实际上，他的心情并不像态度那样总是旗帜鲜明的。当对方的反对淡弱下来，自由到来后，谦作反而茫然无策。

关于自己是私生子一事，谦作持有积极开明的想法。但随着时光的流逝，随着心理紧张的消失，他却往往十分困惑。

谦作奇妙地焦虑起来。

他想搬家。此前阿荣曾经提过此事，他在尾道向阿荣表示了赞成。当时信行活用就职火灾保险公司之便，让同事帮忙找过房子。但是谦作回京后，搬家念头就打消了。如今，他打算通过搬家来令自己的心境焕然一新，以平静的心情从事文学创作。以故，谦作又求信行给找房子。

某日，信行与石本联袂来访，这可是少有的事。

“明天咱们一起去看房子啊。听说五反田那里有两所，大井的自家宅基地附近有两三所。还有就是，今晚我们就住在你这里，行不？”信行这样说道。

片刻过后，三人走出了福吉町的家门。

当天晚上，他们在柳桥[①]的一家娱乐茶馆共进晚餐。这里有两个艺伎与一个女仆陪坐。他们刚才就频喊另外一个名曰“桃奴”的艺伎，她虽总是回答“就来，就来”，却迟迟不到。

提及桃奴的人，是谦作。

“她原来是一个说唱义太夫的女子，名曰‘荣花’，听说如今她在这里当艺伎。你们如果认识她，就把她叫来。”谦作说道。

“荣花说唱义太夫，你曾领我去听过。是个可爱的姑娘。据说是今川烧[②]店铺的姑娘。”石本也认识这个女人。

恰好，来到这里的一个艺伎与桃奴门对门住在同一条胡同里，熟知桃奴的消息。给她打了几次电话也不来，大家开始大谈起关于桃奴的逸闻来。艺伎与女仆对桃奴

① 在东京都台东区东南部，濒临隅田川，自江户时代起就是高级日本料理餐馆区。

② 烤熟的白面包豆沙馅的圆形点心，又称“太鼓烧”，源于神田今川桥一带，故名。

均无好感。她们得知谦作等人不了解桃奴的私生活后，便对她逐渐流露出恶意。她们谈及许多桃奴的传闻，例如在技艺发表会上，桃奴与当地权威艺伎干架；在汽车里，她捋下了酩酊大醉的客人的金戒指；老早以前的事还有——桃奴狠狠掐死了自己刚生下的婴儿；现在桃奴仍未离开那个男人；如今，桃奴令一个年轻男人为她神魂颠倒，那个年轻人有汽车，总派车接送桃奴，因故见不到桃奴时，就常送她好东西，并附上一封信。

总而言之，谦作因此知道了昔日的荣花，今天的桃奴，在艺伎中是最毒辣的女人，在同伴中是口碑甚坏的女人。

总的说来，谦作自孩提时代起就时常进出曲艺场或剧场，都是祖父与阿荣带他去的。待到中学毕业前后，他就开始一个人去那些地方了。他尤其常去听女艺人说唱义太夫。

荣花当时十二三岁，是个身材瘦小的姑娘。据其素质看，能成长为一个美人。但与此相比，谦作关注的是她那十分可怜的形象，因而对她寄予同情。瘦弱的身体，稀疏的眉毛，令人联想到白狐狸。荣花的脸色苍白，作为少女，话语声颇尖，还带有某种悲怅韵味。

“这是个‘至死方休’的女子。”当时荣花的同伴中，有人这样评价她。词义虽然模糊，但从她悲伤可怜的形象中，谦作感受到一股不肯服输的锐气。所以，他觉得她的同伴对她的评语恰如其分。尔后，每当想到荣花，谦作往往就忆起这句评语。

谦作的同级生中，去曲艺场的人逐渐增多，其中一人名曰“山本”。某时，山本看见台上的荣花，说道：“我认识这个姑娘。”

从大街方向看，今川烧店铺的姑娘家与山本家之间隔着一户人家。从房后看，两家只隔一堵墙。地利诱出了同学们的某种兴趣。然而，山本与小姑娘其实没有任何往来。约半年后的夏天，山本家院内打出一口极好的水井，几乎成为附近一带的“名水”。附近的人常来汲水，荣花也是其一，时常来到山本家院内。

水井位于浴室前面，时当夏季，浴室开着窗，垂下细苇帘。某个夕暮，山本在浴室里洗澡，透过苇帘缝隙看见荣花到来。山本以为仅有自己这一侧能望见荣花，其实不然。山本见她打上一桶水，然后朝自己的方向道谢，这才离去。如此情况连续发生两三次后，两人渐渐开始说话了。山本坐在浴池边上，荣花则背手倚着井台，二人热聊到打上来的凉水都变得温乎乎的了。聊的内容是曲艺界内幕。未久，谦作在曲艺场看见台上有山本赠给荣花的茶碗。

山本与荣花的交往并未深入。山本是华族[①]，山本家有一个年事已高的管家，身材矮小，思想顽固，性格倔强。谦作他们给管家起了个“矮脚鸡”[②]的绰号。有这位管家在，山本与荣花如果深入交往，必受干扰。更何况山本似乎没有想和她深入往来的意思。因此，二人之间平淡无事，两年光阴流走了。

其间，荣花明显地出落得美丽动人。虽然不太丰满，但身段发育得颇有女人味儿，技艺也大有长进，人气渐旺。

时当第二代的早之助退职，荣花继任第三代，成为义太夫中的压轴演员。她暂离曲艺舞台，去第一代早之助家专心致志学艺，力求百尺竿头更进一步。但她却突然离家出走，与附近书店的儿子不知躲到何处去了。

藏身之处马上就被发现了，就在距荣花家不到三百米的地方。男子立即被领了回去，荣花则被今川烧店铺逐出家门，一刀两断。原来荣花本是陆军曹长[③]的私生

---

① 明治二年（1869），各藩主把领地（版图）和人民（户籍）返还给天皇朝廷，史称“版籍奉还”。政府据《版籍奉还》布告，宣布废除迄今天皇朝廷“公卿”（指服务于天皇朝廷的人）与幕府“大名”之称，代之以“华族”。昭和二十二年（1947），按《日本国宪法》，华族身份废止。

② 原产越南，江户时代初期传入日本，被改良后，成为宠物鸡。日本用“矮脚鸡”来嘲笑身材矮小者。

③ 日本旧时陆军下士官中的最高官阶，在准尉之下，军曹之上。

女，并非店铺家的亲生骨肉。

荣花与恋人被棒打鸳鸯，又被养父母断绝亲子关系，继任第三代早之助的希望同时也化为梦幻泡影，荣花因此自暴自弃，便也不言而喻了。

尤其是当时荣花已身怀六甲，如果这时正赶上所谓的强烈妊娠反应期，荣花肯定是无论怎样自暴自弃也不觉得过分的。事实上，她自暴自弃到了相当严重的程度。正像溺水者不加分辨地见物便抓住那样——或者说荣花感受到了更真纯的爱，究竟何故，不甚明了，总之这时出现了一个男人，荣花将全身心都委托给了这个男人。

腹中婴儿堕胎了。但谦作听到的是荣花掐死了初生的婴儿。总而言之，婴儿被处理掉了，荣花的嗓子也因此彻底搞坏了。

未久，荣花被那男子领到了新潟当艺伎。其后不久，她又移居北海道。谦作听到了荣花在北海道的逸闻，即荣花总和一个品质恶劣、道德败坏的男人在一起，这个男人掌握了荣花的犯罪秘密，令她不敢离去。然而，这些秘密既然能传入谦作耳朵里，说明已成为公开的秘密了。

两三年过去了。某日，谦作随意翻看《演艺画报》[1]，其中消息栏写到，荣花以桃奴为艺名，在柳桥一带抛头

① 《演艺画报》创刊于明治四十年（1907），持续至昭和十八年（1943），是著名的戏剧杂志。

露面。

“相扑比赛一开始，就忙得不亦乐乎。”一个女子这样说道。

“你常去吗？”石本问道。

“常去。”

“包厢看台在哪一侧？”石本也常去看相扑比赛。

“在正面。”

“啊，是在石本家的包厢附近吗？”石本和同伴都有包厢，此处说的是石本本家的包厢。

“是的。在石本家的包厢略靠上方……我好像见到过您。”女子这样随声附和着。

“石本家的人，有谁来过这里吗？”石本随口问道。他本家的侄子很多，而且沉溺于花天酒地的也不少。

“嗯，有来过的。”说完，女子与女仆对视了一下，脸上现出怪异的笑容。

“是个多大年龄的人？”

“是个军人。日本有一所陆军幼年学校[①]吧？他是该校的学生。就是他迷上了桃奴。”女子突然笑了起来。

谦作刚才听着那些话，总觉得那个男人大概是棉花批发商或什么商的儿子，结果竟然是石本的侄子，谦作

---

① 日本旧时陆军中，培养有志于当士官的少年的学校，创建于明治三年（1870）。

感到有些难以置信。

石本又若无其事地问这问那。

“石本家的孩子也与桃奴往来，这可不大好啊。”石本说道。

“说得是啊。”女子随声附和。

昔日荣花，今日桃奴，这个女子到底还是没来。女仆发牢骚说：“如果不来，也应当给个痛快话。”九点前后，三人离开了娱乐茶馆。

“真是不可思议啊。”石本一边走路，一边觉得今日这个偶然的发现挺耐人寻味，“确实，我从嫂子那里听说过此事，但不知道他究竟在何处胡闹。起初，侄子说绝不浪荡，但须给买一台汽车，为此要了五万日元。结果他买了一台一万日元的汽车。真糊涂啊，儿子说不浪荡，当妈的竟然信以为真。”

信行与谦作都笑了。

“但这可是绝好的小说素材啊。”石本看了一眼谦作说道，“你已经知道荣花的经历，今天这个事，不也是很有趣的素材吗？”

“嗯，是个故事的素材。”谦作变动了一下说法。他总觉得不这么说便不能令自己满意。人们提及的那些事与今天出现的偶然之事，适合做杂谈的素材，但那种认为可将其直接写成小说的说法，谦作不敢苟同。

而后，三人散着步，奔往银座方向。在银座与石本分别后，十一点左右，信行与谦作回到福吉町的家中。

阿荣在等待二人归来。三人在茶室里闲聊了一会儿。

信行对阿荣叙述了当天的事，他总是带几分强调口气说荣花有那种程度的经历，是相当毒辣的女人。谦作在一旁听着，心情不太愉快。阿荣露出厌恶的神情，说道："世间竟有这么心狠手辣的女人啊！"

谦作突然怒从中来。他想驳斥道："恶毒的不是荣花。"他的心中浮上当年曲艺场上十二三岁的荣花，脸色苍白，非常可怜，令人心痛。"那个小姑娘，为什么变成了心狠手辣的女人？……"谦作莫名地烦躁起来。他突然觉得：啊，这倒是可以写成作品的。

第十二章

翌日，谦作与信行走出家门时，已经下午两点多了。看房子先从五反田看起。二人从小铁工所旁侧登上狭窄坡路，沿路俯望四五百坪[1]大的已成为草原的空地，发现了一所房子，是一座脏乎乎的平房，门前是一片较开阔的院子，日照条件不算太好。这所房子不经过一番大规模修缮是无法居住的。谦作对它不感兴趣。他没怎么见过这样的房子，对住进这所房子能有多舒适这一点毫无把握。谦作突然觉得自己好像住进了这所未加修缮的、空空荡荡的荒秽房子里，这感觉令他愈发对此宅不感兴趣了。另一所房子周围狭窄，令人感到气闷，他也不愿住进去。兄弟二人怀着从容不迫的心情，闻着常绿橡树新芽挥发的浓烈芳香，溜溜达达，说着话，朝大森方向

① 一坪约等于3.3平方米。

走去。如今信行已成为优秀的禅门居士了，他以高中时代那般强烈的求知欲，滔滔不绝地讲着《碧岩录》[1]的内容，这些内容他已经烂熟于胸，信手拈来。

“这条路是通往我们家宅基地的路啊。”信行停下脚步，望着大路的前后方确认着，这样说道，“咱俩顺路去看一眼吧。种了树篱，但谁也没去看过。”

“嗯。”

“你认识那个花匠龟吉吗？”

“我记得在本乡的家常见到他。身材矮小，脑袋挺大，像个傻瓜似的家伙。”

“是的。他是个十分纯粹的善良人。他总说，我的一切事，皆承蒙天理教祖的庇荫……”

谦作想起来了，有一次，他和大家正在茶室啜茶，花匠走了进来，弓着腰，双膝弯曲，如信行所说，样子善良、诚实，并给人以低能的感觉。妹妹们哧哧地笑着，花匠却一副毫未察觉的神情。他说话的样子，恭谨喝茶的举动，都过分谦恭。人们认为，事情委托给这个人去办，不会上当受骗，他绝不会藏奸耍滑。

“然而，他真的是表里如一吗？”当时，谦作不由自

---

① 北宋政和年间，禅僧圆悟克勤于澧州（今湖南澧县东）夹山灵泉院对《颂古百则》加以评述，后其门人编集而成《碧岩录》，因灵泉院方丈室有“碧岩”二字匾额，故名。

主地心生疑问。外表看，花匠是个再忠厚老实不过的人了，但又令人感到其中隐藏着不自然。回家后，他将此事写进了日记。

“花匠也许不像表面看到的那么好，虽然外表看是个再忠厚老实不过的人。”

信行反对谦作的看法。少时过后，二人来到靠近道路的长方形自家宅基地，面积大约两千坪。此地之前曾是田地，现今改为宅基地，四面围着方格篱笆，栽着桧树苗。

“从何处能进去？”信行边走边寻觅入口，“没有入口啊。”

“不可能没有入口。”

“哪儿也没有入口。如此说来，我让龟吉制作估价表时，或许把开个入口的事忘了。”

二人笑了，接着，继续找入口，转了一圈，却发现全围着方格篱笆，一个入口也没有。

“围篱笆时没注意入口呀。”

真是滑稽可爱。二人从这里顺路去了受托管理土地的农民家，求此家转告龟吉给开个入口的事。（三个月过后才知道，果然正如谦作所怀疑的那样，龟吉并非忠厚老实之人。他以割草的名义，向本乡的家索取了超过土地实际面积所需的工钱。实际上，龟吉从不割地里的草，而是将其作为马的饲草卖掉，他两手揣在怀中，什么也不干，却从两处获利。）

天色将近黄昏。二人来到大井的山王附近，看一所独门独院的二层楼建筑。其外观还挺漂亮。谦作也累了，他觉得这所房子称心如意。

"房子之新，已令人心情舒畅。房间的布局也不错啊。"信行说道。

二人来到山王的房东家，谈妥了租房一事。

二人来到大森车站（当时尚无"院线电车"[①]）。上行电车尚需等待一段时间，下行电车先来了。谦作送信行回镰仓，顺便去横滨吃中华料理。当天晚上，谦作很晚才返回东京。

大约五日过后，谦作家迁至新居。

然而，这所房子比此前黄昏时分急急忙忙查看时所想的要差得多。这纯是为出租而建的房子，在一楼房间翻阅报纸，哗啦哗啦的声音就会传到楼上；在二楼走动时脚步稍重些，房子便会摇晃，导致天棚落下灰尘。

"搬到这里之后，头发脏得都不成样子了，真叫人没有办法。"总待在一楼的阿荣发牢骚似的说道。

谦作的心情有了一些变化。他决定要不离桌子，埋

① 铁道院（1908年成立，1921年升格为铁道省）管理的铁路线与电车，相当于其后的"省线""国铁线"或"JR线"。

头写作。在尾道着手创作的长篇小说，回京后一直搁置着，他决定把荣花的事写进小说。

如果真见到荣花，自己感受会如何，谦作不得而知。在素不相识的情况下思考荣花的事，他由衷地同情荣花。同时这里存在一种不确定的感觉。对见面后不知会产生何种印象的人，因不见面而能对其产生同情，从工作上看，并不是饶有兴味之事。但如果见到荣花，且于某种意义上以比第三者更亲近的心情接近荣花，那么，自己还能否像现在这样同情荣花？他心中很没底。原本要写荣花，动力来自同情——阿荣对荣花毫无同情，还说了贬斥荣花的话，对此，谦作感到生气。正因如此，谦作不能不对写荣花一事愈发执着。有时他想，见一次荣花好了，但又莫名其妙地打怵，很难付诸行动。

谦作想象了一下去见荣花的场面，荣花会以何种态度对待自己？谦作知道荣花的过去，面对这样的谦作，第一，荣花或许能唤醒自己过去的心情；第二，荣花假装唤醒了自己过去的心情，假装怀念过去的时光，心灵却停留于现在，无动于衷，以粗野的态度对待谦作。两种情况都可想象出来。但是总而言之，无论出于何种情况，谦作都觉得自己还是能对绝望的荣花寄予同情。他涌出欲从绝望境地里救出荣花的心情。他想象着荣花掐死了亲生婴儿，还犯了许多其他罪过，但她对此都做了忏悔并悔过自新。思来想去，谦作觉得荣花最终只是个奇妙空幻的荣花。如果自己见到荣花，以基督教信徒的根性，简单地萌出希望，要解救荣花，对如此设定，谦作感到并不如意。

谦作终于明白，一个人要真正得到救赎，绝非易事。

他回忆起前些年在京都见过一个名曰“蝮蛇阿政”的女人。她在祇园的八坂神社下郊区偏僻处类似曲艺场的一个粗陋小屋内，演出以自己的人生为素材写成的戏剧。谦作不是特意去看戏，而是深夜路过小剧场前，看到入口挂着彩绘广告牌，上面画着落发女子，写着她的自述，言称为了忏悔，演出自己生涯诸事。谦作读罢此语，正想离开，小剧场内传出几个年轻女子的说话声，走在最前头的女子身披长长的宽松外套，光秃秃的头上戴着一顶“宗匠帽”①，身材高大，一看宛如魁梧大汉——若未见彩绘广告牌，不消说，谦作肯定会认为此女子是一个男子，此女即五十余岁的蝮蛇阿政。

一个男青年来摘彩绘广告牌，向阿政施礼，阿政略微仰脸点头。恰在电灯光线下，谦作将其脸看得一清二楚。那是一张既冷酷无情又非常忧郁的脸，那是一张心中绝无乐事的脸。

---

① 圆筒形平顶帽，无帽檐，通常连歌、俳谐、茶道的宗匠（师傅）会戴此帽，又称“宗匠头巾”。

关于蝮蛇阿政，谦作一无所知，仅能推测出来的内容大致如下：她在服刑期间老老实实，被认定确有悔过迁善表现，因某种良机出狱了。如今为了生活，她组织了一个剧团，以自身过去的罪孽为商品，行旅巡回演出。

仅根据这些内容，谦作从自己瞧见的阿政脸上，可以充分推测出她的心情。过去的罪孽映在阿政的脸上。谦作感到悲怅，心情郁悒。他不知道阿政究竟做过什么坏事，对阿政没有什么同情。但谦作觉得，尽管如此，与当年作恶时的心态相比，如今阿政的心态未必会好于那时。因此，谦作怪异地感到凄凉与不快。不言而喻，两种状态肯定皆非良好状态。谦作想象：阿政本人到底会觉得哪一方面会更幸福一些呢？当年阿政作恶时精力十足的、有奔头的心灵幸福，如今肯定在她心中已经消失一空了；取而代之，如今阿政心中还有什么呢？她将自己的罪孽编成戏剧，巡回演出，但戏剧终归是戏剧，忏悔也好，其他什么也罢，总之，无非都是在演戏而已。观众期盼的，是看到阿政本人的某种实感，正因如此，阿政必然愈发需要表现出苦涩的伪善。如此生活不可能令阿政变好。而且谦作认为，犯过一次罪的人，纵然悔改了，纵然悔改之后过的不是像阿政那样与罪过有着明显关联的生活，她（他）也一定无法避免遭受那种心灵不幸的折磨。

阿政虽然是个女人，却有着男人般的刚毅严肃的脸，从某些角度令人觉得她年轻时可能是一个风度不凡的女性。

谦作现在一想到要写荣花的事，就不能不忆起曾经见过的阿政这个女人。他现在思考荣花，感到残酷、压抑而苦闷。然而，想到悔过自新变成阿政那样的女人，谦作的心情就变得愈发阴暗、绝望和不快。如果真正能得到救赎，那当然好。然而，如果是模仿的危险的假救赎，那么，谦作认为对荣花而言，反倒是"至死方休"的人生态度显得更自然。

谦作实在没有动力找机会去见荣花，于是便在没见到荣花的前提下，开始动笔写荣花了。

某时，他遇见山本，说起此事。山本说道："啊，日前，我和老婆去赏牡丹，于两国[①]等待乘船时，有个女子站在胡同口张望着我这边，我总觉得很像荣花，果然就是她。"

事实上，昔日荣花今日桃奴的家，就在那条胡同里。

"没有兴致去见她一下吗？"

"这个嘛，也不是没兴致见她，但是……"山本闪烁其词，一看就知晓他没有兴致。

① 东京都隅田川下游两国桥东西两侧的地方。

第十三章

谦作又逐渐颓废起来。气候也不好。刮着湿度大的强烈南风的日子里，谦作在生理上就像一个半病之人。生活规律也全都紊乱了。他一想到要写荣花的事，就必然想到女人的罪过。男人有了罪过之后，并不那么跟随着报应，为何女人有了罪过，报应就永远纠缠不休呢？某次，谦作走过原来荣花居住过的地方，路过原来那个书店门前，见一个比自己年轻的男人当上了婴儿的父亲，谦作感到有些奇怪。这个男人将婴儿置于膝盖上，呆呆地从书店里望着大街，从容不迫。他那个样子，不会令人想到他曾干过那种有罪之事。这样的男人，某时也会因过去的记忆而陷入阴暗心境吗？他也会想起被杀了的初生婴儿吧？即便如此，随着时光的推移，这一切对那男子而言，已全然成为过去，苦涩的记忆如今肯定也逐渐淡化消失了。然而，荣花昔日也有与之相同的生活，这以往的罪过如今仍丝毫未离开她现在的生活，这是为何？荣花现在的生活，毋宁说是昔日生活的继续。这种事也许未必仅仅发生在女人身上。因一个罪过而一直过着习惯性的自暴自弃的生活，这样的男人也大有人在吧？但与男人相比，女人的生活更具绝望的倾向。原本女人面对命运就心怀盲目感，易受命运牵引摆布。因此，人们对女人理应更加宽容才是。人们常说因为是个孩子，宽容待之吧，与此相同，人们也应该说因为是个女人，就宽恕了她吧。然而事实与此相反，不知何故，人们对女人格外严格。仅是严格还算幸运的，实际上，人们不喜欢让女人逃脱罪过的报应，见到女人因遭罪过报应而毁灭，人们认为此乃天经地义。为何女人尤其应该是这样？谦作实在感到匪夷所思。

深思这种事情，谦作不由得觉得亡母还算是个幸福的女人。母亲的周围如果环绕着一群更愚蠢的人，那她肯定会成为更加不幸的女人，进而不知谦作自己的存在会何其悲惨。所幸芝区的外祖父也好，本乡的父亲也罢，都是聪明人。谦作认为，仅就此事而言，自己若不发自肺腑地感谢本乡的父亲，精神则难以安宁——尽管他的感情尚未达到如此境界。

谦作开始写荣花的事。他写荣花时有两种立场，若站在自己的立场写荣花，显然资料十分欠缺，会写得过于平淡。所以，他决定站在荣花的立场，掺入自由的想象进行创作。谦作觉得将荣花设定为某时见到蝮蛇阿政，这样写或许也是可以的。此外，谦作还认为，也可以设定荣花见过名曰“花井阿梅”的曲艺场同行艺人，这样写或许也是可以的。花井阿梅曾杀死管理三弦琴的人，犯了罪。事实上，谦作曾经见过舞台上的花井阿梅，留下了悲惨不快之感。他觉得自己倒是对犯了罪一不做二不休的女人，尤其对其心灵的强度，能产生同情之感。

迄今为止，谦作不曾以女人的心情写过作品。写法不习惯，是笔耕的困难之一。他从写荣花远赴北海道这个地方开始虚构，写得非常矫揉造作，在写的过程中，连自己都逐渐感到很不满意。

于是，谦作无端地觉得自己的身心都疲劳不堪，精神莫名其妙地寂寥起来。他暂栖尾道时期，从信行来信中得知了自己出生的秘密，当时的惊诧与受打击的程度是相当强烈的。正因如此，他想要击退打击，振奋起来，当时他能非常强烈地感觉到这种心灵的紧张。但心灵的紧张业已过去，如今正像地面湿气自然地浸入建筑物基础腐朽的横木那样，怪异的寂寥正潮乎乎地浸入谦作的心里，对此，他束手无策。这是用逻辑理论无法解释明白的寂寥。谦作认为，今后自己必须干的事业——这是与整个人类的幸福相系的事业——这是为人类的前进道路设立目标的事业——这才是艺术家的事业。他分外向往这项事业，但如今他这颗向往文学的心失去了活力，文学无法令这颗心振奋起来，恢复活力，只是在一味地下沉。“心灵贫困者，福也”，“贫困”一词的内涵，若指的是如今自己的心情，那么，这个词实在太残酷了。自己无论如何也不能认定如今的心态是良好的，是幸福的。谦作心想，倘有一个牧师来到自己面前说道：“心灵贫困者，福也。”自己会突然伸手，左右开弓扇他两记响亮的耳光。他觉得没有比心灵贫困更惨痛的状态了。事实上，谦作的心灵状态，用“寂寞”苦涩”或“悲戚”等词来形容是远远不够的。谦作的心灵一味过度地贫困下去。心灵的贫困者，其心地贫瘠至极——谦作心想：“有比这更惨烈的事吗？”

谦作这种精神状态影响到了生理方面。他寓居尾道期间，就已露出这种苗头。在尾道，他知道了自己的出生秘密，一时之间，在令他的心灵紧张方面反倒形成了有效的刺激。如今，刺激消失，紧张飘散，残留下更坏的东西。没有这些坏东西，谦作的心都在日趋衰萎；有了这些坏东西，意外地令他的心灵陷入最恶劣的状态。

信行时常来看谦作。最近的他前所未有地对信行感到亲切。而且，谦作从信行那里听到了丰富多彩的涉及禅宗的故事，甚感欣慰。

信行讲的禅宗故事，有俱胝的一指之禅，有南泉普愿杀猫仔的故事，有石革与毒箭的故事，有船子和尚度夹山的故事，有德山于师傅龙潭崇信处开悟的故事。信行还讲了百丈怀海、沩山灵祐、黄檗希运、睦州道明、临济义玄、普化等人的各种故事[①]，都是如今谦作憧憬的理想心境。每当讲到“某某豁然大悟”之处时，谦作便清泪盈眶。特别是听德山宣鉴托钵的故事等，谦作竟然声泪俱下。这个故事不仅成为谦作贫困心灵的食粮，其具备的艺术韵味也强烈打动了他的心。

信行见自己讲的禅宗故事令谦作由衷感动，便客气地建议谦作也来镰仓参禅。对此，谦作没有听从。他厌烦从师悟禅。禅学不坏，但是，跟从好像彻悟得道而神色傲慢的禅师悟禅，这一点令他不堪忍受。

谦作认为如果想感受禅韵，自己愿去高野山[②]或比叡山的横川[③]一带。

文学创作方面，他写了近四十页稿纸后，文笔涩钝，又停滞不前了。文学创作本来就是靠内心活力作用

---

① 此段所涉人物皆为唐代著名禅师。

② 高野山位于日本和歌山县，是日本佛教密宗真言宗的本山。弘法大师空海曾在此修行，开创了高野山真言宗。

③ 横川是京都市东北部比叡山延历寺三塔之一，又称“北塔”。比叡山位于京都市东北部与滋贺县大津市交界处，自古以来就是“信仰之山”。

于外界，故而按照眼下的心情，谦作无法顺畅从事创作活动了。

一连几个星期，谦作过着无所作为、郁郁寡欢的寂寞日子。某日，刮着闷热的风，他感到难受。用罢午饭，他突然感到心情沉郁，干什么也没兴致。他躺在茶室，打开置于茶室的翻译小说，心不在焉地翻阅了两三页。

“我说，让阿由哪天去看博览会好呢？”谦作对正在飞针走线的阿荣说道。该日清晨，他收到升本来信，提及南洋馆有土人舞蹈演出，宫本时常欣然前往观看。于是，谦作想起了博览会一事。

“哪天都行。是让她一个人去，还是有谁领着她去？”

“她一个人可以去吧？”说着，谦作马上心想：一个人去有点难为她了。他琢磨着哪天让阿由去为宜，却很难决定下来。他无端地觉得此事挺难。此前他有过类似感觉，但最近愈显厉害，成了一个癖习。决定一件事之后，他总觉得好像会在某处出现困难，但他明知如此感觉并无任何根据，仅是源于自己的心病，却总也无法克服。谦作想，干脆今天自己带阿由去算了。他一说出这个打算，阿荣就说：“但是，今天信行要来的呀。”

“我记得他上次来的时候好像这样说过。或者也许是我自己这么认为的。”谦作一边说着，一边感到心情变得轻松，因为这样一来，今天就不用带阿由前往了。

下午三点到了。由横须贺开来的火车三点零七分进站。信行若来，必乘这趟车。若没坐这趟车来，那他今天就不能来了。这样一想，谦作有点心神不宁，决定去车站看看。他穿上单层外褂，将怀表拴在腰带上，钱包塞入怀中。若见到信行，无论是否愿意，当天的活动就定下来了。如果他没来，当天之后的时间如何安排？谦作毫无头绪。事实上，谦作有一种模糊的心情，将这心情搞明确之后，他反倒不畅，这是他近来的毛病。以故，本来一清二楚的事情，他也要将其搞得朦朦胧胧的。

"我出去一下，大概晚饭前就能回来。如果接到信行，我俩就一起直接回家。"说完，谦作走出了家门。

谦作没见到信行。走过鹿岛谷时，他指望的那趟列车已经没了踪影，只留下强烈的地面震动，飞驰奔向东京站方向。

谦作来到大森车站，开往新桥的电车尚需等待半小时，于是他转到开往品川的电车月台。少时过后，电车进站了。

他从怀中掏出井原西鹤[①]的《本朝二十不孝》[②]，从最

① 井原西鹤（1642—1693），生于大阪商人家庭，江户时代前期"浮世草子"（江户时代小说的一种，主要描写现世享乐内容）作家，代表作有《好色一代男》《好色五人女》《好色一代女》等。

② 浮世草子，模仿中国的《二十四孝》，叙写日本二十个典型不孝的故事。

后一个故事读起。两三天前，阿荣问谦作："日本的小说家中，哪个作家最伟大？"他回答说井原西鹤最伟大。之所以如此回答，是因为正好他此前读了《本朝二十不孝》中开头的两个故事，感到折服。作品写得残酷透彻至极，也许称作病态描写更为准确。他觉得如果自己写这部作品，即便是写虚构的作品，也不能那般不做分辨无所顾忌地将残酷心情贯彻到底。他认为，纵然能将忤逆不孝之事罗列叙写，但将那种强劲格调一贯到底，这一点自己实在做不到。软弱无力的反省与无益的困惑，不断折磨着如今的谦作，所以，他作如是观不无道理。事实上，井原西鹤胆大如斗，这一点令谦作十分羡慕。他认为，自己若有井原西鹤那般心情，活在这世上将会何其潇洒快乐啊！

谦作从《本朝二十不孝》的末尾向前读，觉得哪个故事都不能与开头的两个故事相提并论。

他在品川坐上市营电车，感到再继续读下去很麻烦，便呆呆地看着车内乘客的面孔。其间突然发现坐在面前的一个人的脸很像东洲斋写乐[1]描绘的某一个人物。在谦作看来，每个乘客都带有东洲斋写乐观察到的一种奇异的风趣。

---

① 东洲斋写乐（生卒年不详）是江户时代后期的浮世绘画家，擅长画戏剧演员、武士、相扑力士与历史画。

车抵达换乘车站萨摩原。他想回本乡的家看一眼，因为突然想见分离了一段时间的咲子与妙子。但转念一想，父亲可能在家，而且自己与咲子也并非十分合得来，所以最后他还是直接通过了此站。谦作原想去宫本家或升本家看看也行，但又莫名觉得他俩可能都不在家。纵然在家，谦作带着此刻的心情去，肯定会做出龃龉不合的事或说出类似的话，所以亦无兴致前往。纵然思考一下如何心情紧张地避免干龃龉不合的事，也令他感到烦恼痛苦。隐藏着难以克制的惨痛心情，痛苦地与人相会，然后精疲力竭地脱逃出来，想到如此可怜的自己，谦作觉得自己简直已无可去之处了。如此这般，谦作感到走出家门之时起，朦胧的头脑中就存在一个想法——归根结底，只有一个去处，一个坏去处，轻松地向自己大开着门扉。谦作的脚步自然地朝那个方向迈去。

于是，谦作不能不悟及，电车上所有乘客中，唯有自己是最惨的人。总的说来，他们的血液在循环着，双眼闪耀着光芒。而自己又是如何呢？谦作觉得自己的血液不是那种鼓动着血管清畅流淌的血液。自己的血液乌乌涂涂，时断时续地循环着。自己的双目俨然是死鱼眼，毫无光泽，泛白，缓慢转动着，干巴巴的。谦作的感觉就是这样。

第十四章

身材矮小的女子说，她是正在梳头处打开发鬏之际被叫来的。她用带红珠的簪子将云发轻轻地别在后脖颈上侧。“我像个朝鲜姑娘吧？”女子问罢，侧着身子让谦作仔细观瞧。外面天还没黑，天棚的电灯却自动亮了。户外传来风声，房间里十分闷热。

身材矮小的女子似乎希望谦作早点离去，她一边端出一副忙忙叨叨的样子，一边喋喋不休地说着什么。

谦作站了起来，刚要走出房间时，那女子道一声：“恕不远送了。”她举了一下手，谦作也举了一下手，然后独自一人走下楼梯。他刚要出门，发现那儿坐着一个年轻女子，是个美女。谦作觉得她的某些特质令自己产生了好感。

他来到户外，一边向电车道方向走去，一边思索。现在回家，正像对阿荣说过的那样，天还没黑就能回家了。谦作心里纳闷，那个女子为何坐在那个位置。客人来了，却坐在那个地方，真令人感到匪夷所思。谦作心想，下次再去，希望能点来那个美女。若被问点的是哪个烟花女子时，怎么回答好呢？自己并没能抓住她的某一特征以供回答。实际上，谦作到时候就只能回答："就是上次我离开时坐在楼下的那个女子，是个美女。"人家问："个子多高？"答："不知道。"人家问："是丰满型的女人吗？"答："不是，细瘦型的。"若如此回答，最终可谓不得要领。

谦作觉得就这样离开烟花寨，坐电车走了，甚是可惜。那个身材矮小的女子此刻可能还在烟花寨里。或许在附近还能碰见她。她若问为何又回来了，自己就说："忘了东西了。"这样一想，他又返回了适才那座青楼。

他站在门内与女仆谈话。

"刚才坐在这里的女子，是因为接客才来这里的吗？"

谦作如此一问，女仆便明白了。

"现在楼上已经叫去了一个女子。那个女子下来，她就去接班。时间不会太长，您先上楼吧。"

"能不能让她先接待我？"

女仆蹙额，接着说道："她马上就能完事的。"

谦作脱下木屐，走过邻室前，发现有个女子好像藏在隔扇后面似的站在那里，听着刚才他与女仆的谈话。谦作没看她，直接上了二楼。然后，他觉得排在后面等待着很难受，遂拍手叫来了女仆。邻室有客人，谦作小声说道："隔壁客人再换个别的女子，不行吗？"

"不行啊。人家指名叫的她。再说，刚才人家已经看见她了。"

"这可难办了。"说完，谦作神情不悦，默然无语。

虽然并无根据，谦作却凭直觉认定那个女子温顺厚道，尚不甚谙熟柳陌花巷之道，是个善良女子。

邻室走出来一个女子。俄顷，那个女子进了邻室。谦作焦急得坐立不安，又拍手。

女仆进来了，没等谦作问话，便抢先解释道："现在刚进去，很快就会结束。"

女仆脸上现出安慰的神色。

"砚台借给我用一下！"谦作说道。

他从怀中掏出白纸，将其铺展于饭桌上，然后下腹用力，开始练习写字。他写出这样的名言："慈眼视众生，福聚海无量。[1]"然而，谦作觉得在这种场合写如此名言，是在糟蹋名言，遂立即停笔。总之，他此刻写字，是为了忘掉邻室景状。

---

① 出自《法华经》第七卷第二十五品《观世音菩萨普门品》。

那个女子终于进入了谦作的房间，满面笑容。面孔虽然不招人讨厌，却与他想象的很不一样。

“谢谢您！”她略微斜对着谦作跪坐着，看着谦作的脸，深深地施了一礼。她其实就是一个普普通通的烟花女子，与适才谦作想象的神妙形象判若两人。

“何时来这里的？”

“两个月前来的。”女子含糊其词地回答。

“你有二十岁吧？”

“我才十九岁呀。”

“是真的吗？”

“绝对是真的。”

谦作将女子抱在自己腿上。女子温顺地听从谦作摆布，而且慵懒地歪着头，将粉腮贴在谦作的肩头，憩息着。

“你想不想与我同去什么地方？”

“去哪里？”

“去遥远的地方。”

“请带着奴家一起去吧。”

“我这可不是开玩笑呀。”

“奴家也不是在开玩笑啊。”

女子粉腮紧贴在谦作的肩头，闭着双眼，懒散地说道。谦作摇晃着肩头，说道：“喂！”想将女子唤醒。

于是女子也说：“喂！”

她睁开双眼，高翘起白皙的双下颏，伸到谦作鼻尖处。

“你认为我在胡说八道。你像个傻瓜，不可能明白我的话。”

“奴家是个傻瓜，所以弄不明白。”

女子坐在谦作的腿上，毫无羞涩之感，从上向下凝视着谦作的面孔。

女子开始略讲真话了。例如：实际上，她半年前就到了这里；家住深川，仅有母亲与姐姐，姐姐姐夫照顾母亲，自己只要帮衬一把就可以了。

“你姐夫是干什么的？”

“做纳豆的。”女子沉默片刻后说道。说完，她笑了。此言真假难辨。

女子对谦作说，她欠这家青楼七十日元的债，谦作只要能替她还了这份债，她就愿意跟随谦作去任何地方，哪怕到天边。不知何故，女子说话动辄模仿京都方言，例如“你在说奇妙的话”。谦作觉得女子将“奇妙”与“不可思议”当作同义词使用了。

“你喜欢京都吗？”谦作问道。

女子积极顺应着做了回答。

二人之间，没有说出一句结论明确的话。少时过后，谦作离开这里，径直回家了。

次日，黄昏时分，谦作的心情又如前一天一样，莫名其妙地焦灼不安。饭马上就备好了，但他连等待吃饭的时间都感到苦不堪言，干脆飞也似的走出了家门。镰仓的信行今天也没来，肯定是径直回本乡的家了。想到这里，谦作心头笼罩着有些不快的情绪，觉得自己遭到了轻蔑。他明知这是自己的怪癖在作祟，但仍愉快不起来。此前谦作就时常认为，所有人都对自己怀有恶意。谦作深知这是怪癖所致，是毫无根据的过度思虑，也对此予以否定过。但如今得知自己的出生秘密后，他又心生疑虑：或许别人早就熟知这件丑事，他们总能在自己背后发现丑陋的亡灵，故而厌恶地背对着亡灵。谦作怪癖的神经感受到的是来自众人的如此心情，于是，他不知不觉地以自己顽固的心情回击众人。这样一来，人们对谦作愈发怀有某种恶意。谦作推测：事实一定是这样的吧？

事实上，对谦作来说，他接触的一切，无一不是屈辱的事情，这是为什么？尽管谦作如此思索，却找不到答案。他只是本能地对接触的一切皆持有如此感觉。谦作认为，像连根拔起一般从人群中逃脱出去，是自己唯一的出路。正像二重人格者突然发生人格变化那样，谦作觉得，自己如果也能变得与知道出生秘密后的自己判若两人，那该是何其朗畅之事啊！他想变成那样的自己——时任谦作，换言之，即变成那个还不知道自己出生秘密时的自己。

然后，去一个与迄今自己呼吸过的世界迥然不同的另一个世界，走进某座高峻大山之麓的农民中间，或步入对外界一无所知的农民中间。自己若被排斥于同伴之外，离群索居，反倒更好，求之不得。在那里，娶一个平凡丑陋的、忠实的麻脸女子为妻，相依为命。该是何其安乐啊。谦作想起了昨天那个女子，觉得她有点过于美丽。但如果她是个罪孽深重的女子，并且为罪孽所折磨的话，那该多好啊！同是悲惨的人，于昏暗中以谦逊的心情平静地度过此生。虽然世间对如此夫妻讥笑者有之，怜悯者有之，但二人从一开始就遁迹于不为那种人所知的地方，令他们无法讥笑，无法怜悯。他们纵然讥笑，纵然怜悯，声音也绝传不到二人遁迹生活的地方。二人就这样，不为任何人所知地终其天年，那该多好啊！

火车抵达新桥站，谦作走进了自动电话亭。升本日前来信写道："前天在三越百货商店前偶遇宫本，因此得知君最近移居郊外，近日欲前往拜访，请赐告何日方便。"想起此事，谦作觉得去访问一下升本为宜。电话铃声响了，他却犹豫起来，所幸交换台没有人马上接听，于是他放下听筒，走出了电话亭。

银座的露天夜摊开始营业了，谦作选择无夜摊一侧的人行道，朝京桥方向走去。他尽量迈着稳健的步伐，丹田用力，紧闭嘴唇，并有意识地不东张西望，始终用稳定的目光直视着前方，向前走去。他很向往独自一人在暮色苍茫中疾步行进在松吼草鸣的高原上。此刻，谦作走在银座的大街上，而希望独行高原上的心情实际上并非一点没有。他听信行说，《寒山子诗集》[①]或什么书的字里行间，存在着这种心灵境界。对现在的谦作来说，这实在是他理想的心灵境地。

谦作决心去买《寒山子诗集》。他记得在去日本桥的途中，有两三家卖汉籍的书店。

未久，谦作望见一个比他年长约五岁的老朋友，领着一个好似是其夫人的年轻女子，从对面走过来。于是，他记起前几天一个比他年轻的熟人，领着体形丰满颇似夫人的年轻女子，在大街的另一侧走过。

相距三米左右，朋友终于发现了谦作，双方都停住了脚步。

"如今我住在我善坊 ××× 番地。晚上都在家，很方便。欢迎你来玩。"朋友说道。

不言而喻，谦作不想去那个朋友家，但他思考着"我善坊"究竟在什么地方。自己似乎知道，却怎么也想不起

---

① 寒山（生卒年不详），唐代禅僧、诗人。长期遁居台州始丰（今浙江天台）之西的寒岩（即寒山），亦称"寒山子"。《寒山子诗集》凡三卷，集录寒山之诗颂三百余首，其诗清奇雅致，风格独具。

来，或许在狸穴一带？他说不准。谦作本想问："我善坊在何处？"但将"我"说成了"吾"，于是心慌意乱起来。

"是在芋洗坂下面吧？"谦作又问道。

"错了。完全相反。"朋友回答。

身后的夫人对他提醒了什么事。"我把电话号码告诉你，是芝区的'3746'。"朋友说道。

"太难记了。"

"你就记住'皆读'[①]二字即可。晚上我都在家。"

分别时，夫人文质彬彬地施礼。这时，谦作觉得好像曾在何处见过这个女子，但实在想不起来了。

一时之间，谦作的心情有点被扰乱了。他心想：这可不行啊！

松山书店是一家古旧书店，书法家题写的"松山书店"匾额高悬门前。谦作来到此店。这里有颜真卿的《千字文》楷书字帖，但不甚精致。他仔细观瞧两侧高高的书架，真是名不虚传，此店有许多别处没有的书。他发现一张纸片上写着一休[②]的什么集，他以为是一休的随笔集之类的古书，拿下来一看，却是柳下亭种员的

---

① 原文是日文片假名"ミナヨム"，与日文数字"3746"谐音。

② 即一休宗纯（1394—1481），室町时代中期临济宗僧人，擅长汉诗、狂歌（讽刺性的滑稽短诗）与书画。

“戏作”[①]。

“有没有《寒山子诗集》？”

“不巧，目前没有此书。”

“《宗门葛藤集》[②]有没有？”

“哎，不凑巧，这本也没有。”

谦作来到丸善书店门前，店已关门了，小伙计们正走出侧门，下班回家。橱窗里装饰着趣味低俗的埃及风格的书架。

他又来到青木嵩山堂书店。谦作记得这家书店前面还有一家旧书店，名曰“小林嵩山堂”。不知是漏看了，还是已经关门大吉了，他没太注意。他在青木嵩山堂买到了李白的小诗集，约十年前，他在此店买过与此相同的书，但那本书如今不知弄到何处去了。

谦作尚未饥肠辘辘，但若想就餐，他觉得还是这一带饭馆比较好。于是，他走进鱼河岸[③]。他熟悉的一个卖寿司的懒汉竟在这里经营寿司铺，还稀奇地摆出一个卖台。谦作没在此处吃寿司，而是奔向前面的天麸罗店。路过寿司卖台却不在此就餐，谦作担心那个卖寿司的看

① 柳下亭种员（1807—1858），江户时代末期作家。“戏作”是江户时代末期通俗小说之类的总称。此处指种员所著《假名反古一休草纸书标目》。

② 上下两卷，云峤智道编，与《碧岩录》《无门关》齐名的禅宗典籍。

③ 即位于东京日本桥至江户桥的河岸鱼市场，后成东京筑地中央批发市场。

见了会生自己的气，因而心里有些不安。过了一会儿，谦作走出天麸罗店时，又心生愚不可及的不安，担心卖寿司的可能会打伏击，将自己狠揍一顿。他自己也察觉到这是一种愚蠢透顶的不安。

谦作走过了两座桥，向右拐过去。前几天他从桥头往前稍微一走，进入一家表店，发现了一块似乎是白金壳的表，有点动心。标价一百九十日元。他想再看一眼那块表，今天若想买，就买下来，只要忍耐约三个月的清苦日子就可以了。然而，今天看表时，并不像前几天那样急欲买下了。以故，他感到有些凄怅。五六年前，他要想买一样东西，譬如想买浮世绘，尚未买到手时，就异乎寻常地渴盼弄到手。但谦作感觉自己最近逐渐不再那样走火入魔般执着于某一物品了。想买某样东西，昨天还视该物为珍品，但不出所料，今日便已经没有那种欲求了。此事也令谦作感到凄怅。但转念一想，不买表，就不用过清苦日子了，这也挺好的。

他又隔着橱窗玻璃看了片刻。其间，他忽然觉得店里人也许会认为他是个小偷。谦作透过玻璃，看到自己脸色略微泛红，便走开了。

谦作又来到昨天来过的青楼。楼下房间里众人弹着三弦琴，欢闹着。他登上了二楼。

“能将昨天那个女子叫来吗？”谦作问道。女仆下楼去了。他打开书店给包好的李白的诗集，开始阅读。他察觉仅仅说“昨天那个女子”意思不够充分，遂拍手，另一个女仆上楼来了。

“我指的是昨天后上来的那个女子。”

女仆说这就去叫她。谦作虽然放下心来，但又怕那个女子不在，于是有些不安。

李白的诗集开头附有两篇人物传记。对目前的谦作来说，他觉得传记里写的李白的生活，实在是自己理想的生活。但自己与李白的性格又大相径庭。楼下的欢闹吵嚷烦人。诗集中写有“白犹与饮徒醉于市”这样的词句。如果是李白，在此刻这种环境中，也能呼吸着仅有自己的“一人世界”的空气吧？他想起杜甫或者其他什么人以“囊中自有钱”来歌颂李白在酒肆酩酊大醉仰面而卧的潇洒形象。李白嗜酒一事，对他的诗歌创作，肯定是“如虎添翼”。然而他六十多岁就作古了，这也是饮酒所致。据此看来，谦作认为酒也会带来不快。他无论如何也不爱饮酒，因是，对“添翼”一事，他并不非常羡慕——那个女子犹然迟迟没来。

谦作随便翻阅着诗集，不知何故，“庄周梦蝴蝶，蝴蝶为庄周”，这样的词句引起了他的共鸣。

女子终于来了。谦作感觉这个女子与昨日大不相同。在她身上，已看不到她昨日表现出的那么多的优点。但卖弄风情时，还是挺美的。她开口笑时，露出的龅牙洋溢着奇异的诱惑力。然而一场欢畅完毕，她又成为一个平凡的女人。谦作多少有些失望，他未提及昨日的事。女子也像忘了似的，闭口不谈。

然而，握着这个女人有弹性的、膨胀的、沉甸甸的乳房，谦作感受着不可言宣的快感。谦作觉得自己是在碰触富有价值的某种珍贵的宝贝。他轻柔地一摇晃，手心就能感受到舒舒服服的重量。谦作不知怎样形容此刻自己分外微妙的心情。

“丰收年！丰收年！”谦作说道。

谦作一边这样说着，一边若干次摇晃着乳房。为何会有这般举动，连他自己也说不清楚。但是，总而言之，摇晃乳房的举动填充了他空虚的精神。他无端地觉得，乳房是他的唯一珍宝，也是唯一珍宝的象征。

（前篇终）

ANYA KOURO

暗夜行路

（下）

〔日〕志贺直哉 著

刘立善 译

CNS PUBLISHING & MEDIA

湖南文艺出版社·长沙

后　篇

第三部

第一章

谦作在大森的生活适得其反，最终一败涂地。他不断被悲凄的心情可怕地追逼着，陷入不能安闲自在呼吸的境地。约一个月前，谦作心血来潮，来到京都。由此他才生出了某些得到救赎的心情。

古老的土地，古老的梵刹，古老的美术，接触的这一切不知不觉地把谦作带进了那个古老的时代。而且，来自古老时代的刺激，与来自迄今为止的刺激迥然不同。京都对他来说，是何其称心如意的宝地啊！是何其理想的避难宝地啊！谦作并非仅仅将京都当作避难所。迄今为止，他接触古老的土地、梵刹及美术的良机较少，如今他觉得，从积极的角度思考，暂栖京都，是一个不错的选择。

谦作一边品味着宛似病愈之人怀有的那种淡淡的快慰、平静乃至谦逊的心情，一边观赏一座又一座佛寺。

虽然如此，尽快找到寓居的住宅也是当务之急。在京都，所到之处皆有值得一看的寺院，以故，寻觅出租房的活动往往不知不觉就变成了梵刹巡礼。

某日，谦作打算趁着清晨凉爽，去嵯峨一带寻觅出租房，一连多日都是大晴天，他走在一脚踩下去就扬起泛白灰尘的道路上，从释迦堂启程，经二尊院，奔往祇王寺方向。但最终也没能找到符合心愿的房子。作为当天的收获，他欣赏到了二尊院的“法然上人[①]肖像”。谦作满怀满足感，不觉到了亭午时分，返回了位于河畔东三本木的旅馆。

整个下午，他待在旅馆闷热的客房里，时坐时躺，就这样度过去了。

少时过后，夕阳将落，旅馆女掌柜来请谦作入浴。他进浴室洗罢出来，吃晚饭的时候，风终于吹过河滩而来，谦作感到了几分凉意。

晚餐过后，他坐在客房内，手里摇动着圆扇。低矮栏杆下小溪匆匆忙忙流淌着。河滩新修成的宽阔道路上，男女工人们将捞自河底的沙砾按照大小分开。加茂川旁到处丛生着杂草，谦作眺望夕阳斜照下闷热的河对岸，尽收眼内的，有那里的道路、住宅、几根高耸的烟

---

① 法然上人（1133—1212），日本平安末期至镰仓初期的僧人，净土宗开山祖师。

囱、承受落日阳光直射的大文字山[1]与东山、更近处的黑谷、左侧的吉田山、更高处的比叡山顶峰。

谦作心想：秋天早点到来该多好啊。他浮想着凉飕飕的早晨，自己蜷缩着身体，孤零零一个人散步的形象，从南禅寺出发，经过若王子神社，走向法然院一带。这样一想，他开始深情盼望秋季的到来。

他点燃一根香烟，站了起来，下到庭院，走过架在溪流上的一座木板小桥，来到河滩上。地面青草中挥发的乌涂的热气，在衣襟下蒸腾缭绕着，十分难闻。街里的孩子们因汗水与灰尘，脸像化了妆的歌舞伎花脸演员，他们仅穿一件坎肩，在追捕蚂蚱。谦作溜达着走往荒神桥方向。

河畔人家鳞次栉比，电灯下，对坐饮酒的人们可以看得一清二楚。

其中有一家，好像是从地方来到京都，家里有病人，是个老翁。这家人来这一带租房，去大学病院看病。四五天前，谦作察觉其家中有一个年轻护士与一个老翁夫人模样的五十多岁的女人。此刻，他有意无意地又走到这家前面，看见一个此前未见过的年轻美女，在套廊里扇着一个架着砂锅的简易炭炉。此女身材高大丰满，

① 位于京都市左京区，是东山连峰中的一山。每年8月16日的晚上，人们以松木柈在山腰燃起“送精灵之火”，呈“大”字形，故名。

可能由于正在生火，丰腴的粉腮分外显得红扑扑的。在谦作看来，如此形象给人一种健美而欣快之感，他为这个女子所深深吸引。因某种缘由，相较于往日漫不经心地见到美女时的心情，谦作更强烈地被眼前这个女子吸引，激动得心潮澎湃。这种激动与通常见到颇有姿色的女子而心生的激动不同，谦作觉得自己像一个初涉恋情的人，他不好意思再朝那边望去，被有些苦闷的幸福感缠绕着，走过这家的前面。

谦作走到荒神桥下，就折了回来。他从远处注视着那个女子。女子站在套廊里，隔着小溪，居高临下地与河滩上的人交谈。河滩上的是一个经常能见到的老妪。二人说了些什么话，谦作听不清楚。然而，二人不知说了什么，一起前仰后合大笑时，唯有年轻女子的笑声清朗地传入他的耳中。那般畅快的笑声诱得谦作心情轻松，面浮微笑。俄顷，老妪向河边走去，俨如刚出浴室，一只手拿着圆扇。而年轻女子取下砂锅的锅盖，进屋内去了。

谦作思索着，那个女子身着华装，系上束衣袖的带子，勤奋干活，大概是此日特意来帮忙。她欢欢喜喜地干活，好像从干活中找到了乐趣，俨如小姑娘在玩做饭游戏一般。

他走到这家前面时，那女子又来到了套廊。他有些拘谨，尽量以若无其事的样子走了过去。他觉得身后有人在看他，便身体拘谨，活动得很不自然。

回到旅馆后，谦作犹然神魂不定。但这依然是一种幸福的心情。他在深思，不知道自己该如何是好，不清楚这到底是怎样一种心理。确实，这不是通常的浅淡心情。

谦作思量，今天若不在那家门前再走一遍，明天那个女子或恐就不在那里了。于是，他把门口的木屐拿到院中穿上，再次来到黑暗的草丛间的小路上。这时天已完全黑了。河滩上却因纳凉的人群而热闹非凡。谦作有些羞赧地朝那个方向走去。

女子和老妪坐在套廊里纳凉，室内挂着蚊帐，蚊帐上头垂着明亮的电灯。二人比肩而坐，面朝河流的方向，电灯在其身后，看不清面孔，但正对着谦作的方向。他不太敢看那女子，女子好像刚出浴，身着因浆洗而发硬的不合体的白色浴衣，尽管如此，谦作觉得她并不难看。二人一边手摇圆扇，一边亲切地说着话。

谦作走到荒神桥下，上了桥，沿着对岸走向丸太桥，返了回来。远远望去，二人身姿俨如剪影画中的形象。

他从桥头坐上环绕东山的电车。出来乘凉的人很多，电车内拥挤不堪。谦作一直站着，车抵祇园的石阶下，他下了电车。

谦作感到自己的心从不曾这么静若止水，这么轻松自如，这么清澈豁亮，他觉得自己沉浸在幸福之中。他察觉到，如今自己纵然置身拥挤得水泄不通的电车内，自己的动作不知不觉地仍是四平八稳，无意识间举止显得高雅起来。他因此欣然自得。谦作不能不认为，自己觉得那个女子漂亮，并不仅止于一种想法，它已经沁入自己的心脾，实实在在地作用于自己的心灵与动作。由此证明，这不是那种不足为奇的浅淡心情。于是，谦作无端地想起气质高雅的骑士堂吉诃德，想起堂吉诃德的恋爱体验。他在大森读了那本书，当时感触并不深刻。但现在他发自肺腑地意识到，不应该将堂吉诃德的恋爱仅仅视为其滑稽表演的前提。不言而喻，他不愿拿杜尔西内娅·台尔·托波索[①]来与目前这个女子进行比较，但沁入堂吉诃德灵魂深处的、得到净化的恋爱，将高雅的骑士变得更高雅，更英勇。谦作认为自己奇妙地恰好与这一点相似。

对于这件事今后应该怎样发展下去，谦作并不太在意。他现在只是感受到轻松快慰，心境高雅，沉浸在如此美好的感受之中。谦作走过四条通，来到“御旅所”[②]，在新京极被熙来攘往的人群拥来挤去，他的心却

---

① 《堂吉诃德》中的角色，是骑士堂吉诃德的意中人。

② 神社的祭礼活动中，神舆由神社中抬出，巡幸途中临时停留的场所，亦称“神舆宿”或“假宫”。神的出游一般在距离神社一公里或两公里范围之内。

很平静。他从寺町一直走到丸太町，返回了旅馆。

这件事究竟如何处理为宜？谦作开始考虑此事。他下定决心，不想就这样把自己的这种心情埋葬掉了。仅仅只是同住一条街，而且两家都是暂住，所以，若不巧妙抓住这个良机，这桩婚事恐怕会被永久埋葬了。他觉得自己不可能积极创造机会，同时又觉得不可能天赐良缘。他认为自己实在无能，因而焦灼不安。他追怀往事，想起自己的一个老朋友，为了创造与女子接触的机会，故意在女子家门前将自己的自行车破坏得车轮不转了，因而将其暂存女子家。次日，他领着男仆来取自行车，一来二去，创造出了与女子交流的机会。然而自己如何创造机会？谦作认为除非偶然昏厥在女子家门前，否则，自己不可能造出那样的良机。

思来想去，总而言之，再去其门前看看吧。他走过庭院，来到河滩。套窗尚开着，电灯泡套着绿色灯罩，室内静悄悄的。去街上了吗？莫非是去送那个女子回家了？谦作有些惋怅。此外，那个女子现今尚待字闺中吗？她是否已有了意中人？心生此类疑问后，他愈发觉得心中没着没落的了。

第二章

翌日清晨，谦作起床时，东升的旭日已经悬于大文字山之上了。他盥洗完毕，女仆来打扫房间之时，他又来到河滩。草叶上还挂着露珠，凉风轻拂。望着非常明亮的宽阔大街，他犹犹豫豫，但还是厚着脸皮，鼓足勇气，朝那户人家的方向走去。他思前想后：她大概已不在这里了吧？万一尚在这里，那纯属是自己交好运了。

有个四十多岁的男子似乎每日都趁清晨凉爽出来运动。此前谦作遇见过他两三次。今晨，他一如既往，领着一个梳洗打扮完毕的漂亮小女孩，从对面走了过来。二人无忧无虑地欣赏着清晨的新鲜景物，那种悠闲自在的心情，令谦作有些羡慕。

那个女子仍如昨日那般，来到套廊里。谦作方寸大乱，脸颊发烧，失去了走上前去的勇气。然而，那个女子对他毫不关注。她呆呆地站在套廊里，手持笤帚，头裹毛巾，一副旅馆女仆打扮，全神贯注地望着那个漂亮的小女孩。这对谦作可谓是幸运。但是那女子的粉腮上失去了昨日的美丽，令他感到多少有点失望。正当他尽量自控，不让失望情绪继续发展下去之际，那个女子似乎忽然察觉谦作在看着自己，神情陡变，粉面变得绯红美艳，像故意躲着谦作似的，急急慌慌走进了室内。随之，他也心慌意乱起来。他觉得那个女子的举动极美，给自己留下了好感。他思忖，那个女子肯定不是个傻瓜。

今天，他不去找出租房了，打算在博物馆里度过上午。博物馆里很凉快，而且他推测第一次来看到的文物现已撤掉，已经换上新的陈列品了。于是谦作返回旅馆，用罢早餐，即刻乘电车奔向博物馆。

博物馆里一如既往，寂静无声。尤其此日，分外肃静。参观者除了谦作，看不见第二个人的身影。

如此寂无人声，倒令谦作的心情难以平静了。一个身穿制服的监视人员，神情倦怠，背着手，故意用鞋底走出“咯噔，咯噔”的响声凝视着鞋尖走了过来。那“咯噔，咯噔”的响声传到高高的天棚，形成反响，如此寂静愈发令人感到慵倦而空虚。谦作觉得连挂在这里的古老名画都怪异地默默从周围凝视着自己。他对博物馆难以感到亲切，遂以冷漠的心情快步浏览着一幅幅古画。忽然，谦作来到如拙的《葫芦鲇鱼图》[①]前面。由于平时就对这幅画颇感亲切，短暂欣赏之间，得益于这幅画，他的心境逐渐安定平静下来。谦作感到这幅画在向他诉说着什么。

中国画家的绘画中，南画[②]风格的松树令谦作为之心折。随着心境变得悠然自得，萌出赏画兴致后，吕纪[③]的虎以及也是中国画家画的鹰与金鸡的大型双幅花鸟图，强烈吸引了他。他认为泉涌寺展出的《律宗三祖像》的面相，画得远不及日前看到的二尊院肖像画，但搭在法椅上的布与袈裟等画得很美，令他佩服。总而言之，谦作接触这一类东西时，精神状态会受到极大影响。“乘兴”这种心态，往往用于表达主动的意思，但在谦作身上，存在被动意味的“乘兴”与“不乘兴”，二者内涵相异甚大。在接触博物馆美术品时，谦作显著地感受到了这一点。今日在博物馆，一开始他莫名其妙地感到心里空虚，注意力无法集中，丝毫无“兴”可乘。但他察觉到如此心境逐渐变好后，发现雕刻类文物中有广隆寺

---

① 如拙（生卒年不详），室町时代京都相国寺画僧，他学习宋元画，开拓了日本水墨画。《葫芦鲇鱼图》画的是一个农夫手拿葫芦抓鲇鱼，刻画出一种平安寂静的氛围，今珍藏于京都妙心寺退藏院，是日本国宝。

② 又称“南宗画”，由中国元代“四大家”黄公望、倪瓒、吴镇、王蒙形成的绘画风格，以笔致柔和的淡彩山水画为特色。

③ 吕纪（生卒年不详），中国明代画家，以花鸟画著称。

的“弥勒思维像”。四五日前，谦作去太秦[1]看过弥勒思维像，而后又风闻在博物馆展出，于此处再度细赏，发现了此前看漏了的地方。

谦作感到有点累了，便随心所欲走出了博物馆。他从西大谷旁侧走去，穿过鸟边山，奔向清水寺的音羽泷。坐在距水颇近的小凳上，他要了冷饮。谦作一边让疲惫的身体休息一下，一边用东京人的审美眼光，看着穿着华美服装的京都年轻人。

他突然想起高台寺中有出租房的消息。休息片刻后，他奔向该处。出租房是一栋二层建筑，分为两家，房子挺不错的，上街也很方便，他觉得称心如意。但因筋疲力尽，打怵去找房东，便径直来到八坂神社，经过四条通，返回了旅馆。

过了四条的桥，在插入河中的一块小陆地上，有一家廉价西餐馆。谦作走了进去。反正是个无风之日，他尽量选择远离阳光的空桌，坐了下来。他最想要的还是饮料。谦作侧坐着椅子，回头一看，因客多拥挤，女仆迟迟不来。

他忽然发现与自己相隔三四个餐桌的那边，一个男人繁忙地活动着刀叉，正在进餐。他举起餐刀高喊：

① 位于京都市右京区，是真言宗派梵刹广隆寺的别称。

“喂！来个焖肉。听明白了吗？”谦作定睛一看，竟然是高井。

谦作拿起麦秆草帽，站了起来。

“喂。”说完，谦作撞了一下高井的肩膀。

高井有些丈二和尚摸不着头脑，回头瞪大了眼睛，马上说道：“噢！”

高井站起身来。

“真是巧啊！”

“确实啊。”高井满心欢喜地说道。

二人已经正好两年没见面了。当年谦作与五六个朋友打算创办同人杂志，高井也是其中一人。他是西洋画画家，承担杂志的装帧，还打算发表诗与“短歌”[①]，但因资金拮据，同人杂志的创办被迫推迟。听说之后不久，高井因胃疾引发较严重的神经衰弱，住进神户的卫生院，靠水疗法疗疾。住了近 年院后，几乎痊愈，他便回到但马[②]地方的老家了。

“最近你住在京都吗？”

“非也，我住在奈良。从今春开始，我一直住在奈良。和谁也没联系，久疏问候。你何时来京都的？”

---

① 日本特色诗的一种，相对于“长歌”而言，通常共三十一音，分为五句，即“五、七、五、七、七”。

② 山阴道八古国之一，位于今兵库县北部，亦称“但州”。

谦作对高井讲了自己打算寓居京都的事。

高井劝谦作来自己居住的奈良寓居为佳。

“奈良也不错，但我还是想暂时住在京都。”谦作这样说道。他想将自己的问题都讲给高井听，和他商量一番。

过了一会儿，二人走出西餐馆，联袂回到东三本木的旅馆。于是，谦作将日前以来的事情较为详细地讲给了高井听。

“你真是一个认真的人啊。”对二十多岁的青年谦作纯真浪漫的感情，高井有点感到意外。

“我的心情是纯粹诚实的。至于今后如何进展，现在我心里也没数。如果此事就这样撂下了，根据以往经验，很可能又稀里糊涂不了了之。但我很不希望弄成这样的结局。”

“要积极地运作。调查好她是怎样一个人，然后派某个人去求婚。”

“如果能这般干脆利落地运作，我真是求之不得，然而……”

“找个人帮忙。”

“嗯。”

“我若力所能及，很愿意帮忙干好这件事。但我这一介书生模样，对方大概不会相信我吧。”

“你如果能帮忙，我自然喜不自胜。”

“是吗……我能胜任吗？如果能胜任，我倒挺愿意的。”高井眉头一皱，计上心来，“那栋房子里还有多余房间吧？我如果能租一间住进去……大致可以了解那女子人品如何……你如果赞成，这样运作倒也不失为一种手段。”

谦作完全赞成，但同时又心生顾虑：“如此这般运作进程中，会不会在某一环节上意外出现问题？”最近一遇到事与愿违的情况，谦作就即刻认为这是自己的命运。这种反省充分反映了他古怪的倾向于心虚气馁的性格。这一点将谦作引入了双重黑暗心绪中。然而，他的另一颗心在极力反抗前一种消极情绪，力求让自己摆脱如此情绪。

“现在那个女子在家吗？”高井问道。

“不清楚……”谦作微笑着回答，接着轻松地说道，“咱俩去看看啊？”

“我一个人去看看再说吧。这样比较稳妥。”

谦作对高井详述了女子住处的具体位置。高井立即穿过庭院，朝河滩路走去。高井装作若无其事地走过去，假装无意地用眼睛搜寻女子住处的样子，从身后看去，令谦作感到极为滑稽。不过，此事若运作得畅通无阻，高井滑稽的背影，其意义绝非可一笑了之，谦作这样深思着。他还认为，对待这桩婚事，必须将自己的出生秘密毫不隐瞒地告诉女方，先让女方有心理准备……

不久，高井笑容满面返回来了。

“我没找到女子的住处。”他这样说道，摇着头。

“好愚蠢啊！”谦作笑了，“不可能那么难找，咱俩一起去吧。”

“反正百余米范围内，那样的女子，一个也没有啊。”

“如此说来，她很可能此刻不在家。总而言之，咱俩去看看。”

谦作趿拉着木屐，戴上帽子，来到闷热的户外。

“就是那个挂着朝鲜帘子的人家。”

“啊，是吗？”

“那个女子分明在家啊。”

“是哪一个？”

“就是坐着的那一个呀。”谦作这次面朝叡山[①]方向，对高井说道。

“我明白了。”

落后一步的高井从谦作背后问道：“从大街上看，也能分辨出是哪一家吗？”

“咱们回去的时候再看吧。”谦作一边这样说着一

① 比叡山的简称。

边回头。他选了一栋三层楼结构的房子为标记，第二栋、第三栋、第四栋，心中暗暗记住。

二人从荒神桥头来到大街上。谦作察觉到自己的情绪快活到了滑稽可笑的程度。仅仅窥见那个女子的一星半点形象，自己的心情竟然发生如此巨变，他觉得这样的自己既滑稽，又很幸福。这件事如果运作顺畅，他心想事成，那么，他会开始过上前所未有且名副其实的新生活。事实上，迄今为止，一切都隐藏在黑暗中，因此导致可怕的霉菌繁殖起来。今后，将一切都拿到光明之处，接受阳光的照射，杀绝霉菌。唯有这样，自己才会开始过上吻合自己身份的不折不扣的新生活。

“我想起一件事。”谦作看了一眼比肩并行的高井，说道，“你离开奈良，没什么大碍吧？”

“是的，没什么大碍。”

“你在奈良正在画什么吧？”

“在作画，但再过两三天就完事了。再说了，京都也有我想画的地方。所以，你不必担心我方不方便。”

而后，二人行至梵刹的土墙边，向左拐，进入狭窄的东三本木街道。向前略行，谦作发现了作为标记的那栋三层楼结构的房子，据此而数，马上就找到了女子的住处。

“你先回去吧。”高井劝道。

“你现在就进去吗？”谦作觉得高井太性急了，有些吃惊。

“这种事，不要磨磨蹭蹭的好。”高井不假思索地回答。然而，谦作虽无明确理由，却有些忧惧不安。

“哎呀，你回去等着吧！”高井简略说罢，便打开格子门，呼呼地疾步走在胡同的石板路上。

谦作独自返回旅馆，途中他追思往事，想起在上野公园里，一个衣着邋遢的大学生目睹一个姿色秀丽艳如桃李的小姐坐着人力车从身边过去，立即紧追不舍。人力车进入宅院，大学生随之一同进去，请求面见主人，当场求婚，最后顺利喜结鸾俦。这段浪漫佳话是谦作从该大学生的朋友、一位国语教师那里听来的，他认为此事可能是真的。当时谦作听到此事，虽然笑不可抑，却无端地对那个大学生的做法感到不快。原因之一，仅据此一件事，并不能真正感受到大学生的直率程度；原因之二，根据大学生的行为情趣说来，谦作厌恶他那种出人意表的举动，同时也讨厌对如此举动感兴趣的人。然而，对如今高井的做法，谦作并不担心会产生与前述相同的不快，于是，他心安神泰地回到了旅馆。

回来之后，谦作立即进浴室，用凉水擦身。此时，高井苦笑着归来，说道：“被对方拒绝了。说是没有闲置的房间，这是真是假，不得而知。”

谦作也随之发出了苦笑，但并未大失所望。

“也许是真的。若是这样，可以求旅馆女掌柜再去给打听一下。”谦作说道。

“所言极是。一开始就这么办也许会更好些……总之，求女掌柜再给打听一下吧。”

“好，咱们就这么干。”

二人进入客房，女掌柜即刻端来了茶具。

“这附近有座叫东三楼的，就是在旅馆那边的那一家吧？”高井立刻问女掌柜。

“是的。”女掌柜一边沏茶一边回答。

“东三楼出租提供膳食的房间吗？”

“哎。听说常有去大学医院或者市立医院治病的病人住在那里。”

“刚才，我去打听一下有无空闲房间……”

“是吗？”

“人家回绝说没有房间了。不知道是因为我初次去，冒冒失失的才被回绝了呢，还是确实没有房间。如果能求您给打听出个实底，那可太好了。”

“我马上去给您打听一下。我与那家原来的主人相处极好，但前年换了住户，交情较浅。我们家送外卖的人也进出那一家，我让送外卖的人给问一下。”

说完，女掌柜就站起来走了。紧接着她手拿一封信送来，解释道："真是太对不起了。这封华翰[1]是中午前后送来的，我却忘记了。"她将信递给了谦作。这是镰仓的信行寄来的，沉甸甸的，写有要事。

① 敬辞，称对方的书信。

第三章

信行的来信内容如下：

久疏联系，想必你还是朝气蓬勃的。读了你日前的来信，我感到欣慰。你对京都甚感满意，这是再好不过的事了。找到可心的出租房没？从现在开始，时节越来越好，你一定会很快乐的。我认为你找到房子后，肯定能回来一趟，但在你回来之前，有件事需要让你考虑一下，受阿荣委托，我给你写了这封信。

事情是这样的，前天阿荣来信说有事商量，让我回京时去她那里一趟，昨天我去了。

你也大概知道，阿荣有个名叫“阿才”的表妹，最近来到了大森。关于阿才此前的身世，阿荣不太愿意提及，但据我观察，好像曾沦为烟花女子。目前阿才具体在干什么，我也不清楚。风闻是在中国天津开餐馆。我想，纵然叫作餐馆，其性质也肯定与东京一带的普通餐馆大异其趣。

关于阿荣与你的关系，她说，本来的打算是，等你娶上称心如意的美妻成家，诸事妥当后，她再退出这个家庭。然而事到如今，因本乡的父亲另有盘算，阿荣说自己很困惑，不知如何是好。一说出这些事，也许又会破坏你的情绪，但作为阿荣，她的如此想法确实有其道理。

现在，睽别十载后，那个名曰阿才的女人回来了，听说她提出，如果可能，希望阿荣能帮她一把。不消说，并非仅仅帮忙，我认为主要是为了让阿荣出钱。怎奈阿荣对此事颇感兴趣。阿荣虽然说出了自己的想法，但对此前曾提及的从本乡的家里领取金钱的事，她不感兴趣，毫未将其放在心上。以故，阿荣说，你我如果赞成她的打算，所幸你眼下又想移居京都，她准备将目前的房子退掉，带上自己的一千几百日元存款，与阿才一起去天津。简约说来，这是此信主旨。

总之，我打算等你回京后，再述详情。回京之前，望你也深思熟虑一下这件事情。阿才到底是个什么样的人？她打算与阿荣在一起具体干什么工作？这些事近期我想打听清楚。

钱的事，我正在考虑。这件事你尽量让我来办理吧。

你何时回京？回来时如果能顺便来镰仓，那可太好了。再见。

谦作读着信，略生出异常的感觉。阿荣去天津经营餐馆，他觉得此事非常突然，非常离谱，同时又认为阿荣很有可能会动真格的。然而，那个阿才到底是个什么样的女人呢？如果被她骗了，那可真是愚蠢至极啊。

总之，信中所写的内容令谦作无法生出太好的心情。自己与阿荣的关系今后会如何改变？他心中没数。但这样一来，二人分别，相距遥远，失去交流，最终将成为互不了解的路人——谦作深思此事，怅怅不堪。然而，他又能奈何呢？他心中也没有答案。

女掌柜进来了，回答说东三楼确实没有空房间了。她说："东三楼的答复是，住在正面的老年病人再过二十天就该回家了。到时候那个房间就空出来了。"

"谢谢！"高井说道，"若是这样，那真是无可奈何了。"

女掌柜回去了。

"但是，如此打听一下真是太对了！"谦作说道，"得知那位老者还能住二十天，这也是一个收获。”

“是的。在他回乡之前，可想方设法找个门路。”高井说道。

“是否让家兄来呀？家兄刚来信，他要与我商量家事。我若回京，或许能较早见面，但那样一来，这边的婚事必定会令我挂虑得心绪不宁。”

“嗯。也许让令兄来为宜。就这么定了吧。令兄随时可来吗？”

“我觉得大概是随时可来的。”

“那个女子家住哪里？与老者是何种关系？这些事须尽早弄清楚为好。”

“难道她是老者的女儿？”

“不好说啊。”

“难道是老者的侄女？”

二人一齐笑了。

“观察力如果这般迟钝，什么事也干不成啊。”高井说道。

“我眼睛都看得发晕了，失去了判断力——但肯定不是老者的女儿。”谦作说道。

“你若给令兄写信，无所顾忌地实话实写吧！我去五条买点东西。”说完，高井走出了旅馆。

其后，谦作开始写信。写阿荣的事，又写自己的事，如此一来，信写得很长。谦作认为反正最近能与信行会面，不必细写详情，可是一写起来还是跟随惯性，事无巨细地写了好多。他坐累了，便站起来，去委托人将信寄出。夕阳从两家之间的狭窄胡同中照射下来，总是昏暗的走廊地板都被晒得发烫了。

片刻过后，谦作入浴。出来后，又像昨天那样，他手拿圆扇，坐了下来。高井一脸正经，疾步从远处荒神桥方向归来的形象，映入了谦作的视野。当高井走到那房子前方时，径直望着房里。不一会儿，高井走过一枚桥，笑容满面回来了。

“这次看得非常清楚。”

“是吗？你这一次恐怕比我看了多次还清楚。”

“那个女子俨然是《鸟毛立女屏风》[①]上的美人。”突然，高井这样说道。这个评价比较恰当精准。谦作认为这是令自己感到心满意足的评价。

“啊，是吗？”谦作一边说着，一边觉得自己面红耳热。

高井进浴室洗澡了。其间，谦作又来到河滩上。他

---

① 天平胜宝八年（756）献给奈良东大寺的、第四十五代天皇圣武天皇的遗物。《鸟毛立女屏风》是一架六扇屏风，每扇上画一位唐装丰腴美女。原初画面上贴着鸟的羽毛，今已几乎脱落净尽，仅存的几根羽毛经化验证明是日本特有的雉科山雀毛。

不打算向前走了，而是从远处若无其事地凝视那户人家，看见那个女子的身姿时常展现。

当天晚上，二人去新京极看电影。看的是将《仲夏夜之梦》现代化了的德国故事片，二人觉得这部电影趣味盎然。之后，二人很晚才回到东三本木的旅馆。

第四章

第三天，黎明时分，非常难得地下起雨来，清晨凉爽宜人。每天早晨旭日照射套窗，谦作无法睡懒觉。此日，他得以酣畅淋漓地睡了懒觉。随后，坐夜车的信行抵达了旅馆。

“喂，我还没吃早饭呢。能否让旅馆给准备一份？”见面寒暄之前，信行先这样说道。

通常，谦作醒来时总是郁郁不乐。但由于昨宵酣然入梦，一夜睡眠充足，所以这天他才能比较愉快地欢迎信行的到来。

片刻过后，二人一边望着烟雨茫茫的河滩景色，一边共进早餐。

“我把你的事告诉了阿荣，她高兴得很，反复对我说：‘希望此事务必让你如愿以偿！’对这件事我也感到高兴，非常愿意办好。”

信行接着又说道："那么，我先说一说阿荣的事。她的计划究竟对她是否真的有益，我心里很不清楚。阿荣这个人原来就喜欢那种氛围，与其他正规艰难的商业活动相比，阿荣对那种行当好像有些自信。但我认为干这个行业，未来很不可靠。尽管如此，我若不赞成阿荣的想法，又想不出其他良策。这样一来，我就不能一味持否定态度。此外，我又觉得，阿荣这样做，也许会有意料之外的成功。再加上阿荣自己被阿才劝得心动了，对这一行当非常有兴致，这种情况下，我俩若表示反对，阿荣大概会打消此念，但她也肯定会大失所望。以故，我的想法是让阿荣完全随她自己的意愿去干。也就是说给阿荣最大自由。如果最终她未能成功，我们可以再想方设法帮助她。一言以蔽之，关于金钱问题，即阿荣从本乡的家里领取的钱与你给的钱合二为一，由我或你替她保管着。你看这样做合不合适？"

"阿荣究竟想干什么行业呢？"

"那个行业，我们实在无法认同。阿才这个女人在天津开了一家餐馆，据说饭馆里有艺伎，不言而喻，说是艺伎，其实是既卖艺又卖身。迄今为止，饭馆与色情服务统归阿才一人掌管，实在忙不过来。听说阿才打算今后让阿荣负责艺伎方面的所有业务。用京都大阪的话说，就是类似‘置屋’[1]那样的行业。这个行业不与餐馆分开，合一经营，资本分开单立，就是这样的经营方式。”

经信行这么一说，谦作大致了解了阿荣将来所要从事的行业的性质。

“这不是非常下流的行当吗？”谦作说道。

“所以，我难以赞同。但是，如果开个香烟店或妇女用品店，若在东京，且不说房租，光是室内装修设备费就非常高。仅此一项，就会导致再无分文进货资金了。”

“关于这样的事，具体意见我一点也提不出来。但我觉得品位再高一点的生意，好像还是可以找到的。”

“总而言之，阿荣毕竟是个从事过‘凉水买卖’[2]的人，还是有些老经验。因此，她的想法无论如何总是自然而然地倾向于这个方面。还有，阿才的为人如何？她如果是个可以信赖的人，一切都可听她调遣。关键是对这一点我们并不清楚，以故，我认为我们应该留有后手，有备无患。”

“我不明白这方面的事。如果还有别的生意可做，不消说，我赞成找其他生意做。若此外再无可做的生意，那就无可奈何了。阿荣如果突然觉得自己没有必要做那

---

① 即艺伎或卖春妇介绍所。

② 指盛衰变化激烈的行业，主要指召妓娱乐的酒馆、青楼、餐馆、歌舞厅等。

种生意，今后再与我同住两三年，完全没有问题。也许是我略生感伤情绪，就这样与阿荣分别，我总觉得是一件憾事。”

“噢……”

“对父亲的顾虑，写在此前给你的信中。我如果结婚，这个顾虑也就不成问题了……”

“嗯，说来……如果你与阿荣延迟两三年之后分别，我认为还是不如目前立刻分道扬镳为好。分别是令人伤感的事，但干什么都有个时机。有的事抓住时机就能运作顺利，错过时机则无法运作了。”

“你指的是从本乡的家领钱的事吗？”谦作推测信行最后定会提及此事。他感到滑稽可笑，同时又多少带有焦躁的心情，赤裸裸地这样说道。

“此事也是其中之一。”没想到信行以一本正经的严肃神情回答，“因此，如我在信中写的那样，一切由我运作，你就尽可能不要介入。你有带‘强迫症’倾向的洁癖，总觉得一谈到钱，自己形象就会受到损害。这种思维比贪得无厌好，但不是聪明的思维。”

“我哪里有这种癖习？”

“这一点倒无所谓。怎么样？我刚才说的，你到底是赞成，还是不赞成？”

“你指的是一切按阿荣说的办这件事吗？”

“正是。”

“这个嘛……不能赞成，却又无可奈何。若说赞成，那也是极不情愿的违心赞成。”

“是吗？哎，这样不也挺好吗？阿荣如果将来出现蹉跌，到那时，我们还可以设法帮助她……”

“不知阿荣何时动身？”

“此事如果决定下来了，尽快动身为佳。阿荣希望尽量与阿才同行，阿才马上就要启程了。总之，我们若不反对，就尽快将这种态度告诉阿荣为宜。过一会儿，给她拍个电报吧。”

“……”

“接下来，谈你的事。读信得知你大致的意思，那个女子眼下还在京都吗？”

“还在吧。如果频繁地在人家门前走来走去，显得太怪异，我心里略存顾虑。有时能看见那女子，有时看不见。”

“高井君从那次以后再没去吗？”

“是的。”

“你知道山崎这个人吧？就是读高中时的那个球队运动员。”

“不认识。”

“是我那个年级的，但他在准备升医科的班。我和他住同一座‘寮’[1]，关系比较亲密。山崎如今就职于京都的这所大学医院，在哪一科我不知道。我去求山崎。我想，通过医院多少能找到门路。”

谦作默默点头。他似乎觉得，一件事运作顺畅，便能一顺百顺，这次婚事也能顺畅吧……但他很难相信自己会时运亨通，他半信半疑，而且心情更强烈地偏于“疑”的一侧，否则，他的心无法安定下来。这是谦作习惯性的心态。

“如果此事我没办好，我再去求石本来试一试。”

信行之所以这样说，是因为石本乃公卿[2]华族，在京都找门路多有方便条件。

“在你如此策划之时，人家早已从京都返回家乡了。”谦作说道。

“说什么呢？根据女方家乡情况，有时通过其家乡，更容易找到门路——这暂且不谈，今天怎么办？你有什么预定计划吗？”

“没有……”

---

① 明治维新后，学校或公司、商店为学生或员工设立的共同宿舍，又称“寄宿寮”。

② 公卿是侍奉天皇朝廷的官吏。尤其自建久三年（1192）武士政权诞生后，相对于侍奉武士政权的官吏“武家”“武家众”，前者称“公家”“公家众”。

“那么，怎么办？是我马上去拜访山崎，还是今天暂且休息，咱俩去品赏京都的什么美味佳肴？”

“怎么都行。”

“还是早一天拜访山崎为宜吧。”

“怎么都行。”

“那么，还是我先去拜访山崎吧，然后晚上咱们一同去什么地方吃大餐。”

“好的。那么，就拜托你了。”

第五章

谦作的婚事顺畅得简直出人意料。信行学生时代的朋友山崎是医学士，恰好担任给老人疗疾的医学博士的助手。各种事情很快就落实得一清二楚。

那个女子是老人的外甥女，是敦贺郊区富贵人家的女儿。她来京都是为了看望老人，顺便购买冬季服装及其他物品。

谦作还有一件幸事，就是将老人介绍给医学博士的市议会议员 S，明治维新前碰巧是石本家的旧臣。在东三本木的旅馆，山崎无意中提及 S 时，旅馆女掌柜说道："提起那位先生，他可是石本家当年的旧臣啊……"因此，他们得知了 S 与石本家的关系。

总之，运作这桩婚事，不宜慢条斯理。于是为了尽早见到石本，信行立即返回东京。信行真心实意地为谦作的婚事东奔西走，令谦作心怀由衷的感谢。关于石本，此前谦作曾对他说过，自己的婚事不劳他们操心。他还说石本这么婆婆妈妈的，令自己感到不快。可是未过一载，婚事最后还必须依赖石本的关照。对此，谦作觉得挺有意思且耐人寻味。他揣摩石本如今或许这样思忖：“你看！当时你态度傲慢说大话，到头来，还得向我低头求助吧？”谦作转念一想，石本若愿意那么想，也是可以的，石本终归也会像信行那样，为自己的婚事意外地来得如此之快而欣喜。尤其是无巧不成书，说过大话的谦作到了关键时刻还得求石本，石本或恐为此而喜不自胜。因是，谦作岂止毫无龃龉不合的想法，反倒甚感欣慰。因为按谦作的想象，此事本来应该求助于石本以外的人，孰料事出偶然，最后竟然变成了求助于石本。

谦作认为自己并非不幸的人。自己是个不折不扣的任性的人，凡事皆要按自己的想法去办，而别人都宽容了自己。自己也许因自身境遇而受到伤害，但自己受到的并非全是伤害，更多的是感受到了来自人们的爱。谦作如此反思着。

谦作一如既往地进行佛寺巡礼，因而时常走河滩路进出旅馆。他又开始找出租房，在南禅寺北坊发现了一所草葺屋顶的独门独院出租房，比先日在高台寺看的那所房子更令人感觉住着会心情愉快。作为一人独居的住宅，这所房子再好不过了。谦作觉得成家后如果继续住此房子会略显逼仄，但远虑未来结婚，眼下就先住进宽敞大房子，这样做则略显怪异。这所房子并非为出租而建，尤令谦作感到十分称心如意，于是他决定租下此房。

两三天后，石本来到京都。石本没开令谦作感到厌烦尴尬的玩笑，这一点令谦作感到谢天谢地。当谈及实质性话题时，石本开门见山，这样提议："不言而喻，对方的事需要刨根问底打听清楚，我方的事，也应当尽量详细告诉对方，这样做为好。"

"就拜托你这样办！"谦作听石本提到"我方的事"，石本究竟会将我方的事告诉到何种程度，这令谦作感到不安。他认为石本大概是"竹筒倒豆子"一般告诉对方。他最近才知道自己出生的秘密，但他怀疑石本早就知道了此事。于是，谦作问道："也就是说，连我的出生秘密也告诉对方吗？"他说此话的本意，实际上就是"不消说，此事必须告诉对方，不然的话……"然而，石本将这句话的意思理解反了，认为谦作在说无底气的话："就连我的出生秘密也要告诉人家吗？"因此，石本表情略现不悦。他絮絮叨叨地说，出生秘密不可隐瞒，必须一五一十说出来。

谦作感到颇为意外。但此刻他纵然补充说"当然，我说的就是这个意思"，"我的初衷就是这么打算的"，连他自己听起来都感觉像马后炮了，故而感到不快。最后，谦作还是听完了石本的长篇大论。他虽然感到多少有些焦躁，但心想此后自己对信行说明，石本自然也就会明白了。谦作与石本心情的错位，就这样最终未加解释地留存了下来。

应该坦白出生秘密一事，谦作此前未向信行直言不讳地表明，导致石本误解了谦作的话。谦作虽然频思应当坦白此事，但始终未将这种想法说出来，他觉得自己先谈这件事，显得过于我行我素，故而未阐明本意。谦作这样做，实际上非常合乎他特色的洁癖性格。以故，他半无意识半有意识地没表明本意。信行、石本、阿荣三人在大森的家中谈论谦作出生秘密一事之际，阿荣最反对向女方说出此事，反对的理由简单而明确。然而，石本首先主张无论如何也必须先说出此事，否则，自己就不参与这场婚事运作。石本的理由也很明确。不消说，石本的理由与谦作的想法不谋而合。石本好像心怀疑问："谦作为何不将如何处理出生秘密一事首先对信行讲清楚？"因为谦作没对信行讲清楚，才导致石本误解了谦作说的话。所幸谦作对此不甚介意，此事也就这样过去了。

石本栖身麸屋町一家熟悉的旅馆，他说两点要在旅馆与 S 碰头，因此不久便回去了。

谦作认为将自己的出生秘密告诉对方的方法之一，

就是写一篇自传体小说。然而这个计划以这部长篇小说的序词《主人公的追忆》发表后，小说就中止了。谦作觉得,《主人公的追忆》这一部分有强求对方怜悯自己之嫌，便未给对方看。后来谦作听说，石本将谦作从尾道写给信行的关于出生秘密的第一封信带到了京都，将信中涉及阿荣的部分删掉后，给对方看了。

关于阿荣的事，谦作虽然认为也应告诉对方，但说出此事，会令谦作苦不堪言。这其中的缘由，谦作自己也不清楚。他几乎觉得现在说出关于阿荣的事，对那个美人是一种冒渎。石本也不打算向对方提及阿荣的事，谦作认为此事留待将来适当时机再说为宜，便决定暂且不谈。

日暮之前，谦作去附近的两三家旧书店逛了一圈。走河滩路返回旅馆一看，石本的信使拿着信在等候他。信中写道："如果方便，希望你今晚与S见面。坐派去的这台人力车，立即过来为好。"谦作当即坐着人力车出发了。

石本独自一人在等待着谦作。

"那个女子的详细情况还不清楚。但打听到了大概。"石本解释道。据石本的话，了解了如下一些情况：那个老人是明治三十年代[①]的众议院议员，与S同属一

① 即1897年至1906年。

个政党，由于这一层关系，二人很早就相识；那个女子是老人胞妹的千金，两年前毕业于敦贺女子高中，这次来京都是预备出阁嫁妆，顺便买些衣裳。

石本说，当天晚上，S要领着他俩去什么地方的一家餐馆就餐，并解释说这并没什么特别的用意。

俄顷，S前来邀请他俩。S五十多岁，身形细瘦，前额处开始谢顶，稀疏的头发一根一根并列着，从耳朵上方朝一个方向梳拢得干净利索。S称石本为“道隆”，不时称石本“道先生，道先生”。

他们决定吃“鼋鱼料理”，于是三人走出旅馆，从某处开始坐电车，奔往北野方向。

从电车大街钻入寂静冷清的胡同，走过一侧佛寺土墙尽头，胡同的尽头就是鼋鱼餐馆。门前挂着铁丝网罩的小灯笼。三人钻过低矮屋檐，过土间[①]，有一个门框闪着黑色光泽的房间。从此处有楼梯直通二楼。楼梯宛如净琉璃《冥途的邮差》中卷《撕开封条》里的主人公忠兵卫[②]跑下的那种楼梯，恐怕已有几百年的历史，黑光闪闪，上侧的两三级楼梯遭到虫蚀，遍布小窟窿眼，也未修补。这肯定也是一个看点，谦作认为这种风格挺好。

---

① 建筑物内没铺地板、露出土地的部分，通常在进门处。

② 近松门左卫门创作的《冥途的邮差》中的主人公忠兵卫，爱上烟花女子梅川，由于缺少填烟花寨的金银，于是撕开了别人黄金的封条。

鼋鱼味道鲜美。谦作听一个住在北野的一座公馆、家有池塘的人说过，往昔这家鼋鱼餐馆的人常去他家池塘捉蛤蟆。谦作一边吃鼋鱼一边想：现在肯定不干那种事了。

三人并没围绕谦作的婚事交谈。S不忘当年与石本家的主仆关系，与石本以主仆尊卑关系的口气交谈，以谦作所处的位置，如果插嘴，会搅扰谈话的秩序。S讲话时，对石本和对谦作不便区别使用敬语，语言表达对二人皆甚恭敬。谦作也想使用S的语言表达对待石本与S，但总觉得别别扭扭的。因此，他尽量不插嘴，少说话。尽管如此，石本却总想把谦作拽入谈话中。

"这样一来，你也找到了房子，最近搬过来吗？"石本这样问道。

当夜，与S分别后，谦作与石本散着步，走往圆山方向。

"我后天有事，明天坐夜车回东京。"石本说道，"根据S的回音，我打算一周或十天后再来。这件事没有什么需要你直接处理，你随时回东京都行。"

"……"

"一切都委托S处理。S说大概会顺利办妥。但你也不要认为十拿九稳，否则，一旦未办成，你必会大失所望……"

“我明天回东京，坐明天的快车回去。”谦作突然说道。

“这样一来，咱俩同行吧。”

“好的。”

这样定下归程同行之事后，二人暂别，各自返回了自己的旅馆。

第六章

谦作与石本在横滨分别，在此地换车，抵达大森的时候已是夕暮时分。路径惯熟，他手提一个小皮包，步行回家。

阿荣三步并作两步来到门口。开口第一句话就是对谦作的这次婚事表示恭喜。她笑逐颜开，好像婚事已经定下来了似的。

名曰阿才的那个女人恰好去了东京，不在家中。暌离日久后的谦作与阿荣又可同桌相对，共进晚餐。

“那个姑娘是个什么样的人啊？”

“什么样的？”

“用我们都熟悉的人来比喻，她像谁啊？”

“这样啊，用我们都熟悉的人来比喻，我一时想不起来她像谁。高井说，她像《鸟毛立女屏风》上的美女。”

为此，谦作特意从二楼拿下来《东洋美术史稿》一书。《鸟毛立女屏风》中出现数幅美女画，偏巧收入此书中的美女图不太像那位女子。

“与这位美女不一样，总之，比她更漂亮。”

“哎哟，真是太了不得了。”

二人如此围绕婚事谈得十分融洽，而关于阿荣的事，不知何故二人皆未提及。到了总不提及阿荣的事导致氛围变得很不自然的时候，阿荣终于开口了。

“……那个，你和信行都赞成我的决定，我也就真正地放心了。”阿荣说道。

阿荣这么一说，倒叫谦作感到为难了。信行传达的话并非谎言，但谦作知道自己对阿荣之事的本意没被传达给阿荣。对信行的如此用意，谦作有些讨厌。

“那个……我不知信行都怎么说的，说句心里话，对此事我不太赞成。因为不能说不赞成，所以便赞成了。实际上，我实在是迫不得已才赞成的。”

闻听此言，阿荣流露出有些意外的神情。

“就算我的婚事进展顺利如意，但自家的事还需你再照管两三年啊。最好能是这样。”

“是吗？如果是这样，那现在和你分开，我会很痛苦。但我觉得这实在是没有办法啊。再说了，我这么说也许不恰当，但我还是觉得你那个本乡的父亲很可怕。最近越发感到可怕。自从你令他怒不可遏的那件事发生后，我就躲避着没去见他。尽管如此，我还是觉得自己一直被他那双可怕的眼睛紧紧盯着，叫我没有办法。”

“不可能是这样的，那是你的精神作用。你一定是身体什么地方出了毛病。”

“哎，或许正是因为如此吧。”

“肯定是。首先，你没有任何必要害怕我本乡的父亲。他那是冲我来的，是父亲与我的问题，与你无关。”

“话可不能这么说呀。你爷爷健在时，我就遭到你父亲的厌嫌。”

“尽管如此，也没啥了不起的。比这更要紧的是健康问题。身体欠佳，找医生诊治才是。否则，一切无从谈起。总之，你去中国的事，应当三思而后行才好。”

事到如今，谦作提出反对阿荣计划的意见，令阿荣深感困惑。她以发牢骚的口气对谦作说：“你之前表示赞成此事，我已把你的态度告诉了阿才，因此阿才现在为准备行装，去了东京。”

谦作原本没想这么表态，可是一开口就说到了这种地步，他有点后悔了。还有，为何说出这一番话，就连谦作自己也有点闹不明白。究竟是为了阿荣而说的，还是为了自己而说的？如此一深思，谦作察觉之所以因要分别而对阿荣怀有怪异的留恋，是因为自己的心情，活像个无聊撒娇磨人的任性孩子的心情。谦作对阿荣也有不满，他认为作为阿荣，理当对自己也有些依恋难舍。未见面时没明显流露出的如此心情，一旦见面后，谦作突然全都倾泻出来了。

然而，谦作觉得这不是好事。他认为不可让幼稚的任性随意支配自己。于是，谦作对阿荣说了些含糊其词的絮语，旨在要取消适才自己说的那些话。

阿才抱着一个大包袱，坐着人力车回来了。她身材瘦高，神情阴险，相貌远比谦作预想的老相，初次见面，就给谦作留下了不快的印象。

“这一位，是谦先生吗？”她看着阿荣问道，“我是阿才，初次见面。”说完，她轻佻地施礼，举止与年龄很不相称。

阿才的眼角出现了鱼尾纹，脸色不佳，牙龈外露，笑的时候不知羞臊，亲昵地凝视着谦作的脸。谦作窘迫得束手无策。阿才越是向谦作示出好意，谦作越感到那纯粹是一种压迫。一言以蔽之，阿才是一个超出谦作想象的俗不可耐的下等女人。

阿荣没能完全理解谦作的好恶感，谦作对此感到有些焦躁。他觉得阿荣身上过度缺少与自己相同的好恶感。她竟能与阿才这等档次的女人共事，对阿荣的心理，谦作实在无法理解。

阿才解开包袱，拿出几件华丽的女子和服给他俩观瞧。好像全是旧衣服，有的地方还沾染着污垢。

“这一件啊……”阿才这样说着，站立起来，将和服贴在前胸比试着，向阿荣一一说明。

谦作有点累了，而且觉得待在这里太难受，便说了句客套话，登上了二楼。他躺在被窝里，欣赏着刚才抱上来的《东洋美术史稿》里的插图。他对古代的东西分外感到亲切，包括这次在京都旅行欣赏过的那些文物，空前地强烈吸引着他。谦作眼前展开了一方前所未有的世界。他思忖，通过结婚，自己大概会开始过上全新的生活。谦作的心中自然而然地涌出了平心静气的幸福感。他想到楼下小声说话的那两个人，觉得恰好与自己相反的一方世界，正逐渐展开于阿荣的面前。谦作思索：这样对阿荣听之任之，到底好不好？

时隔日久，谦作又躺在了自己的床上，颇感欣然。少时过后，他关了电灯，进入心甜意洽的梦乡。

次日清晨，谦作起床时，阿才已经去了东京。阿荣说，艺伎在中国天津当地就能招到，至于那些旧衣服，是给艺伎们四季穿的衣服，务必在日本准备齐全才好。这些事阿荣好像全委托阿才办理。谦作目睹二人按部就班运作得十分顺畅，觉得事到如今木已成舟，自己也不便再说什么了。

谦作觉得自己也该逐步整理行装了。他将别人的书挑选出来，自己的书则塞进几个行李中。

午后，他赴牛込访石本，由于没有提前打电话，偏巧赶上石本外出。谦作并无要事，便转身去了银座。这时他想起石本在京都时曾说过："我后天有事。"这才察觉自己将石本的话忘得一干二净。

谦作实在不愿见到阿才。他觉得阿才听说自己向阿荣求婚，便对此事怀有怪异的兴趣。连阿才背地里会对阿荣说些什么话，谦作觉得自己都能揣测得八九不离十。

他感觉好像很久没听见东京话了，再加上厌烦与阿才待在一起，于是夜里赴曲艺场听"落语"[①]，深更半夜才回到大森的家。

阿荣与阿才尚未就寝，仍坐在茶室电灯下说着什么，谈兴正浓。

阿才好像谈话谈得很兴奋，连昨天晚上那样的客套话也不说了。她先把开水倒入茶壶，再将茶水注入茶杯，端到谦作面前，然后继续和阿荣谈话。

"哎呀我的妈呀，这件事我一点也不知道啊。打从那年春天开始，他俩就发生这种事了……"阿才这样粗俗地说着，然后将一只干瘦的手伸到阿荣眼前，用大拇

① 落语是日本的一种传统曲艺，起源于日本江户时期，其表演形式与内容与中国传统的单口相声相似。

指与小拇指尖快速碰了阿荣鼻尖两三次[1]。

阿荣低着头，一声不吭。

“真是叫我好气恼。我那个老东西不是个好东西，而妹妹这个家伙，吃着我的饭，背后却干出那种丑事来。一想到这里，虽然我根本不是真想杀人，却挥舞起了锋利的尖菜刀。”

谦作忍无可忍，觉得有点再也坐不下去了，便一边啜茶，一边想要站起来。阿荣察觉到谦作的举动，马上抬头问道：“给你拿些点心来呀？”

“不用了。”说着，谦作要站起来，阿才察觉到谦作的反应。

“净说些叫您讨厌的话，真是对不起了。”阿才皮笑肉不笑地望着谦作。

“石本先生在家吗？”阿荣问道。

“没在家。本来知道他今天不在家，可是我忘得干干净净。没办法，我就去听落语了。”谦作来到火盆旁边，坐了下来。

“谦先生喜欢落语吗？我喜欢落语。只是在中国天津，日本有名的落语家也不去——哎，有个落语家，忘了叫什么名字了，他媳妇名叫旭紫娘，会弹琵琶。我留

① 表示发生了性关系。

他们两口子在我们家短期住过。琵琶弹得音色优美，她的琵琶上还有黎元洪题的字呢。”

阿才双肘支在餐桌上，两手贴在颞颥处，脸藏在电灯光的阴影里，讲了这么一番话。由于如此姿势，阿才脸上的皱纹看不见了，失去光泽的肤色也看不清了，显得颇有几分姿色。显然，阿才十二分地晓得如此效果，才端出这般姿态。谦作瞧之，确实觉得挺漂亮。他觉得，至少这个女人在青春时代或许曾是一个燕妒莺惭的美人。

次日清晨，阿才去了岐阜。岐阜是她的故乡，她好像去那里有什么事要办。她与阿荣定好了日期，在京都碰头，再一起去中国。

“阿荣的事，你就不必挂念了。”临别时，阿才对谦作这样说道。但谦作未能报以客套话。

阿荣与女仆送阿才去车站。

当天午后，谦作赴镰仓访信行。昨日未见到的石本，恰好也在镰仓。信行患了感冒，躺在床上，用湿布润着喉咙。

“现在女方还没有什么回音。”

不消说，谦作根本也没指望很快就能听到回话。但石本一见到谦作，立刻就说了此话，二人便就此事谈了片刻。信行似发着高烧，眼神钝滞，连听二人讲话似乎都感到痛苦。

“从本乡的家里叫个人来，如何？我回去后，给本乡的家里挂个电话吧？”谦作有些担忧，问了一下信行。

“不必挂电话。我知道病情发展规律，就这样再过个两三天，自然就会好的。”

“还是从本乡的家里叫个人来好些。赶快用雾化吸入器治疗，病肯定好得快一些。”

“嗯。”

“你这里没有雾化吸入器吗？”

“那么，求你去给买个吸入器吧。”

谦作雷厉风行去街上买了器具。石本坐在迷迷糊糊睡着觉的信行的枕头边，无聊地手捧一部厚厚的关于禅门之事的洋装书①，挑三拣四地读着。

谦作让信行躺着别动，给他装上了吸入器。恰好房东太太来了，谦作便教她如何装吸入器，并拜托她继续关照。傍晚时分，谦作和石本一同离开了镰仓。

二人来到车站，邂逅了一位回东京的医生，石本认识他。医生说他明天还来此地，石本便委托这位医生去为信行诊治。

在列车上，谦作一个人呆呆地眺望车窗外的薄暮景

---

① 洋装书旧指西式装订的书籍，装订线在书皮里面，区别于线装书。

色，情绪低沉，无法调控。他还是因即将与阿荣分别而感到怊怅。为自己感到怊怅，也为阿荣感到怊怅。车窗外的薄暮愈发将谦作诱入这种怊怅的情绪中。

第七章

近日，谦作就必须与阿荣分别了。和这样的阿荣在一起，谦作心生一种前所未有的拘束感。因为考虑到与阿荣在一起生活的时间不多了，谦作便控制自己尽量不外出。然而，这样一来，他感受到了莫名其妙的拘谨，而且倦怠无聊得难以忍受。他觉得，二人在一起突然没有了话题。

阿荣每天都忙忙叨叨的。从她那忙碌程度看，好像不太有与谦作相似的心情。到底是女人性格，阿荣不愿给谦作留下一件脏衣服，她浆洗、缝补谦作的服装，干得心无旁骛。

某日清晨，谦作一反常态，醒得很早。他无端地连早餐也没吃，就走出了家门。

谦作来到了车站，火车到来还需一段时间。他临机应变，来到京滨电车处，乘电车去品川途中，忽然忆起黎明前做的梦。他明白了是这场梦导致自己心浮气躁。他欲回想梦境，却明显地感到情绪不宁。到底是怎样的一场梦？梦中情境，朦朦胧胧。

梦境好像是从自己去访问最近自南洋归国的T开始。好像是雨中一座体育馆那样粗糙的大建筑物中，摆着许多在马戏团后台可见到的那种宛如关猛兽用的笼子。其中一个笼子里有几十只松鼠大小的小狒狒，一只一只并排紧紧地站在栖鸟杠上。谦作观之，感到甚有趣味。

忽然，不安的心情袭来，谦作慌忙与T分别，逃往上野博物馆的古老大门内。尽管没看见人影，但他觉得有几个便衣警察正从远处包围过来。他沦为了造反者。

他从门后窥察外面，好像是星期天，士兵三三五五走过门前。他好像问了一个士兵："你不想开小差吗？"士兵立刻同意，在门后脱下军装，换上和服。他则穿上了军装。他心想："这样很好。"双方各取所需，实乃两利。他告别穿和服的那个士兵，自己伪装成士兵，若无其事地朝僻静处走去。当走到窄路两旁如堤坝的地方时，一个身穿制服像是车站站长的男子从对面走来，冷不防将他捉住，他即刻被识破了。难怪被人家识破——他清醒过来，察觉自己的军装穿得明显不妥，领口挂钩一个也没挂上，领口松散敞开着，裤脚松松垮垮地堆在脚面上。无论谁看一眼，都会立刻知晓这是借来的军装，衣着形象甚不协调。连他自己都对如此出奇的笨拙发出苦笑，与此同时，对自己被捕一事，他心胆俱惊。梦境内容大致如此。

能忆出梦境，谦作觉得真是很好。如果弄不清莫名其妙心绪不宁的缘由，仅仅这一点，就足以令自己一天到晚都悒悒不欢。

谦作虽说是漫无目的地走出了家门，但还是怀着“万一女方有回音”的侥幸心理，决定登门拜访石本。

石本似乎刚起床，谦作坐在套廊里的藤椅上，等待石本出来。这是一个略带秋色的寂静清晨，旭日斜照着长着苔藓的日本风格的庭院。白色的文鸟于悬挂屋檐下的笼中，以略带浑浊感的圆润声调频频鸣啭着。

“您好！”石本六岁的长女对谦作说道。她拿着叠得长长的三四张报纸递给了谦作。接着，比她年幼两三岁的胖乎乎的妹妹拿着一沓信，摇摇晃晃走来，“哈咿，哈咿”地说着，也将报纸递给了他。

“谢谢！”谦作抚摸着女孩的头说道。

石本长女跑出去后，次女也随后摇摇晃晃地跑了出去。

他将报纸置于膝上，双手将其展开，将致石本的未开封的信放到前面的桌子上。最上面的是一封沉甸甸的信，写有“子爵石本道隆先生收”字样。谦作本能地觉得这大概是 S 寄来的。

用水将头发梳分得干净利索的石本出来了。

“这是S寄来的信吧？”谦作指着最上面的那封信问道。

“是的。”石本立刻拿起信来，说道，“正是S寄来的。”

石本开始默读来信。这短暂的时间令谦作觉得简直度“秒”如年。

“是喜讯！”石本一边叠着长长的信，一边说道。谦作接过信来。

这真是一封令谦作喜不自胜的信。女子有一个和她年龄相差很大的哥哥，有母亲，此事待与女子及其哥哥、母亲充分商量后再做答复。而最令谦作感动的是，信中提及，针对他“不纯的出生”，那位名曰“N”的老人说了如下一番话：“……我相信，这是属于个人如何看待的问题。如果他是一个能因此反而更加奋发图强的人物，那么，‘不纯的出生’这样的事，毫不妨碍婚姻大事。”信中还写道，若有谦作的近期照片与什么作品，还望尽早寄来。

“说一千，道一万，作为一个老年人，真是非常通情达理啊。”石本夸赞这位老人。

“……”谦作没做回答，但心底十分兴奋，他尽量强忍着，不让几乎盈眶的泪水流出来。

二人共进早餐之际，有客人来访石本。谦作借机直接告辞回家。临别时，石本说将把这封信马上转交给信行。

谦作迈着自然的步伐，疾步而行。他感到可以说婚事已有七成把握了，甚至可以说就这样认定了。他能有如此程度的自信，实属罕见。在他的头脑中，那个女子突然出现在了他的附近。迄今为止，每次回东京时，他想得最多的是阿荣的事，那个女子的身影不知不觉地远退而去。如今，那个女子的形象逐渐靠近自己，看似等身大了。谦作意外地片段式地浮想到婚后的生活。不知何时，街上开始刮起了凉风。

为了给阿荣买赠别礼物，谦作去了银座。他觉得在表上雕刻点简洁的吉利赠言是挺好的，但怎么也想不出恰当的言辞。他认真转悠了两三家表店，选购了比较称心但款式略显过时的一块。因仅带少许现金，他便让表店送货上门。亭午时分，他返回大森的家。

阿荣听了S信中的内容，感动不已。

谦作当天就给奈良的高井修书一封，报告其后婚事进展情况。接着，他又给S写感谢信，并寄去自己的照片与两三册载有自己作品的杂志。想到自己的作品不是被当作艺术品来欣赏，而是被从实用的角度阅读时，他心里不太舒服。而且纵然将自己的作品当作艺术品给人家看，他也觉得每一篇都显得挺寒碜的。

约五日后，S 回信说一切均已收到，并且写道："最好能在两三天内莅临京都。N 老人再三打听你何时能再度光临此地。你若能光临京都，老人似乎想在自己回故乡之前见上一面。当然，你有你的情况，我不便强人所难，但老人将于四五日内离开京都，你若能赶在此前来京都，那是再好不过的了。"

信中还说，直子（那个女子的名字）昨日回故乡了。她的玉照将由其胞兄直接寄给谦作。

谦作将信拿给阿荣看，并说道："该怎么办呢？"

他有点犹豫不决。

"必须去一趟。"阿荣这样表态。

"好像去亮相给人家看似的。"他连将自己的作品送给对方看都感到有些不情愿，更何况自己被特意唤去。为此，谦作总觉得自尊心受到了伤害。

"反正再过十来天，你也是要去的。此刻大可不必过于计较那种事。S 先生也好，石本先生也好，都在真心实意地为你操心呢。"

"嗯……"谦作觉得阿荣说的话在理，遂准备前往京都，却又担忧地问阿荣，"我不在家，你能忙得过来吗？"

"说什么呢……"阿荣笑了起来，"往这里搬家时，你也没帮上什么忙啊。你不在更好，少添乱。"

谦作也笑了。

“好的。那么，我这就去京都。既然说我添乱，我便无可奈何了。”

“就是的。净添乱，净添乱。”阿荣见谦作温顺地同意了自己的建议，虽然意外，却也高兴得很。

谦作的家原来说好租用一年以上，故而房租打了折。如今未过一载便要退租，需要与房东算一下细账。此前每月他都打发女仆去交房租，但这一次，他须亲自去山王的房东家，并借其家电话告诉石本：明日清晨，动身去京都。

第八章

S来到京都火车站迎接谦作。昨日只给S拍电报说“明晨出发”，不曾预料S竟然会来车站迎接，谦作有些诚惶诚恐。反思自己出于小小的自尊心，思虑过度，且有顾忌，他因而羞愧难当。

拜访N老人的行程排在了次日，届时S会先来邀谦作。谦作带了易碎物品，二人在车站分别，谦作一人坐人力车，奔向东三本木的旅馆。

翌日，按约定时间，S来旅馆访谦作，二人决定去附近的东三楼。谦作因不太习惯社交，心怀几分不安。不过昨宵睡眠充足，情绪颇佳。

女仆手持S名片进屋后，此前总从河滩上望见过的老人之妻，身穿比平素漂亮的衣服，来到了门口。

“您好！请进。”细长昏暗的走廊里，老夫人在前头带路，并说道，“这里真是个很脏的地方……”

身穿单层外褂的老人，后背冲着河滩，正襟危坐。谦作的装束一如既往，没穿裙裤，因而有些局促不安。

“初次见面……”老人的声音宽洪清朗，与他那瘦弱的身躯颇不相称。

“这次听说你要移居京都……”老人这么一说，谦作只好回答：“是的。”其后的事，大都是S深得要领地解释下去了。

谦作的外表显得拘谨，心情却非常轻松。他预想N老人会有意无意地凝视自己，但老人根本没有这样，毋宁说，他觉得老人是特意不凝视自己。这样真是太好了。

端来的饭菜比较简素，斟酒不用女仆，而是老妪亲自给斟酒。大家都没太喝酒。

大家谈的也都是些极普通的家常话，谈到了山崎医学士，还讲起了敦贺的渔业故事，说古昔捕捞的鱼大都腌成咸鱼出售，贮存咸鱼的仓库比比皆是。老人说明治维新前，筑波山的武田耕云斋[①]等人无法走东海道，便想绕道北陆进入京都，结果在敦贺被捕，被关进装咸鱼的仓库。老人还说，在不见日光的潮湿的咸鱼仓库里，盐味浸透了全身，流浪武士们都患上湿疹，蔓延全身，那

① 武田耕云斋（1803—1865），江户时代末期的水户藩士，勤王志士，拥护天皇制，成为天狗党头领，与水户藩士藤田小四郎在筑波山举兵，反抗幕府统治，后在敦贺被斩首。

样子实在惨不忍睹……

“喂，把那个袋子给我拿过来！” N 老人指着谦作身后的交错搁板，话语停顿了片刻。

“打扰了。”老夫人走过谦作身后，取来袋子，置于老人面前。这个古香古色的呢绒袋子是黑紫色的，很精致，好像是用于出现火警时装珍贵物品。

老人从袋子里掏出了眼镜、钱包、火柴、小刀与磁石等，然后说道：“当时的流浪武士佐佐木重藏是磐城相马藩的男子。他说受到我的关照，赠我这个坠子，作为纪念……”说完，N 老人将那个袋子置于二人面前。

“嗬……” S 稍看后，马上递给了谦作。坠子是用水牛角制成，纹理细腻，质轻，上面雕刻着四五条圆山应举[①]绘画中常见的小狗。

“说起那些男子，个个都是铁骨铮铮的男子汉。但很可怜，耐不住严寒，一个个都冻死了。”

谦作想起了自己约一周前做的梦。在梦境中自己是个有几分可爱的叛逆者，尽管如此，醒来之后依然残留怪异的恐怖感。他进而想到武田耕云斋等人被囚禁于黑暗潮湿的咸鱼仓库里，全身因患湿疹而痛苦不堪。他们目睹同伴在严寒折磨下一个接一个死去时的心情，令谦

---

① 圆山应举（1733—1795），江户时代中期画家，“圆山派”鼻祖。

作光是想象一下都感到痛苦得无法忍受。

这些人最初隐藏在福井，认为福井是安全的，然而，在那个时代，福井的当权者也没表示出旗帜鲜明的态度，掌权者口头说纯为这些人着想，说若将他们留在自己领地内，对他们有百害无一利，其实是为了保全自身，结果导致武田耕云斋等人在敦贺被捕了。

“想起当年的事情，那时真不知未来会向何处发展，吉凶未卜啊。”N老人说道。

当天，谁也没有谈及谦作的婚事，这样反而令谦作心情愉快。S要回去的时候，N老人对谦作说：“你住在附近，晚一点回去，如何？”

他单把谦作一个人挽留了下来。

N老人的一片好意令谦作感到欣慰。N老人说的不像普通的客套话，而像是发自肺腑的挽留之意，谦作决定留下来。

接着，N老人继续讲述明治维新时期的类似故事给谦作听。他说有一群无赖汉聚集起来，倡导“尊王论”[①]，用筹集的款项吃喝玩乐，穷奢极欲。不久，无赖

① “王”指天皇，“尊王论”意即尊皇室为神圣。日本古代天皇神圣的思想在近世重新被尊重，明治维新之际化作“王政复古论”，为其后绝对主义的天皇制奠定了基础。

汉身陷囹圄，在法庭“白洲”[①]上接受审问时，被问：“何谓‘尊王’？”回答说：“‘尊王’，意思就是‘尊贵的大王’。”

总而言之，谦作对这一对老夫妇倍感亲切，又待了片刻后才道别。

第二天，老夫妇去关照过自己的医生和其他人那里道谢，或去购物，忙忙碌碌。虽然如此，也没忘了来到旅馆门口拜访谦作。

第三天，老夫妇启程回敦贺。谦作去车站送行。这时，S、山崎医学士、护士以及其他人也已经来到了车站。

送走了老人们后，谦作突然觉得自己无事可干了。阿荣一周之后才能来京都，他想象着在此期间自己无端地心神不宁无所事事的样子，觉得成天等待阿荣到来，会令自己焦急难耐。于是，他想邀上高井，要么去游览京都府宫津市的天桥立或者香川县的小豆岛，要么就去参拜三重县伊势市的伊势神宫。

翌日，天朗气清，谦作心情愉快，决定早早从京都出发，去奈良拜访高井，以便趁高井还没出门时抵达其住处。他从住在奈良浅茅原的茶店厢房的高井之友处得

---

① “白洲”意即“铺着白沙的地方”，是江户时代法庭的一部分。当时出庭者的位置因身份而异，在“白洲”上受审的是农民、商人、流浪武士等最下等的人。

知，高井已不在这里，他于两三天前返回故里了。谦作有些失望。他打算去室生寺，但去该寺应该在哪一站下车，然后怎么走，这些他都不清楚，若详细调查，又嫌太麻烦，于是眉头一皱，决定去最近的伊势神宫。他在奈良只参观了一下博物馆，即刻返回了车站。

参拜伊势神宫很有趣，甚至超出预想。他曾听说参拜者必须向被称作神马的白马鞠躬，原来那是一派谎言。五十铃川的清流，发育完善枝叶葳蕤的巨杉，其令人欣然的妙处，不亲临其境则无法理解。古市[①]的伊势民谣也是妙趣横生。

谦作栖身的旅馆名曰“油屋”，这是他在戏剧里早已熟知的旅馆名。邻室一个客人决定去看歌舞伎《伊势民谣恋爱凶杀案件》[②]，他希望与谦作同去看戏，还想与谦作一起进餐，便拉开房间之间的隔扇，口头禅般说道：“恰好现在县议会没事。”此人是鸟取县人，年长谦作三四岁。“县议会议员”可以令人骄傲到何种程度？谦作一无所知。以故，每当那个人口出“县议会”时，谦作就略感困惑，觉得此人有点可怜。

---

① 位于三重县伊势市，在伊势神宫的外宫到内宫之间的台地上，旅馆与青楼鳞次栉比，是歌舞伎《伊势民谣恋爱凶杀案件》的舞台。

② 主人公福冈贡精神错乱，杀了“油屋”的烟花女子。

鸟取县的那个人还说，山阴地方[①]温泉颇多，还有一座什么巍峨高山，是仅次于比叡山的天台宗派圣地，是景色宏大壮美的名山胜境。

住在一楼房间的客人也约有两组要和谦作他们一起去，这样一来，共有七人。旅馆女仆担任向导，领着他们经过夜间的青楼街，奔往剧场。

大家被带进的屋子，不知是染就的，还是熏成的，黑乎乎的，古香古色。他们的背后是既深且宽的壁龛，大家直接坐在毯子上，面前带座儿的方盘上放着类似节目单的印刷品和水果等。前方的三面遮着帘子，观众面对的是片刻过后将成为舞台的、宛如“花道”[②]似的长廊。

“您真了不起，竟然想一个人看这样的戏啊。”鸟取县的人回眸一瞥谦作，笑着说道。谦作并没想到这一点，经人家一说，觉得也确有道理。他想象着，在这宽敞的房间里，只有自己孤零零一个人坐着，然后十几个女人出来表演，如此比例失调，或许自己会感到尴尬。

伴奏席上坐了四五个人，不知手拿的是粗杆三弦还

① 位于日本“中国山地”北侧，含鸟取、岛根两县与山口县北部，广义含兵库县与京都府濒日本海一侧的地方。

② 歌舞伎剧场舞台设计之一，是演员出入的通道。最初为观众向演员献花所设，故名。

是细杆三弦，开弹之后，梆子随之敲响，三面帘子升起，打开电灯，长廊附带低栏升高一尺，两侧分别有四个女子登场，舞蹈简单至极，跳得倒极其认真。十五分钟便结束了，那简单的舞蹈，那一丝不苟的表演，还有不知是粗杆三弦还是细杆三弦奏出的悠长音色，都饶有兴味。而且，谦作觉得那古老的剧场装饰也全都很不错。他思忖，倘若自己一个人来看，或许会愈发趣味盎然。

谦作等被领入另一个房间，一个体态丰满、五十岁左右的女人劝大家再多待一会儿，但谁也没留下来，都随旅馆女仆一起回来了。

翌日清晨，谦作坐人力车游览了伊势神宫的内宫、征古馆、外宫[①]。外宫的林中池面上，以及岸边大树横斜伸向水面的粗大枝条上，布满数百只野生鸳鸯，谦作觉得此景俨然梦中场面，因而喜不自禁。

他从伊势湾旁的二见去了鸟羽，在鸟羽住了一宿，然后回京都。归途中他于龟山下车，至下一趟到来还有一个半小时的闲暇。他便坐人力车走马观花地游览了一下龟山街容。

龟山是谦作亡母的故乡[②]，这里是台地上一个非常没

---

① 伊势神宫由内宫（亦称“皇大神宫”，祭祀太阳神天照大神）、外宫（亦称“丰受大神宫”，祭祀谷物神丰受大神）两座正宫和附属宫社构成。

② 志贺的母亲阿银是伊势龟山城主的家臣之女。

落陈旧的城镇，参观很快便结束了，随后，他奔赴建有神社的古城遗址方向。江户时代后期浮世绘画家安藤广重创作的风景画《东海道五十三次》，画了伊势平原上的龟山。谦作想到画中出现的龟山大斜坡，欲前往观赏，却又不知其具体地点。

谦作让人力车在神社的鸟居前等待，自己信马由缰，徜徉于这一带。他发现下面有幽翠的古池，古池彼岸的山与此岸的山相同。他走下山坡，然后登上陡峭山路，攀上古池彼岸台地，上面好像是个公园，却看不见一个来游逛的人。只有一个五十多岁的女子在这里打扫，她的装束粗陋，看上去却有几分高雅气质。谦作爬坡奔向那个女人。女人暂停打扫，望着谦作。那种稳重的眼神令他萌出亲切的心情。而且这个女人恰好与亡母年龄相仿，谦作想象她过去很可能是武士家庭的人。如此想象令他产生了想和那女子说上几句话的心情。

"这里是……"他边问边走到那个女人身旁，"这里当年也属于城里吗？"

"是的。古时候这边是'二之丸'，那边是'御本丸'。[①]"女人这样解释道，并伸手指着神社的方向。

"过去，这里住过一个姓佐伯的人，您知道吗？"

---

① 日本城郭设计，"本丸"是城中心，有城主居所。多数本丸中央筑天守阁，周围环绕护城河。"二之丸"是本丸外侧城郭。

“佐伯先生，该是城主的旧臣吧？”

“是的。”谦作无端地红着脸说道，“名叫‘佐伯新’，恰好与您的岁数差不多。”不消说，他期待着肯定的答复，略显焦急地等待着。

“啊……”那个女人露出不晓此人的神情，歪着头思索，“名叫‘阿新’的人我不记得了，我只记得阿金，还有他妹妹阿庆。”

“佐伯新没有姊妹——好像没有姊妹。还有其他姓佐伯的人家吗？”

“哎，怎么说呢，我能记住的都是明治维新之后的事情，都有谁搬去了外地，我不知道。但是您如果去我刚才说的那个佐伯家打听一下，大概会弄明白的。”

谦作的期待落空了。他过去根本没有机会知道母亲幼年的事情，母亲何时来到东京？母亲娘家都有什么亲戚？他全然不晓。甚至就连外祖父的名字，他都不知道。仅知道“芝区的外祖父”，就感到满足了。以故，尽管与祖父相比，谦作更敬爱外祖父，却不知外祖父大名。

那个女人告诉了谦作此地佐伯家的位置，但他不想去，向女子道谢后就离开了。事到如今，他发觉自己太不清楚这方面的事了——但自己确实也没有知晓这些事的机会。

夕阳照射着本丸的森林，唯有其中的盐肤树的叶片已经变红，在一派绿色中，美得分外引人注目。

“然而，这样倒也很好。这样很好，一切从自己开始，我就是祖先。”谦作一边这样思索，一边走着曲折得令人厌烦的陡坡山路，朝向秋意笼罩、水质清澄的古池方向，噌噌地以小碎步跑了下去。

第九章

谦作不在京都期间，石本来了。

“婚事进行得异常顺利啊。”石本说道。

“是吗？”谦作揣测可能是有了什么具体的好消息。

“听说老夫妇对你相当有好感。”

“……我对老夫妇也颇有好感。”

“是吗？这太好了！”

“……”

“那日，你留了下来，老人又对你说了点什么？”

“没说什么。”

谦作简述了该日的事，又说了这次婚事运作得异常顺利，就连自己都觉得很有把握。

“不辞水远山遥，多次莅临京都，感激不尽！”谦作对石本如此致谢道。

“没什么，小事一桩。”

“你专程从东京惠临京都，由衷感谢！”谦作觉得迄今为止，自己从未向石本这样明确致谢。然而，此话毫无造作感，是自然而然说出口的。

“此事应当是稳操胜券了。今后的事该怎么办呢？靠你一个人，不能应付自如吧？”

“是的。”

“有的事，若不求S帮忙，我们很难办。但大体上的事，与信行商量后，由我们做出决定，这样可以吗？”

“求你们就这么运作吧。”

“我们尽量取得你的同意之后，再行定夺……”

“不必事无巨细一件一件都这么办，这样也太麻烦了。女方回音，还是寄给S先生吗？”

“是的。不过此事你不必担心。”

听石本的口气，N老人可能在某种程度上做出了明确答复。当晚，石本坐快车返回东京。

此前谦作提前发出的行李已经寄至，谦作求人将新居打扫干净，在那里解开了行李。

住在福吉町时期雇用的女仆已经解雇了。谦作求旅馆给找个女仆。不久，女仆找到了，是个瘦骨嶙峋的老妪，双目凹陷，两颊瘦削，令谦作想起了咸沙丁鱼干。女仆名曰“阿仙”，当晚阿仙一个人住在新居里。

三日过去后，清晨，阿荣来到京都。她想马上就去收拾谦作的新居。

"不用收拾了。"谦作说道，"后发的行李还没到。再说了，与其关照我，还不如悠闲自在地享受京都为好。如果去观光，我也感到愉快些。能在京都逗留几天？"

"四五天后，阿才应该会从岐阜抵达京都。"

"如果是这样，搬家的事怎么都行。哎，请让我一个人来干吧。"说完，回到旅馆安顿一下后，谦作就领着阿荣外出观光。

出发前，阿荣从旅行提包里拿出高级日本纸包的六寸大照片，放在谦作面前。

"这张照片是前天寄到的。"阿荣说道。

"嗯。是这个。但也不像《鸟毛立女屏风》上的女子啊。"谦作说道。

阿荣将这个女子与爱子做了比较，略做评价。话里话外，听得出是女人特有的对过去的不愉快表示反感。以爱子为诱因评论婚事，这让谦作感到不快。想起当时各种令自己厌恶的事，谦作有些生气，便沉默不语。

二人坐人力车，从黑谷、真如堂转悠到银阁寺、法然院、松虫铃虫寺[①]，佛寺巡礼完毕后，又顺路来到南禅寺北坊的新家。谦作让人力车回去了，与阿荣休息了一

① 即安乐寺。

会儿。

“这个新家真不错啊！”阿荣频频称赞新家。若王子神社后面郁郁葱葱的松山上，几杆红旗呼啦呼啦迎风飘扬。于是阿荣问谦作：“那是怎么回事？”

“人们在那边捡蘑菇。”邻室里的阿仙信口回答。

阿荣对厨房颇感兴趣，这里的厨房与东京不同，细长得像一条胡同。她让阿仙给自己做了解释，仔细观察了厨房。与逛过的法然院的庭院相比，阿荣倒是对厨房更感兴趣。

谦作与阿荣没去若王子神社与永观堂，而是去了南禅寺。

每见一样东西，谦作都很想一一讲给阿荣听，他自己都觉得阿荣会听得腻味。他觉得自己这是孩子气，本想止住却又止不住。尤其对方是阿荣，他自然无拘无束地流露出孩子气来。

在南禅寺后山的山腰，二人看了水渠，看了山坡轨道索车，顺路在“瓢亭”[①]共进了晚餐。

暮色苍茫时分，二人回到旅馆。狭窄的房间里已经铺好了被边相搭的两个被窝。出门前，旅馆问二人是否分开住，谦作毫不介意地回答：“不用分开，住一个房间

① 京都南禅寺附近一家一流的餐馆。

没关系。”此刻看到并列两个被窝，他才想起来，除了极幼小的时候，自己虽然与阿荣在一起生活多年，但二人从未同住过一个房间。

“有点拥挤啊。”他略皱眉头，自言自语似的说道。阿荣的心情与谦作完全不同，她像把疲惫的身体安置在枕边仅有的一点空隙处一般，坐在那里说道：“托你的福，享受了出乎意料的京都观光活动。”

听她那口气，观光活动似乎已全部结束了。

“这样睡，可以吗？”

“哎，可以。”

“马上就睡吗？”

“谦君呢？”

“我去街上散一会儿步。”

“是吗？那么，我就失礼先睡了。昨晚在列车上没睡好。”

“好的，那你快睡吧。”

谦作每次上街，大都是一直穿过寺町，这已成为他的癖习。此刻，走在这条路上，他无法什么都不想。

谦作很晚才回到旅馆。阿荣在明亮的电灯下睡得正酣。刚开始好像不知道他回来了，俄顷，因灯明晃眼，阿荣微睁双目，表情显得略丑，问道：“你才回来呀？”说完，立即翻了一下身，背对着谦作。

谦作有个癖习，无论与谁同室而睡，他都无法安眠。这时，他就只好读书，读困了才能入睡。他解开电线，将灯拉到头上，开始读新近从古旧书店买来的喜剧译本《无事生非》[①]。日前看电影《仲夏夜之梦》，觉得妙趣横生，谦作就开始不断阅读喜剧类作品。对谦作而言，这类作品正像东洋的古代美术那样，将他带进了与当今迥然不同的时代，给他很大的安慰。接触这些喜剧，尽管是一时的，却令他沉浸在与迄今截然相反的轻松自由的情绪中。对此，谦作认为是值得庆幸的。总而言之，现在的谦作难以接受悲剧类作品。

《无事生非》读到一半，他关了灯，意外神速地进入了梦乡。不知过了多长时间，他突然像被人摇晃醒了似的，于黑暗中清醒地睁开了眼睛，然后就再也睡不着了。他无论如何努力想睡，也难返梦乡。于是，他只得闻听睡在自己身旁的阿荣那均匀安适的呼吸声。

他的脑袋陷入疲惫，昏昏沉沉的，似在发烧。事实上，房间空气也很污浊，闷热难受。由于颇不舒坦，他的胳膊有时“啪嗒”一声甩到了阿荣那边。

翌日清晨，谦作醒来时，早已梳洗打扮完毕的阿荣在套廊里一边眺望室外景色，一边啜茶。

① 莎士比亚的喜剧，写于1598年至1599年。

“醒了？”谦作在被窝里一伸懒腰，阿荣就这样问道。

“现在几点了？”

“快九点了，起来吗？”

“起来吧。”

“这个房间住两个人，还是有点狭窄。”

“今天给你换个房间吧。”

“如果阿谦在京都有工作，再租个房间也行。怎么样？现在有工作吗？”

“什么也没做。”谦作不知道如何理解阿荣这句话，仅是信口而言，还是深思后说的呢？他难下判断。但无论是哪一种，他都觉得其实没什么。

即便阿荣是因为知道昨夜他的痛苦才说出此话，面对阿荣他也几乎不会感到羞臊。这并非恬不知耻，而是出于“阿荣能宽恕我的一切”这种安心感。谦作清楚地感觉到，纵然阿荣知道昨夜自己的痛苦，她也不会因此恼怒，进而蔑视自己。

“那边还有一个小小的房间，今晚开始，就请你住到那里吧。”

“好的——昨天去过的那个地方，大概从这儿也能望见吧？”

中午，二人去了岚山。归途中，谦作提议到金阁寺转悠一下，阿荣说看得已经足够多了，加之时间也已稍晚，二人便径直归来了。

“明天我们去奈良吧，然后可以坐电车去游览大阪。”

谦作想到将与阿荣暂别，所以，想趁目前的机会，尽量带着阿荣多转悠几个地方。但不知阿荣是客气还是确实不想走动了，她总是说：“真的，看的景点已经够多的了。”

“明日中午车通过，莫误。”第二天，阿才拍来这样一封电报。因此，游奈良逛大阪的计划全泡汤了。当天谦作跟阿荣一起去购物了。

次日，谦作与阿荣比列车抵达时间提前很多，早早来到了车站。

“阿才大概是坐三等车厢。”说完，阿荣将到下关的火车票钱交给了谦作。

“就阿才一个人吗？”

“她从岐阜还会领来一个孩子吧。”

“阿才有孩子吗？”

“不是她生的……”阿荣发出无奈的苦笑，“——或许还有一个孩子从京都上车，跟阿才一起去中国。”

一个看不出多大年龄、眼皮松弛的矮个女人，打扮得花枝招展，抱着一个大大的男布娃娃，从刚才开始，就在这里走来转去。另有两个女子，不知是她的旅伴还是来送行的，总跟在她的身旁。谦作本能地觉得，这个女子或许就是从京都上车的那个所谓的“孩子”。

人们都来到月台上后，下行列车滑入了车站。从三等车厢里伸出了阿才与另外两个年轻女子的脑袋。眼皮松弛的女子被一个五十多岁的女子拽着手，朝阿才的方向狂奔而去。阿荣竟然成为这伙人中的一员，想到这，谦作心生“情何以堪”之感。他与素不相识的另外两个送行的人一起，站在三等车厢窗外，他后退一步站着，满怀莫可名状的空虚感。

月台送别的两个年轻女子中的一个，独自在喋喋不休。她说什么前几年一次分手前，说好都不流泪的，可是到分别时还是泣泪沾襟；这一次，自己能有兴致喋喋不休，此乃成功的前兆。听着这些话，谦作为阿荣忧虑起来。

“你别只是说些好话，倒是把你的本钱拨给我一点吧。”阿才揶揄那个女子，“你卖掉那价值六百日元的电话，把这部分钱拨给我就行。”

年轻女子被如此尖刻地数落一番后，现出不安的神情。阿荣站在阿才身后，一声不吭，稳重地微笑着。表面看，阿荣的情况还好，但她实际也是一样，被阿才一劝说，她就老老实实地中了阿才的圈套。马上就到冬季，阿荣冒着严寒奔赴遥远的中国天津，拿钱去打水漂儿，想到这一层，谦作真想不容分辩地对阿荣说：“你可真是比那个年轻的傻女人还傻啊！”

“喂，把这个放到上面为好。”被阿才这么一说，那个傻傻的女子默默地松手，将颇大的男布娃娃置于网状行李架上，然后坐到原位上，紧紧抓住那个老女人的手，好像不愿让手抽回去似的，脸颊在那老女人手上磨来蹭去。

第十章

谦作终于决定乔迁新居了。这是一个阴晦的秋日，一直刮着微寒的风。阿仙来旅馆告诉谦作，后发的行李也寄到了。于是他决定火速搬家。他收拾自己的房间，解开捆绑菰草包的稻草绳，将一些暂时不用的工具扛入房后仓库里。谦作从头到脚一身灰尘，手和脸弄得十分粗糙，寒风导致他头疼，灰尘令他鼻孔发痒，心情简直糟透了。

阿仙很勤快，埋头苦干，但总爱找话说，向谦作问这问那。他情绪不佳，有些焦躁。

“这个是干啥用的？”

“哪个？”

“这不是被炉吗？”阿仙双手拿着沉甸甸的铁制暖足炉问道。

“那是暖足炉，给收到什么地方去吧。”

"暖足炉，哎，您不用这件东西吗？"

"也许用，但不马上用，找个地方放着吧。"

"……这个能不能借给我用一下？夜里我的腰凉得受不了。"阿仙怯声怯气地笑问，微低着头。谦作神情不悦，认为她真是个厚脸皮的"咸沙丁鱼干"。但是，阿仙既然提出来了，谦作不好意思回绝，遂迫不得已地回答："可以。"他觉得暖足炉被放入"咸沙丁鱼干"被窝后，自己就再也不能使用了，感到非常可惜。不过，特意从东京带来这件沉重的物件，立刻被"咸沙丁鱼干"拿去了，他又觉得自己这个主人十分滑稽可笑。

阿仙说先发来的行李中有个金属火盆，而用来装金属火盆的木桶底快要掉了。

"送去修理了没有？"谦作问道。

"还没。"阿仙理直气壮地回答。

"为什么还没修理？"

"修桶匠一直没过来呀。"

"修通匠没过来，你就拿过去，不行吗？"

"那多傻啊。那么大的桶，女人拿着它也走不了路啊。拿着桶也不知能走多远……"

"那你就头上顶着桶，敲着鼓去呗。"

"那多傻啊。"

谦作越是强忍着焦躁，就越发焦躁。但少时过后，他去了浴池，灵肉清爽地回来后，焦躁情绪好了一些。

他觉得自己与阿仙的关系尚需时日才能磨合得达到真正的默契。阿仙以为是伺候一个读书人，好像是带着比较轻松的心情来的。谦作确实是一个读书人，如今与阿仙既然形成雇用与被雇用的关系，他希望相互是平等的。然而，在心情上，对于阿仙的某些粗俗言行，他还是忍无可忍。他认为，在阿仙能领悟其中奥妙之前，不快之事可能还会时有发生。

“我伏案写东西时，无论有什么事，绝不可以说话。”他对阿仙这样叮嘱道。

“这是为什么？”阿仙感到惊讶，小细眼睛瞪得滴溜圆，反问道。

“不为什么。说不可以，就是不可以。”

“哎？”

往后，阿仙较好地遵守了这一规定。有时，她一时马虎边说着什么边走进门来，一见谦作正在伏案笔耕，便说道：“哟！不可说话！”

说完，她就用手捂着嘴，马上退了出去。

谦作对阿仙的过去几乎一无所知。他仅仅听说阿仙有一个女儿，如果活着与他同岁；女儿夭折后，她受到胞兄关照；最近胞兄也谢世了，阿仙便与侄子侄媳生活在一起，当她发觉自己被视为累赘后，便当机立断，决定出来当女仆，自食其力。

阿仙嗜好在厨房一边干活一边唱歌，唱得还不赖。但阿仙一喝酒便引吭高歌，气得谦作从房间里朝她怒吼："别唱了，吵死人了！"

然而，随着时光的流淌，二人相互磨合得逐渐默契起来。谦作对阿仙的所作所为也不再那么介意了。阿仙作为上了年纪的人，为良好地顺应谦作的心情而不断付出了努力。阿仙是京都人[①]，将家务全部委托给她后，她精打细算毫不浪费，事事都能掌握要领，做得有条不紊。阿仙既饮酒又吸烟，她将谦作吸剩的烟蒂一个一个拆开，将烟丝塞入自己烟斗里吸着。

谦作觉得阿仙的形象一点一点好了起来。

阿荣寄来一封简单的信，只说安抵中国天津，至于其他详细情况，只字未提。

搬家之前，谦作就预想过，搬家之后，要以悠然自得的心情，形单影只地进行佛寺巡礼，那会是一大乐事。然而，事实上，搬完家安定下来后，不知何故，他却没有兴致去实现预想了，对梵刹巡礼，他莫名其妙地感到打怵。他若出门溜达，大多是到新京极那样人声鼎沸的乱七八糟的地方转悠一圈，累了就回家。这里也没有想见

① 京都女性常被认为生活节俭，会过日子。

的朋友，他有时会陷入不可言传的孤寂情绪中。虽然如此，最近也全然不曾有过像在大森或尾道时出现的意气颓废的现象。文学创作方面，大部头成型作品尚未写出，但逐渐能写出点东西了。

某日清晨，谦作尚未起床，稀奇得很，S来了。他说要去公司，没进屋，将一封开封的信交给阿仙后，就离去了。

约一个小时后，谦作读了此信，是敦贺女方寄来的答应婚事的复信，谦作反复读了好多遍。

“喂，这封信是S先生自己送来的吗？”

“是的。”

“你把我叫醒就好了。”

“我说要把你叫起来，S先生说他要赶紧去公司，傍晚再来拜访。说完就走了。”

S当信使送翰上门，此事令谦作十分欣喜。他多方面受到S关照，感激不尽，却遗憾偏偏无机会聊表谢忱，迄今为止，一次也没拜访过S的府邸。此事他总挂在心上，虽然挂在心上，却也一直未去拜访。与谦作相同，S也一次没来过他家，因此，谦作时常感到忐忑不安。他担心是自己太不懂礼数，导致S不悦，于是为婚事奔走的兴致也就冷淡下来，所以迟迟不见回音，最终这场婚事又稀里糊涂不了了之了。然而，此刻迄今耿耿于怀的浑浊情绪一扫而光，谦作萌生出了喜出望外的朗畅心情。

“婚姻大事定下来了吗？”

“嗯。”

阿仙一直站在那里，此刻坐了下来，以与她平素性格不相协调的高雅优美的仪态致贺道：“恭喜恭喜！”

“谢谢！”谦作回礼道。

“这样一来，什么时候办喜事啊？……”

“现在还说不准，也许今年，如果明年，就在立春之前。”

“噢，那就没有多长时间了。”

“哪一天立春啊？”

“二月初吧？”

敦贺的女方回信中写道，N老人的儿子有个朋友，就读于某私立大学文科，听了这个朋友对谦作本人及其作品的评价，大家都很高兴。谦作觉得多亏那个评价者对自己做出好评，真是谢天谢地！他又深思，假设同样一件事，自己站在那个评价者的位置上，被征求评价时，自己能否朴直地说好话呢？想到这里，谦作不由得打了一个冷战。

他给信行、石本、阿荣发去了文辞几乎相同的信，还给远在巴黎的龙冈发去了消息。

午后，谦作走出家门，去名曰“骏河屋”的食品店买羊羹，为给龙冈寄去。在此处，他给S的公司打电话，打听S方便与否，以决定登门拜访。S让他四点去。到四点还有近两个小时空闲，为打发时间，他去了四条高仓的大丸店。他心中暗暗生出说不清楚的欲求——欣赏华丽的女子服装。他现在需要的是由欣赏女装而产生的幻想。此外，深草练兵场正在展览坠落的小飞机，他想去看看。关于龙冈曾夸赞过的那架名曰“莫兰·索尼耶”的单翼飞机①，谦作于今天致龙冈的信中写道：“那个飞行员为飞抵东京的途中不着陆，搭载了大量汽油，在试验飞行中机坠人亡。”烧得半焦的飞行服，烧焦了的名片、手套等各种物件陈列在这里。谦作来到京都的时候，时常看见形若鹰隼一样的高速飞机在高空飞行，望去显得很小。他忆起街上的孩子们仰望飞机，亢奋地欢呼：“荻野先生！荻野先生！”不仅在孩子范围内，在整个京都，“荻野先生”可谓声名赫赫。如今他已辞世，他的遗物又吸引来众多观众……

时间差不多了，谦作离开此地，奔向S的府邸。

S的府邸是富有京都风格的雅宅，进了便门，铺石甬道的两侧栽着川竹。

S与谦作商谈了彩礼、婚礼日期与地点等事情。谦

① 由法国归来的民间飞行员荻田常三郎（即下文中的“荻野先生”）最爱驾驶的法国制造的小型单翼飞机。

作概无异议。唯有结婚日期，他本希望尽可能早些为好，但现已定在立春之前，若再想提前，他有点难为情。谦作将一切事情全权委托给 S，由 S 与石本商谈决定即可。

第十一章

谦作决定再住两三天后就去东京。其实并没有什么非要专程进京的要事，只是因离东京日久，很想回去看看。还有，石本两次为谦作的婚事专程来京都，礼尚往来，这一次他想去拜访一回石本。

谦作先去镰仓，与信行一起去了东京，当晚就拜访了石本，并未商谈什么事，只是杂谈至夜半，二人夜宿石本府邸，比肩而卧。这时信行问谦作：“你回来，不想顺便去本乡的家吗？”

“这个嘛，去本乡的家，我有点犯怵……但时隔日久，我很想看看咲子与妙子。”

“此前，我把你的婚事告诉了本乡的家人，大家都很高兴。”

“是吗？找个什么地方，我去见见面。”

“明天是周日，怎么样？”

“明天是周六吧？”

“那么，后天，把她俩叫到镰仓来，怎么样？”

“就这么安排吧。”

“好吧。那明天我就打电话，她们肯定会喜出望外。”

翌日午后，二人自东京返回镰仓之前，就会面一事打了电话，妹妹们闻听之后，都发自肺腑地感到喜悦，连次日火车的车次都敲定了。

谦作与信行坐上火车后，信行突然说：“你把那张照片带来没？……真是粗枝大叶。”

“带照片的事，我确实想过了，然而……”

“想过了又不想带来，这确实是你的风格呀。”信行若有所思，尖刻地说着，笑了起来。谦作有点厌烦。

“你在大森已经见过了……再说了，我也没想到这次回京能见到咲子她们啊。”

“说的也是。”信行好像要收回自己的想法似的，点了两三次头。

该夜，二人很快就睡了。次日清晨，谦作将信行留在家中，根据车次时刻，独自一人去了车站。

他站在月台上，火车进站了。两个妹妹拿着很大的行李下了火车。

“大哥呢？”妙子问道。

“他在家里等你俩。”

“哎哟！大哥好狠心啊！我们带来这么多好吃的，却不来接一下……”妙子显出朝气蓬勃的精神头儿。只是较短时间未见，妙子却长大了不少。

三人把行李放在人力车上后，溜达着从八幡前的学校旁边走过，天气晴好，暖洋洋的，三个人的心情轻松朗畅。

话题涉及谦作京都的新居等，他却很不愿意主动提及自己结婚的事，也是因为尚未到说的时机。见谦作久久不提婚事，咲子最先说道：“哥哥这回的婚事，我真是非常高兴。”

“哪一天举办婚礼？在京都举办吗？”妙子问道。

“也许是吧。”

“婚礼那天，我想去京都。”

“让哥哥领着我们去。”

“好的，就这么办。但是婚礼是哪一天啊？若赶上学校不放假，就去不了。”

“很可能就在学校放假期间。”

“尽量安排在那个时候吧。”

“婚礼日期不可能根据阿妙的情况而定啊。”咲子说道。妙子好像生气了，默默回视着姐姐。咲子认为，纵然学校放假，父亲也不可能允许妙子去京都参加婚礼。

这一点，谦作心知肚明。尽管心里一清二楚，却须违心顺情地说些妙子爱听的话，以故，谦作有些内疚。于是，他也默默不言。

快到家了，妙子一个人跑在了前头。到地点已经卸下了行李的人力车，迎面返了回来。

少时，三人到了西御门的家后，妙子在房间正中间解开了大包袱。吃的有盒装点心之类的东西，有罐头、水果，穿的有西服衬衫、和服衬衫之类。此外，还有一个盒子似的东西，用报纸包的，再用细带紧紧地捆着。妙子露出故弄玄虚的神情，将其单放一处，说道："这是送给谦作哥哥的……现在不许打开，不许打开。等回到京都后再打开。"

"是什么玩意儿，给我看看。"信行在旁边伸出手来。

"这可不行啊。"

"只给我一个人看看。"说完，信行伸手就要拿。

妙子生气了，说道："不行！"

"是贺礼吗？"

"贺礼还要另外奉上。"

"是贺礼的预付金吗？"

"行了，这事儿与大哥毫无关系，请保持沉默。"妙子站了起来，将其置于交错搁板上了。

"心眼儿真坏。实在不让看，那你就解释一下，里面到底是什么东西？”信行故意粗鲁地说道。

“是阿妙亲手做的东西。”咲子从旁插嘴说道。

“姐姐真是多嘴多舌……”妙子瞪了姐姐一眼。她要求谦作作出坚决保证，回京都前绝不打开，这才终于心满意足了。

“你这么煞有介事，反倒令人感到可笑。这样一来，倒成了打开盒子后令人后悔莫及的‘玉手箱’[①]了。”说完，咲子哧哧地笑了。

“哎呀，你这话太伤人了！”妙子圆瞪双目，一直紧盯着姐姐的脸，泪盈于睫。

“喂，马上该吃午饭了。该由你俩一展厨艺了。”尽管信行这么说，怒气未消的妙子却置若罔闻。

午后，大家去了圆觉寺，归途登上了建长寺半僧坊的山。

谦作决定将两个妹妹送至东京，然后，再乘当晚的

---

① 玉手箱，即收藏贵重物品的精美小盒子，也指不能轻易打开的盒子。童话《浦岛太郎》中，主人公浦岛太郎救下一只乌龟，后乌龟化作绝代佳人，与他相爱，并将他带到龙宫，结为连理（另有版本中，乌龟为报恩将浦岛太郎带至龙宫，浦岛与一女性结为夫妻）。三载流逝，浦岛思乡情切，妻子赠予他一个精美玉匣，即“玉手箱”，并嘱咐千万不能打开。浦岛太郎返回故里，却见一片荒芜，方知“龙宫才三春，世上七百年”。迷惑中，浦岛太郎打开玉匣，匣中生出三缕白烟，他瞬间变成耳聋眼花的老翁，再也无法返回龙宫。

列车直接返回京都。

归途打点行装，妙子如厕时，信行像开玩笑似的，带着恶作剧的神情说道："到底是啥玩意儿？拿来看看。"说完，信行取下交错搁板上的盒子。

"算了，算了。"谦作也开玩笑似的，从信行手中将盒子夺了过来。咲子在一旁笑了。

大家于镰仓车站与信行道别，三个人回了东京。然后两个妹妹送谦作回京都。

妙子的礼物是饰以绣花飘带的台式相框，还有一个装宝石用的小箱。谦作明白了妙子因被说"玉手箱"而生气的缘由，兀自笑了。小箱内一个小小的洋信封里装着一封信，内容如下：

谦作哥哥：

由衷恭喜你！日前从大哥口中听到了这件大喜事，我都几近喜极而泣了。我立即独自跑入西式房间里，因为出人意料，又过于欣喜，我都变得有些神经不正常了。

这个小箱赠给尚不知名字的嫂子，这个台式相框是用于镶嫂子的玉照，或者镶新婚伉俪照。

我在学钢琴，这是我请教了钢琴老师B先生的夫人后，我自己做成的。

谦作感到很意外。他思忖，重逢于镰仓时，妙子没说过一句恭喜的吉言，只是一副无忧无虑的轻松样子，她竟然这般为自己的婚事而欣喜逾常。谦作高兴得眼里噙着泪水。

第十二章

谦作举办婚礼的良辰吉日很快就定下来了。这也是根据石本与信行的意向做出的决定。他们通过S向对方说，不必做任何准备，因为谦作能在京都住多久，尚不得而知，因此住宅不必另租宽敞的，眼下各种东西若都带来，室内势必狭窄不便。他们还告诉对方，婚礼等都尽量从简。

十二月初的一天，新娘本人及其母亲、哥哥从敦贺来到京都。翌日，双方被请到S的府邸，在这里相亲，当晚还是S任向导，带大家去南座看“颜见世狂言”[①]。

谦作再次见到直子，得到的印象与此前他所想象的

① 南座是坐落在京都市东山区四条的剧场。“颜见世狂言”是始于江户时代的歌舞伎演出规则剧目，每年十一月在江户（今东京）歌舞伎座演出，京都南座于十二月演出，是每年新演员的登台亮相表演，节目多为喜庆内容。

相差甚大。怎么说好呢？总之，谦作认为对现在的自己而言，直子是最好的女人，是现在的自己希望得到的女人，是一个自己不知不觉在心中塑造出来的女人。一言以蔽之，谦作觉得直子富有古雅的优美，俨如《鸟毛立女屏风》上的美女。若非如此，那也像令人快乐的喜剧中登场的气质颇佳的快活的姑娘。谦作头脑中塑造的是这样的直子。归根结底，不消说，他首次见到直子时的瞬间印象带有将直子无限理想化的倾向。此刻，谦作在同一歌舞伎观众包厢席目睹的直子，身材高大，脸颊丰腴，眼角稍现鱼尾纹，看上去情绪好似有些低沉。直子的发型有点过时，是旧式的所谓“厢发”[①]。首次见到直子时，她梳的发型谦作已记不清了，但他揣测一定是不太讲究又毫不扎眼的发型。

直子的侧脸酷肖其母。其母作为 N 老人的妹妹，与谦作的想象也截然相反。大脸盘，粗墩墩的矮个，极像一个农村人。头发好似染过，乌油油的，黑得不自然。直子竟然酷似其母，这令他想起莫泊桑短篇小说 *Unfortunate likeness* [②]叙写的相同现象。只不过谦作觉

---

① 明治中后期至大正时代，在年轻女性之间流行的发型。将耳朵以上部分的头发在头部后上方梳成马尾，前发和两鬓均梳成帽檐形状。

② 即《不幸的相似》，内容梗概是：一个男子在看剧，他的眼前坐着母女二人。女儿的脸型酷肖其母亲。母亲的容貌显得挺衰老，男子观瞧之间，觉得女儿也衰老得与其母亲一模一样，于是对女儿的兴致趋于幻灭。

得自己没像作品主人公那样，对相似之事感到幻灭。尽管如此，直子并不是谦作想象的那种程度的美人，此乃客观事实。据后来直子自己对谦作的解释，头一天坐火车筋疲力尽，晚上睡眠不足——疲劳反而导致直子兴奋，几乎彻夜未眠——以故，相亲那日出现轻度头疼，略感恶心，她简直陷入半病的状态。事实上，自那次以后，谦作确实再没太看见过直子的那种精神状态。

情绪低沉的并不仅限于直子。谦作的神经也怪异地疲惫。与初次见面的人在一起待的时间一长，神经便疲顿不堪，他总是这样。

特别是与不可掉以轻心的人在一起时，谦作的神经便分外感到疲乏。直子的哥哥给谦作的感觉不坏，但无共同话题，他谈及谦作毫无准备的文学内容时，谦作常常苦于回答。谦作明明知道这只是交谈应酬，不必一一做出认真的答复，但他仍不能敷衍塞责地糊弄过去。直子的哥哥不时一边以令人感到亲近的眼神直视着谦作的眼睛，一边说道："我是一个不谙风雅之人，请别见怪。"或者说："家母年龄越来越大了，所以……"直子哥哥说这些话的时候，令人能感觉出他是一个心地非常善良的人，进而能令人对他产生亲近感。尽管相见时间短暂，谦作却已经在感情上认为直子的哥哥不是陌生的外人了。

舞台上正在演出《情死天网岛》的第一场《河庄》[1]，这出狂言剧谦作看过多次，觉得演员们的表演太拘泥于传统程式，规行矩步，虽然演技出神入化，却没有意思。谦作以这种总是不上不下的心情，面对身边的未婚妻。通常，按理说，如此时刻，谦作本应是高兴的，他却一点也高兴不起来。毋宁说，谦作此刻观瞧眼前的直子，心中回忆着两个月前的直子，感到不可思议，很难相信二者竟是同一个人。

直子神情寂寞，无精打采，但舞台吸引着她的注意。她那木呆呆的样子，令谦作感到有些可怜。同时，他自己的悲惨情绪无论如何也难以调控，令他感到实在毫无办法。

谦作竭尽全力保持若无其事的状态。然而渐渐地，他觉得哪怕是一秒也好，很想哪怕早一秒逃离此处，他的心被这种情绪笼罩着。这种心理动态对他来说绝非稀罕。情绪变化因场合而异，而正因此刻场合特殊，谦作愈发觉得自己好似在进行痛苦的“一个人的相扑比赛”，仿佛在唱独角戏，没有对象，苦涩熬煎唯有自知。曾几

---

① 纸屋治兵卫是净琉璃《情死天网岛》中的主人公，大阪造纸商治兵卫与青楼女子小春相恋，二人最终在“网岛”大长寺殉情。“河庄”是曾根崎新地的娱乐茶馆“河内屋庄兵卫”的简称，这一场叙写小春为避免有妇之夫治兵卫的家庭悲剧，打算自寻短见。

何时，他预想和阿荣结婚，正像这个预想导致谦作一时沦为放荡者一样，这次婚事中略带病态的心理把他搞得疲惫不堪，神经也衰弱至极。

演出落下帷幕时，已经很晚了。户外已近满月的冰轮高挂在碧空中。谦作马上告别众人，俨如出笼之鸟获得自由，形影相吊，从八坂神社旁走向智恩院。总而言之，谦作觉得孤身只影的感受颇佳。接近智恩院的高大山门时，冰轮隐藏于山门的后面。漆黑的高大山门望去显得愈发高大了。

婚姻的第一步，开头竟是如此心情，谦作觉得这不是一个好兆头。然而，他明确知道之所以如此，都怪自己心态不好。自己难以自控的恶劣习惯——说这话并非是想推脱自身责任——或许是因为来自祖父的丑陋遗传作祟，自己总是背叛自己——谦作有这种感觉。但无论怎么说，自己必须谨慎。今日事须让它成为过去，今后若不真正进入小心谨慎的生活，那么，自己的恶习很容易使自己的人生最终陷入毁灭。谦作思忖，婚后自己对此事尤须审慎。他反复下决心，又反复废弃决心，此刻又在下决心。

约一周过后，谦作与直子结为连理。此前，直子与她母亲、哥哥来访过谦作的寓所。那是一个阴云密布的寒冷午后，阿仙在厨房里干活，谦作为给石本与信行寄明信片，向离家二三百米的邮筒走去。这时他望见直子与她母亲、哥哥三人远远地从对面走来。直子的母亲落后一步，直子高大的身体好似紧靠着走在最前面的哥哥，她兴高采烈地喋喋不休。此时，谦作又觉得直子美丽动人，朝气蓬勃，简直就像换了一个人。谦作顿感心跳耳热，他停下脚步，伫候直子他们三人走来。

此刻，谦作的心境万分舒畅。事情进展顺利，心想事成，皆大欢喜。阿仙也欲向直子这位将来的女主人表示出最大好意，为此，她跑前跑后，忙得焦头烂额。谦作从小文卷箱里拿出好久没拿出来过的亡母、哥哥、妹妹、外祖父、外祖母、阿荣以及学校朋友们的照片，给大家看。

大家走出家门，决定去银阁寺，先参观安乐寺，后游览法然院。谦作解说阿育王塔的由来时，直子像女学生在听自己崇拜的老师讲话一样，津津有味地听着。

欲进银阁寺之际，直子的哥哥突然说："我身体有点不舒服，先回去了。"他脸色苍白，额头冒出虚汗。大家都有些担心。谦作怕冷，酷好在室内生炭火，直子的哥哥可能是被熏得中毒了。他说自己一个人可以回去，恰好有人力车，便与母亲一起提前回去了，留下了直子与谦作二人。

二人走过埋着竖瓦的坡道，默默地进入银阁寺的门内。影壁上写着一个“德”字。二人在影壁旁等待导游的时候，话头断了。俄顷，出来一个穿着短裙裤的当导游的孩子，一个人大声讲解道：“这是向月台与银沙滩”，“左右隔扇上的字，出自大雅堂[①]的手笔”。谦作与直子局促不安的感觉随即消失一空了。

“往回走时，你如果坐人力车直接回去，那放在我那里的阳伞与‘信玄袋’[②]，今天晚上我给送到你们下榻的旅馆。你看怎么样？”谦作问道。直子默默不语，以略显生气似的眼神看着谦作。“那么，你顺路到我那里去一趟吗？”谦作这么一说，直子冷淡地回答：“嗯。”其隐含本意即那是理所当然的事，还用问吗？

从南禅寺后引出水渠，渠水浇灌黑谷附近的水田后又流回去。二人沿着这条人工水渠前行。能比肩而行的地方便比肩而行，不能比肩而行的地方，谦作就走在前面。即便走在前头的时候，他也能想象出身后跟来的直子形象——身材高大，双足小巧健美，脚穿板板正正的雪白布袜，边踢蹭着衣襟边轻捷迈步前行。他觉得直子的如此形象美得无以名状。这样的女子——这样的双

① 即江户时代中期南画家池大雅（1723—1776），日本“南画”的集大成者，亦擅书法。

② 带抽口的旅行手提布制平底小袋，与“和服”般配协调，明治时代中期开始流行。据说受装“信玄便当”的口袋启发，故名。

足，就紧跟在自己身后，他油然感受到一种不可言传的幸福。

清流之底铺着细沙，一只小乌龟逆流竭尽全力地爬着，好像有目的一般，抻着脖子爬动的样子十分可笑。谦作与直子驻足片刻，饶有兴趣地观瞧着。

“文学方面的事，我一窍不通。”直子此时莫名其妙地冒出这么一句话。谦作蹲下来，拾起一个土块，朝小乌龟的前头抛去。乌龟略微缩头。土块融化形成的泥水流走之后，小龟壳蒙着一层薄泥，又开始缓缓走动。

“不懂文学，挺好的。”谦作蹲着回答。

“我觉得一点也不好。”

“你不懂文学，对我来说，反倒是挺好的。”

“为什么呀？”

被直子这么一问，谦作也难以做出明确回答。此前他不是这样的，如今却认为妻子对自己的工作是否理解，这种事无关紧要。当初想和阿荣结婚时，这个问题就不知不觉地解决了。如果直子说“我很喜欢文学”，这倒是令谦作感到难以忍受。

直子觉得如果不尽早申明自己不懂文学，总觉得心中不安。直子心中还有一件事，她的一位姑姑离婚后回了娘家，直子出生前，姑姑就是自家的一员。姑姑无子女，所以非常喜欢直子。如今姑姑已年过六旬，与直子分别，甚感怅怅难耐。今后可能常来京都，会给谦作添麻烦，到时还请谦作多多包涵。“姑姑求我请你多多关照她。”直子说道。

回到寓所，二人休息了一会儿。直子在邻室的书架前一边搜寻喜欢的书籍，一边又这样问谦作：“今后，我应该读什么书为好呢？”

二人一起走出了家门，谦作把直子送到了旅馆。直子的哥哥已经起来了。他回到旅馆睡了片刻，身体就完全恢复正常了。

第十三章

约五日过后，在圆山的“左阿弥”[1]餐馆，谦作与直子举办了简单的婚礼。谦作一方的出席者有信行、石本夫妇，还有喜欢京都的宫本以及回到奈良的高井等人。直子一方出席婚礼的有N老人夫妇、其他三四位亲属与知己，还有月下老人S夫妇、山崎医学士、东三本木旅馆的女掌柜等。婚礼虽说简单，却比谦作此前想象的热闹多了。他甚至觉得这般热闹的婚礼，不合自己的审美标准。婚礼当天，谦作觉得最称心如意的是，自己能享受到自由自在心满意足的情绪。他心明眼亮，目睹种种事情，皆感到有说不出的愉快，并且为自己能给人们带来同样的欣悦而由衷地感到喜悦。

少女舞伎[2]与艺人着装标准自然，显得很是潇洒，

---

① 左阿弥是一家古色古香的餐馆。志贺本人的婚礼就是在这里举行的。

② 舞伎是以舞蹈为酒席助兴的十岁至十六岁的少女。二战后，据《劳动基准法》，禁止少女参与酒席接待活动，不存在十八岁以下的舞伎。

相形之下，新娘直子身着尚未穿习惯的长袖和服盛装，格外引人注目。而“高岛田发型”[①]与直子的粉腮一点也不协调，带有怪异的土气感，令直子多少显得有点可怜。然而，在此刻正心花怒放的新郎谦作看来，连如此形象都带有一种幽默感，美艳悦目。

十一点左右，一切落下帷幕。临归之际，信行说道：“我去石本的旅馆，明天我会早早地给阿荣拍电报。详细内容等你安置妥当后，再写信告诉阿荣吧。”

此日信行兴之所至，纵酒狂欢，酩酊大醉，一个人喋喋不休地闹腾着，但并不令人讨厌，没给大家带来一丝一毫的不快。谦作第一次看见信行这副酒后形象，感到非常稀奇，同时又有点心怀隐忧：信行喝到这种程度还好，倘若醉得再厉害些，无所顾忌说错话了，那就不妙了。但是出乎谦作意料，信行适才理智地说出了正经话，谦作心想：“不愧是信行！”他从心底本能地感受到了骨肉之情。

一回到家，阿仙身着传统的碎花并带有家徽的礼服，在门口迎接新郎新娘。

翌日，二人很早就联袂恭访S府邸致谢。本来是上班时间，S特意在家等候二人的到来。之后，二人赴石

---

① 一种发髻高耸的发型，是明治维新后新娘的正式发型。

本夫妇下榻的旅馆，大家从这里一起去拜访下榻东三楼的直子娘家人。

这两三天，谦作忙于杂事，或者送客人归去，或者应酬去奈良的客人，终日忙碌不停。

谦作的寓所是一个小家，结构是一个八叠大的房间和一个朝北的四叠大邻室，再就是门口方厅与女仆房间。朝北的四叠房间不能使用，因此婚后二人居住此寓所太过狭窄，无论如何还须搬家。

谦作虽不必马上工作，但是他不愿婚后一段时间内处于一事无成的状态，出于这种心情，他尤其想创造出一个任何时候皆可以工作的生活环境。某日，夫妇二人去高台寺看一所出租房，谦作此前来这边看过一次。上次看过的房子已经租出去了，但与此房并列新建的一栋二楼结构住宅，东西各有一家。谦作看中了东侧出租房，大致就算租下来了。

“这个房间位置有点不太好。”谦作从二楼南向房间窗户伸出脑袋，这样说道。

“邻居若从窗户里伸出头来，可就会脸对脸了。”

“真是的。”直子回应道。

领谦作夫妇进屋的是房东的年轻儿子，手拿钥匙。他口气轻松地说道：“这一点好办。在洗手间屋脊立起一面障壁即可，还能挡住西倾太阳的光线。”

“是的。房东若能给这么改造一下，那可太好了。另外，电灯线若拉不到房间角落的桌子上，很不方便。如果可以的话，改动一下电灯线也行……”

“哎，这点小事，我找人来给调整一下。”

到此为止，诸事都很顺畅。来到楼下，看见作为茶室的房间里电灯只能从天棚垂下二尺许，谦作说：“这个电灯也不方便。若是这样，做针线活光线太暗。”

“不能再伸长一点吗？”直子略伸腰板，想把电灯往下拽一点。

“不能再拽了。”房东儿子脸色阴沉，不悦地说道。然后，他站远了一点，默默无语地瞅着电灯。谦作感觉是因为他们只顾自己方便，所以房东儿子气恼了。确实是只顾自己方便，但他又百思不解：“房东儿子何故为这点小事斤斤计较呢？”房东不想给加长电灯线，而且他明知谦作想要加长电灯线，却佯装不知。对此，脾气任性的谦作怒气陡生。

“我们住进来以后，自己加长电灯线可以吧？”谦作问道。

“这——不太合适吧。”年轻的房东冷漠地回答。

“为什么呀？”

“对于京都人来说，那么长就足够用了。”

“……”谦作怒火满怀。

“电灯线拉得那么长，不好看。”

“如果我们退房子时再给恢复原状的话，自己加长可以吧？还是这样也不行？”

“不行。”年轻的房东连神色都变了。

“世间哪有像你这样犯浑的家伙！这样的话，我不租了——咱们回去！”性格急躁的谦作这样说道。他连招呼也不打，疾步走了出来。剩下直子一人不知如何是好。尽管如此，直子还是说了几句客气话。“没事的。”年轻的房东说道，并恭敬地点了点头。

“哎呀，你们两个人都是急性子。”直子撑开阳伞，一路小跑追上谦作后，脸上绽开笑容。

“但是，那家伙的性格比我好一点。”谦作苦笑着说道。他觉得年轻的房东不悦也自有道理。自己一时赌气与他动怒，倒感到有点不好意思。

“干完架，又夸奖人家，真拿你没办法。那房子挺好，不租可惜了。”

“再可惜，也追悔莫及了。”

“这次的事，咱们本应该先保持沉默。待住进去之后，我们就可以随意加长电灯线了。由于咱们一开始就向房东提出各种要求，这才导致房东心烦动怒了。”

该日，夫妻二人不再另找出租房了，而是去买礼品，作为贺礼的答礼。夫妻来到五条坂，一家一家地逛陶瓷店，“六兵卫”“清风”“宗六”——谦作猜测宗六陶瓷店的“宗六”，或许就是出来应酬顾客的这个人。他的装束极其质朴，还较年轻，他亲切地拿出世代相传的样品赤玉香盒，当作参考品给谦作夫妻看。首代宗六是伊势龟山人，谦作姨母的婆家是这家陶瓷店的近亲。他听说因是近亲，姨母来京都总是住在此家。出于这种心情，谦作对眼前的年轻人自然地有一种亲密感。但不知何故，谦作不愿表明自己是那位姨母的外甥。

宗六家阴沉潮湿，但来到从宗六家分出来自立门户的木仙家时，一切都莫名地令人感觉生机勃勃。谦作在颇有好感的宗六家什么也没买，倒是在木仙家将一系列答礼置办齐全了。店里摆满了货物，二代木仙稳坐在店中央，自己沏茶接待顾客，俨然是一个颇有宏图大略的人物。谦作决定买几个带红色绘画的细口小瓷瓶。装小瓷瓶的盒子上的字是今已卧床的首代木仙题写的。

夫妻二人走出店铺时，天色已近日暮，街上刮着寒风，谦作感到冷得有点受不了了。

“再不赶快找个地方吃点热乎饭，会感冒的。”谦作这样说道，并将和服外套的衣领竖了起来。

“阿仙肯定把饭都做好了，在家里等咱俩呢。”

“说不准啊。”

“是吗？你平素常在外面吃饭吗？”

“不常在外面吃饭。但今天咱俩很晚才出来，阿仙大概会认为咱俩会在外吃完饭再回家。”

二人谈着话，走下了坡度较缓的五条坂。五条桥在翻修，桥旁搭起一座临时窄桥，夫妻二人走过了临时桥。

“这就是五条桥吗？”

“嗯。”

“我舅舅（N老人）在S先生关照下，将五条桥桥桩的基石弄到手了，把他高兴坏了。”

“要那桥桩基石干啥用？”

“说是当茶室庭院的踏脚石什么的。”

“你舅舅真是一位非同一般的风雅之士啊。”

“是的。舅舅的品位和我妈大不相同。”

“是吗？在东三楼初次见面时，你舅舅从古旧的呢绒袋中拿出相当精致的东西给我看。那些东西都很讲究吧？”

“那个袋子相当古旧，记得我孩提时，舅舅就常把那个袋子挂在腰间。袋子里的东西是好东西吗？”

“相当好啊。”

“你也是一个风雅之人啊。看你今天买的东西，我觉得你是这样的人。”说完，直子笑了。

“你哥哥如何？”

“哥哥与我都是同一个母亲生的孩子，对风雅一窍不通。”

“不谙风雅挺好。年纪轻轻就讲究风雅，不是什么高级趣味。”

“你的意思是，对于你的情趣一概不懂为好吧？文学也是不懂为佳，风雅也是不谙为佳。”

“所言极是。”谦作回答，“懂文学，熟谙风雅，是一种不良情趣。”

“真是莫名其妙的理论，连这个理论我也不懂。”直子大声笑了起来。谦作也笑了。“这个理论也是不懂为佳吧？”说完，直子抻着脖子望着谦作的脸，然后忍不住笑得前合后仰。

“傻瓜。”谦作不由自主地说出此话来。

夫妻二人过了桥，在桥头坐上开往四条的电车，于名曰“菊水桥”的小桥头奔向牡蛎船餐馆。谦作自从在尾道吃过“牡蛎船料理”以来，这是第二次。因此，尾道时期的苦涩记忆淡淡地掠过心头。那时苦涩情绪笼罩心中，与之相比，他觉得现在非常幸福。首先是场所的氛围与尾道迥然不同。与尾道昏暗的仓库街区的牡蛎船相比，此处的场所氛围极其明朗，牡蛎船前面是祇园一家家茶馆的灯火，有四条华丽炫目的桥，有桥那边的南座剧场，岸上辉煌灯火映照河面，闪闪发光。

约一小时过后，夫妻二人走出牡蛎船餐馆，一同品味着轻松心情，穿过祇园的茶馆街。此处有身着华装的少女舞伎，有给艺伎当使唤丫头的束发盘髻的少女，往来穿梭。谦作夫妇来到电车大街，这条街尽头有前文提及的类似近郊曲艺场的小剧场。就在这个小屋子里，谦作曾见过名曰“蝮蛇阿政”的女人。

“你知不知道有个叫‘蝮蛇阿政’的女人？”谦作想起往事，这样问道。

“记得好像在曲艺读物中读过关于她的事。”

“我在此处见过那个女人。”

“哎哟，这个女人还健在吗？”

“她把自己的人生经历编成戏剧，巡回演出。”

谦作对直子讲起当时他看到的那个削发女人，长得五大三粗，像个男人。他还对直子说，这个女人给他留下的印象是“心中绝无快乐的绝望的忧郁”。他还一并讲了名曰“荣花”的女子，提到那年春季动笔写荣花，写了多次，却没写成。

“归根结底，所谓忏悔，只忏悔一次有效。”谦作说道，“我认为，从第二次开始，再无第一次忏悔产生的那种感人至深的力量了，以故，忏悔已经毫无意义了。将忏悔编成戏剧赴各地演出，这倒可以理解。但不言而喻，忏悔的意义，一点也没有了。”

谦作对直子说，荣花犯了罪却一直不忏悔，现在心中因受苛责，心情总处于一种紧张状态；蝮蛇阿政已经忏悔了，她认为自己受到人们的宽恕，但其实她的心却毫无快乐之事。谦作对直子说，自己认为从精神状态方面看，与心情未处于紧张状态的蝮蛇阿政相比较，倒是心情总处于紧张状态的荣花，远比前者有可取之处。

“是吗？我如果做了坏事不说出来的话，心里就非常憋闷。然而如实说出来后，心里确实清爽敞亮多了。”

“你做的坏事，不能与阿政或荣花做的坏事相提并论。”

“有相异之处吗？”直子问道。她说话的语调，在谦作听来是何其天真无邪。

“当然有啊。你做的坏事，只要说出来，谁都能够宽恕你，你做的是这等程度的坏事。阿政或荣花做的坏事，可不像你做的那么简单。你做的坏事说出来之后，即便马上就忘了，别人也并不觉得有何不妥。坏事因性质而异，有的坏事忏悔之后，若不继续保持忏悔前的那种心情，就很不妥当。有的坏事如果忏悔之后，忏悔者心里觉得清爽敞亮，这会令别人不舒服。”

“会令谁不舒服？”

“会令谁？会令受害者不舒服……”

“记仇之心异乎寻常啊。”

“忏悔之事，若索性永不忏悔，或许会持续怀有悔悟的心情。一旦忏悔完毕，后果反倒实不可取。”

“如果是这样，人到底应该怎么办啊？”

“……”谦作意外地语塞了。他忽然浮想起亡母的事情，觉得自己俨如掉进了陷阱。于是，他闭口无言了。二人默然无语，走了片刻。走了不一会儿，直子好像遭到莫可名状的不安心情袭击，说道：“这个话题就此打住吧。行不？”

直子听说过谦作母亲的事，但此刻对谈之时她似乎并没想到这一层，只是某些模糊迹象令她感到不安。她故意用撒娇的口气说道：“你没有什么令人听后感到轻松愉快的话题吗？给我讲件轻松愉快的事情吧？……你刚才讲的那些高深理论，我听不大懂。”

说完，直子用她那丰满柔软的肩膀撞了谦作一下。

“你简直什么都不懂啊。”谦作笑了，“你是认为如果说‘不懂’，就会受到表扬吧？”

“是的呀。我什么都不懂，是个不懂事的人，这是好事。你不也认为我这样才好吗？”

少时，夫妻二人心情轻松地回到北坊的寓所。

第十四章

约十日过后，谦作夫妻二人在衣笠村找到了新建的二层楼结构出租房。一月的京都，一个罕见的大冷天，二人移居此家。房子刚建好，墙壁刚干，一次也没动过烟火，空荡荡的，尤其冻得人周身寒彻。

S公司一个上了年纪的杂役前来帮忙。这个杂役说道："这个地方，如果只留下女子看家，是很寂寞的。危险的事情倒也没有，但还是养一条狗为好。"

谦作便求杂役给弄一条狗来。

当天晚上，待家里所有火盆都生着了火，将房间烘烤暖和之后，谦作夫妻才双双进入梦乡。

他决定将二楼当作书斋。桌子安放于靠近北窗之处。从北窗眺望到的景色令谦作喜出望外。正面有松林繁茂的圆形衣笠山，山的前面是金阁寺的森林，再往前是鹰峰，从北窗可望见此峰的一部分。还可望见鹰峰左侧高高的爱宕山以及右侧略冒出的峰巅蒙着薄雪的比叡山。谦作时常坐在桌前，却不笔耕，而是聚精会神地眺望窗外景色。

夫妻常外出散步。常去的地点有花园的妙心寺、太秦的广隆寺、祭祀秦河胜[1]的蚕宫、御室的仁和寺、鹰峰的光悦寺，此外还有紫野的大德寺等。黑夜有黑夜的去处，二人常坐电车去新京极的繁华区，近处常去被誉为“西阵的京极”的千本大街。

其间，有一个比谦作小两岁的中学同学末松，恰巧来到冈崎的寄宿处。当年谦作家和末松家近在咫尺，两人常在一起玩。四五年前，末松考入京都的大学，却因病休学两载。最近仍每隔半年从东京来京都一次，接受此前未完成的科目考试。某日晚间，末松领着一个嗜阅谦作作品的青年，前来拜访谦作。

“水谷君最喜欢你与阪口君的作品。”末松这样说道。谦作不知如何回答。自己与阪口同时受此青年欢迎，这令谦作感到难堪。此外，每当读者面对谦作评价他的作品时，他总是感到窘迫，不知如何回答是好。

“水谷君也是读文科的，今年来上大学。我是门外汉，他是诗也好，和歌也罢，什么都写。”末松说道。

---

① 七世纪初期推古朝的人，圣德太子的舍人，推古天皇十八年（610）任新罗使者的接待役，创建了广隆寺。

“其间我若写出了什么东西，还请先生得暇时多多雅正。”水谷以比较爽快的口气说道。

“你见过阪口吗？”

“没有，一次也没拜见过。”

直子将茶与点心端了进来。谦作依次向末松和水谷介绍了直子。

不知何时，直子换了服装，青丝也梳拢得利索悦目。她一副标准的新娘形象，温文尔雅地给客人摆上茶点。

“你认识夫人的表兄吗？”末松回头问水谷。

“嗯。我和要君中学时代一直在一起。还有久世君也是。”

不知何故，直子的粉腮上泛起了红云。所谓“要君”，是N老人的儿子，目前就读于东京高等工业学校。谦作未曾见过其人，仅知其名。于是他又面对直子问道：“所谓久世君，是什么样的人物？”

“久世君是阿要心心相印的朋友，就读于同志社大学[①]——哎呀，他也是一个盛赞你作品的人。”直子仅对谦作以十分自在的语调说着，后半句的语速很快。直子与谦作的婚事运作期间，女方曾向久世君征求过他对作家谦作的评价。

① 基督教谱系私立大学，教育家与宗教家新岛襄创建于明治八年（1875）。大学本部在京都市上京区。

“是吗？”谦作回应道。

“久世君也很想前来拜访你，可以吧？”

“可以。随时可以来。”

直子身体好似紧贴在谦作身上一般，坐在他的身旁。面对客人，谦作有点不好意思，故意努力佯装对直子的举动毫未察觉，但这样做显得很不自然，实令谦作为难。于是，他若无其事地改变坐姿，借此机会离开直子的身体。

“要君时常来信吗？”水谷这样直截了当地问直子，说话方式与他的年龄颇不相称。

“没来信，一封也没来。”直子边回答边看着谦作，又说道，“真够呛，我来京都后，没来一封信。”谦作默默不言。

“我听说要君曾对久世君说过，这次春假里，他打算在去敦贺或自敦贺归来的途中，顺道来京都，拜访这边的新家庭……”说完，独自笑了起来。

“要君真讨厌！”直子看似怒气冲冲地说道，粉腮泛出微红。

末松与谦作虽然关系近密，但因尚不熟悉的直子在身旁，他说的话还不到平时的一半。而初访谦作的水谷，言行与年龄很不协调，他无拘无束，滔滔不绝，开着玩笑，给谦作留下了不良印象。水谷这个青年皮肤白净，是小矮个儿，一笑双颊就出现纵向大酒窝，眼睛总是显得浑浊。他身穿藏青地碎白花和服，裙裤带子系着死扣，两根带子头儿垂在前面。水谷与末松寄宿于同一家，二人也是初识。水谷擅长下象棋、玩纸牌、打台球，末松与他是这方面的朋友。

“夫人。”阿仙在“唐纸隔扇”[①]外面叫了一声，“夫人，请出来一下。”

直子急忙起身而出。她的身影消失后，末松好像此前一直在焦盼这一瞬间似的，立即开始模仿玩纸牌的动作，问道：“现在还玩花纸牌[②]吗？”说完，末松笑了。

“不玩了。”谦作也笑了，摇着头。在中学时代，谦作和末松常与阿荣一起玩纸牌。

“花纸牌还有吗？”

“有，但不知放在哪里了，还是那副旧的……”

“真想玩一把。”末松好像非常想玩纸牌，以孩子般的口气说道。

“怎么回事，你怎么那么大的瘾啊？”

“在寄宿处的所有人中，末松君玩花纸牌的瘾最

---

① “唐纸”是从中国传入的一种厚纸，或日本仿造的这种厚纸，色彩美丽，图案秀雅。隔扇上糊着唐纸，故名。

② 日本式扑克，对应十二个月，每月四张牌，牌上标明分数，画着应季花草，一月是松，二月是梅花，三月是樱花等等。花纸牌简称“花”。

大。”水谷说道。

“夫人会玩儿不？”末松问道。

“我也不知道啊。”谦作回答。

直子让阿仙拉开了唐纸隔扇，端着一个大雕花玻璃钵进来了，钵内装的是削了皮切成小瓣儿的苹果，高高堆积，俨如小山。

“你会玩‘花’不？”谦作仰视依然站立着的直子，这样问道。

“花？……”直子站立着，有些不解地歪着头。

“就是这个。”谦作比画着玩纸牌的动作给她看。

“啊，那个‘花’呀？”直子坐了下来，将雕花玻璃钵放在合适位置上，答曰，“那个我会。”

“这可太好啦！”水谷兴奋快活地说道，看得出他的兴致颇高。

“花纸牌放在何处，知道不？”

“搬家时见过一眼，用红色印花布包袱皮包的，就是那个吧？”

“就是那个。”

“拿来吗？”直子又歪着头问道，这个动作是她的癖习。

“嗯。”

俄顷，四人在电灯下，围坐在蒙着白布的一个坐垫周围。

“全按四倍算账。其他规则没有变化。”末松一边分着筹码一边说道。

“与我会的那种玩法不一样吗？”

“你会的是哪种玩法？也有特殊规则吧？”

“有啊。有‘月见’‘花见’‘猪鹿蝶’[①]等。”

“这么说来，与我们的玩法不一样。”谦作说道。

“是吗？那我先看看你们怎么玩儿。这样可以吧？”直子说道。

“夫人，没关系的。”末松一边手法灵巧地洗牌，一边说道，“马上就能学会。若有四个人，有不固定的某人会弃权，当机动者，机动者可以给夫人当参谋。”

“参加吧，马上就能学会。我把规则给你写下来。把纸与笔砚拿来吧。”谦作说道。

直子起身去拿纸与笔砚。

水谷将黑牌分成四份，各自打开一看，谦作得到了“鹤”[②]，当庄家。

---

① 花纸牌有“八八”“马鹿花”“一二三”“四五六”等三十余种玩法，“月见”“花见”“猪鹿蝶”均属于玩法。以“猪鹿蝶”为例，得到十分的萩花牌为“猪”，得到十分的红叶牌为“鹿”，得到十分的牡丹牌为“蝶”，这三张牌全得到即为赢家。

② “鹤”在花纸牌中是一月第一张，标明二十分。

谦作拿起红牌，开始分发。

“我来写吧。”水谷从直子手中接过纸与笔砚，从“手役”[①]写起，一一详做说明。

谦作看一眼自己手中的牌，然后将牌扣下，手不知干什么是好，于是点燃了一支香烟。

“龙冈君今在何处？还远在巴黎吗？”末松问道。

“是的。听说还在勤奋苦读。”

“听说在飞机发动机研究方面，龙冈君的水平在日本名列第一。”

“是吗？龙冈君已经达到第一的水平了吗？”谦作由衷感到欣喜。

“我是风闻龙冈君达到了如此水平。他一直给你来信吗？”

“时有来信。”

水谷给直子讲了一遍“手役”后，又说道：“‘光一’又名‘噶卡’，‘丹一’又名‘丹兵卫’[②]。”水谷边说话边在“光一”下面写上了“噶卡”。

“喂，讲得差不多就行了。”末松有些等得不耐烦了。

“少安毋躁。解释完了‘手役’，接下来解释‘出来

---

① 靠最先分到的牌就自成一副牌，得到享有特权的分数。

② “光一”“丹一”等皆是牌名。

役'[①]。”水谷又开始对直子解释起来。

“阿荣呢？”末松问道。

“在天津。”

“在天津？”末松惊愕地说道，“为何去那样的地方……”

“天津有阿荣的表妹。她去年秋天来了，阿荣就跟着她一起去了天津。”谦作不愿被问及阿荣去做何买卖。尽管没必要隐瞒，但他不愿在初识的水谷面前谈论此事。

“阿荣在天津做什么生意吗？”

“在那边做点什么事，和她表妹一起干。”

末松没再继续刨根问底，恰在此刻，水谷说道：“喂，那么，咱们开始吧。”

谦作马上将手放在一摞牌上，问道：“几贯？[②]”

“两贯。”

谦作扔出两贯钱，然后挪蹭到直子身旁，看着她手中的牌问道：“怎么样？明白了吧？”

“你看我的牌怎么样？”直子两只手拿着牌，举到谦作眼前。

“出牌看看。”

---

① 指拿到了决定胜负的牌。

② 明治四年（1871）政府规定，一百文为一钱，十钱为一贯。弃权须付钱，谦作付钱弃权，以便给直子支着儿。

"出这张合适吧？"直子这么说着，拿自己的牌与水谷写的纸单对照起来。大家都笑了。

直子虽然初次接触这种玩法，但总有一个弃权的机动者来给她出谋划策，结果不知不觉之间，她成了最大赢家。之后直子接受水谷的高见，打成了"五光"[①]，至此大局已定，直子得分最多。

一年十二个月份的牌打完之后，直子赢了。于是谦作对直子说道：

"这一回你独立玩一把看看，基本明白了吧？"

"哎，可以的。这一回我自己玩。"

然而，直子独立玩牌时却总是输。后来还是得有人给她出主意。每当一把牌决出胜负算账时，直子常说："我手中没有'手役'了吗？"说完，开始琢磨，又说道："有了，是'立三本'[②]"

"你说些什么呀。那是上一把牌。你真是太贪心了。"谦作一边好似开玩笑般说着，一边心想：直子有女人特有的胆小谨慎，但事实上又存在极重的贪欲。

这次水谷是庄家，庄家说参加这一局一决胜负，第二家也说参加，第三家谦作手中有两套多分牌，他也说

---

① 打成得分最多的牌，所谓"五光"，即桐花（二十分）、樱花（二十分）、芒草花（二十分）、松（二十分）、雨（二十分）这五张牌全拿到了。

② 牌名，"手役"中包含"立三本"。

参加。最后的直子只有弃权了。

“你都有什么牌？”说完，谦作转头看着直子。

直子将七张牌拉开呈扇形，给谦作看，说道：“有‘丹兵卫’。”

“好的，是‘樱丹’。”谦作对大家说道。他有意无意又看一遍直子的牌时，一张“糟菊”牌略微引起了谦作的注意。他伸手将该牌的扇面处拉得更宽一些，发现那是附带杯子的菊花[①]，有了此牌，直子手中的牌就没戏了。谦作揣测直子用上面的牌遮严杯子，是想作弊。

“我一点也没察觉到啊。”直子略显不悦地说道。

“好了。那么，你虽然有‘樱丹’，但作为处罚，‘樱丹’作废。”谦作漫不经心地接过直子的牌，洗进牌摞里，开始打牌。谦作虽未开玩笑般对直子直言“你真是个狡猾的家伙”，但实际上，他总觉得直子要了奸猾。谦作边打牌边琢磨此事，情绪有些低沉。或许因心理作用，他觉得大家都莫名其妙地默不作声了。

夜里十一点左右，末松与水谷说要回去，为了送二人，谦作带着直子走出了家门。

“最近得暇时，到我的寄宿处玩牌吧。”末松说道。

“去也可以，然而……”谦作含糊其词地回答。一想

① 九月的四张牌上图案是菊花，标明的分数分别是十分、五分、一分、一分。

到去那里与水谷那样的人一起玩牌，他便感到兴致索然。

“请务必莅临我们的寄宿处。”水谷也劝道，“我们基本上每天都在某个房间里玩牌。”

“玩花纸牌，我不太擅长，因此……”

“哪里的话。我认为时任先生打牌是‘理论型’的，很有意思。末松君打牌是‘思念术型’的，经常干没有章法的事。”水谷这样说道。他望着末松哈哈大笑。

“何谓‘思念术’？”谦作向末松问道。

“哎？问‘思念术’啊……”末松只是笑了一笑。

“‘思念术’就是指全靠意念，翻开牌摞时遇到称心如意的牌。”

几人走过椿寺，又走过小桥，来到“一条大街”[①]。但因时间太晚，所有店铺皆已闭店，万籁俱寂。直子将脸颊深深地埋在（谦作的）毛围巾里，很少说话，跟在谦作身后。

“怎么样，你俩还不回去呀？”末松问道。

“你怎么样？”谦作满怀关爱地回头看了看直子。

“问我？我没事。”

“那就把你们送到大将军神社一带吧。”

寒冷的夜半，大家都默默无语时，木屐齿踏在冻得

① 京都市上京区东西向道路，位于京都御所西侧。

冰冷的路面上，发出清脆的声响。

“等到天气再稍微暖和一些，咱们一起去什么地方旅游一次吧。”大约十年前，谦作与末松巡游了“富士五湖”[1]，如今他想起此事，向末松提出建议。

“我赞成。今年春天，我想去月濑旅游。你如果尚未去过，咱们可以一起去月濑，途中越过笠置山。”

“月濑是个好去处，我也未曾游览过。”水谷也立即说道。但谦作与末松都没搭理他，而是开始共同回忆当年联袂巡游富士五湖时的乐事。

少时，几人走到了街上名曰“大将军”的涂成红色的小神社门前。在此处，谦作夫妇与末松、水谷道别，返了回来。不知何故，直子蔫头耷脑的。谦作揣想，适才的事最终还是伤了直子的心，若是那样，他很想说几句话安慰直子。谦作认为，直子的事就是自己的事，伤了直子的心，就等于伤了自己的心。

“累了吧？”

“不累。”

满载蔬菜的牛车发出“唧噔嘎噔”的声响，与谦作夫妻相错而过。牛垂着头，左右大幅度摇晃着，鼻孔向路面喷洒着粗浓的雾气，走了过去。

---

① 富士山的火山熔岩阻塞了山北麓的御坂山地河谷，形成的五个堰塞湖。

“打牌作弊是坏事。”谦作这样想道，“迄今为止，面对坏事，自己大都感觉不快，但是现在对直子做的坏事，自己毫无不快与恶感，这真是不可思议的事。”他察觉到了自己的这种心理差异。谦作觉得直子非常可怜。通过这件事，他反而感觉到自己对直子怀有深深的爱，这是他迄今为止从未感觉到的爱。

谦作默默地握着直子的手，将其放入自己的怀中。直子那细长的秀目闪烁着撒娇的秋波，脸颊紧贴在谦作的肩头，同步而行。谦作无端地萌生出感伤情绪，并深切地感到如今直子已经完全成为自己的一部分了。

第十五章

在京都，谦作没有其他朋友，因此自然而然地常与末松聚会。然而当时的末松正与祇园的三流艺伎保持着风月关系，二人正好得蜜里调油，谦作访末松之前，多多少少必须虑及这个现实。而末松顾及直子的情面，也不想邀谦作去他那里。

某日晚上，谦作趁外出之便，很晚才去了末松的寄宿处。他认为末松如果出门的话，大概早就出门了。然而抵达一看，末松刚要动身，二人都觉得有点对不起朋友。

“没关系。真的没关系。”末松这样说道。他故意装出时间上绰有余裕的样子，向火盆里添着木炭。片刻过后，末松还是表现出坐立不安了，向谦作征求意见：“把她叫到这儿来呀？”

“如果把她叫来，倒不如咱俩去，这样比较好。”谦作建议道。

“这样做真的好吗？我觉得有点对不起你夫人啊。”

末松露出又羞又喜的神情，挠着头。

俄顷，二人来到寒冷的户外，时间已经九点多了。二人从平安神宫前宽阔恬静的广场一直朝电车路走去。

“在何处叫她？”末松问道。

“在你常去的地方叫她较好吧。”谦作回答。

“艺伎若是‘红车票’[1]，艺伎所在的娱乐茶馆也是‘红车票’。去这等地方，会伤害你的自尊心的。”说罢，末松笑了，“咱俩与其去那家娱乐茶馆，不如去某家餐馆为好。”

“最重要的当事人若不在家，那可大煞风景了。我刚吃完饭，你也是吧？”

“是的。但她会在家，因为她也不是风月场上走红的艺伎……”

最后，二人决定在某处给她打电话。他们坐电车来到祇园的石阶下，钻进附近一家咖啡馆，末松立即站在电话旁。

“嗯……嗯……嗯……”末松总是应答着。但在说了一句“那么，再见”之后，咔嚓一声，他狠狠地挂了话筒，悒悒不乐地回到桌子旁。

“六十日元虽然不能摆架子逞威风，但也太令人不痛

① 当时国营铁路车票分为三等，第三等车票是淡红色。“红车票”是下等或下等人的又称。

快。”末松一边这样说着，一边令女招待快给上烈性酒。

“她不在吗？”

“说她去了大阪的剧院，今天回不来了——纯属撒谎。”末松说话间明显露出焦躁不安的神情，样子很可怜。末松表情不快，好像正一清二楚地看见那艺伎与他以外的所谓“夫君”，此刻正在某处你侬我侬。

电话铃声响了，一个女招待去接电话。

“是我的电话吗？如果是找我，就说我不在。”末松像神经质似的这样说道。果然，末松猜中了，正是找他。

女招待用手掌捂严话筒，回头问道：“我已经告诉对方，说您在这里了。”她流露出困惑的神情。

“那你就回话说‘他不接电话’。”

然而最后，末松还是被娱乐茶馆执拗缠人的女掌柜叫到了电话旁，经过短暂的一问一答，最终答应了去那茶馆。

“那里是个挺脏的地方。但她现在不在，不必着急，在这里再坐一会儿。”末松依然让女招待拿烈性酒来，想靠酒力强行使自己镇静下来。而且，自己被女掌柜一劝就立即前往的举动也令末松大为不悦。

“真的没关系吗？让你陪着我进行无聊的交往，真对不起你呀。”末松说道。

“我没关系的。”谦作感到末松很可怜，不由自主地这样说道。虑及末松的心情与自己的心情相差悬殊，谦作心中五味杂陈，很不好受。实际上，他的心动辄飞回直子身边。寂寥的衣笠村家中，独守空房的直子，在苦盼他尽早回家。谦作担心自己的心情被末松察觉，遂尽量装作一身自由无牵系的样子。

“在花见小路，还有一家我熟悉的茶馆。一开始就去那家就好了。”末松说道。

二人走出咖啡馆，奔赴娱乐茶馆的途中，茶馆档次很低一事仍令末松难以释怀。他已经醉了。

来到茶馆，末松实在不愿在这里吃什么，便决定去高台寺那边的餐馆。已经夜里十点多了，末松让茶馆给那家餐馆打电话，然后二人奔向餐馆。

树丛深处，有一座略低于二楼的小型建筑，灯火通明。二人被领了进去。约二十分钟后，树丛中传来三四个人脚踩踏脚石的匆忙的脚步声。女掌柜与两个年轻艺伎在女仆的引导下热热闹闹地进来了。

末松焦躁不绝，便拿女掌柜撒气。年轻的艺伎们便拿那个女子的事与末松开玩笑，努力宽慰他，让他的心情多少能好起来，但末松不进她们的圈套，依旧顽固地说着令人讨厌的话：“怎奈毕竟只是个六十日元的‘夫君’，逞不了威风啊。”

末松说着这样的话。为这样一个女子而醋海翻波，他也觉得自己挺可怜的。

尽管女掌柜硬是把末松叫到这里，此刻却感到束手无策了。场面越来越冷，很难持续下去，于是在女掌柜的提议下，大家决定离开这里。

谦作很早就想回到直子身旁。谦作不曾有过半夜十二点过后尚未回家的先例，故而心怀担忧。虽然如此，他无法一个人先退场回家。

街上寂静无声。五个人穿过安井神社境内往回走。一个长着天生的卷发且略有几分姿色的矮个艺伎，一边与谦作开着什么玩笑，一边在黑暗的路上握着谦作的手。谦作将互握的双手插入自己和服外套的衣兜里，碰触着女子的肩头与上臂，向前走去。昨天晚上他与直子散步，就是与此相同的走法。此刻，他与艺伎同行，心里却犹然想着夜深未眠待夫归的直子。衣兜里与艺伎互握的手并未握得很紧，不知何时，二人都松开了手。

回到茶馆，女掌柜挽留他俩在此过夜，末松让两个艺伎留在这里，然后他们就离开了。

末松与谦作有些难舍难分，谦作虽并非如此，但根据一年前自己的生活体验，他能明确理解末松没着没落的情绪。

“我两点前后回家就行。”谦作说道。

“去花见小路的那一家看看，怎么样？”心怀顾虑的末松问道。

“可以。”

“最近，我暂且不去时任家，不好意思见你的夫人……”末松这样说道。

二人穿过漆黑的胡同，末松落在后头小解。恰巧与末松向同一方向走的一个青年，从他身后经过。此青年头戴礼帽，帽檐深扣至眉际。

“对不起，失礼了！”末松郑重其事地道歉。那个青年却置若罔闻，走了过去。

“混蛋！人家和你打招呼，你一声不吭就走过去了。世间有你这样的家伙吗！”末松勃然大怒。小解完毕，他那苗条身材呈波浪状左右摇摆，飞跑着去追赶那个青年。狭窄胡同里，谦作平伸双臂，如拦烈马般堵住了末松。那个青年急匆匆地离去了。

“喂，今天晚上你就让我痛痛快快干上一架，行不？”末松满嘴挥发酒气，这样说道。

“你硬要干仗也可以，但是，我可不参与呀。”

“那好。现在我就想把那小子狠狠地揍一顿，他跑到哪里去了？”末松拨开谦作的胳膊，跑到大街上，东寻西找，但那个青年早已无影无踪了。

花见小路的娱乐茶馆是新建的，营业气氛尚欠浓郁。虽然如此，档次却比前一个茶馆高一些。女掌柜出来了，身材五大三粗，明显一副外行的模样。

“让您久等了。”女掌柜施了一礼。

“能叫个头等陪茶女来吗？”末松问道。

“好的。”

“我就不要了，马上就得回去。”谦作说道。

女掌柜问道：“这样可以吗？”她看着末松的脸，默然无语。

“如果对夫人没有什么伤害就好。”末松很遗憾地说道。此话的弦外之音是，他希望谦作也能夜宿此店。

谦作曾有过寻花问柳的生活，对贞节良心并不那么在乎。但他不愿在末松面前侮辱自己的妻子，侮辱自己的妻子等于间接侮辱自己。出于毋宁说是“以我为主的心情”，谦作也仍坚持要回家。少时，谦作叫来人力车，经过刮着寒风的大街，返回遥远的衣笠村。

此时，已是夜里两点多了。谦作在椿寺前下了人力车，跑了百余米，回到自家门前二十余米处才止住步。他气喘吁吁，不由得咳嗽起来。谦作通过女仆房间的玻璃窗，看见直子闻咳嗽声而动，匆匆忙忙走出了茶室。

“阿仙，老爷回来了！”直子高声喊道。但喊声远远传到谦作的位置时已经变得很小了。

谦作等不及开大门了，他跨过苗木稀疏尚很矮小的光叶石楠树篱，进入院内。

直子打开厨房门，跑了出来。

“啊。太好啦！太好啦！”直子说着，两手在谦作的和服外套下面搜寻他的手，然后紧紧地握着。

“你应该先睡啊。”

进入茶室，直子立刻转到谦作前面，一边急急忙忙为谦作解开领口挂钩与衣扣，一边说道：“我担心你喝醉了，倒在了路旁……”

“夫人又在胡说了。”阿仙从邻室里插嘴说道。

“阿仙，真的呀。虽然你那么说，但当时我真的非常挂虑。啊，这下太好啦！太好啦！”

“真是个傻瓜。您认为我会成‘路倒’[①]啊？”谦作笑了。

“最怕是那样啊。”

“半夜一点时，夫人说要出去找老爷……就是想找，也不知去哪儿找啊。”阿仙在邻室一边沏茶，一边笑了。

“我不喝茶了，早点睡吧。”谦作即刻换上了睡衣进入寝室。直子叠着谦作的衣服，非常亢奋。她喜形于色，笑着频繁重复一句话：“太好啦！”谦作枕着枕头，面朝直子，讲着该夜诸事。然而，亢奋的直子并不想听这些事。

① 指路上倒毙，亦指路上倒毙的人。

第十六章

谦作夫妻在衣笠村的生活极其平和、快乐。当平和快乐的内涵有时下降至“安逸”时，寂寞就会向谦作袭来。这时，他便深思熟虑工作的事。但是他尚未完成一项成规模的完整的作品。此前通过信行接上关系的杂志社来了催稿信，这个稿子他到现在还没写出来。

谦作一如既往，与末松聚会于自家。末松知道谦作讨厌水谷，聚会时不太带他来。尽管如此，有时末松与谦作聚三次或者两次，水谷就会跟来一次。为了玩花纸牌，三人不够，因此水谷也自然地时常与他们玩。

有一次，四人玩花纸牌时，谦作险些也犯了他曾怀疑直子犯过的那种错误。他原以为手里的“手役”是“丹一”，然而菊花的牌上有杯子图案，他觉得这次偶然挺有意思，感到愉快。他意识到直子那次所谓的“作弊”，其实也是因为看错了牌。谦作不由得觉得，这是某种东西在故意令他犯同样的错误。事实上，此前谦作虽然丝毫未因此事非难过直子，但曾误解直子作弊了，如今才搞明白事实并非如此。他认定直子根本没作弊，因而感到高兴。谦作想将此事告诉直子，但最终难以开口，因为自己怀疑过直子，这令他感到羞愧。

二月、三月过去，一进入四月，整个京都街市樱花盛绽，热闹非凡。祇园的夜樱、嵯峨的樱花以及御室的八重樱花相继开放。继之演出“都踊”[①]“岛原道中”[②]“壬生狂言”[③]。这些每年例行的成套活动落幕，祇园悬挂的小红灯笼消失的时候，京都已进入五月。八坂塔或清水塔后面，浮现出东山美于春花的新绿，以及泛着红韵的楠树嫩叶，供人们眺望欣赏时，京都的大街小巷现出因纵情狂欢而精疲力尽后的恬静。

实际上，谦作等人也游玩得精疲力竭了。就在这个时候，谦作得知直子已身怀六甲。

六月、七月流走，一进入八月，众所周知，京都的闷热相当厉害。怀孕的直子感到热得受不了，原本丰润

---

① 祇园的艺伎们于每年四月一日至三十日，在京都祇园甲部歌舞场举行的舞蹈表演，始于明治五年（1872）。

② 京都的岛原柳陌花巷区的节日，每年四月二十一日，高等青楼女子身着传统华装进行游行表演。

③ 每年四月二十一日至二十九日，京都市中京区壬生寺大念佛会表演的狂言，始终无言，属于哑剧，又称“壬生大念佛”。

的脸颊露出了疲惫的痕迹。她精神不振，表情时常显得十分寂寞。恰在此时，直子娘家年事已高的姑姑来了。这之后，谦作的精神负担减轻了一些。姑姑身材高大，面孔上有颇粗的皱纹，形象令人感到有点可怕。然而，姑姑性格开朗，不像初次来到谦作家，她做任何事都不拘谨，自行其是，对待谦作好像对待自己溺爱的孩子一般，令谦作心生亲近感，觉得她简直就像自己的亲姑姑。

过分的闷热令谦作想到了避暑。他打算与这位爽朗善良的老人一起，赴凉爽大山里的温泉旅馆住上两三周。谦作自幼以来从未有过这样的生活体验，正因如此，他快乐地想象着这件事，心情激动得喜不可言。

他无法不立即将自己的想法告诉姑姑与直子。

“怎么办呢？”姑姑心直口快地说道，“现在让直子坐火车，会不会有什么影响？”

“现在还不至于出什么问题吧？”谦作回答。

“算了吧。哎呀，天这么热，出门倒没啥大碍，但还是不外出为好。泡温泉会导致胎儿发育过大，将来也许会出现麻烦的。”

就这样，谦作煞费苦心的想法被迫作罢了。此后，直子寂寞发呆的神情有所减少。她有时玩起“月见”“花见”“猪鹿蝶”之类旧式玩法的花纸牌。姑姑住了约一个月，就回去了。

进入九月，直子逐渐有了精神头儿，有时谦作夜里很晚从二楼书斋下来一看，直子挺着大肚子，还在熬夜飞针走线，做婴儿的衣裳。

“小衣裳可爱吧？”

直子将线绳绑在一尺长的尺棍正中间，将尺棍吊起来，做成一个临时“衣服架”，再把一个红色婴儿棉坎肩挂上去，吊在大衣柜的拉环上，设定为孩子站立时的高度。

“嗯。好可爱。”

谦作想象着那里存在一个新的生命，感到妙不可言，同时欣喜不已。他想象眼前有一个小孩，其坎肩的肩部勒紧打褶，下边小屁股圆溜溜地凸起，背对着自己，是个胖乎乎的可爱的孩子。

“你心里究竟是喜欢男孩，还是喜欢女孩？”谦作一边思考着，一边问直子。

“这个啊，男孩女孩都好。我总觉得这是神决定的事，人无能为力。”直子手捏着穿好了线的细针，在头发上蹭了一蹭，这样回答道。

“是姑姑这样说的吧？”谦作笑了。此话确凿无疑是姑姑说的。

直子的母亲寄来了自己亲手做的几件婴儿衣服，姑姑也用洗褪了色的单衣做了许多褯子寄来了。

“哎呀，净是些脏旧的东西。”解开邮包后，寄来的东西令直子始料不及。她羞红了脸，说道：“寄这等东西来，真不好意思……”

“可别说这种过分的话呀。这种东西，有多少也不够啊。说是又旧又脏，但做褯子的布如果不是洗得褪了色的旧布，而是那种硬邦邦的新布，会磨破婴儿的细皮嫩肉的呀。”阿仙说道。

“这是你穿过的吧？”谦作想象着身穿粗糙大花图案浴衣时期的直子，觉得很可爱。

“是的，所以我才感到不好意思。纵然是在农村，衣裳竟然穿到这种程度，想起来也是令人挺不好意思的。姑姑的脑袋可真够笨的呀。”直子好像生气似的说道。

阿仙在旁边笑了，用有点令人讨厌的语调说道：“夫人，只有她老人家，才会想得做得这么周到啊。”

预产期在十月末或十一月初。究竟是在自家生还是去医院生呢？万一直子的母亲不能从老家赶来，就决定去医院生。如果产期提前了，赶上农村秋收忙碌时节，直子的母亲就有点难以脱身了。但无论如何，姑姑是一定还能来的。

某日，信行突然来到了京都。那是一个晴空万里令人心旷神怡的清晨，谦作带着直子在房后的田间小路散步，直奔金阁寺。夫妻回家时，看见信行一身西装，足蹬庭院木屐，站在门口吸着香烟。

“呀！”信行简单地点了一下头，然后面对直子问道，“你一切都好吧？”

“何时抵达京都的？今天清晨吗？”谦作问道。

“是的。突然发生一件事，想跟你商量一下。”

谦作走在前头，由玄关进入屋内。

“——你这家，真挺不错啊。”信行一边观察室内结构一边夸赞道。

信行将阿仙拿出来的坐垫置于靠近套廊处，坐下来之后，立即开口说道：“实际上我是为阿荣的事来的——现在你手头有大概三百日元吗？”

“有啊。”

“是吗？那你赶紧将这笔钱寄给阿荣。”

“到底是怎么一回事啊？”阿荣有时根本不与谦作商量，全求信行帮忙。阿荣这样干，谦作虽然予以理解，但也有些不满。

“阿才这个女人，如你所说，好像不是一个真正关心他人的人。听说阿荣没告诉你，事实上，从六月开始，阿荣就已经不在天津了。她之后在奉天暂且待了一段时间，目前在大连。”

“在大连干什么营生？”

“什么也没干。据说住在一家刻字店的二楼，雇了一个小姑娘，自己起火。这倒还是好的，大约半月前，她家中被盗，如今几乎是身无分文了。”

“阿荣给你来信这么说的吗？”

“前天来了这样一封信。”

“真是个傻瓜！既然如此，干脆火速回国得了。”谦作说道，不由得焦躁起来。

“我也是这么想的。但是阿荣来信写道，向刻字店借了点钱，不能立即动身。我认为旅费计算在内，三百日元足够了。偏偏不巧，目前我手头不名一文，向家里要倒也可以，但我不想对家里透露此事。我不是仅为此事专程来京都的，我参禅的那个寺院，目前正在修筑寺厨，我在募捐。听说京都××寺的管长[①]是画家？”

“或许不是画家，总之，在白木屋一带时常能看见他。”

“听说他的画作价格昂贵。我参禅的那个寺院的和尚让我来求那管长给作五六幅画，代替捐款。嗯，还因为有这件事，我就突然来了。”

“阿荣除了一文不名，再无其他令人挂虑的事了吧？”

“信中还说染上了疟疾。所谓疟疾，就是‘玛拉利亚’。大连那种地方，怎么也有那种病啊？”

① 神道教或佛教中管理一宗一派的最高责任者。

“那种病哪儿都有，但并不是什么很危险的病吧？”

“好像没什么大事。噢，她染上疟疾，未能及时服药，导致疟疾发作，痛苦不堪，最终搞得精疲力竭，成天到晚迷迷糊糊的。天太热，夜里开着窗，模模糊糊看见两个人钻了进来。阿荣在东京买的三柳条包艺伎穿的衣服，当时堆在屋里一角。她本打算以这些衣服为资本，换个地方重操旧业，但这些衣服全被盗走了。当时阿荣明白进来的人是小偷，但因疲劳过度导致体弱，还是睡了过去。”

“真是雪上加霜。”但谦作又感到喜不自禁，因为他又可以见到阿荣了。他的心情不由自主地快活起来。

“但是，阿荣若能尽早归国，大难可以变成小难。”

“或许吧。”信行笑了。

原本谦作就不赞成阿荣去中国。居于中间的信行在传达谦作的意见时，传达得颇不充分，没能令阿荣深彻明白谦作的真正意思。如今得知阿荣能意外很快归国，他感到愉快，很想对阿荣说“你看，如此结局，未出我的预料吧”，而且颇愿向她伸出援助之手。

翌日，信行办完了京都的事情，为了募捐之事立刻去了大阪。归途顺便来到衣笠村，住了一宿。

“怎么样，你不多少捐一点吗？”说完，信行从方形手提包里拿出了雁皮纸[①]账本，封面是用袈裟的旧布之类做的。

谦作拿起账本读道："二百日元——二百五十日元——三十日元——十日元——五百日元——数额真不小啊。一百五十日元，这是你捐的吗？"

"我没有钱，所以还没付款。"

"没付款，仅仅写上也可以吗？"

"或迟或早，我肯定付款。有时……"信行笑了。

"哥哥，捐多捐少，都可以吗？"直子从旁边问道。

"是的。捐多捐少都可以。两日元也行，三日元亦可。"

"是吗？那么，我捐五日元。"

"这可太谢谢你了。你赶快把它写在账本上吧。"

直子拿来橱柜上的砚盒，问谦作："你捐不？"

"有你一个人捐就行了。我非常赞成保护好梵刹，但我不赞成靠捐款保护佛寺。按理说，这种事应当由政府多多拨款。"谦作如此回答。

"您真狡猾。"直子说道。

"这不是狡猾。但若捐多捐少均可，那么我捐十日元好了。你一并把我的也写上吧。"

---

① 雁皮是瑞香科落叶灌木，树皮纤维是造高级日本纸的原料。用雁皮造出的雁皮纸，韧性好，有光泽，耐潮，耐虫蛀，有"纸王"美称。

谦作的钢笔字写得并非一般的难看，而是异常难看。尤其是毛笔字，那般拙劣程度，简直令谦作自己都服了。直子的字倒写得极其漂亮。以故，最近谦作须用毛笔写字时，基本上都由直子代笔。

“呀，多谢！”信行等到墨迹干了，将账本放进了手提包。

当天晚上，三人散步片刻，走过寺町与新京极一带，在七条车站，谦作夫妻俩与回镰仓的信行分别了。

第十七章

十月中旬过后，谦作与末松、水谷、水谷的朋友久世等，去看“鞍马的火祭”[1]。夕暮时分，大家走出了京都，一直向北行进，走了十二三公里坡度较缓的上坡路后，远远望见大山峡谷中现出微弱亮光，那一带淡烟缭绕。众人一边闻着苔藓的清香，一边沐浴着彻骨的山中寒气向前走去。大山深处的夜里，竟然存在这样的祭祀活动，一行人深感不可思议。挈妇将雏来看热闹的人，手提灯笼前行；行驶的汽车用强烈的前灯光束照射着前面的森林与山麓，从看热闹的路人中间穿行而去。鹳鹭鸣叫着，从山上飞了过来。谦作一行越往前走，越能闻到淡淡的

① 京都市左京区北山一峰，名“鞍马山”，山腰坐落着鞍马寺。此梵刹境内的由岐神社，每年十月二十二日的深夜举办“鞍马的火祭”，届时山中会出现一片火海。人们将神社的神轿从拜殿里抬出游行，热火朝天欢腾到黎明，场面非常壮观。

烟熏火燎的气味。

街上的每家门前，燃起了一堆篝火。说是门前，由于道路狭窄，其实是每家门前路中间燃起了一长列篝火。每堆篝火的三个方向围着巨大的树根与一人高的木柈子。观赏中间燃烧的篝火，给人的感觉好像是在观赏岩石缝隙里燃烧的火焰。

他们走过篝火燃烧的街道，来到稍微宽阔的广场。宽幅石阶上是涂着红漆的大门，广场两侧站满了围观的人。广场中心有一些年轻人，每人都扎着兜裆布，肩头披着一点衣物，带着护手，捆着绑腿，脚蹬草鞋，头缠毛巾，毛巾在前面打着结。他们扛着捆扎得结结实实又缠绕着藤蔓的巨大火炬[①]，“哎哟，嘿哟”地高喊着力度十足的号子，叉开双足，左摇右摆，踉踉跄跄，却又巧妙地掌握着重心，向前行进。有的人故作踉跄状，将火炬伸至围观者的面前。有的人将火炬扛到住宅的屋檐下。火势变弱后，扛火炬者感到肩头难受时，突然将一搂粗的火炬卸下肩头，扑通一声猛力掼在地上。与此同时，藤蔓断开，木柴散花，火势突然又炽旺地燃烧起来。年轻人擦一把热汗，休息一下喘口气，然后换另一个肩头扛起火炬。其中有个年轻人怎么也扛不起来火炬，只好求身

---

① 由岐神社“火祭”中的火炬，长约1.5米。

旁的人助一臂之力。

穿过这个广场，进入前面一条街。此处再无篝火，刚才肩扛火炬的人们，“哎哟，嘿哟”地喊着号子，于狭窄处相错而过。小孩扛着与年龄相称的小火炬，故意做扛重物状踉踉跄跄地转悠着。整个街区被淡烟笼罩着，令人们感受着心情舒畅的温煦。

繁星灿烂，在澄澈秋空下欣赏这种火祭，心中感觉别有一种美韵。一长条低矮房屋的房后，紧靠着深深的溪流，溪流另一侧是高山，在这样的地方，就是再热闹，其热闹气氛中也渗入了山中暗夜的寂静。这种祭祀对于仅知都市热闹聒噪之人来说，真是美不可言。参与的每个人都很认真，“哎哟，嘿哟”的号子声之外，看不到酩酊大醉者。而且，“鞍马的火祭”完全是男人的节日。

在某处，一个裸体男人端坐在屋檐下的细小急流中，二日紧闭，双手合十，口中念着什么。清澈冰凉的溪水激起浪花，拍打着他的胸部，流淌而去[①]。一个女子手提画有家徽的非常昏暗的大灯笼，另一个女子展开素色麻布单衣，站在屋檐下，等待溪中男子上岸。诵念终于结束，男子站起，穿上摆在溪湄的木屐，手持单衣的女子

---

① 此举是祭祀活动中的“禊祓”仪式，即参加神事活动人用河水或海水净化自己肉体与灵魂的罪过与污秽，令灵肉清洁，然后才有资格参与神道活动。

默默地将其披在浑身湿淋淋的男子身上。男子没等待大灯笼靠近，就趿拉着木屐，立刻进入昏暗的外屋。这个人就是之后抬山中神舆的众男子之一。

片刻过后，许多这样的人聚会于石阶下的广场。这里竖起了两竿粗壮翠竹，一根“注连绳”[①]在高处连接着两竿翠竹。在火炬烧断注连绳之前，任何人不许登上石阶。然而，注连绳捆在约六米高的高处，即便将火炬竖起来燃烧，火苗也根本够不着注连绳。于是，人们将许多火炬堆在注连绳下面熊熊燃烧[②]，将这个地方映照得通亮，好似发生了火灾。人们都翘盼着尽快烧断注连绳。人们仰望着注连绳，火光映红了众人的面孔。

少时，火舌终于舔到注连绳，火星迸溅，注连绳分成两截，落了下来。挥舞大刀的男子以异乎寻常的气势率先跑上石阶。随后，人群立刻高声欢呼尾随着。然而，上面的门上还横悬一道注连绳，但位置较低，稍微高过人头，此即第二道注连绳。跑在最前头的男子奋臂舞刀，奔跑通过，注连绳自然被砍断了。接着，人群沿着坡道，径直跑抵深处的后殿。

“怎么样？咱们往回走啊？”谦作回头看了一眼末松

① 用稻草制成，在祭神活动中拉上注连绳，标志将祭神的圣洁神域和不净的非神域截然分开。

② 第一道注连绳的点火时间在夜半十二点。

问道。

“去看看‘御旅所’的神乐吧。”末松回答。

所谓神乐，即若干根由四五个人共扛的巨大火炬，和着神乐的伴奏，在从由岐神社本宫里抬出的神舆周围和谐地转圈儿。

“由岐神社的火祭到底是怎么一回事，现在已经大致明白了。若不尽早回去睡点觉，明日去视听音乐会，怕是挺不住的。”

“现在几点了？——哟，两点半了！”末松一边看表一边说道。

“此刻开始踏上回京都的路，也得黎明时分才能到达。”水谷说道。

“那么，咱们就往回走啊？”末松恋恋不舍地说道，“神舆被从由岐神社的拜殿中抬出来，走下坡路时，听说蔚为壮观。因下坡越来越急，神舆上拴着粗绳，由一大群女子攥紧，用力往后拽才能稳当前行。整个‘鞍马的火祭’中，仅仅在此处有女人出场。”

“总之，咱们往回走吧。黎明之后，被太阳晒着走十二公里路，那可够我们几个受的呀。”水谷说道。

末松终于同意踏上归途了。谦作一行来的时候，经过那条篝火的街道，观篝火似看岩石缝隙里的火，而此刻正在熊熊燃烧。走出街上后，四人突然感受到地地道道的山中寒气。四人频频回头，留恋地张望，远眺篝火通明的峡谷。路途感觉比来时近，也因为是下坡路，走起来比较轻松。尽管如此，一行人仍逐渐感到疲顿，都默默无语了。

“我困得简直受不了了。”走在最前头的末松这样说道。

“我挎着你的胳膊，你可以边睡边走。”说完，水谷挎起末松的胳膊，同步前行。

走进京都时，确实如水谷所预言的那样，比叡山后面逐渐露出了鱼肚白。在城边的电车终点站，精疲力尽的四人暂且休息了一下，少时，头班电车来了，大家都上了车。唯有谦作于丸太町与大家道别下车，换乘开往北野的电车，然后身披秋季柔和的阳光，终于回到衣笠村的家中。

“老爷回来了！”谦作听见了阿仙慌忙惊喜的声音。接着她立刻走出厨房门，笑容满面地说道：“夫人生了！”

谦作陡然激动，心怦怦直跳，急忙登上了玄关，进入早就规定当产室的客厅。室内挥发着来苏或是什么药水的气味。直子脸色苍白，仰卧在那里，头发披散着，从枕头上垂下来——她正酣睡着。直子稍远的旁边，小被子里睡着婴儿。与其先看婴儿，谦作本能地更挂虑直子。年轻的护士很恭敬地默默向谦作施了一礼。

“怎么样?”谦作问道。

“非常顺利。”护士回答。

“这可太好啦!这可太好啦!”

“是一位小少爷。”阿仙坐在门槛处说道。

“是吗?”谦作放下心来。他站在婴儿身旁,从茶炉小屏风上面看了一眼。婴儿从头部往下盖着纱布,看不见脸。

“几点生的?”

“一点二十分生的。”

“昨天晚上,夫人很早就说要打发人去找您。尽管马上派人力车去找您了,但没有找到。”

“嗯,没遇到。先到那边屋子吧。别吵醒她。”谦作最先站起,去了茶室。

在茶室,阿仙对谦作叙述的内容如下:

日前,谦作出门时,记得遇到过送晚报的邮递员。邮递员没进屋,他看见坐在玄关的直子,便将晚报扔给了她。晚报落在了脱鞋的地方。直子随意地弯腰伸手取报纸之际,感到腹部出现异常的阵痛。俄顷,又开始疼痛。直子意识到要生了,便打发阿仙去请接生婆与医生,并让阿仙给 S 打了电话。当时直子恰巧本来就想入浴,便赶忙进浴室冲洗一番,穿衣等诸事收拾停当,只待分娩。

“哎呀，可真了不起呀。”谦作说道。直子能这样出奇地有条不紊，做得非常好。谦作对此感到心情愉快。

“S先生的夫人领着女仆来了，刚回去。”阿仙说道。

“是吗？——婴儿很壮实吧？”

“是的。可漂亮了。”

“你去把护士叫来一下。”谦作对阿仙吩咐道。他想仔细打听一下关于婴儿的事。

护士来了，撑开浆得板板正正的白裙子，坐在套廊里。

“请进！分娩提前很多日子吗？”

“不是的。体重七百五十目[①]，或许比普通婴儿稍轻，但不是早产儿。”

“啊，是吗？——那么，母子二人均平安无事吧？”

“是的……”

“多谢！”谦作说道，自然地施了一礼。但在他的心里，他觉得面对护士，更应该说点其他什么以致谢意。护士回了产室。

谦作换了衣服，正想进浴室洗脸之际，护士来告诉他：“夫人醒了。”

---

① “目”，亦作“文目”，重量单位。一目约等于3.75克。

直子仰卧着，一动不动，用眼神等待着从套廊里进来的谦作。他觉得直子那疲倦苍白的面孔非常美丽。

他坐在枕边，尚未找到适当的语言，随口问道："你怎么样？"

直子仅是静静地微笑着。她很费劲地伸出静脉血管十分显眼的苍白的手，张开手指，来摸谦作的手。他即刻抓住了直子的手。

"遭罪了吧？"

直子的眼珠朝上转着，凝视着谦作的眼睛，微微地摇着头。

"是吗？那可太好啦！"

看着直子这副形象，谦作觉得她非常令人疼爱。他感到心中涌出一股冲动，想抚摸直子的头。当他想松开紧握着的手时，却依然被直子紧紧地握着，不愿松开。谦作变换了一下坐姿，腾出拄在榻榻米上的手，抚摸着直子的头。

"什么样的孩子，招人稀罕吗？"直子疲劳乏力，低声问道。

"我还没仔细看。"

"正在睡觉吗？"

"是的——你还没看着吗？"

直子点了点头。

“想看吗？”护士从旁问道。然后不等回答，就撤了茶炉小屏风，取下蒙着的纱布，动作粗鲁（谦作认为是这样）地拽过来小被，贴近直子身边。

婴儿小脸儿通红，胎毛浓密，头顶很尖，长长的漆黑头发紧贴在上面，熟睡的小眼睛圆圆地凸起，谦作觉得有点难看。他觉得自己好像首次看见这般模样的婴儿，感到有点失望。

“是个男孩儿，挺好，但脸长得有点怪。”谦作笑了。

“婴儿刚出生时都是这副模样。”护士似乎在责备谦作，这样说道。

用手指碰触一下婴儿，小嘴唇就好像要脱落一层皮似的，敏锐地动了起来，一张嘴，突然满脸皱纹，哭了起来。

直子仅将头转向婴儿的方向，伸出手来，用手指将婴儿肩头处的棉被往下按了按，看着婴儿。直子的眼神非常温和，而且很有母亲的样子了。

“这张脸真能变得不难看吗？”谦作尚未涌出父亲的感情。

“现在小脸儿肿着呢。等消肿之后，脸就会变得可招人稀罕了。这是一张很漂亮的小脸儿。”护士这样说道。

“是吗？若是那样，我就放心了。要是就这么长大，可了不得啊。”谦作的心情变得有些快活起来，于是又开玩笑说道，“奈良博物馆里有个‘座头’[①]的脸，有点像这个孩子的脸。”

闻听此言，直子与护士都笑了。正在茶室里准备膳食的阿仙说道：“老爷呀，您在说些什么啊。”说完，笑出声来。

“还没给各处发去电报吧？”

“还没发呢。”

“那我马上去发电报。”谦作说着，立刻登上了二楼书斋。

① 室町时代以后，幕府允许成立盲人组织的艺术团体，艺术团体分为四等官阶，即“检校”“别当”“勾当”“座头”。“座头”是盲人琵琶师的官名，属于最末等。

第十八章

诸事都很顺畅。谦作时常去看熟睡的婴儿。然而，这只是出于一种好奇心，他无论如何也生不出“此乃自己亲生骨肉”的感觉。谦作心怀某种隐忧，连抱起婴儿瞧一瞧的冲动都没有。直子已做了名副其实的母亲。哺乳的时间到了，她躺着喂奶时的样子是那样的安详。看着婴儿非常安心地将小鼻子埋在母亲怀中吃奶的形象，谦作觉得很美，同时又无端地觉得是个来历不明的婴儿在啃着白嫩的乳房，便深感不快。这也是婴儿呱呱坠地后，迄今为止他几乎没有细瞧婴儿的原因。

敦贺的娘家那边谁也没来。来信说母亲需再过些时日才能出门，理当能闻风而至的姑姑，却因神经痛的老毛病犯了，动弹不得。但直子并未因此而感到寂寞。孩子的“七夜节”[①]临近，必须抓紧时间给孩子起名，他们

① 婴儿出生之日算起的第七日的夜晚，是恭喜日。起名等各种活动于此夜举行。

却想不出称心如意的名字，最终，取了直子的“直”字与谦作的“谦”字，命名“直谦”。对婴儿而言，这个名字显得过于严肃，颇不可心。但谦作心想，婴儿不能永远是婴儿——名字便这样定了下来。

一周平安无事地过去了，到了第八日的夜里，大人都就寝之后，婴儿开始哭泣，无论怎么哄都哭个不停。直子将乳头塞入婴儿口中，瞬间停哭，但马上又开始哭。看一下肚脐，并无异常。怀疑被虫子叮咬了，众人遂将婴儿的衣服全部仔细检查了一遍。虽然如此，婴儿依然啼哭。原因不明，大家都感到不安。量了一下体温，发现略高。

“到底是怎么回事？把 K 医生请来吧？”

“是的。把 K 医生请来给看看，或许能好些。”直子忐忑不安地说道。

但是过了一会儿，婴儿好像哭累了，声音渐弱，最后停了下来，呼吸均匀，安稳地睡了。

“怎么回事，睡着了？”谦作长舒了一口气，看着直子。

直子说道：“这太好啦！”

“孩子夜啼是常见的事啊。”阿仙说道。阿仙还建议往天棚上贴一张“鬼念佛”[①]的咒符为宜。

---

① 图案是鬼穿着法衣，手拿铜锣与木槌。按民俗说法，将此画贴在室内，能治愈孩子夜啼。

婴儿又酣睡了。大家都蹑手蹑脚地回到自己的被窝里。谦作一个人躺在二楼书斋里，夜不成眠。他思忖，直子也一定是难以入睡。躺在产褥上的直子，白天时常小憩，此刻肯定睡不着。但因为怕惊醒婴儿，谦作不能下楼了。

他为了转换心情，开始阅读轻松读物。片刻过后，谦作听见楼下茶室里时钟“当当”敲到了十二点。于是，婴儿又开始哭。接着，传来了直子与护士在说着些什么的声音。谦作从二楼走了下去。

直子坐在床上，怀抱婴儿。婴儿竭尽全力地大哭着。

“想个办法，让时钟别打钟点儿。因为打点儿，孩子被吵醒了。”直子仰望着谦作，不悦地说道。

“让它停下来算了。”

“好的。让它停下来吧。反正那个时钟今后不用也可以。”直子说道。

谦作去茶室，把时钟弄得停了下来。直子频繁欲将乳头塞入婴儿口中，婴儿却一直抗拒。

“总之，找附近的医生来给看一下吧。说是请 K 医生来，但此刻去请 K 医生，路途遥远，真有点过意不去。再说了，孩子也许马上就不哭了。”

“嗯……”

“那我马上去请医生。”

谦作立刻走出厨房门，户外一点风也没有。这是个阴沉沉的漆黑深夜。谦作时走时跑，要说附近的医生，他仅知道在五百余米远的御前街有一家医院，像民宅似的，安着格子门窗，挂着一盏写着“医”字的门灯。谦作抵达医院门外，敲了两三次门，室内传出女子的声音：“有何贵干？”

“来请大夫到我家去一下。”

“住在何处？”

“就在这前面的衣笠园中。我家小孩有些异常，请大夫去给看一下。”

“请稍等片刻。”说完，那女子就进了里屋，马上又返回问道，“是衣笠园的哪一位？”

“我姓时任。”

“哎？”

“时任。”

“时任？”

“是的。”

于是，女子自言自语地叨咕着“时任”，进了里屋，怎么等也不出来。谦作焦虑不安起来。

“请快一点。”谦作大声喊道，然而，里面却无回答。

良久，女子终于开门说道：“让您久等了。”

女子穿着睡衣，细瘦高个，样子挺难看。

医生在室内更衣。一眼看去，这也是一个难看的小矮个男人，年龄好像稍长于谦作，留着稀疏的“天神髯”[①]，洋溢着“贪婪”的情调。医生一边系腰带一边问：“有什么症状？”

“就是一直在哭，原因不明。”

这时，医生才急匆匆地出来，说道：“让您久等了。”

“这么晚来打扰您——”

“没事。我这就跟您去吧。”医生频频地尽量很随和地说着，好像还残留些醉意。谦作总觉得这个医生不大可靠。尽管不好意思去打扰K医生，但真还不如一开始就去求K医生的好。一路上，医生问了一下情况，例如婴儿出生多少天了、婴儿母亲有无脚气等，接着，他又问何时来京都的、为何来京都等毫无关系的事情。谦作为尽量避开这样的话题，呼呼地走在医生的前头。小矮个医生为了不落在后头，气喘吁吁地紧跟着前行。

结果证明，这个医生的诊断不得要领。医生根据粘在褯子上的黏液，推测可能是消化不良，叮嘱纵然婴儿哭泣也不要给他喂奶，待了片刻就回去了。

婴儿整夜地哭泣——至少大家都感觉是这种哭法。他拼命地哭，哭累了就睡一会儿，等到大家迷迷糊糊似

---

① 肖像画上的“天满天神”菅原道真，细胡须两端下垂，故名“天神髯”。

睡非睡之际，立刻就又被婴儿的哭声吵醒。人们等待着天明。

户外总算放亮了，谦作即刻走出家门。平时总去借电话用的那一家人此刻还在静静酣眠中。谦作跑到北野，用那里的公用电话与K医生家里联系，求K医生去医院之前来他家一趟。

约一小时过后，K医生来了。他身材高大，蓄着半白的浓密胡须，与昨夜那个寒酸的医生相比，一眼就能看出他很可靠。医生略做寒暄，就详细询问起迄今为止婴儿病情的各种经过。此刻婴儿正好吃完奶不哭了。医生用手略摸一摸婴儿额头，婴儿立刻开哭。大夫将手撤下来，凝视了片刻哭泣着的婴儿。直子一动不动地躺着，仅仅向上转动眼珠，盯着大夫的脸。

“总之，看看婴儿身体吧。”医生说道。

护士拉严纸拉门，抱过婴儿，让他躺在小床上，解开一件又一件衣服，将前胸露出来。

“这样就可以了。”医生靠近婴儿，从胸部到腹部、咽喉、足部，一一仔细检查。叩诊两三下之后，医生亲手解开了包扎肚脐的绷带，用老年人的大手轻按下腹部，婴儿如被火烧了似的，哭了起来。

“把后背处打开看一下。”

护士从婴儿衣袖肩头处，将非常用力弯曲的小胳膊一只一只抽出来，让裸体婴儿躺着，后背对着医生。婴儿两手放在肩上，双腿蜷曲，声嘶力竭地哭着，腹部如波浪般起伏着。哭声令谦作心中痛苦万状。直子以好似恼怒又好似心痛的眼神，默默地看着这一切。

医生仔仔细细地检查婴儿后背，在屁股上侧约一寸处，发现了一块拇指肚大小的红斑。医生愈发高度注意地观察此处，俄顷，他弯着腰，脸望着谦作说道："就是就个。"

"这是什么？"

"是丹毒[①]。"

"……"

直子闭上眼睛，突然两手捂住脸，翻身面对相反的方向。

"但是尚未扩散，若抓紧治疗，会治好的，不必担忧。"医生这样说道。护士默默地给婴儿穿衣服。

"赶紧去医院取药。"医生在套廊里边洗手边吩咐道，"附近有没有地方可借到电话？"

"房东家有电话，如果我能说明白，我去打吧。"

"倒没有什么说不明白的，但还是由我亲自去打吧。"

谦作即刻将医生领到房东家。

---

① 一种急性皮肤炎症，多发于下肢及面部，患处可见成片红肿。

医生一边考虑一边向对方说出了这边必需的药品，诸如注射液、伊克度[1]、油纸、酒精等。

“家里有升汞水吗？”大夫回头问道。

“大概没有。”

“那么，还要升汞水——派谁都行，骑自行车火速给送来——在衣笠园——听明白了吗？”

谦作与医生回家后，在二楼等待药物的到来。楼下不断传来婴儿的哭声。

谦作害怕打听关于婴儿病情的明确结果。他一边与这种不安激烈搏斗，一边还是不能不问。

“这病会怎么样呢？”

“至少得过了一周岁，这病就很容易治了。不过好在发现得早，或许可以控制住病情。”

医生还说，就是大人染上丹毒，也是很难治疗的，更何况是婴儿，与病毒搏斗的肉体是否能坚持到最后，尚未可知。总之，营养不保持充足不行，而且若停了母乳，是最可怕的事。医生还说，可能的话，让母亲住在听不见婴儿哭声的地方为宜。

“母亲产后本不宜这样挪动，但如果始终听着身边的哭声，奶水会马上没有的。”医生说，“不消说，即便

① 又称“鱼石脂”，黄褐色油状液体，是防腐、消炎与杀菌剂。

母亲听不见哭声，也会挂虑。要解决这个问题，你得有高明的办法，尽量让孩子母亲心情放松，不忧虑孩子的事。若不能让她放松下来，奶水肯定就没有了。”

“明白了。”谦作回答道，但他觉得这根本不可能做到。虽然医生说想方设法或许能控制住病情恶化，但谦作也并不信以为真。他认定医生心里并不是这么想的。

“说起幼儿的丹毒，通常都是令人绝望的不治之症吧？”谦作胆战心惊地问道。

“咳，也不能这么断定，但总之是一种难治的病。若发展到蜂窝炎以及脓毒症，那便令人束手无策了。在未达到那种严重程度之前，我会尽力治疗。”

谦作默默不语，轻轻点头，施了一礼。

“现在快送来的注射液，就是注射在病毒扩散方向的前面，阻止病毒扩散。这种药若效果好，也许可以保证没什么大事。”

“婴儿一直在哭，身体还是很疼吧？”

“当然很疼。”

“有办法止疼吗？”

“有点难。”

少时过后，医院派的人来了。

医生单腿跪在套廊，对注射器进行消毒，并对护士说道：“将升汞水溶解后放入洗脸盆中，然后，你的手也必须消毒。”

注射很快就结束了。然后，医生将浓浓的伊克度由患处周围至中心认真涂抹。医生对护士解释了由外向内的涂抹方法。其间婴儿一直哭个不停。

“刚才我对您丈夫说过了，婴儿如果营养不足，就无法最终战胜病毒。”医生一边用洗脸盆里的升汞水洗手消毒，一边对直子这样说道，“您要尽量保持心情愉快。注意别让奶水断了。这很重要。婴儿已得到及时治疗了——此后病情或许多少还会发展，但我认为必无大碍。您明白了吗？”

直子只是像孩子一样点了点头。

“那么，现在我们要把你的床挪到茶室里，只有到了喂奶时间，才到这边来。”谦作对直子说道。

“好的。”直子以微弱的轻声回答，然后哭了起来。

片刻过后，医生回去了。

“你不坚强起来是不行的。你再忧心如焚，对孩子病情的好转也没有任何积极作用。倒不如多注意，尽量保持心情从容，以保证奶水充足。”

直子用哭肿了的眼睛怒视说出这一番话的谦作，说道：“这可真是相当无理的要求啊。”

“就是再无理，你若不多加注意，尽量那样做，事情会更糟更乱，明白这个理吧？”谦作突然激动起来，语速飞快地说道。

直子沉默不语，眼神投向下方。昨夜谦作通宵未眠，颇易亢奋。再加上天降不幸，令他莫名地怒从中来。

“孩子有病，还要当妈的宽心从容，我一开始就知道这是无理要求。但若不做这种无理的事，奶水就断了，我刚才已经说过了。”

“可别再说了。道理我心知肚明。其实我娘家附近，就有染丹毒夭折的婴儿。正因为知道此事，我才异常担心。但是，说真的，我会尽量注意，做到忘了孩子的病。你正担心孩子，我却说出那种话，对不起。”

“嗯。你若能这样做，那就可以了。你娘家那个婴儿的病，是何时的事情？”

“已经四五年了。”

“是吗？若是这样，今日的注射液那时还没有。那之后，这种病的治疗技术一定又有了进步。K医生也说因为及时发现了，没什么大事。所以，你应当相信医生的话。”

“是的。”

“再说了，林护士是个好人，我们非常幸运。”

“确实是的。我也可放心地将孩子托给他们治疗。”

玄关处好像有人来了。谦作立刻起身走了过去。婴儿正在睡觉，护士先行一步去了玄关。来的人是昨夜请来的附近的医生。昨夜这个医生来的时候，护士就非常蔑视他，今天对他比那时更明显地表现出反感，毫不留情地与他说着什么，不断列举出令对方甚感尴尬的事实，诸如，根本不是消化不良，而是丹毒；营养很重要，必须让婴儿充分吃奶等。

“哈，哎哟，那可是对不起了……”小矮个医生这样说着，被护士说得进退两难下不来台，非常狼狈。

“说来，我是到这前面的患者家看病的，心里老惦记着孩子的病情如何……”医生十分难堪地对谦作解释着。

谦作一是觉得这个医生挺可怜，二是不知今后何时得点小病，说不定还得去求他，遂说道：“好不容易光临，就请您再给看一次吧。”

“不用了。K 医生给看过了，绝对没错。那么，请多保重……”

说完，小矮个医生俨如逃跑一般回去了。

第十九章

婴儿几乎哭泣不停，眉间聚起粗粗的皱纹，抖动着小嘴唇，“呜哇，呜哇”地哭着。哭声不断刺痛着谦作与直子的心。由于不断听见哭声，即便婴儿偶尔不哭时，他们的耳朵里也会涌出哭声。谦作来到大街上，此处虽然远离自己家，听不见哭声，忽然却觉得仍旧听见了哭声。

“哎，这可如何是好啊？——这可如何是好啊？”婴儿哭得太厉害时，谦作不由自主地这样自说自话。然而实际上，真是一点办法也没有。

婴儿哭声逐渐嘶哑了，到了最后，只能看见脸部在动，却哭不出声来。这是将表达痛苦的两个手段合二为一了，简直太可怜了。但周围的人听不见刺激人心的哭声了，仅仅这一点，能令人略感所谓的心境“舒缓”。

值得庆幸的是，直子的乳汁没断。婴儿虽然异常痛苦，但出人意料的是，奶吃得挺好。周围的人都将希望寄托于此。十天流逝了，两周过去了，最终还是诱发了蜂窝炎。

直子的母亲从老家赶来了，她硬说厨房门口的垂柳是“鬼门柳”，一再主张应将其伐倒，另植他树。谦作实在不愿和岳母一起搞迷信活动，但架不住岳母絮絮叨叨没完没了，终于砍倒了垂柳，另植了其他树。

与此事相比，更令谦作耿耿于怀的是，婴儿出生当晚，因事先已约好，他与末松等赴三条的青年会馆欣赏演奏会，听了舒伯特[①]的《魔王》。此前倘若更详细地看了曲目，他或许就不会去欣赏演奏会了。内容是暴风雨之夜孩子被死神攫去的这支叙事曲，现在的他是不愿听的。那时他却毫不在意地去了，在孩子诞生之日去听此曲，实在是不吉利。他的心情有些郁悒。

《魔王》是由一位年轻的女低音歌手演唱的，成为那天晚上最受欢迎的节目，但谦作一开始就在无意识中对此曲心怀厌恶，颇有反感。他毫未感到此曲有趣，所有的表现都过于露骨，令人感到非常轻佻。谦作认为《魔王》只是给受众以戏剧性的刺激，若仅仅局限于这种感觉，原封不动的文学就已经足够了。他觉得，舒伯特的这支曲子对文学原封未动，只是强调了它的露骨程度

① 舒伯特（1797—1828），奥地利作曲家，十八岁左右为歌德诗篇《纺车旁的葛莱卿》《野玫瑰》《魔王》等谱曲。

与刺激性，因而《魔王》这支曲子没有完成音乐应担负的真正使命。

谦作甚至不喜欢歌德写的《魔王》这首诗。他觉得这首诗并非真正探究死亡的富有深意的名诗，而是艺术上的即兴之感。他认为《魔王》肯定是歌德比较年轻时的作品。就这一点来说，谦作对梅特林克[①]的《丹达吉勒之死》[②]深怀好感。

听完演奏会，归途路过寺町之际，水谷亢奋地说道："《魔王》这支曲子真精彩呀！"

"说到底，还是那支曲子最好啊。"末松回答道。末松自己什么音乐也不搞，却酷好音乐，谙熟音乐方面的事情。末松对默然无语的谦作说道："我认为，在舒伯特作品中，那支曲子是最好的。"

谦作没有表态。他对音乐方面的事不愿明确表态，因为他没有明确表态的自信。他把和服外套衣兜中揉成纸团的节目单若无其事地抛在路上，觉得通过此举即可消灾避难。

① 莫里斯·梅特林克（1862—1949），比利时著名的法语诗人、剧作家与思想家。1911年获诺贝尔文学奖。

② 《丹达吉勒之死》（*The Death of Tintagiles*），为法语五幕短剧，故事讲的是丹达吉勒被死之女王追杀，他的两个姐姐与老师拼死保护他，但最终丹达吉勒还是被女王所擒并杀死。

他不愿将此事挂在心上。纵然挂在心上，也无济于事，这也并非值得挂在心上的事。当然，他这些想法不能告诉直子，而且就连他自己也忘了这件事。如今，孩子染上这样的疾病，谦作痛苦地觉得在孩子的诞生日听了《魔王》，是一种不祥的预兆。

丹毒有传染的危险，大家都比较注意洗手消毒。一个阳光明丽的清晨，谦作与岳母在茶室吃饭时，直子身穿睡衣，拽起衣襟，静静地走过套廊，奔向孩子的病室方向，准备给孩子喂奶。

“哎哟！贝尔，贝尔！这可不能喝呀！”

“怎么回事？”谦作从茶室里问道。

“你快来一下！贝尔想喝升汞水。”

谦作在茶室前穿上木屐，来到前庭。贝尔是他们曾经养过的一条小狗，它欢天喜地地蹦着跳着，跑来转去。

“贝尔刚才想喝这个。”直子指着放在踏脚石上的洗脸盆说道。盆里装的是用于更换的升汞水。

“那个呀，贝尔不会喝的，它只是出于好奇心，闻一闻气味而已。”

“是吗？刚才好像真要喝似的。如果喝了这样的水，立刻就会死的。”直子说道。

贝尔是搬家时前来帮忙的老爷子领来的小狗。但得知直子怀孕后，因民俗认为不可养与婴儿同岁的动物，便将贝尔与小狗窝一起送给了隔一家的邻居。那以后，小狗总回来玩，它随意地时来时回，如今已经分不清究竟是谁家的狗了。

林护士出来了，她默默地端起装着升汞水的洗脸盆，以生气的表情，大步流星奔往厨房的方向。

谦作很信赖这位固执而任性的护士，林护士因婴儿的事，精神一直处于紧张状态。她的身体好得令人佩服，居然一直能坚持下来。尽管如此，为了林护士的健康，谦作增雇了一位护士，对此，林护士却很不高兴，她对后来的护士护理婴儿的做法很不满意。她一如既往地像此前自己一人护理婴儿那样干活，不把工作交给后来的护士，自己去安心休息。有次，后来的护士感冒回去后，林护士这样对谦作说道："如果是为了我，就请别雇那个护士。但若因为只有我一个人，您感到不方便，那另当别论。"

谦作回答说："如果你累倒了，无论谁来代替你，对婴儿都是巨大的打击。"林护士回答："没关系，我不会累倒的。"

在目前的情况下，为了婴儿，直子被要求做的不是当母亲，而是当一头纯粹的奶牛。喂奶时间以外，直子都不能接近婴儿。然而对婴儿而言，尽管是刚出生还什么也不明白，但不能说婴儿不需要超过母乳的母爱，谦作这样认为。而这种感情——近似于母爱的感情，婴儿从别的护士身上是很难得到的。总之，林护士对婴儿的照顾，远远超过了护士的义务。对此，谦作及家人都感到非常高兴。

婴儿痊愈的希望越来越渺茫了。如今后背都已红肿，暄腾腾的，一见即知里面涌动着脓血。K 医生和同一个医院的外科医生来了，决定开刀。外科医生说，动手术后的结果不敢保证，这是一次碰运气的手术。不消说，不动手术是不行的，但婴儿纵然侥幸扛得住手术，结局似乎十之八九也还是悲剧，但医生没深说到这一层。谦作认为结局也许真的就是悲剧。与其说是碰运气的手术，不如说是肯定绝望的结局。

谦作帮助 K 医生做生理盐水注射的准备工作，但他并不想在手术现场，因为太可怕了。

“我可以不在场吗？”

“嗯，可以。”K 医生这么一说，谦作立刻来到了庭院。身穿手术服的年轻外科医生在套廊里用肥皂与刷子认认真真地洗手。

少时过后，大夫们进了病室，谦作去了直子待着的房间。

“你怎么不在场看着呢？”直子眼神带着非难，这样说道。

"我不愿在场。"谦作眉峰紧皱，摇着头。

"孩子可怜啊，这也太可怜了。"

"K 医生说我可以不在场。"

"人家也许那么说了。但没有骨肉亲人在场，孩子也太可怜了。那么，让我妈去吧。"直子回头看了一眼母亲。

"好的。"直子的母亲即刻就走出去了。

谦作又从庭院走向病室。关得严严实实的纸拉门内，不时传来大夫们的低语和微弱的声响，而已经哭哑了嗓子的婴儿的声音是一点也听不见的。谦作突然遭到不安的袭击，他不由自主地揣度：孩子已经夭折了！他坐立不安，在庭院里走来走去。小狗贝尔频频在谦作的脚旁嬉戏着。

过了一会儿，林护士拉开纸拉门，露出了面孔，神情亢奋可怕。她见到谦作，说道："请夫人立刻来给孩子喂奶。"

说完，她又关严了纸拉门。

有希望得救了，谦作心想。他三步并作两步，奔向直子的房间，说道："喂，马上去给孩子喂奶……"

"手术顺利吧？"直子起身问道。

"嗯。"

直子急忙一阵小跑穿过套廊，看见林护士像藏着不让直子发现似的，端着一个洗脸盆，急忙奔向浴室，盆里面放着沾血的脱脂棉与绷带，堆积如小山。

谦作来到时，病室已经收拾得干干净净。K 医生正在给婴儿输氧。直子坐在旁边看着，一副快要哭了的表情。

“出了很多的脓。”K 医生抬头说道。

“……”

“通过注射生理盐水与输氧，总算救了一条命。不过这孩子真能挺啊。”

谦作代替 K 医生给孩子输氧。

婴儿被折腾得太疲倦，进入了熟睡。他的眉间呈八字形，脸颊枯瘦凹陷，仅有脑袋显得特别大，面容宛若老人。婴儿闭着眼睛，偶尔聚起满脸皱纹，小嘴张开，这定是在诉说着苦痛。已经完全发不出声音了，这是不能称之为哭泣的哭泣方式。看着这副形象，谦作无论如何也不能认为婴儿是得救了。然而，当直子将乳头送到婴儿嘴边时，不知何故，好像已经死去的婴儿却摇晃着脑袋，立刻吸起奶来，表现出明显的求生意志与力量。然而，这种意志与力量无法持续太久，婴儿尚未吃足奶，就又陷入昏睡之中。

自此日开始，外科医生代替 K 医生，每日来谦作家。每日换下的绷带被血与脓浸得黏黏糊糊的。伤口的面积有大人张开手指的巴掌那么大，就婴儿而论，就等于他整个后背的面积。最后，有的部位都能看见并列的白色脊骨的骨节了，已经到了再动用任何措施也无济于事的地步了。婴儿能活到现在，就已经很令人不可思议了。婴儿衰弱至极，时而停止呼吸，医生便火速注射樟脑液，给他输氧。他们多次采用了这种措施。每天得用一瓶氧气，当准备的氧气有时用尽，派人力车夫去医院取氧气期间，人们惴惴不安，着急难耐。一言以蔽之，漫漫暗夜难熬，人们切望黎明的到来。当户外天色泛白，传来鸟雀鸣啭声，人们才能松一口气。看见旭日静静射入套廊时，他们才会深深地感到，令人焦灼不安的一夜终于过去了。

病室里飘溢着氧气与樟脑液的气味，气味冲鼻，已经附着于鼻腔之内了。

尽管已经不能再抱什么希望了，但他们每天都一如既往地期待医生前来诊疗。

“真是不可思议啊。”年轻的外科医生在二楼喝着红茶，对谦作这样说道。

“说实话，我看婴儿昨天的样子，就觉得相当不好，很危险了。所以，我告诉医院，如果贵府给医院打来电话，就马上通知我。吩咐好之后，我才回家的，而且计划今天由家中直接来贵府。”外科医生尽管这般实话实说，但谦作并无不快之感。事到如今，他甚至觉得，若必死无疑，莫如尽早让婴儿从苦痛中解脱出来为好。但他又认为，在婴儿展现求生意志之际，这是不符合父亲身份的想法，对不起婴儿。然而，医生们都明确断定极难治愈了，谦作看着婴儿，也觉得病势危笃到令自己已不知寄希望于何处为好了。这样的婴儿仍有求生的意志，实令谦作情难以堪。

“纵然是必死无疑的病人，在他断气之前，也必须千方百计地让他活着吗？纵然是活得极其痛苦，也必须让他活下去吗？”

“法国与德国的措施不同。在法国，几个权威医生对患者进行会诊后，征得家属同意，允许用药物令患者永眠。但是德国不允许这样做，德国的措施是，作为医生，必须与疾病奋战到最后一秒。”

“日本倾向于哪一种？”

“日本的措施与德国相同。与其说是措施，不如说是日本医学大体上引进了德国医学。总之，法国与德国的措施，各有其理。”

“医生的判断，如果无一误诊，全都准确，那么，我赞成法国的观点……”

“为数众多的病例中，医生很难做到诊断万无一失啊。”

谦作与外科医生讨论此事的翌日，婴儿发病过了一个月，终于夭折了。婴儿好像专为受苦遭罪，才来到这个世上似的。

葬礼等事皆从简办完了。一切都仰仗S的关照。谦作一家今后能在京都住多久，尚不得而知，若葬于此地，最终必成为“无缘佛”[1]，因而谦作家实在不愿将孩子葬于京都。于是，他们决定将骨灰暂且寄存于石本家的“菩提寺”[2]——花园[3]的灵云院。

婴儿夭折，受刺激最严重的无疑当数直子了。加之产后尚未恢复健康就活动操劳，造成了不良影响，体力很难恢复。谦作一次也没去过敦贺的岳母家，他很想与直子去一次敦贺，同时看望一下因神经痛而卧床的直子的姑姑，然后可以巡游山中、山代、粟津、片山津[4]一带，从容泡温泉。然而，直子的健康状况不允许二人踏上此旅。她的心脏也不太好，脸部浮肿，眼睑处肿得好像变了一个人似的。以故，大夫也说这种身体状态，温泉旅行是断不可行的。

---

① 无亲戚、故旧来扫墓的死者，亦指身份不明的死者。

② 即一个家族世世代代皈依某寺的宗旨、举行葬礼、祖先追善供养等、祈求历代祖先冥福的寺院。亦称菩提所、香华院、檀那寺、氏寺等。

③ 位于京都市右京区双个冈东侧。这里建有第九十五代天皇花园天皇的离宫，故名。

④ 敦贺在福井县，此县与石川县为邻。山中温泉、山代温泉在石川县加贺市，粟津温泉在石川县小松市，片山津温泉在石川县加贺市。

直子每天往返于自家与医院之间，打发着时光。

时隔许久，谦作又恢复了创作活动。他很想埋头其中，但又感到某种郁悒与疲劳包围着自己的身心，令自己难以埋头创作。谦作的心情令他对一切都感到兴致索然，宛如脑贫血患者，看什么都没意思。他坐在二楼书斋桌子前，心不在焉，呆呆地一根接一根吸着香烟。

一切都在嘲笑自己，这到底是为什么？倘若命运对自己就是这样安排的，那么自己只有认命。当然，丧子者绝非仅仅自己一人，孩子染上丹毒，遭受长久的痛苦折磨后夭折，这也并非仅仅自己孩子遭受的不幸，这些道理自己全都一清二楚。只是走过了迄今黑暗道路的自己，祈愿时来运转，进入新的光明的生活，在自认为见到曙光之际，长子呱呱坠地了，这是一件值得喜悦之事，然而，随后情况却发生逆转，悲痛又开始来折磨自己，如此这般，他不能不认为，这里面有某种看不见的恶意在作祟。谦作努力转变思路，但纵然认为如此想法是自己的乖僻偏见所致，也无法从前述的悲凉心绪中完全摆脱出来。

灵云院距衣笠村不太远，谦作时常徒步前往，祭奠夭折的长子直谦。

第四部

第一章

去年冬天，谦作痛失长子，他以与去年迥然不同的心情，度过了今年春天。“都踊”也好，八重樱也罢，去年他快乐地欣赏了二者各自不同的美，然而今年春天，他只是觉得“都踊”和八重樱的深处，潜藏着不可思议的寂愁。

谦作预想今后还会生几个孩子，但一想到夭折的长子永远一去不复返了，就陡生空寂哀愁。下一个孩子若能出现在眼前，这种哀愁定能得到缓和。然而在那个时刻到来之前，他的思念无法离开那个夭折的长子。

不知来自何处的黑暗的命运，残酷地折磨谦作的精神。当他好不容易摆脱了这种命运，从此迈进新生活之际，又遭遇长子的夭折，这个打击实在太惨烈了。丹毒无法预防，毋宁说，这是偶然的灾难。通常，人们若这么认定，也便想得开了，但谦作不然。他反倒认为正因事出偶然，其中才有某种故意折磨自己的意思。谦作也时常提醒自己，如此想法源出自己的怪僻禀性，但随之马上又涌出另一种感觉：并非完全如此。面对这样的自己，谦作感到嫌恶，但又无可奈何。

直子每当想起孩子夭折的事，常常潸然泪下。谦作不愿看到直子的这副形象。

每当谦作特意表现出不随直子心情而悲伤的态度时，直子就发怨言：

“你好像不太在乎儿子的死啊。”

“即便总是像你那样，一天到晚闷闷不乐的，又有什么用啊？”

“理是这个理，所以，在别人面前我也不想流泪。但是这难以自控啊。如果把这件事忘得一干二净，直谦也太可怜了。”

“行了行了。”谦作不悦地说道，“有你一个人悲伤就够了。让我和你一样，那我可不干。实际上，这不是没办法的事吗？”

“……”

“与这件事相比，最近我倒是有点挂虑阿荣的事，目前她杳无音信。就从迄今我与阿荣的关系来说，也不该将阿荣的事全部委托给信行。因是，近期我想去一趟朝鲜。”

直子略微颔首，没有作答。

少时过后，谦作说道："我去朝鲜期间，你不想回敦贺住几天吗？"

"为了诉苦而回娘家，我可不愿意回去。"

"诉完苦再回来，不也挺好的吗？"

"我不愿意回去。我可以向你诉苦，但不愿意向娘家人倾吐伤心事。"

"为什么？……咱俩一起回去，然后你暂且留在那里。"

"不。我在家里挺好的。反正你去朝鲜也就是十天半月的事，我与阿仙两个人留下来看家。如果待得孤寂了，那时，我再一个人回娘家。"

"若能那样最好。你若待在家里，每天都很悲怅，那我外出旅行时，心情也无法轻松愉快。"

话虽这么说，但谦作迟迟未能出发。日本西部，他只去过广岛县的严岛，再往西他就一无所知了。而且从日本奔赴朝鲜京城[①]，谦作认为这是一次非同一般的长途旅行，嫌麻烦懒得启程。此外，阿荣也没有什么迫在眉睫的要紧事，以故，谦作犹犹豫豫，总下不了出发的决心。

---

① 即如今的韩国首尔市。1394年，李成桂建立朝鲜王朝后，迁都于此，并正式命名此地为"汉城"。1910年日据时期，曾为中央直辖的汉城府改称京城府。

与直子结婚后，谦作对阿荣的心情发生了若干变化，这是事实。然而，谦作想到自己与阿荣的两层关系：其一，自己从少年时代就开始受到阿荣的照顾；其二，尽管是短暂一时，谦作对阿荣曾产生过一种恋情——如今思忖，如此恋情令人感到是病态的，但总而言之，已经达到了求婚的程度，感情不可谓不深。想到这些，纵然阿荣没有亟待解决的难题，谦作也觉得如果再磨磨蹭蹭，对阿荣置之不理，那么，只能认为自己的心非常冷酷无情，因此，他甚感不安。

某日，信行自镰仓寄来一封挂号信，信中还附有阿荣致信行的书简，内容如下：

因为某些不愉快的事件，最近，我已经离开了警部[①]的家，眼下住在信封上所写的旅馆里。对我的愚笨糊涂，我自己都实在感到惊讶。已经这么大的年纪，还没有立起自己的生活方针，每当有事，便求你关照，实在羞愧难当。但除你之外，我再无亲属了。原以为有些时候可以得到阿才的帮助，但关键时刻她并不是我想象的那种人。因此，无论如何，我只有向你求救了。

---

① 警察的官阶。

> 详情不在此信中细述，而且也不是什么值得对别人讲的事情。事到如今，我只是一门心思翘盼早日回到国内。

阿荣来信的内容就是这些。总而言之，阿荣希望能给她寄去旅馆住宿费与归国旅费。谦作读着阿荣的来信，心情也像信行在来信中所写的那样，感到怀疑：此前在大连失窃，这边寄去了钱，让阿荣立即归国，她却不回，反而自作主张去了京城。如今又说遇到了难事，请求汇款。谦作满腹狐疑：阿荣是不是在殖民地过着不检点的生活，交往了不三不四的男人，那个男人在背后操纵着阿荣呢？

谦作回想起当年共同生活岁月里的阿荣，觉得对阿荣做如此揣测，实在令自己感到不愉快。尽管是病态的，但连自己都曾对阿荣产生过那种恋情，而现在的阿荣身上，一定还残留着那种能令男人感受到的女性诱惑力。加之耳闻阿荣有那样的过去，谦作也觉得自己揣测的事未必是望风捕影。阿荣来信中不细述详情，有鉴于此，也令谦作感到阿荣在那边好像发生了色情方面的纠纷事件。

信行来信中写道，这一次除了去人将阿荣领回来，别无良策。

该日，去银行取款已经来不及了。谦作决定坐翌日晚上的特快列车出发。他将这一决定用电报通知了京城的阿荣与镰仓的信行。

第二章

阿荣在天津的惨败，纵然不能说是受阿才坑蒙拐骗所致，但阿才劝诱阿荣携带金钱专程由日本奔赴中国天津，是有点不负责任的。即便说阿才并非出自恶意，但至少她对阿荣是毫无诚恳关爱之情的。事后阿才好像有点耿耿于怀，阿荣离天津赴大连后，阿才又三番五次写信，苦劝阿荣重返天津。然而，阿荣已经不再信任阿才了。假设相信阿才的苦劝是一片好心，她的好心究竟能持续多久，却是很值得怀疑的。以故，每当阿才劝阿荣回天津时，阿荣都婉言谢绝了。

阿荣曾从阿才那里听说，铁岭宾馆的女老板姓增田，为人稳健，精明干练，巾帼不让须眉。这个女子最近与当地的艺伎管理人员吵了一架后，为了争口气，决定独立另开一家艺伎业管理所。增田给以前多少有点交情的阿才写信，叙述了这件事。阿才即刻将这条信息通知了阿荣。

阿荣手里有可供四五个艺伎穿的衣裳，她以此为本钱，打算在什么地方开一家艺伎馆。阿才提供的信息，对阿荣来说，可谓正中下怀。所以，阿才自信满满地认为，阿荣会毫不犹豫地听从建议，前往铁岭。然而，阿荣拒绝了阿才的好意，回信写道：

> 你说的这件事，如果是在大连或京城，我会喜不可言。但最近我染病，胆量愈发小了，如果深入铁岭，离内地更加水远山遥，我感到心中没着没落的。真是辜负了你的一片好心，我不想去铁岭。而且目前在大连好像也没有什么合适的生意，近期我想去朝鲜的京城。我想尽可能距日本近一点。如果在京城有什么好事，届时我会来信告诉你。

其后，阿才又写信道："如果独赴京城，那里我有一个老熟人，名叫'野村宗一'，任警部。你有事去求他，万事他都能给你提供方便。你如果决定去，我就给野村宗一去信拜托一下。"

阿荣求阿才火速给京城的野村宗一去信。可是阿荣又突然染上疟疾，隔一天发作一次。靠金鸡纳霜逐渐好转，暂且还不能动身奔赴京城。磨磨蹭蹭之间，家中失盗，唯一的本钱——已经捆绑完毕的内装艺伎服装的好几个行李箱，原封不动地全被梁上君子偷走了。

这时，阿荣灰心丧气，同时又有某种洒脱之感。目前除了返回国内，别无他途了。于是，阿荣求信行寄来旅费，打算立即动身归国。但她转念一想，今后不能重来大连了，便决定游览一下大连，然后绕道朝鲜回国。做此决定的另一原因是，阿荣不愿从大连坐船径直归国，因为海上航行时间过长。

进入金秋十月，阿荣的病基本痊愈了，她按既定计划绕道朝鲜，抵达京城，拜访了阿才信中提及的野村宗一。此人劝说道："你如果回国有好的工作，另当别论，不然，在此地再做一次生意如何？"

警部野村宗一为何说出这样一番话来，阿荣不得而知。他最终欲以暴力占有摆布阿荣的这一阴谋，是当时就已经有了呢，还是单纯出于浅淡的好意这样劝说阿荣，之后在共同生活过程中才逐渐萌出了那种歹意的呢？根据阿荣的话，谦作难以做出准确判定。总之，由于野村宗一的劝说，阿荣住进了他家。

阿荣对谦作说道："尽管我交伙食费，但总觉得给人家添了麻烦，所以，去街上办事，尽量由我去办——他家有一个名叫京子的五岁小女孩，总是亲切地叫我'阿姨，阿姨'。我也喜欢这个孩子，上街办事之际，总领着她，还给她买玩具呀点心什么的。但其结果又是如何？——野村趁夫人不在家，对我欲干那种事，最后径直扑了过来，动用暴力，我猛力将他推倒在地。恰在此时，京子进来了，她不知就里，边哭边骂道：‘阿姨是混蛋，是畜生！’她哭骂着手拿二尺长的尺棍向我打来，拼命地打着。当时，我真切地感到自己哀惨至极，眼泪夺眶而出。我是那样地爱着她，她也那样地亲近着我，最后却那样打我，可见外人终究是外人啊。关键时刻，恢复本性，还是帮助父亲。当时我又非常生气，又觉得可笑，还感到自己很惨……亲子之情真是好啊，或恐因为我不知道亲子情之真味，才有如此痛切感触。”

自己这么大岁数了，还遇上这种事，阿荣因而感到羞赧。野村之妻十分关照自己，发生了这种事，阿荣觉得很对不起夫人，因此，没有把事情闹大。翌日，阿荣尽量平稳地离开了野村家。

谦作听着阿荣的叙述，不由得心生不快。阿荣的这一番话与谦作最近的生活颇不协调，扰乱了他的心绪。当年谦作纵然处于放荡时期，每当被那种空气熏染半天以上后，就必定感到非常憋闷忧郁，便被一种欲望驱动着，想去更旷朗的地方呼吸新鲜空气。此刻，谦作的心情完全变成了那时的心情，频繁思念着京都的家——思念着直子。

阿荣没有沦为不检点的女人，此事令谦作感到欣慰。他认为总的来说，阿荣是个好人。只是从做人方面看，她缺乏坚定不移的主见，时常易受境遇摆布，这一点实不可取。谦作深思反省，觉得是因为自己缺乏责任心，才放任这样的阿荣一个人外出自由活动。

往昔，谦作也曾不听阿荣的苦心劝阻，孑然一人去了尾道。几个月过后，他心力交瘁，返回东京时，阿荣说道："你瘦了。往后再不要一个人去那么遥远的地方了。"

如今，谦作想用同样的话来劝说阿荣。他将当年阿荣的话变成自己的话，对阿荣说道："你真是犯傻，太糊涂了，毫无自知之明啊。竟想要独闯天下自食其力，萌生与自己秉性不相称的离奇想法，这是你犯错误的根源啊。"

对阿荣的将来，谦作不知如何安排为好，自己如果没向她求过婚，那就可以将她领回自己家一起生活。另外，纵然自己向阿荣求过婚，若是直子不介意的话，那么，谦作还是想将阿荣领回自己家。然而，直子对此事若心中稍存芥蒂，而后家中势必会发生不快之事。谦作认为，只要直子对此事哪怕心存一点顾虑，自己也应避免与阿荣生活在一起。

谦作在朝鲜没去太多的地方。只是由京城赴平壤旅行住了一宿，还在一个天气晴朗的日子与阿荣去了清凉里的尼姑庵，品尝了素餐，仅此而已。途中谦作看见一家朝鲜人郊游，来到山中清泉汩汩涌流之处，银髯老翁在讲着什么，周围的人静静地出神地听着。银髯老翁似乎在讲着一个很长的故事。这好像是朝鲜的传统习俗，令旁观者心中萌出某种亲切感。

谦作喜欢从南山眺望北汉山的景色，所以，他两次攀登南山。他去过景福宫与昌德宫，夜里一个人去钟路逛过夜市。这里有古香古色的螺钿妆镜台，他很喜欢，但有些破损，而且价格不菲。谦作在夜市为直子买了一个漂亮的带护膜的文卷匣。这个亦非当代产品，富于美好古韵。

在开往平壤的列车上，有一位到处巡访高丽瓷窑旧窑址的陶瓷研究家，与谦作坐在一起。谦作听他讲述了有关陶瓷的各方面知识。陶瓷研究家与谦作年龄相仿，但有时候讲起话来很老练，针对朝鲜统治问题也有独特见解。

谦作从陶瓷研究家口中听到了一个无法无天的朝鲜人的事情。此人名曰“闵德元”，是个年轻的“两班”[1]，在当地是相当有势力的富豪。政府计划敷设铁路时，相关官员找到闵德元商谈此事，于是，闵德元接受了购买土地的生意，一手垄断了铁路用地。

---

① “两班”是朝鲜语的音译，指李氏朝鲜时代拥有特权的文武官僚阶级与身份。东班任文官，又称“文班”；西班任武官，又称“武班”。

这是一个绝密，闵德元为了廉价购买土地，把自家全部土地当作抵押。亲戚朋友们能出钱的，让他们全都拿出钱来。然而，在他伸开手脚垄断式地购买铁路用地的过程中，不知何时，敷设铁路的消息竟到处流传开去。

人们憎恨闵德元，骂他是“朝奸”。但是闵德元辩解说，自己仅仅是一个亲日主义者。

然而，到了相关部门开始公开征购铁路用地时，土地位置却距闵德元接受官员的指定垄断预购的土地有十二或十六公里。因为铁路敷设计划不知何时发生了变更，闵德元却一无所知。此前与闵德元商谈此事的日本官员没将铁路线变更的消息透露给闵德元。其实也并非那个官员有意要将闵德元推入困境，而是在他打算透露新消息之前，闵德元已经完成了铁路用地的独占购买。事到如今，那个日本官员定是觉得不好再说什么了。

然而，此事对闵德元是一个沉重的打击。不仅自己倾家荡产，还遭受亲戚朋友的尖刻埋怨，当地人耻笑说，作为欲当“朝奸”者，闵德元是咎由自取。因此，闵德元无地自容了。尽管轻信了日本官员的话，自己确有过失。但是，既然是对方主动来商谈此事，如今出现这样的差错，对方应当有人出面负责，设法给予相应的补偿才是，绝不应该眼睁睁地对自己坐视不救。闵德元三番五次地找朝鲜总督府[①]交涉，但是没人认真对待。闵德元要求负责人出来处理此事，总督府回答，负责的日本官员已经回国了。如此回答真假难辨另当别论，就连对闵德元寄予同情，表示过意不去之类的诚意，都不曾有过。对待这件不合理的事，闵德元越是执着，日本官员对他就越冷淡。根据日本官员的态度判断，如果闵德元过度纠缠下去，他将被认定为"不法朝鲜人"。事到如今，闵德元唯有忍气吞声了。

一两年过去后，闵德元成了众所周知的"不法朝鲜人"。于是，他决心在某种意义上对日本进行报复。"追求朝鲜独立"这种程度的大事他没想过，因为他认定这几乎是不可能的，他没有这样的梦想。闵德元要干的，是对夺走了自己全部财产的人进行复仇活动。这是一种绝望者孤注一掷的复仇心理之表现。近年来发生的所有坏事，都与他相关。

这位陶瓷研究家最后说道："闵德元其间很可能被执行死刑了。四五年前，我进行旧窑址探访之际，还请他当过向导。他是一个言谈举止都显得很文静的年轻人，做梦也没想到他会有如此结局。"

---

① 1910年签订《日韩合并条约》后，日本殖名者为了统治朝鲜半岛而在朝鲜京城（今首尔）设立的殖民统治机构。

第三章

赴朝鲜后第十天，谦作领着阿荣回到了日本。闷热的白昼长途之旅，坐在火车里难受极了。

谦作从下关给直子发去了电报，他觉得直子或许会到大阪一带迎接自己与阿荣。谦作想起此前离家启程时，直子说道："你回来时，我到什么地方迎接你吧。"因此，当火车依次驶入神户站、三宫站，列车停下后，谦作都下到月台，环眺寻觅直子。在大阪，火车尚未进站，谦作就将脑袋伸出车窗外。这里的热闹场面令谦作感到自己确实回到日本了。

谦作在月台上的人群中寻找直子的身影，却没有发现。他感到了淡淡的失望，觉得拍电报时干脆明确要求直子来大阪接站就好了。

阿荣侧身坐在椅子上，昏昏欲睡。一年半——在这一年半的时间里，阿荣经历了许多事情，如今总算归来了。如此人生体验，对任何人来说，都是感慨极深的事。但是，阿荣已经疲惫得没有闲心思考这些事了。谦作觉得阿荣的感情似乎已经干涸了。

“直子没有来吗？”阿荣换了一下坐姿，慵懒地从和服袖筒里掏出了敷岛牌香烟，划着了火柴。阿荣早就戒烟了，这一年半里却故态复萌，又开始喷云吐雾了。

谦作离开故土虽然仅仅十天，对归国却敏感得很。刚上车的旅客，尽管皆是素不相识之人，谦作却觉得好像全都是自己的老熟人。他想象着直子一定会以喜气洋洋的神情出现在下一站，觉得火车速度太慢了，因而甚感焦急。

九点几十分，火车驶入了京都站。谦作立即发现水谷陪伴着直子，站在离人群稍后的位置上。谦作挥手向二人打招呼。

水谷即刻拨开人群，朝谦作跑来，跟随缓缓行进的火车，边跑边伸手欲接行李。谦作觉得倘是末松来接站，倒是十分正常，而水谷来接，却令自己感到有些难以理解。水谷与谦作的关系并不那么亲密，因此，他有些出乎意料，进而生出莫名其妙的不愉快感。

谦作将一个小包裹递给了水谷，并说道：“把搬运夫给我叫来！”

“不必了。你就一个一个递给我吧。”

水谷一边说着，一边匆匆忙忙地将阿荣递出的行李也接了过去。

直子面浮略带羞涩的微笑，走了过来。

“你回来了。”直子说道，然后向阿荣低头施礼。

“还是把搬运夫叫来吧。”谦作对直子说道。

“不必叫搬运夫了，夫人。”水谷大概想显示一下自己的干劲，又这么说道。于是，谦作焦躁地说：“不必叫搬运夫？这么多行李，你拿得过来吗？”

大旅行箱三个，此外，还有好几个信玄袋与大包袱。水谷望着这一堆行李，这时才搔首抓耳，说道：“那我去叫吧。”

说完，他就急忙去找搬运夫了。

谦作认真确认了一番没有遗漏之物，然后让阿荣先下车。

他简单地向阿荣介绍道：“这是直子。”

“我是阿荣，请多关照……”阿荣与直子恭恭敬敬地相互寒暄着。

“那么，你们俩先走吧。”水谷与搬运夫一起回来了，这样说着。

“行李里有怕碰的易碎品，这个我来拿吧。”谦作说道。

“是哪件行李？这一件吗？”水谷问道。

“我自己来拿。”说完，谦作拿起了一个包袱，里边包着几件高丽陶器与几个李朝的瓷瓶。

“没关系的。我来拿吧。”水谷抢夺着，拿起了那件行李。

水谷本来就是这样的一个人，但谦作愈发觉得这个人今天的言行很讨厌。

谦作领着阿荣与直子走出了检票口，站在那里等待搬运夫。

“水谷为什么来接站？”谦作问直子。

“今天水谷君来了咱们家。此前，要君来了，住了三宿。于是水谷君和久世君也来了，通宵达旦地玩花纸牌。”

“哪天来的？”

“四五天前。”

“要君哪一天走的？末松没来吗？”

“末松一次也没来，要君是大前天走的。”

“他回敦贺了吗？”

“他说去参观九州的制铁所。”

“是去八幡制铁所吧。”

“是的。”

谦作无端地感到不愉快。直子的表哥来了，夜宿于此，并不奇怪。但是，在自己外出期间，他竟然住了三宿，这尚且不说，还呼朋引伴，通宵达旦地玩纸牌。谦作觉得这些人都是些太不客气甚至没礼貌的家伙。而且谦作认为直子做得也欠妥当。

确实仅仅是十天时间，但这是谦作婚后的首次旅行。他觉得自己外出期间直子肯定会寂寞难耐，遂曾建议她回敦贺娘家住几天。谦作自己在朝鲜过得轻松愉快，觉得对不起家中孤寂的直子，因而归心似箭，带着相当高的与直子重逢的期望值回到了日本。然而，与直子重逢伊始，他就觉得直子的情绪与自己并不那么融洽。加上水谷的出现，又令谦作有点不开心。或许如此心情影响了他对直子的感觉，他觉得直子的情绪与态度都怪异地显得不自然。谦作因此心情不畅。

水谷手提包着易碎物品的包袱，跟随搬运夫，笑嘻嘻地走了出来。

“还有托运的行李吗？马上让搬运夫去领取啊。”水谷问道。

谦作没回答，他直接问搬运夫：“有往市内运送行李的业务吧？”

“有。”

“地址是衣笠村，给送行李吗？”

“呀，如果是市郊，送达时间会稍晚一点。”

“是吗？那么，行李就全都随身带着一起走吧。”谦作没理睬身旁正在说着什么的水谷，将提货单交给了搬运夫。

连人带行李，谦作决定雇用四台人力车回家。谦作的不悦令水谷感到了一些压抑，但临别之际，他还是说道："两三天后，我与末松躬往拜访。"

"不必了。你告诉末松，明天我去他那里。"

"知道了。明天末松与我仅是上午听课，午后恭候光临。"

"你告诉末松，我有点事，打算约他出去一趟。"

谦作焦躁起来，失去了耐性。

人力车沿着乌丸大街一直往北走，好几辆电车追过了人力车。谦作坐在最后一辆人力车上，大声告诉坐在前面车上的阿荣："到东本愿寺。"拉着阿荣的老车夫听到谦作的喊声，不停地对阿荣说着什么。到了六角堂，车夫不再跑了，边走边向阿荣解释着什么。

"虽说是暗夜里，四辆人力车排成一列，俨然江户时代诸侯出行的行列，在电车大道上缓慢行进，也是有点欠妥啊。"谦作对坐在前一辆车上的直子这样说道。他口出此言，旨在表示自己此刻并不是那么不开心。

直子怎么回答的，谦作没有听清楚。他看着直子似乎萎靡不振的样子，感到很可怜。于是，他说出了这样言不由衷的话："刚才如果决定让水谷押送这一列拉着行李的人力车，咱们都坐电车回家就好了。"

回到衣笠村的家中时，已是夜里十一点了。“咸鱼干”阿仙好像家中驯顺的狗一样，兴高采烈地来到玄关迎接他们一行。谦作觉得，与直子的情绪相比，倒是阿仙与自己更显得亲近。以故，他觉得很怪异。直子也许对自己在谦作外出期间与那些人一起玩纸牌之事感到很后悔，因此失去了心灵的自在。关于直子与那些人玩纸牌的事，谦作认为，应该尽早向直子表明自己并不介意，否则，直子就太可怜了。

家里收拾得整洁干净，洗澡水也烧好了。“真是个很舒服的家啊！”阿荣在客厅喝完茶，站了起来，从厨房依次看到了茶室，这样说道。

“阿荣睡在哪个房间合适？”谦作问道。

“我也不知道啊。要不，今天晚上先让阿荣睡在二楼你的书斋里，怎么样？”直子说道。

“好的。”说完，谦作对阿荣说道，“你太累了，今晚就早点儿睡觉吧。洗完澡，就马上休息吧。”

“我后洗，阿谦先洗吧。”

“我要去打开装瓷器的行李，会弄得一身灰尘。今天晚上请你先洗吧。”

谦作在玄关处打开了稻草包，拿出了稻草卷着的瓷瓶与瓷钵。

“高丽陶瓷，有的也稍显怪异。”谦作说道。

直子拿起一个表面带有“辰砂”[1]特色的李朝小型十角壶，说道：“这个，真漂亮！……”

“我给你买了带护膜的漂亮文卷匣，你要是喜欢这个，就送给你吧。”

“哇，我想要这个十角壶。”直子两手捧着壶，在电灯下面看得出神，“怎么回事啊？怎么黏黏糊糊的呀？”

“啊，那大概是因为表面涂了一层油吧。”谦作说道。

“阿荣洗完出来之后，咱俩一块儿进去洗，好吗？”直子问道。

“好的。”

“我要把这个十角壶洗一洗。”

“煞费苦心搞成这种古色古香的风格，好随便地清洗吗？”

“洗一洗才好啊。这个十角壶脏得简直不成样子了。我打上肥皂，用刷子彻底刷洗一下。反正你已经给我了，我愿意怎么洗就怎么洗。变成我的东西之后，就不是古董了。”

谦作觉得此时直子又恢复了平素的模样。

夫妻二人将瓷器等物拿到客厅里，摆在壁龛上。

“我的壶是最好的。”

---

① “辰砂”原意为一种矿物原料，颜色常呈红色。根据原著脚注，这里指的是中国宋明时代的瓷器，表面釉是红色。

“李朝的东西中，那可是精品啊。”

“即便你觉得送人可惜了，我也不还给你了。”

谦作从另一件行李中取出了带护膜的文卷匣，直子也很喜欢这件礼品，但有的地方稍微剥落了，令她感到美中不足。谦作察觉了直子的反应，说道：“当时给你买一个现在制造的新产品就好了。无论什么东西，看上去觉得漂亮就好。”

“你可不要这么小瞧我呀。”

“难道实际上不是这么回事吗？”

“对待古董文化，我会逐渐明白的。”

谦作等待着直子沐浴后临镜梳妆完毕出来，好和她商量阿荣今后如何安排的问题。直子说，希望阿荣与大家一起住在这个家里。直子经过何种程度的深思熟虑后才做出了这种回答，谦作不得而知，以故，他也不太相信直子的话。但是，与说出令人心烦的话相比，直子的如此表态，倒是令他感到非常愉快。

“你能这么说，真是太好了。”

“没有什么好呀坏的，这不是理所当然的吗？”

“我自幼就受阿荣的照顾，实际上我们应该这样做。但是阿荣与你是在迥然不同的境遇中生活过来的人，因此，如果你俩性格合不来，相处不睦，家中必充满烦恼。说是照顾阿荣，但也未必就非得住在一起不可。我觉得在附近租一处小房子，分开居住，也是可以的。”

“如果那样住，反倒不好了。”

“你若觉得心中无碍，就让阿荣与我们一起住；你若不希望与阿荣同住，分开居住也挺好的。”

“如果同吃同住，我太高兴啦！今后有个什么事，还可以相互商量，帮着出个主意什么的。”

谦作觉得，从禀性上看，直子与阿荣都不是有怪癖的人，二人或许会出人意料地相处和谐。诚然，阿荣有她的过去，但过去是过去，她是一个颇能适应新的境遇的人。

关于自己外出期间的家中之事，直子一直闭口不谈，谦作感到有些奇怪。难道是因为自己的一点扫兴影响了直子吗？直子若因为深感后悔，不愿谈及，那还可以理解，但是谦作若对此期间家中之事不闻不问，反倒显得他似乎心怀顾忌。因是，谦作想略问几句，此事就告一段落了，并叮嘱直子今后对此类事应稍加注意。然而，他很难轻易地将这些话说出口，难得双方心情都不错，关于阿荣的事，商量得也令人愉快，在这种时候谈那种严肃的话题，是需要努力的。这样一来，二人的沉默多过了对谈。

“要君何时毕业？”谦作由此事谈起。

“记不清他说的是今年已经毕业了还是今年即将毕

业。他去八幡制铁所参观，毕业后可能就职于那家公司。”

“要君归途还会顺路到这里来吗？”

“说不好。他刚进门，马上又出去了。第二天，他与久世君和水谷君玩花纸牌，没时间和我聊天。通宵达旦地玩纸牌，又连轴转，打到晚上九点或十点，纸牌分春、夏、秋、冬四季，一连打了三十几个四季。说什么‘人生五十年’，要玩到五十个四季。我实在熬不下去了，玩到途中就退出来了。”

“如此说来，第二天要君就走了吗？”

“清晨，我还没起床时，他就悄悄地走了。这个人真够呛，不知为什么来的。”

“他是为玩纸牌来的。是水谷写信将要君引诱来的吧？”

“是的。”

“这是他们预定好的。但是我不在家的时候，还是稍微有所顾忌才是啊。在水谷的宿舍里也可以玩纸牌呀。”不知不觉，谦作的话逐渐带有非难的口气了。

“……”

“末松在这方面是小心谨慎的。而水谷的行为令我感到讨厌。”

“在这方面，要君也很差劲。”

谦作突然想说："其实，最差劲的就是你。"但欲言还休，还是保持了沉默。

"今后我要拒绝他。真是太不懂礼貌，人家丈夫外出不在家，纵然是亲戚，也非常有失礼数啊。"

"拒绝为好。我没见过要君，不晓得他是什么样的人。但作为表哥，即使与你亲近，你明确拒绝他来，也没什么奇怪的。"

"……"

"总而言之，见到水谷，我感到不太愉快。为何今天他竟然也来接站，举止俨如一个书仆，一心卖力干活儿。肯定是他心中有愧，才言行轻佻跑前跑后地忙碌，他不得不那样干。"

"……"

"水谷肯定也劝诱过末松同来接站，但是末松认为对于一个只是外游约十日的人，没有必要特意去车站迎接，所以，末松没有来，如此倒是令我感到相当愉快。"谦作打开话头，一发而不可收了。

"……"

"另一个原因，或许是末松知道我很讨厌水谷，于是更不想来接站了。"

"……"

"今后干脆拒绝水谷来咱家吧。"

“……”

“我不能说水谷是个坏人，但他那低三下四的猥琐小人的派头，实在叫我受不了。一见到他那张脸，我就条件反射一般感到不痛快。偶尔情绪好的时候，一起谈笑，过后回想起来，我肯定会陷入‘自我嫌恶’的心态中。归根结底，与水谷那样的人交往，是我犯傻。末松本来是个神经敏感的细心人，怎么会和那个家伙交往呢？与那样的家伙交往的人，心里是怎么想的？我真弄不明白。”

谦作已经明显察觉自己在间接地骂要君，却很难打住。

“都怪我不好，今后我一定注意，还望你能原谅。”

“不能说你做得对，但我没责难你，是其他家伙令我不快。”

“都是我的错，是我不够坚决，所以他们都欺负我。”

“并非如此。”

“今后，连要君我也不让他来了，这样做最好。”

“你怎么能做这么愚蠢的事呢？看在和舅舅的关系，怎么能那么做呢？”

“舅舅是舅舅，要君是要君。”

谦作想起了那位文雅的N老人，对老人心爱的独生子要君，对做事稍欠谨慎但并无歹意的一个学生，自己出于任性的脾气如此这般嫌恶，谦作感到很对不起N老人。N 老人一开始就对自己示以好意，自己却如此讨厌要君，谦作觉得很对不起 N 老人对自己的好意。谦作深知自己的性格缺点——将一点不快的情绪不断扩大，蛮不讲理地厌恶别人。谦作深感对不起 N 老人，同时，他也对自己的这种情绪感到有些不安。实际上，如果换个想法，本来是没什么的，纯属自寻烦恼。谦作觉得自己的感情总是向一方面倾斜扩大，将寻常事想成了令己不快的事情，自己沉默不语时还好，一旦开口便拢不住闸，导致事情加速地变成怪异的、难以忍受的不快之事。谦作意识到这是自己的坏癖性。刚才谦作对很憋屈的直子示以平和的、并非不快的态度，直子的情绪好不容易出现好转，而就在此时，谦作又失去自控，说出上述一番话来。反思自己到底为什么变得这么刁钻古怪，谦作陷入迷惑，苦于找不到改变心情的办法。

“这件事就算了吧。针对别人认为是平淡寻常之事，我却时常怪异执拗地深思。从头到尾执拗地深思一遍后，心情自然会恢复正常，但绝不会在中途放弃深思。今天从在月台上看见水谷的瞬间开始，我就心情不畅。也就是说，水谷来接站，出乎我的预料，我觉得他在暗示着某种不纯的事情。结果好像是我猜中了。行了，这件事就算过去了。你知道我的禀性，今后对此类事多加注意，我就没什么挑剔的了。这件事，你也没必要耿耿于怀。”

少刻过后，二人就同床共枕了，心情理应愉快起来，但似乎因为一种扫兴的气氛作怪，二人未能融合一体。当然，谦作本应将被搞得情绪消沉的很被动的直子紧紧地搂在自己的胸前，然而他又不能自然地这样做。直子虽然没哭，但将睡衣领子一直拉到眼际，仰卧着，一动不动。谦作明知直子并非在使性子，但他很难驱散这不自然的氛围。谦作嘴上安慰了直子几句，却无兴致用自己的肉体贴近直子。

谦作觉得以如此状态熬过一夜实在不堪忍受。如果能让自己的情绪爆发出来，心情反倒能早些恢复正常。他已经筋疲力尽了，但又不能甩开直子去独眠。谦作睡不着，他伸手去摸直子的手，但直子并未回应。谦作怒上心头，用稍显激烈的口气问道：“你生气了吗？”

“没有。”

“那你为什么情绪这么低沉啊？”

第四章

突然，一个不愉快的想象浮上了谦作的脑海，他无意识地要将这个想象压下去。他呼吸急促，尽量压住油然萌发的亢奋，平心静气地说道：“不要一声不吭，有什么说什么不也挺好吗？你认为我在责难你什么吗？”

“没那么……”

“诚实说来，我不是在责难你，而是我自己非常不愉快。从在火车站重逢的瞬间开始，我就感到自己的情绪不畅，完全感觉不到相互和谐的心情。我净说些抽象的情绪，你听不明白，我觉得这样的你挺可怜的。但我又总觉得挺怪异的。你大概认为我会永远在你与要君和水谷的事情上纠缠，其实此事与我的情绪不畅是两码事。但二者是否毫不相关，我也闹不明白，不过我总觉得彼此的心情未能相互交融。以故，我感觉这里面存在一种不纯的东西。这到底是怎么一回事呢？迄今为止，我还没有出现过如此情况。”

“……”

“我不愿让二楼听见，你往这边靠一点。”

谦作挪动了一下身子，在褥子上给直子腾出了一块空位。直子无精打采地坐了起来，来到谦作身边，坐在空位上。她的神情忧郁，木然，难看。她不看谦作，呆滞的目光投向壁龛，那里摆着刚才谦作送给她的、令她非常欣喜的瓷壶与文卷匣。

“别坐着，躺着吧。”

直子一动也不想动。

二人沉默了片刻。谦作的脑袋开始发热，虽然筋疲力尽，却毫无困意。这是一个恬静的夜晚，人们似乎都进入了梦乡，周边万籁俱寂，唯有这个房间为热病所折磨着。谦作觉得这里有无数肉眼看不见的名曰“凶”的小东西在跳跃着。

“总之，你再说点什么如何？就这样别扭着，也没法睡觉啊。或者说，你下决心缄口不语吗？”

“……”

“清楚地说出来，因事情的内容，我也许会生气，这又有什么大不了的呢？如果生气，生完气或许情绪也就恢复正常了。总之，先把事情弄明白，然后加以解决，就完事了。怎么样？”

"……"

"就这么僵持着，只能令彼此都越来越感到郁闷啊。"

直子依然一声不吭。

"我为什么这样责问你，连我自己也不知道。究竟想让你说什么，我也毫不知晓。所以，如果你什么事也没有，就痛痛快快地只说'没有'即可。仅仅这点事，可以明确回答吧？怎么样？没有吧？哎？什么也没有吧？"

直子突然紧闭双眼，歪着脖子，屏息，满脸出现皱纹。她用两手捂着脸，忽然趴下身躯，开始号啕大哭。谦作突然感觉自己的脸颊变得冰凉。他坐了起来，俨然面对某种可怕的东西一般，俯视着直子起伏的后腰。少时过后，谦作觉得自己的心像从梦中醒来似的，意识恢复正常。他首先想到的是，对直子的这个样子，应当如何判断为宜。其次，他明确意识到：总之，一件可怕的事情已经降临在自己头上了。

第五章

直子与阿要的关系，从一开始就不能说是完全天真无邪的。但这种关系并不太深，仅仅是出于儿童的好奇心与冲动而做的某种猥亵的游戏，但是二人都没有忘记。在各种各样的记忆中，唯有这一个，每当直子回忆起来，总有一种甜美的余韵。

那是春天里地面尚有残雪的某一天。小学放学回家后，阿要受父亲指派，来请直子的母亲。当时，直子与近邻一个年幼于她的女孩正在自家向阳的套廊里玩“过家家”游戏。玩得兴致勃勃之际，母亲劝诱道：“直子，你去要君家不？”直子拒绝了，她只顾着玩游戏。

直子本以为阿要已经回去了，少时过后，阿要却从庭院门口走了进来，加入了游戏。三人的游戏形式，就是将雪装入金属洗脸盆，端来当饭吃。

雪融化后，将套廊弄得到处都是水淋淋的，大家的手也都冻僵了。于是，三人停止了游戏，进入屋内，烤被炉取暖。

阿要觉得近邻的女孩碍事，不断说道："你回家吧！"可是女孩就是不回去。

于是，阿要提议玩"龟与鳖"的游戏。阿要让直子拿来赤间关[①]的圆砚台，教两个女孩这个游戏的玩法：将砚台藏在院子里，让女孩扮儿童，将砚台找来后，站在纸拉门外喊道："妈妈，我捉到龟了。"直子扮母亲答道："那不是龟。"此时，阿要高声怒喝道："那是鳖！"两个女孩虽然对这个游戏的意思一无所知，却决定听从阿要的安排，玩了起来。

女孩去找阿要藏的砚台的时候，阿要与直子躺在被炉棉被下面。女孩终于找到了砚台，拿过来时，阿要突然怒喝道："那是鳖！"随后跳了起来，一个人欢闹着，时而跳跃，时而翻筋斗。

这个游戏是男仆教给阿要的，其中的猥亵意思唯有阿要略知一二，直子根本不解其意。然而，在被炉棉被下相互抱着的时候，直子产生了一种从未有过的奇妙的心情，感到头脑朦朦胧胧的。三人将这个游戏反复玩了多遍。少时过后，直子的哥哥放学归来了，躺着的阿要

---

① 今山口县下关市的旧名，亦称"赤马关""马关"，此地以产制砚台闻名。

与直子大惊，赶紧跳了起来。直子怀有匪夷所思的羞涩，不敢直视哥哥的脸。

阿要与直子之间的这种事，只有过一次。然而在直子的诸多回忆中，唯有这件事，莫名其妙地一直清楚留在她的脑海中。

因此，谦作外出时，阿要突然来访，直子有些不安。她认为之所以感到不安，是因为自己的情绪不纯。直子理智地努力以表妹身份的明朗态度接待阿要。翌日，水谷与久世来了，四人开始玩花纸牌时，直子也在思忖，有第三者在场反倒显得正常，直子毫未意识到作为有夫之妇，自己参与玩牌是不合适的。相反，直子也一起打牌，玩到天亮。天已黎明，旭日东升，他们还在继续玩。直子的体力有些挺不住了，便将做饭等事全都委托给阿仙，自己回到四叠半的房间，酣睡起来。

直子醒来时，家中已经很昏暗了。直子想去浴室洗澡。途中从纸拉门的缝隙往客厅里一瞅，看见三人还围着一个坐垫，在玩同样的游戏。每个人的双眼都凹陷着，脸上浮出一层油脂，面孔显得脏乎乎的。三人因一点小事也哈哈大笑，就连平素并不如此的久世，也喋喋不休地讲着滑稽可笑的事。

直子梳洗打扮完毕，与阿仙一起准备晚餐。

三个人吃饭时也不消停，说还要玩“花牌人生五十年”，想创造新纪录。

于是，他们饭后又马上开始玩，直子也参与其中。从昨天开始一直没睡觉的三人，在“弃权”的时候，一躺下就呼呼大睡起来。阿要的肩膀与脖颈血脉不通，酸疼严重，极不舒服。

夜里十点左右，终于不玩了。三人一起进浴室欢闹着。片刻过后，久世与水谷就回去了。

阿要将坐垫卷起来当枕头，仰卧着。直子来了几次催他钻被窝睡觉，阿要总是回答“马上就去”，却迟迟不起来。直子无可奈何，便披着棉袍，在阿要身旁坐着读杂志。少时过后，阿要突然起来了，说道：“晚安！”说完，就登上了二楼。

直子不困，便在那里继续读杂志。不知过了多长时间，直子忽然察觉阿要在二楼说着什么。直子站了起来，来到楼梯旁，喊着阿要。但阿要睡得迷迷糊糊，回答含混，听不清楚。直子登着楼梯，上到二楼。

“我肩膀酸疼，能给叫一个按摩师来吗？”

“呀，按摩师家距这里有点远，你早点说就好了。现在都过半夜十二点了呀。”

阿要好像有些不满意，没有回答。

“阿仙此刻正睡着，现在把她喊醒，让她去请按摩师，她也太可怜了。”

“没那个必要。”

“酸疼得很厉害吗？”

“疼得像针扎的一般，脑袋也难受得无法形容，睡不着觉。”

“我来给你揉一揉吧？”

“不用了，算了。”

“我的按摩水平也挺高啊。”

直子进入屋内，开始揉着阿要的脖颈与双肩部位。但那种酸疼程度，女人按摩的力度毕竟是不可能奏效的。

“有点效果吗？”

“嗯。”

“没有效果吧？”

“嗯。”

“究竟是有效还是无效啊？要君真讨厌。”直子笑了起来。

“我给你按摩，你就快点进入梦乡吧。明天你起床后，我给你请个按摩师来。”

直子又给阿要揉了一会儿。阿要默不作声。直子认为阿要可能是泛上了困意，但是若停下不揉了，如果他还没睡着，会弄得怪不好意思的。

阿要突然翻了一下身子，直子一惊，手离开了阿要的肩膀。阿要握住了直子的手，另一只手拢着直子的脖颈，将直子的身子拽了过来。阿要闭着眼睛，做着这样的事。直子十分惊愕，小声而有力地说："你想干什么啊？"

"我不做坏事，决不做坏事。"阿要一边这样说着，一边用力硬是将直子的身体放躺了下来。

直子既吃惊又茫然。"要君，要君。"直子斥责似的说道，抵抗着要坐起来。然而，阿要的整个身体压得直子动弹不得。

"我不做坏事，决不做坏事。就是脑袋怪怪的，叫我无可奈何。"阿要反复这样说着。

如此这般，二人动手动口持续了片刻，最后直子感到浑身完全失去了抵抗的力量，随之，连理性也失去了。

直子静悄悄地从二楼下来了。她害怕被阿仙察觉，钻进被窝后，很长时间都无法入眠。

翌日清晨，直子醒来时，阿要已经离开，不在家里了。

第六章

翌日，谦作疾步于“一条大街”，奔向东去。南风微暖，他身上汗津津的，头很沉。因为天气的缘由，不消说，也有睡眠不足的关系，但头脑比较清爽，心情不错。也就是说，谦作的内心处于亢奋状态。但遗憾的是不能够从容不迫地思考问题。诸多事情断片似的，俨然旋转一般，断断续续闪耀在谦作的头脑中。

“我不想恨直子。我并非因为认定‘宽恕’是美德，才宽恕直子。而是因为直子并不可恨，才宽恕了她。另外，还因为我知道若执着于这件事，其结果必会产生两重的不幸。”昨天夜里对直子说过的话又反复闪现在谦作的头脑中。

“宽恕是好事。实际上，除了宽恕，别无他法……但是，归根结底，吃亏的唯有自己。”

谦作习惯从下森站坐京都电气铁路的列车，便朝下森站方向走去。然而，此日恰好赶上北野天满宫的庙会，这一带人山人海。谦作从武德殿后面走向终点站。可是这里的人群也是挨肩擦背。有卖糖的，有卖气球的，有玩具店与冰激凌店，一直到马场都热闹非凡。天满宫牌坊的前广场上，并列若干个拉洋片的箱子，内容只是将《蔬菜店的阿七》[①]换成了《金色夜叉》[②]或《不如归》[③]。把人物的脸画得像低级演员的脸，眼睛描得很大，而掺入白垩粉的粗糙油画颜料浓艳刺目的色彩，都与过去别无二致。

谦作打算从千本大街坐市营电车，便走入了上七轩。

一言以蔽之，这个记忆若能在二人之间消失，就像根本没发生过，那是再好不过的事了。唯有自己没忘记，而直子却忘得一干二净——或者直子假装忘掉了，尽管如此，自己仍能保持平心静气的精神状态吗？谦作认为，现在尽管如此亦可，但实际上，他心中并无自信。二人

---

① 内容是江户本乡蔬菜店主市左卫门的独生女阿七，因一次火灾避险，与男子一见钟情。她认为每逢火灾便可见到恋人，于是便纵火，十六岁被处以极刑。这个故事妇孺皆知，井原西鹤《好色五人女》涉此故事。

② 尾崎红叶作，主题是“金与爱”的格斗。作者观察受物质统治的社会与人，倡扬挚情和正义。

③ 德富芦花作，讲的是浪子与海军少尉川岛武男结婚，夫妻恩爱。婆母阿庆性情刁钻，浪子患肺结核，阿庆逼浪子离婚。浪子最终成为封建家族制度的牺牲者。

都假装忘了，心里却在回忆此事，谦作一想象如此情形就感到可怕。

“自己是否会又开始放荡呢？”谦作望着路两侧房屋的“挂行灯”[①]，突然想到了这种事。

谦作觉得自己今天兴奋得晕晕乎乎的。他决定今天对末松什么也不说。一旦打开了话匣子，恐怕连“家丑”都定会外扬出去。

“哎呀，赠给末松的礼品忘记带来了。”谦作突然想起了此事。他摘下帽子，擦了擦额头的汗水。

谦作从千本的电车终点站（当时此处是终点）轻松地坐上了电车。车窗外灰茫茫的，宛似黄昏，电车内愈发昏暗。再加上闷热，在车内待久了，令人感到很想呕吐。

车内确实如此，谦作上车后，不一会儿就觉得闷热的潮气与人的气息不堪忍受。以故，电车一抵达乌丸街的御所拐角处的车站，他就急忙下了车，于此处的人力车场换乘了人力车。

谦作刚站在冈崎的宿舍门口，恰巧碰上了从二楼跑下来的末松。

“哟，不上二楼稍坐片刻啊？”

“咱们马上出去吧。”

---

① 挂在房屋入口写有屋号的灯笼，主要流行于京都与大阪一带。

“总之，上二楼稍坐片刻吧，我有东西想拿给你看。”

“下次再看吧。”谦作今天一点也不想见到水谷。

末松露出惊讶的神情。“……那我去换衣服，你能稍等片刻吗？”

“我在动物园前面等你——你若把别人领来，那可麻烦了。”

末松明白谦作话里的意思，突然笑了，说道：“恰巧现在他不在。我马上就去。”

谦作走出了胡同，来到大道的前面，看似很近的东山上烟霭昏暗朦胧，山巅上空，乌云快速翻滚飘动着，这是一个令人怪异地感到阴暗郁闷的很没劲的日子。

公园的运动场上，年轻人正在练习自行车比赛，个个上着红衬衫，下穿短裤，趴在自行车上，脑袋像捣米机似的，边摇晃着边奔驰。若遇顶头风，整个上身左右摇摆着，看上去觉得骑得很费劲。顺风吹来时，立刻骑得轻松起来，速度也快了。谦作站在路边，眺望了片刻。

少刻，末松来了。二人边走边谈。

“能让你看一眼就好了，说是藤原时代[①]在水盘中养花时的器皿，两三天前我在松原一家脏乎乎的家具店里发现的。近日内我拿去，能求你给我鉴定一下吗？”

---

① 以遣唐使废止之年（894）为界，指其后的平安时代后期。这一时期藤原氏摄政。

“那种古董，我也不懂啊。”

二人决定从大津坐电车，于是坐在了广道电车站的长椅上。

“远离无聊的家伙是可以的，但是像你时任谦作这样，过度纠结于此事，对水谷憎恶不休，可不好啊。”末松突然说起水谷的事来。

“你所言极是。我也明白这个道理。远离水谷的过程，自然也就成为憎恶水谷的形式。我也清楚这是我的坏癖习。但我看待任何事，首先都是从好恶的感觉出发，我也无可奈何。善恶的感觉直接就化作判断善恶的根据，而且判断得大致准确。”

“那是你自以为大致准确吧？”

“确实大致准确。对待人是这样，对待事情也是这样。如果一开始涌上的是莫名其妙的不快之感，大致上那件事中就含有那种因素。”谦作想到了自己奇妙的感觉。昨夜水谷来接站，令自己感到不快，遂自然而然地顺着线索追溯，终于发现了不悦的根源。

“这种情况也是有的吧。但是过度相信自己的好恶感觉，会令别人感到不快，总是会感觉受到了威胁……至少，你为人处世，切不可仅仅依赖自己的好恶感觉呀。”

“当然，我并不仅仅依赖好恶感觉。”

“在情绪方面，你完全是个暴君。首先是极端利己主义者——你没有冷酷的险恶用心，这一点虽然还算不错，但你的思维方式实在令别人感到困惑。”

“……”

“我觉得与其说你本人是个暴君，不如说你心中住着一个暴君。因此，最大的受害者恐怕就是你自己呀。”

“谁的心中都有这个暴君，并不仅仅我一个人是这样。”

然而，谦作回首自己过去时常与某种东西的恶战苦斗。归根结底，那不是与外界的东西恶战苦斗，而是与自己内心的暴君恶战苦斗。此刻他不能不这么认为。

“总而言之，你心中的暴君形象，比别人明显得多。”末松评价道。

迄今为止，谦作时常被自己暴君式的情绪牵引着，却没意识到如此情绪正是自己的敌人。如今反思以前发生的一件件事情，察觉其中很多事都相当于“一个人的相扑”。一想到这一层，谦作不得不认为，说到底，自己是一直以心中的暴君为对手，一路苦战过来的。解决直子的“丑事”之际，谦作对直子说道：“此事一切由我来处理，你不要参与。今后你若出面，反倒成为干扰。”谦作首次察觉到，自己立即这样对直子说过之后，便不知不觉地仅向自己内心世界寻求解决难题的良方了。谦作觉得事情真是怪异——

"与居于自己内心的暴君恶战苦斗，度过此生。若是这样，不出生在这个世上反倒更好。"

谦作说出了自己的如此想法。闻听此言，末松说道："如此人生不也挺好吗？与暴君持续苦斗，只要最终能进入无忧无恼的境域，就有价值。"

由大津驶来的电车迟迟没有抵达。

谦作呆呆地望着前方的东山，突然发现一个异样的黑东西在云中逆风而动。转瞬之间，他为近似恐怖的心情所左右。因为刮风，听不见飞机的嗡嗡声，而且在这种天气里，谦作根本没想到会有飞机出现，再加上那黑东西在云中像是一个影子，所以，谦作没有立即意识到那是一架飞机。

飞机好不容易越过将军冢[①]的上空，保持原状，逐渐下滑，最后擦着智恩院屋脊，隐没在智恩院的前方。

"肯定会掉下来的，会掉在圆山上，咱俩去看看啊？"

这是陆军飞机首次进行的东京到大阪的飞行，谦作与末松读报得知了此事。二人本来认为今天不会飞来，没料却真的飞来了。

二人朝向粟田口的方向，径直快步走去。

① 位于京都市东山区粟田口华顶山巅的墓。延历十三年（794）平安京迁都之际，桓武天皇将守护京城的全副武装八尺泥偶埋在此处，故名。

第七章

二人从圆山走过高台寺的下方，奔往清水方向，一路上都没发现有人在议论飞机的事。若非清晨读报知道此则消息，谦作会将刚才的那个机体当作自己的幻视。因为他只是朦朦胧胧地望见了飞机，再加上此刻他恍惚得头脑也有些靠不住。他的心情非常空虚，思考着昨夜的事到底是对末松说好，还是不说好。谦作一边困惑着，一边继续讲着其他事。实际上，他本来下决心"家丑"不外扬的，但是他又不相信已经下了决心的自己。

此前，谦作在尾道有过与此相似的心情。那是在他知道了自己是因祖父与母亲的暧昧关系而降生的孩子之时。那时，谦作不知从何处感受到一股力量，靠这种力量战胜了糟透了的心情。他当时确实达到了目的。但是这一次，他从自己内心世界的任何地方也感受不到这股力量。这种状态若持续下去，还得了吗？他奋力挣扎，以求摆脱现状，却像陷入泥潭一般无计可施，只能干着急。心情低沉复低沉。当年独身时尚有发奋的力量，而如今结婚成家，却不知何时失去了这种力量，感慨及此，谦作心中凄寂。

少时，谦作与末松登上二年坂，钻入了该处的茶馆。谦作走向套廊内的藤椅，瘫倒似的坐了下来，心力交瘁，眼睛都睁不开了。此刻，谦作莫名地觉得浑身关节全都乏力，想动弹一下都办不到了。他思忖：自己这或许是病了。

“茶来了，给你端过去呀？”末松问谦作时，谦作不知不觉快要睡过去了。

“你这是怎么回事啊？”

“因为睡眠不足，再加上遇到这样的天气，真叫我无可奈何啊。”

谦作好不容易挪动起慵懒的身子，从门槛旁边以爬过来的姿势，来到自己的坐垫处，坐了起来。

“你真是精疲力竭啊。”

“诚实说来，我有事想对你讲，却又不打算对你讲，所以心里愈发懊恼啊。”

末松露出略显怪异的神情。

“……”

“我心里有事，不知如何妥善处理为宜。”

然而，谦作还不打算说出来。他心里清楚，一旦说出来，肯定会后悔的。

“心里有事？”

“是的。简直就像今日的天气一样，令人不快。”

“到底是什么事？”

“迟早我会告诉你，但今天我不想说。”

“嗯。”

“……换个话题，你的那个所谓‘红车票’，之后怎么样了？”

“……”突然被谦作这么一问，末松吞吞吐吐不便明说，脸上现出不好意思的笑容。他笑着说道：“虽然没写在四条的匾额上，却也是‘雨奇晴好’[①]似的心情啊。”所谓“红车票”，指的是祇园的一个三等艺伎。谦作结婚之时，末松因这个三等艺伎之事，时常烦躁不安。当时谦作的心情与末松的心情差距很大，故而没有深问末松与三等艺伎的关系如何，只是有两三次听水谷说末松与那个女人一度分手了，后又重续前情。再以后二人交往关系如何，谦作一无所知。末松出于嫉妒心理，时常焦虑不安。末松深爱着“红车票”，而“红车票”对末松却心情淡然。加之，这个女人与许多男人保持往来关系，

① 意即下雨时是奇景，晴天时也是美景，形容风景随天气变化各有其妙，引申为见面与不见面都一样，强调二人感情不深。

用这个领域的行话说，末松时常出现“镇不住”女人的现象。而末松自己对此心知肚明，每次因镇不住这个女子而独自烦恼痛苦。

“你和她的关系，目前还持续着吗？”

“是的。”

“因为这种关系，你的心情能保持平静吗？”

“总之，或许可以说，我的热情已经冷淡下来了。我不再渴望对方没有的东西了。心态也就变得平衡了。如果怀疑起来，就没完没了的。在乡间餐馆，你也曾被此类事烦恼得无可奈何，你还记得吗？”

谦作点了点头。

“现在我已经没有那种烦恼了。”说完，末松笑了，接着又问，“你现在的烦恼，类似那种心情吗？”

“……”谦作思忖片刻，回答道，“有点近似。”

末松沉默片刻，然后说道：“我不太清楚，不过这种事十有八九是疑心生暗鬼。你不是这样的吗？”

“不，不是疑心生暗鬼。不过，事情已经处理完毕了。迷惘之处是一点也没有了。只是我的心情尚未平复下来。只剩下这个问题。这也许是个时间问题，时间会自然地将我带到心平气定之境地。在此之前，或许努力也是徒劳无功的，总之，现在我挺痛苦。”

“……”

“但是另一方面，我想，现在如果急切渴望达到彻底平和的心境，反倒会令双方都变得虚伪。在这种意义上，我认为，必须经历的过程，无论是痛哭还是畅笑，都必须经历，这才是真实的态度。”

“……”

“虽然我净说些抽象的理论，但事实完全如此。”

“你的意思，我基本明白了。你的烦恼与水谷相关吗？”

“不，没有直接关系。直言不讳地说，水谷的朋友是直子的表哥。就是这个表哥，与直子发生了不正当的男女关系。”

“……”

“这件丑事，是在直子毫无那种意思的情况下发生的。我一点也不恨直子。我对直子说，下不为例，希望你切勿重蹈覆辙。我愿意从内心宽恕她。实际上，我认为那种事也不会发生第二次了。事实上，直子几乎是无罪过的。所以，一切理当都已结束。然而，唯有我的心情，无论如何，也没能让我心平气定地真正达到可以宽恕直子的程度。某种怪异的东西在我的头脑中挥发着邪气。”

“这也许就像你说的那样，除了等待时光的流逝，别无良策。毋宁说，我觉得这样做是很自然的。”

“也唯有如此了。”

“拙见可能是无理要求。若这事已经解决了，还是不要过度纠结为好。因为纵然纠结不休，也不会产生理想结果。付出无谓的牺牲，那是再蠢不过的事了。”

“然而，作为当事者，道理我全都明白，心情却不能按照道理真正安定下来。这件事真不好办。”

“确实如此。但是，意志方面也须不断努力。否则，直子夫人就太可怜了。不容置疑，这是个感情方面的问题。既然你已经彻底弄清了事件真相，你就需要动用超越感情的意志力量，压倒感情。我认为唯有这样做，才会显示出人的高尚风格。”

“所言极是。但是，这是我最不擅长的事啊。再说了，纵然说直子并无罪过，但从我俩的关系方面讲，我也觉得应该调整一下迄今为止的夫妻关系。彼此之间毕竟发生了迄今为止根本不曾发生过的事件，或者说发生了此生中不应发生的事件。说得极端一些，就是调节到这样的程度：即便又发生了相同事件，夫妻关系依旧牢不可破。但是，根据我的这种说法，也许可以证明，我未能按照你的建议去做，换言之，也就是没有靠意志的力量来解决感情方面的难题。”

“是啊，你那样说也不无道理，但是……”

"有个成语叫'密云不雨'[1]，实际上，我的心情与这种天气相同，实在令我憋闷不快。"

"你的这种心情该是必然的吧。然而，对你来说，这总归是一场磨炼，你应当做好心理准备，充分珍重啊。"

"多谢！倘若再因不慎，不幸之上叠加不幸，那才是愚不可及啊。我会充分注意的。"

"不晓事件就里，受其牵引摆布，那是无可奈何的事。但是你不会是这样的，因为你对事件内幕了如指掌。"

"谢谢！憋在肚子里的心事道出来了，心情变得爽快多了。"

"直子夫人现在怎么样啊？"

"我出来的时候，她说头疼，正躺着呢。"

"你最好还是赶紧回家去吧。"

谦作突然思忖：求末松去安慰一下直子如何？但马上转念：这样做欠妥。

此时，大街上奔跑着卖"号外"的人，茶馆里传来了卖报人摇动的聒噪铃声。

少刻过后，谦作与末松走出了茶馆。出门后，末松拾起掉在门口的号外，说道："刚才那架飞机，最后还是

① 出自《周易·小畜》："密云不雨，自我西郊。"原义指浓云密布，却不下雨。引申义是事情酝酿已久，却未发生。志贺采用了原义，以此比喻沉闷忧郁的心情。

掉在深草[1]了。”号外还写道，另一架飞机顺利地在大阪着陆。二人走在坡度较缓的漫长下坡路上，奔向东山松原的电车站。

---

① 京都市伏见区北部地名，位于东山连峰南端。此地有第五十四代天皇仁明天皇（810—850）的深草陵。

第八章

其后，谦作与直子在衣笠村的家中过着平和的日子。至少，单从表面看，夫妻过着出人意表的平和日子。阿荣与直子的关系之融洽，超过了谦作的预想。其次，谦作与直子的关系也不错。但是这怎么说才好呢？——作为夫妻，一方面做到了病态式的相互吸引。与此同时，相互吸引中残留着实在无法全身心相互拥抱的空隙。于是，病态式的相互吸引越趋强烈，其后的余韵就越是苦涩。

妻子的性过失刺激了谦作的肉欲，谦作觉得如此肉欲是自己至大的可耻。同时谦作又觉得因为夫妻间存在可以感受到的空隙，无法不令自己耿耿在心，所以，他想通过肉欲来唤醒自己与直子原有的爱。病态程度极强之际，他甚至想叫直子口头详细描述自己性过失的过程与场面。

其后未久，谦作得知直子又身怀六甲了。他无须屈指计算就明白，在自己赴朝鲜之前，直子就已怀孕了。事到如今，谦作想到这个胎儿愈发将自己与直子的关系固定下来，他也愈发感到心情郁闷。

谦作的心时常脆弱得连他自己都不堪忍受了。这时，他很想宛如孩子一般被阿荣抱在怀中，但这是绝不可能的事。若以同样心情将脑袋贴在直子的胸前，谦作会突然感到直子的前胸有点像铁板，他顿时好似从梦中醒来一般。

夏天过去了，终于进入秋季。然而，谦作的心态依旧不佳。与其说是心态，毋宁说是因为不注意养生，导致在生理方面损伤了身体。谦作非常清楚：长此以往，后果堪忧。但是，由于吊儿郎当的不良癖习作祟，谦作很难恢复往日的精神状态。当他感到自己的心情脆弱至极、十分凄惨之际，便暴躁发作，大动肝火，将餐桌上的食器一个不剩地摔碎在庭中踏脚石上。有时他手执裁缝剪子，将直子穿在身上的和服从领口一直剪到后腰部位。这种时候，谦作宣泄的是一时怒气，但直子即刻将其溯源至自己的性过失。她默默无语，一动不动地忍受着谦作的肆意宣泄。直子的如此情绪反应令谦作更加烦躁，不由自主地干出越发粗野的事来。

阿荣早就知道谦作脾气暴躁，而发作到如此暴烈程度，她却没太见过。仅仅过了一两年时光，谦作为何变成了这个样子，阿荣百思不得其解。

某日，谦作收到信行从镰仓寄来的信，说近日要来谦作家玩玩。谦作立即回信答复。而后他察觉是阿荣去信求信行来的，于是，谦作紧跟着又写了一封信，即刻婉拒信行来此。信行特意要来一次，自己却婉拒，谦作又觉得如此做法不妥。不让信行来，自己去他那里若何？他颇感困惑，最后还是无勇气付诸行动。他思忖，若见到信行，肯定会将丑事和盘托出。仅仅因为这一点，现在谦作也不想去见信行。

末松频劝谦作外出旅游，并表示自己陪他同行。关于山阴地方，二人皆不熟悉，末松拿来了山阴地方温泉指南，劝诱谦作与自己联袂前往。然而，谦作实在没有那种兴致。末松的一片好意，谦作心知肚明。但对于固执地不采纳末松建议的自己，谦作也无可奈何。鉴于此，谦作下定决心，无论如何，今后自己必须支配自己。

谦作想起了疏远已久的古老的神社梵刹与古代美术，决定进行巡赏。他游高野山，拜室生寺，也曾旅游了两三天。恰好时当晚秋，是景色甚美的季节。如此这般，他逐渐找回了平素的自己。

秋天过去，直子的产期临近了。谦作在所有方面都具备了几分自控能力，对直子的粗暴举动也减少了。他考虑到自己粗暴的结果会影响到胎儿，因此很注意勉强地压抑着自己的粗暴。

预产期在岁末——再推迟一些，当在正月初七的“七草节”[1]前分娩。因为有先例，谦作絮絮叨叨地叮嘱直子不可随便乱动。这一次分娩有阿荣在，谦作觉得是万无一失了。进入正月，过了初十还没生，谦作有些担忧了。他提议这一次在医院分娩，然后在医院里住上个把月保养一下为宜。但是与大夫一商量，大夫说，自家有这么多人手，没必要住院分娩。加之直子也不愿住院，于是住院之事也就作罢了。

谦作心中忐忑不安，怀疑是否算错了一个月。直子若进入二月分娩，倒推月份相当于自己赴朝鲜旅行期间，那可糟了。想到这里，谦作不寒而栗。

一月末的某日，谦作赴位于大和小泉的片桐石州公馆，然后徒步逛了法隆寺。夜里回家时，婴儿已经呱呱坠地了。婴儿发育得很充分，因此比生头胎痛苦得多。目睹这个胖乎乎的女婴，谦作终于放下心来，长舒了一口气。他游法隆寺之际，女儿出生，故取其一字，名曰“隆子”。

① 在正月初七早上吃掺入春季七草煮成的菜粥——七草粥，是日本传统习俗。所谓“七草”，即野芹、荠菜、鼠麹草、繁缕、宝盖草、芜菁、萝卜。

第九章

每年一到春末夏初，谦作肯定会脑袋难受。尤其是梅雨期，谦作受不了那种潮湿的空气，肉体衰弱得俨然是个半病之人，心情却怪异地焦躁不宁。谦作往往对这样的自己深感头痛。

某日，按照此前的约定，谦作决定与末松、阿荣、直子等一起赴宝冢旅游。该日清晨，谦作的情绪处于少有的平静状态。为了恰好在宝冢吃午餐，众人决定坐九点多的火车。

出发时，直子打点行装迟了一点，谦作在门前等候时感到有点焦灼。但最终他强忍了下来。

谦作与末松于七条车站会合，站着闲聊片刻，开始检票了。谦作忽然察觉，刚才还在身边的直子与阿荣此刻却不见了。

“去洗手间了吧？”谦作自言自语，“上车后也可以去的呀，偏偏赶在这时候去，蠢货！”谦作马上又来气了。

直子与阿荣要去洗手间，此时，阿荣一个人疾步走来，说道：“把我们俩的车票给我吧。”

“你俩怎么回事呀？已经开始检票了。”

“你们先走吧，直子正在给孩子换裤子。”

“什么？偏赶在这个时候换裤子。那你与末松先走吧。”

谦作心急火燎，将两个人的车票递给末松，急匆匆地朝直子的方向奔去。

“那是付费洗手间呀！”阿荣从谦作的背后喊道。

直子恰好抱起了婴儿，一只手正从衣带内往外取“蟆口钱包”[①]。

“喂，快点！怎么搞的，偏在这时候换裤子？”

“因为孩子不舒服，总是哭闹啊。”

“哭闹又有什么关系？下车的旅客都出了检票口了。赶紧把孩子给我！”

谦作抢夺似的一把接过孩子，一路小跑奔向检票口。月台上已经响起了尖锐刺耳的发车铃声。

“后面还有一个人，马上就来。”谦作一边让人检票，一边回头望着直子。直子像快跑又像疾步似的，一边急

---

① 带金属卡口的钱包，口张开时，状如蛤蟆，故名。明治四年（1871）发行新货币，此钱包随之开始流行，至今不衰。

奔过来，一边系着包着刚换下的褯子的包袱。

“再跑快点！”谦作发出怒吼。此刻，他已经全然顾不得体面不体面了。

“不管她了。”谦作这样想道。她每步跨两磴阶梯，跑上了天桥，尽管如此，下天桥时，她还是略加留神。

火车缓缓地启动了。谦作一只手紧紧地抱着婴儿，上了火车。

“危险！危险！”站台服务员高喊着。直子置若罔闻，跑了过来。火车正以人步行的速度缓慢前行着。

“笨蛋！你别上车了！”

“能上去，你拽我一把，我就能上去，没事的。”火车速度逐渐加快，直子小跑着，流露出乞怜的眼神。

“危险！别上车了！回去吧！”

“孩子还要吃奶啊……”

“别上车了！”

直子还是硬要上车。她的身姿似被列车半拖着，好不容易一只脚登上了车梯，正想站上去的瞬间，谦作几乎是发作性地用一只手猛力推了一下直子的前胸。直子仰面朝天倒在了站台上，因为惯性作用，在地面滚了一圈，又仰卧在那里。

末松坐在前面的车厢里，目睹这一幕，即刻跳下车来。

谦作对向这边跑来的末松喊道：“我在下一站下车。”

末松略微颔首，火速朝直子的方向跑去。

谦作望见远处的直子被两三个站台服务员扶了起来。

“哎哟，你这是怎么回事啊？”阿荣惊骇地说道。

“是我将她推下去的。”

“……”

“我告诉直子危险，别上车，直子却硬要上车。”谦作竭尽全力压抑着亢奋，这样说道，“下一站，咱俩下车。”

“谦作，哎哟，你怎么能这样啊？”

“连我自己也不知是怎么回事啊。”

直子仰面朝天倒在地上时望着谦作，那怪异的眼神令谦作简直受不了。想到这凄惨的一幕，他虽然察觉到自己后悔了，却已无法挽回了。

列车抵达下一站，谦作与阿荣下了车。恰巧电话挂到了本站，谦作立即接了电话，是末松打来的。

“好像引起了轻微脑震荡，没有受伤，医生马上就到，好像没大事儿。”

“十五分钟后，上行的列车就进站了，我坐这趟车回去。直子现在在哪儿啊？”

“在站长室。”

“直子怎么样了？”阿荣从旁担心地问道。

“好像没受伤。”

“呀，谢天谢地！太好啦！当时都把我吓死了。”

少时，开往京都的列车滑入车站。二人原路返回了京都。

谦作实在搞不明白自己为何竟会干出那样的事来。只能将其解释为“发作”。直子没有受伤，这真是不幸中的大幸。但在心情上，直子会怎么样呢？想到这一层，谦作郁郁不乐。

“谦作，直子是否做了什么令你感到不如意的事？我觉得你变得和以前大不一样了。”

谦作没有回答。

“你以前就是个焦急的性格，现在这性格变得更加急躁了。”

“这都是因为我的生活不好，与直子毫不相干。我必须振作起来。”

“有时我也琢磨，是否因为我和你们生活在一起，令你们夫妻产生了什么不和谐的事情？”

“没有的事，绝对没有的事。”

“我也是这么认为的。我和直子相处得非常好，所以觉得不会引发那样不悦的事。但是，因为别人住进家里，导致产生纠纷，这在世间也是常见的事啊。”

“你与我们同住的事，你就放心好了。直子也从没认为你是外人。”

“是吗？我真的由衷地感谢你们！但是，最近看着你焦躁不安的样子，总觉得其中好像必有什么缘由……”

“是天气的关系。最近我总是这个样子。”

“也许是天气的原因。尽管如此，你也应该对直子好一些。否则，她太可怜了。其实也不仅仅是为了直子，你今天干那样的事，如果直子的奶没了，那问题可就严重了。”

阿荣一谈到孩子的事，谦作就一声不吭了。

末松与直子都蔫头耷脑地待在站长室里。直子坐在高脚椅上，俨然是接受审问前的女犯人，一动不动。

“医生还没来。”坐在椅子上的末松站了起来。

直子稍微抬起了头，立刻又低了下去。阿荣一来到直子身边，直子马上就哭了起来。她接过孩子，边啜泣边默默地给孩子喂奶。

“我自己也大吃一惊。没出什么大事，这太好了。脑袋感觉如何？用凉水冷敷了没有？”

“……”直子没搭理谦作。与身体的伤害相比，倒是心灵受到了伤害。她十分伤心，不想说话。

“这实在是不应该发生的事啊。没赶上这一趟车，四十分钟后，下一趟车就马上发车了，毫无慌慌张张的必要。仅仅为了抢四十分钟，就豁出命来……所幸没受伤，可真是万幸。”站长说道。

“给您添了大麻烦了。”谦作低头施礼说道。

“车站委托的医生不在，可以请街上的医生。但夫人说马上回去，因此也就这样等着您到来。怎么办？把附近的医生叫来呀？”

“怎么办？”谦作回头对末松问道。

“我看夫人有点迷迷糊糊的，倒不如咱们直接去医生那里为宜。”末松回答道。

“那么，让您费心了，我领着她去。给您添了不少麻烦，实在不好意思，真过意不去。”谦作对站长说道。

末松去叫人力车了。

谦作来到直子的身旁。他能说什么呢？他无话可说。谦作无论想说什么，皆须付出努力。而直子表明了绝对不让谦作靠近的态度，剥夺了谦作心情的自由。

“你还能走吗？”

直子一直俯首，点了点头。

“脑袋感觉如何？”

谦作这一次问话，直子没有回答。

末松回来了。

“人力车马上就到。”

谦作从直子手中接过了孩子。孩子正在吃奶，突然大哭起来。谦作不管孩子哭闹，抱在怀中，向站长与副站长再度施礼，一个人先朝出口方向走去。

第十章

直子的伤没大碍，仅仅是腰跌得较重，两三天之内不能起床。

谦作打算与直子好好地谈一次，直子却异常执拗，不肯打开心扉，因此，谦作的想法未能实现。

直子似乎认定谦作仍在记恨自己与阿要的事，但在谦作看来，他的举动是焦躁导致的发作，当时根本无暇想到直子与阿要的事。

“你打算永远保持这种执拗的态度吗？你如果对我的举动感到生气，认为与干出这种事的人一辈子生活在一起很危险，你就实话实说吧。”

“我根本没那样想过。我实在不能理解的是，你口头说‘宽恕’我的丑事，实际上却一点也没宽恕，这一点令我非常难过。你总是口口声声说‘发作，发作’，但我无论如何也不能相信，你仅仅就是因为我蠢笨，行动不善于临机应变，就做出那种事来。我也向阿荣打听过你婚前的情况，她说你以前好像从没干过那么病态的事情。阿荣也说你最近的变化太大，还说你以前根本不是这种人。根据这些情况，我认为你嘴上虽说宽恕了我，实际上，你是无论如何也没宽恕我。我认为，正像你常对我说的那样，你觉得如果憎恨我，你自己会变得更加不幸，这是愚不可及的事，所以，你才宽恕了我。我觉得你可能是认定，宽恕我对你自己有利，才想宽恕我的。如果是这样，我觉得很没意义，因为我永远也得不到你名副其实的宽恕。与其这样，倒不如你就痛痛快快地恨我一场，之后如果觉得依旧不能宽恕我，那么，我也不求你宽恕了，这是无可奈何的事。但是，如果你恨过之后，我能获得你发自肺腑的宽恕，那么，我该会何等欣喜啊！此前你说过：'我绝不想憎恨你，也不想纠缠此事。憎恨与纠缠，有百害而无一利。'闻听此言，我真的感激不尽。然而，发生了这次事情后，我认为你仍然在恨我。每当遇到类似今天的事情，我就立即会想到这一层。如果真的是这样，今后究竟到何时，我才能得到你真正的宽恕啊？对得到你真正的宽恕一事，我现在觉得已经完全没有希望了。"

"那你今后想怎么样呢？"

"我没想怎么样。如何才能得到你名副其实的宽恕呢？我只是一门心思在思考这件事。”

“你不想回娘家吗？”

“回娘家？你怎么又说出这样的事呢？”

“没什么。只是由于你说今后没希望得到名副其实的宽恕了，我才这样问你的……总而言之，你今天能这样对我实话实说，我感觉非常好。因为你对我表现出异常固执的态度，令我想对你说的话一直没能说出来。”

“那倒是的。那么，我对你说的事，你有何感触？”

“你的意思我全都明白了。你说我仍在恨你，但我自己无论如何也没这么觉得。你说让我大恨一场之后再宽恕你，可是原本就没有恨，事到如今，又怎么去恨啊。”

“……任何时候，你都肯定这么说。”

直子怪怨地凝视着谦作的眼睛。

谦作觉得正如直子所言，自己实际上恐怕有必要进行一次反思。

“……虽然如此，你对车站上发生的事这么理解，令我感到困惑。总之，我们的生活是不太如意的。或许以前那件事，是不太如意的端由。但是，将生活不太如意之后发生的事，一一都与此前的事结合起来考虑，我觉得这也不是正确的思路。”

“一遇到事，我立刻就这么认为，这大概是我的怪僻性格。此外还有一件事，你也许忘了。你曾经讲过你见过一个叫作什么‘蝮蛇阿政’的人。当时你说的话，如今我仍牢记在心。”

“我说了什么话？”

“你说，归根结底，忏悔只能进行一次。有人觉得忏悔后罪过就消失了，与这种人相比，倒是不忏悔，一人独自痛苦，活在紧张心情中的人，心情会好得多。当时，你还讲到了一件事，主人公不是一个叫什么名的说唱义太夫的女演员，就是艺伎。”

“名叫荣花吧？”

“当时，你还说了许多别的事。你说的话，现在我回忆起来，非常痛苦，你在想法上非常宽容，然而实际上并非如此。当时不知何故，我就觉得你过于执拗，感到你很可怕。”

听到这话，谦作开始恼怒起来。

“行了，别说了。确实，你的话在某种程度上是对的。但从我的角度来说，所有的事都纯属我一个人的问题。正如刚才你所说的那样，我理智的想法是宽容，但我的感情并不宽容。只要二者能完全融为一体，就什么问题都没有了。这是利己主义式的想法，或许也是功利主义式的想法。我的性格就是这样，我实在无可奈何。这样的我并没有无视你的存在，其实重视你的存在也好，无视你的存在也罢，说到底，最终都归结于我的性格，实在无可奈何。无论到何时，我都是这个样子……尽管如此，但不稍微改变一下目前的生活是不行的。如果可能的话，彼此暂且分居一段时间为宜。”

“……”直子凝视一个地方，在沉思着。二人沉默了片刻。

“……说到分居，听起来好像挺夸张的。”谦作以有些平缓的心情继续说道，“我想一个人去某地的大山里，静静地隐居半年左右。我的精神状态，按医生说的，或许就是神经衰弱。即便真是神经衰弱，我也讨厌让医生来治疗。远赴山中，隐居半年，或许三个月就足够了，就会痊愈的。你可以权且认为我这是外出进行短期旅行。”

“这样一来，我就可以不必乖僻地胡猜乱想了吗？”

“当然可以！”

“我真的可以不必再乖僻地胡猜乱想了吗？”直子又确认了一遍，然后说道，“若果真是这样的话，你这想法真挺好的。”

“通过此举，如果彼此身心都能够恢复健康，开始过上崭新的生活，那是再好不过的事了。我一定付诸行动，做给你看看。”

“好的。”

“你理解此刻我的心情吧？”

“嗯。”

“彼此暂别一事，绝非消极的举措。这一点，你明白吗？”

“嗯，我十分明白。”

当天晚上，谦作将暂且离家远行之事告诉了阿荣。阿荣很不赞成。她依据此前远赴尾道的先例与教训，说依靠远行独处来调节情绪状态毫无作用。阿荣又说：“目前的生活再不如意，夫妻分居之后，也绝不可能进入更好的生活。”

谦作不知如何解释为好了。

“第一点，这次远行与上一次远赴尾道，在动机方面就有一些不同。赴尾道是勉强地想完成一项难以完成的事业，所以彻底失败了。这次远行，事业排在第二位，修养自己的精神，谋求恢复健康，才是首要目的。说是‘夫妻分居’，听起来非常夸张，其实并非另有家庭，你可以认为我是去进行一次旨在疗养身心之类的旅行，这是最恰当的。”谦作说道。

“你打算去哪里？”

“我想去伯耆国[1]的大山。几年前，鸟取县的一位县

---

① 位于鸟取县中西部，是山阴道八国之一。伯耆国是多山的古国。清荣峻茂的复式火山——大山，耸于伯耆国，故名“伯耆大山”。

议会议员与我同住在古市的‘油屋’旅馆，他频频盛赞伯耆国的大山是名山胜境，是天台宗的圣地，旅人似乎可以栖身梵刹。从我目前的心情看，如此梵刹环境，也许很适合我暂且栖身。”

第十一章

谦作终于决定登上旅途了。因为与通常出游时的精神准备不同，出发之际，不知何故，谦作感到一种微妙的异样。

“几点出发都可以。反正一天时间也到不了伯耆大山……”谦作尽量以从容不迫的神态，这样说道。

他一边看着旅行指南，一边说：“坐午后三点三十六分开往鸟取的列车也行，如果赶不上这趟车，坐五点三十二分开往城崎的列车，也可以。”

“如果你需要罐头或者其他什么东西了，来封信，我马上就让明治屋给你寄去……”

“哎，尽量别给我寄那样的东西，我打算用当地的东西凑合着就行了。满可以不必硬是吹来京都的风，诱出我的思乡之情，反倒没意思。从这个意义上说，除了有事以外，相互之间最好不要有书信往来。”

“好的……虽然如此，你要是想给我写信，还是写吧。我是指在你想给我写信的时候。”

“是的。这样也可以。不过经你这么一说，好像你在期盼来信似的，对此，我还是会感到精神不自由啊。”

“那么，写与不写，怎么样都行，你随便。”

“我的事，你可以毫不挂虑，你多想想孩子的事就行了。一想到孩子健健康康的，我就会非常轻松愉快。俗话说：‘大彻大悟，方能成佛’。”

“你俨然是一个‘亡者’[①]了。”直子笑了起来。

“实际上我肯定是一个亡者，而这个亡者得道成佛后，就回家来。”

“临行之际，说什么不吉利的话啊。”

“没有比这更吉利的话了。人云：‘即身成佛。’还是我这个人，却可以成佛啊。当我归来时，我的头上会放射佛光……总之，我的事你不必挂虑，你要多注意自己的身体，再就特别是要把孩子照看好。”

“也就是说，我要有当奶娘的心情吧？”

“当奶娘，当母亲，都可以。总之，短暂一段时间里，你要摆脱当老婆的心情你觉得此期间自己成了寡妇，有这种心情也是可以的。”

---

① 日文读作“もうじゃ”，佛教上指不拘泥于凡常的生活、摆脱红尘束缚的人。

"你怎么回事呀，怎么专爱说不吉利的话！"

"大概是一种预感吧。"

"哟！说的什么话呀！"

谦作笑了。实际上，在心情方面，他把今日的出行当作了"出家"。谦作不便一五一十地表达如此心情，所幸恰到好处地将真实心情化作了笑谈。马上就要出发了，谦作决定从花园站坐开往鸟取的列车。

"不用送了。我想尽量以平常的心情出发。"

阿荣拿来了茶具。

"我三点从家里走。你让阿仙叫一辆人力车来。三点。"

"再早一点出发，咱们一起走到妙心寺一带，可以不？"

"这个大热天，就是走到那里又有何用，活遭罪。"

"……"直子神色有点不悦，走向厨房。

"你可别再像上回那样，憔悴枯瘦地回来了。"阿荣一边精心沏着玉露茶，一边说道。

"没事的。等一切都修炼好了毕了业，人变得焕然一新了，我就回家。"

"别忘了常来信呀。"

"刚才我说了，你们干脆认为我不会给你们写信好了。我不写信来，就证明我身体健康，你们就这么认为吧。"

"这一次出行，家里有三个人，不会寂寞了吧？"

“加上孩子，一共四个人。”

“是的，是的。一个婴儿或许可以顶上两个大人。”

“我就不给镰仓的信行去信了。你给信行写一封信，轻描淡写一点，多余没用的事别写。”

阿荣点了点头。

谦作一边品茶一边望着挂钟，两点稍过了一点儿。

直子抱着婴儿出来了。孩子好像还没睡饱，小脸儿的中心聚集着皱纹，好像感到晃眼睛，小眼睛眯缝着。

“爸爸要出远门了，今天真乖，不要哭啊。”直子说道。

“你那小脸儿怎么搞的？”谦作笑着用指尖碰触着胖乎乎的脸颊，“喂，小脸能再高兴点吗？”

婴儿天真地软绵绵地歪着脑袋。

“这期间，如果请医生，任何时候都要请医院的医生。直谦生病时，附近的那个医生可把咱们坑苦了。”

“嗯。尽管放心吧。首先，我不会让孩子生病。”

“现在孩子全吃母乳，没有可担忧的。明年夏天开始，什么都能吃了，格外需要注意。”阿荣一边往直子的杯里倒茶，一边这样说道。

谦作进入浴室沐浴完毕，换了衣服，少时过后，人力车来了。他坐在车上，大行李箱立在两腿之间，迎着西倾的太阳，一个人奔向花园车站。

岚山至龟冈之间的保津川景色壮美。但是，与美景相比，目睹河流湛碧深水处，谦作真想跳进去畅洗一番。河岸壁立的群山之顶，稍微露出了爱宕山的峰巅。迄今为止，谦作总是从东侧眺望群山，此刻却可以从西侧眺望了。谦作的脑海中立刻浮现出了衣笠村的家，它变得遥远而渺小。

列车驶过绫部、福知山，抵达和田山之际，终于到了夏季的日暮时分。

当晚，谦作决定泊宿城崎。列车驶出丰冈时，他想通过车窗遥望赫赫有名的玄武洞。由于已是暗夜，他仅仅望见了一条宽阔大河对岸的五六点灯火而已。

安抵城崎后，谦作栖身一家名曰“三木屋”的旅馆。坐人力车一路看来，飘荡着十足的温泉浴场的氛围，令谦作喜不可言。清浅的高濑川溪流纵贯流过小镇中心。清溪两岸，二层或三层楼结构的温泉旅馆鳞次栉比，旅馆窗口竖嵌着细木格子，外观近似柳陌花巷情调。此外，温泉浴场给人以出奇的清洁感，这一点也令谦作欣喜不已。从名曰“一之汤”的温泉浴场附近的小路往里走，路边经营桑木工艺品、麦秆工艺品、出石陶瓷器[①]的店铺，一家连着一家。特别是将麦秆破开粘贴制成的工艺品，在电灯下显得美不可言。

① 兵库县丰冈市出石町生产的陶瓷器，始于江户时代中期，采用了九州有田窑的陶瓷工艺。

谦作进入旅馆后，与吃饭相比，他觉得泡温泉更重要，于是即刻去了旅馆门前名曰“御所之汤”的温泉浴场。站在大理石围筑的泉池中，水没至胸部。浓烈的温泉气味令谦作的情绪变得舒缓平和起来。

从泉池上来后，谦作没有立刻穿上浴衣。他汗流浃背，左一遍右一遍地擦着，热汗还是顺着裸体往下流淌。谦作站在电风扇前吹了片刻。身旁桌子上放着一本名为《山阴地方旅游指南》的小薄册子，谦作一边翻阅着，一边等待热汗尽消。

《山阴地方旅游指南》写着山阴地方有座大乘寺，俗称“应举寺”，坐落在从城崎坐火车前行第三站名曰“香住”的地方。于是，谦作打算翌日顺路下车，去那里看看。孩提时代，他就听说过圆山应举大名，而后看过他画的狗、鸡和翠竹等，皆毫不感动，故不佩服。虽然对圆山派兴味索然，但不知今后能否重来这一带，因是，他想顺路去看一看。

不知是城崎这地方热，还是此夜特别热，总之闷热得令谦作几乎夜不成眠。他觉得或许春秋或冬季来泡城崎温泉会很舒坦。

次日清晨，谦作起床时已是六点左右了。因睡眠不足，他感到脑袋昏昏沉沉的。他来到有草坪的庭院看了看。眼睛正前方，高山耸立，山腰乔松枯枝上有三四羽鸢在交替鸣叫着。庭院内有一个引水造成的池塘，池内有五六羽苍鹭，缩脖而立。谦作觉得自己尚未从梦中醒来。

上午十点左右，谦作坐上火车，奔向应举寺，在香住站下车后，又坐人力车奔赴目的地。

圆山应举的书生时代，和尚赠予他白银十五贯，圆山应举带着这些银子去江户求学。为了报恩，这座寺院落成后，圆山应举带领一门弟子，挥笔绘就了寺内所有的隔扇画。

圆山应举的画最多，他的儿子圆山应瑞，弟子松村吴春①与长泽芦雪②也画了一些，各有其美，趣味盎然。

圆山应举在书阁、邻室与佛龛前的隔扇上作画，尤其是在书阁隔扇上的水墨山水画，画得极好，干净利索，规规矩矩。邻室隔扇画画的是郭子仪肖像，浓墨重彩，还有一幅是苍松孔雀图。

松村吴春的《四季耕作图》洋溢着一种温厚感，谦作赏之觉得心情愉快。长泽芦雪的《群猿图》风格奔放，非常富有长泽芦雪特色。八幅画中的右侧两幅，无论构图还是笔法，好似中途无意作画似的，露出了明显的破

---

① 松村吴春（1752—1811），日本江户时代画家，四条派创始人。宽政元年（1789），松村吴春与圆山应举的交流深化，画风开始受后者影响。

② 长泽芦雪（1754—1799），师从圆山应举，个性鲜明，拔新领异，代表作有《花鸟游鱼图卷》等。

绽。谦作眼前浮现出醉酒的长泽芦雪形象，与松村吴春形成鲜明对照，十分有趣。

据说圆山应举模仿的禅月大师[①]十六罗汉图，尚未完成，陈列于二楼僧房内。

沈南苹[②]的《双鹭图》，画的是浪花间冒出岩石，石上站着一只雌鹭，缩足，张翼，弓腰，回首仰望雄鹭。上边那块岩石上，笔直站立的雄鹭以尖锐的眼神俯视着雌鹭。雌鹭为求生子的本能被栩栩如生地描绘出来了。而居高临下的雄鹭，目光尖锐地俯视雌鹭，其神态也令谦作感到别有意趣。

“还有别的隔扇画吗？”谦作回头，向站在身后的小和尚问道。

“绘画就这些了。此外，还有左甚五郎[③]雕刻的龙，在屋脊上。”

二人在僧房里趿拉上木屐，走到了户外。不知何时，

---

① 禅月大师，即诗僧贯休（832—912），兼工书画，善绘罗汉、观音等。其所绘《十六罗汉图》极为著名。

② 沈南苹（1682—1760），清代画家，本名沈铨，字衡之，号南苹。1731年，沈铨受日本天皇之聘偕弟子东渡日本，在长崎居住三年，创“南苹派”花鸟写生画，深受日本人推崇，当时从习画者颇多，日本江户时代长崎画派即在其影响下形成，尤以圆山应举最为著名。

③ 左甚五郎，生卒年不详，据说是活跃于江户早期的雕刻匠人，日本据传为左甚五郎雕刻的作品很多，代表性的有日光东照宫的“睡猫”、上野宽永寺钟楼的“登龙”等。

天色阴暗下来了。二人从正殿前面往左拐，登石阶上了约两米，出现一小块平地。谦作从此处眺望置于屋脊房山墙处用一根木材雕刻出来的大型雕龙。谦作觉得此龙雕刻得富于写实性，带有轻度滑稽意味。

“这条龙与实物一般大呀。”说完，谦作笑了。但是小和尚没明白此话的妙味。

“哎哟，下雨了！”

谦作仰观天空，大粒的雨滴打在了他的脸上。

“是这条龙唤来的雨呀。”谦作一边说着这样的笑话，一边返回了僧房。

第十二章

该夜，谦作泊宿鸟取市。此地海岸沙滩宽一公里，长约二十八公里。沙滩上有大擂钵与小擂钵[①]，此外还有小湖“多鲇池”，值得一看。有人劝谦作到此一游。谦作一想到要在人力车上摇晃着走那么多公里，就没了兴致，打算买了绘画明信片了事。伺候谦作吃晚餐的年轻女仆一本正经地对他讲述了多鲇池的传说与湖山老人的传说等。“多鲇池的传说”说的是有一个名曰“阿种”的姑娘，变成一条巨蟒，住在池中。有一次，阿种追赶一个鸟取武士。武士逃回家中，关严了门。阿种甚感遗憾，将自己身上的三枚鳞片贴在门上，便回去了。阿种的鳞片代代相传，现在还保留在那户人家里。

谦作一边担心明日天气，一边钻进了被窝。明日若

---

① 所谓海岸沙滩，指鸟取沙丘，是日本最大的沙丘。大擂钵与小擂钵是沙丘上的洼地。

下雨，还须在某地住一宿，现在想来，真是有点麻烦。他觉得东乡池的东乡温泉挺有意思，但是与东乡温泉比，谦作更想攀登凉爽的伯耆大山，尽早享受悠然自得的心情。

半夜三更，谦作听见了骤雨的声音。他觉得若是这样，明天或许会雨过天晴，想着想着，便进入了梦乡。

翌日，不出所料是个大晴天。根据清晨的情况判断，今日肯定是阳光火辣辣的一天。谦作坐上九点左右的火车，心想今日又会如那日那样，列车要钻几十个隧道。

谦作打开昨晚在街上买的“帝国文库”[①]的《高僧传》，把元三大师[②]那一段读了一点，困倦即刻就泛了上来。湖山池的景色秀美。有一个传说，讲的是湖山老人于某个插秧日的黄昏，将太阳喊了回来。作为对老人的惩罚，他的水田一夜之间变成了如今这样的水池。谦作觉得，就此水池而言，这个传说编得十分美妙。低矮山丘与山丘之间的广阔场地，确实适合当田地，却灌满了一大片水。如此景象，俨如洪灾过后的水田。小

---

① 明治二十六年（1893）至明治三十年（1897），由博文馆刊行的江户时代文艺丛书。

② 元三大师（912—985），名良源，日本平安时代天台宗高僧，谥号“慈惠大师”。永观三年（985）元月三日去世，故又称元三大师。

泉八云[1]善于写这一带的传说，其作品是否涉及这个故事？——他想，如此说来，此行若能带几本拉夫卡迪奥·赫恩的作品来就好了。

与湖山池相比，东乡池是个毫无情趣的湖。谦作不知道这个湖有没有故事传说，他觉得恐怕是没有的。他认为凡是有脍炙人口的传说的地方，在某种意味上都具有与之相应的情趣。

列车驶过上井[2]、赤崎、御来屋等车站，谦作从车窗眺望景色，百看不厌，感受到了盛夏的力量，他的心情变得健康昂扬，这是近来罕见的精神变化。生长到二尺高的水稻，密密丛丛。本来无风，在高温与烈日下的水稻，看上去却像在摇摆着。

那片水稻的浓绿都被晒化了，谦作亢奋地思忖着。

确实，浓绿色的水稻直接承受着高温与烈日，拥挤在一起，推推搡搡，发出充满欢喜的声音，非常直接地影响了谦作的心情。直到今天他才知晓，世间竟有这样一方天地。谦作深有感触：人有像在地窖里相互撕咬着

---

① 小泉八云（1850—1904），著名作家兼学者，是日本现代怪谈文学的鼻祖。其生于希腊，原名拉夫卡迪奥·赫恩，明治二十三年（1890）赴日，明治二十九年（1896）加入日本国籍，改名小泉八云。

② 如今地图上山阴本线无“上井”站。据角川书店版《日本地名大辞典》中“鸟取县卷”，昭和三十三年（1958）前确有上井，后易名“仓吉”。

的猫一样的时候，也有眼下这样一种生活。在今天，面对如此强烈的阳光，谦作却一点也不觉得晃眼睛了。

谦作在一个名曰“大山”[①]的寂静的车站下了车。叫来人力车夫一问，到伯耆大山还有约二十四公里，而且人力车可行的路程只有约十二公里，其后路程只能徒步行进。

“那么，徒步行进的那一段，这些行李怎么办？用马驮着去吗？”

“不用，我背着去。”

人力车夫是一个五十多岁的瘦削男子。

“行李中装的是书，很沉呀。”

“什么，这点东西不算什么……”车夫再次提着行李掂量了一下，笑着说道。

“你已经吃完饭了吗？”

“老爷呢？”

“我在火车上吃了盒饭。”

“那咱们就直接出发吧。到了前面岔道处的茶屋，老爷买点什么给我吃，就行了。”

此后的约二十四公里路程，二人一路同行。谦作觉得此事已经将彼此的关系拉得有些亲密了。

① 大山站初设于明治三十五年（1902），开始名曰“熊党”，明治四十四年（1911）年易名“大山”，大正六年（1917）三月易名“伯耆大山”。

谦作坐上了人力车。

“虽然天长，但是走完一半路程后，剩下的一半全是上坡路，走得就慢了。”

谦作遥望前方轮廓壮美的伯耆大山，思忖着在这个赤日炎炎的日子，这个车夫竟然能将行李运到那里去，真是有点不可思议啊！

“山上非常凉爽吧？”

“那当然！很凉爽。从前我们这一带的冰，都是从伯耆大山运下来的雪块。冬天厚厚的积雪，到了夏天，全都变成了冰，切割后运下山来。我年轻力壮的时候，还当过冰块搬运工呢。”

狭窄的路上，孩子们在大声喧闹着，玩着捉人的游戏，孩子们全神贯注地玩着，根本不给人力车让路。

老车夫捡起一根恰巧掉在地上的细竹枝，一边轻轻地挥拍着孩子们的脑袋，一边前行。

“老糊涂！老傻子！”孩了们张口恶语伤人。老车夫笑呵呵的，伸手轻轻拍打着手能够着的孩子们的脑袋。

少时，他们通过了狭窄的路段，突然进入宽敞大道，道路有十几米宽，屋檐很低的住宅并立于道路两侧，令大道愈发显得宽敞明亮。三脚支架上横搭着竹竿，上面随意地挂满了白色长条的东西。路的一侧，几乎有一半人家都是这样。此物叫作“葫芦条”[①]。

“葫芦条的幅度挺宽啊。”

“因为现在还没晒干。”

“葫芦条是这里著名的土特产吗？”

“不，还没达到著名的程度。”

人力车夫时而奔跑，时而行走，二人心情轻松，一边交谈，一边前进。

走完了十二公里许，从此处再往前，人力车就无法通行了。老车夫将车寄存于路旁庄户人家，用麻绳捆好行李，背了起来。谦作掖起了麻布单衣的下摆。从大路登上狭窄的坡道后，上面出现了一片辽阔的山麓原野，直到前不久，这里还是军马训练所。广阔的场地令谦作心旷神怡。听说，伯耆大山的马市也赫赫有名。

二人在缓坡的原野上信步前行。

---

① 人们通常于七月下旬趁嫩时摘下葫芦，由外侧转圈削成宽3厘米、厚3毫米、长2—3米的细长带状白色果肉，晾干，用于卷寿司、做酱汤、拌菜与“煮物”（炖菜）。

第十三章

高原的小路两旁，龙胆、抚子花、泽兰香草、女郎花、玉球花、地榆以及不知名的菊科美丽野花，烂漫地盛开着。谦作与老车夫从容不迫地登着山路。牛与马看见两个登山人，都不低头吃草了，抬头站着，眺望着山下来的这两个人。到处都挺立着高大的苍松，高高的树枝上，蝉在竭尽全力鸣噪着。空气清澄，尽管明显感受到这是山中清气，但由于在登山，谦作仍然觉得浑身很热。向后可以望见遥远的日本海后，二人便走一阵，歇一阵。

“再鼓一把劲，就到了。”

“行李比你预想的要沉得多吧？”

“嗯。沉甸甸的，真够重的了。这里面装的都是书吗？”

“如果累得受不了，进那家茶屋后，可以拿出一些寄存在那里，等将来顺路方便时，带上去也行。”

“没事的。到了岔道边的茶屋，老爷请我吃顿饭吧。吃完饭，干劲就来了。”

“你喝酒吗？”

“酒量不大。”

“那么，在茶屋你就喝点，怎么样？”

“那就请我喝一杯‘直酒’[①]吧。老爷喝不喝呀？”

“喝酒我不行。”

“不是一点也不能喝吧？来一杯‘直酒’，中午睡上一个钟头，然后再出发，行不行？”

“午睡不午睡暂且不谈，不过确实需要从容地休息一下，然后再走。”

“再前行三四百米就到了。那里有叫‘独一家’的，方圆四公里以内没有其他人家。从前独一家有一个可怕的老头，专好抢劫过往旅人的财物。”

“这是什么时候的事？”

“是我年轻时候的事。老头手拿竹枪闯入莲净院[②]，被发现了。我看见老头被吊在茶屋门前的拷问桩上。对

---

① 将薄酒或陈酒重新加工，味道与普通酒相同的酒。

② 伯耆大山的山腰大山町有古寺。贞观八年（866），古寺安置阿弥陀佛，始称大山寺，入列天台宗。莲净院是大山寺的分寺。

老头动用了‘大虾刑’[1]，惨不忍睹。绳索越勒越紧，老头摇晃着满头白发，哇哇地叫唤着。当时我从山上往下背雪块，正好路过这里看见的。大虾刑属于酷刑，是把身体紧紧地勒成大虾的模样。”

车夫进一步细讲当时的事情。戴着面罩的强盗恐吓莲净院住持之际，机灵的小和尚拼命乱敲正殿的钟，这是通知发生火灾及其他危急情况时的敲法，其他寺院也呼应着开始敲钟。因为是寂静的深更半夜，森林与山谷都出现了回音，“咣咣”地回响着。一个和尚来到户外，恰巧赶上月亮西沉之际，他远远地望见一个摇晃着满头白发逃跑的老人钻进了森林。

“那时山上没有竹子，只有‘独一家’门前有竹丛。人们在竹丛内搜索，发现一根被砍的竹子切口，与老头扔掉的竹枪切口完全吻合。在证据面前，再强悍的老头也只有认罪了。经过调查，人们发现老头除了犯下此案之外，还作恶多端，未久，在米子[2]被处以死刑了。”

少刻过后，二人来到那家茶屋。茶屋是平房，屋脊较低，里面很宽敞。屋檐下贮存雨水供防火用的大水桶内蓄满了水。一个年过六旬的老太婆，系好束衣袖的带

---

① 江户时代的拷问形式之一，让犯人坐着，将双脚脚脖捆在一起，然后将绳子搭在脖颈上，渐渐把头与脚勒到一起，令犯人状如大虾，故名。

② 位于鸟取县西北部，濒临日本海美保湾，是鸟取县西部中心城市。

子，正在桶边洗着咸鲑鱼。

“哎哟，真热！真热！”车夫将沉重的行李放在屋外供休息纳凉的长板凳上。

平房宽敞的屋内，正中是没铺地板的土地面，其左侧是自家居室，右侧是客用房间。一位年近八旬的鹤发老人，静静地坐在客用房间的中心，支着长长的小腿，双手抱膝。眼前近处山麓的平原，远处的中海、夜见滨、美保关，以及可望见的日本海遥远的外海景色，全都映入了老人的视野。谦作与车夫进来了，老人视而不见，继续眺望着远方。

“给车夫来酒和饭。”谦作对老太婆说道，“我要点心与汽水。”

“老爷子！老爷子！”老太婆站了起来，湿漉漉的手垂在胸前，喊着老人。

“我的手有腥味儿，请你给客人上点心与汽水吧。”

老人默然无语，站了起来。他的个子很高，给人的感觉俨然是山上饱经风雨的一株枯木。

“要点心，还要什么啊？”老爷子问道。

“老爷子，汽水我自己去拿，您只给拿点心就行了。”说完，车夫就走向厨房水池处取汽水，“这边的汽水更凉点吧？”

老人从柜子里拿出了玻璃盘，又从一个曾经用来装煤油的铁罐中抓出了点心，放到盘子里，端到了谦作面前，说了一声“欢迎！”略点了一下头，就返回原来的位置坐了下来。

“这个您吃吗？”老太婆一边切着咸鲑鱼，一边向车夫问道。

“不吃了。”车夫擦着胸前的大汗，回答道。

谦作扇着扇子，喝着汽水，眺望着远方的景色。他望着满头两三寸长银丝的老人的后背，想起适才听车夫讲的那个昔日的老强盗，心中对这两个老人做起了比较。谦作觉得，正因为两个老人先后住在同一个地方，这才形成了饶有兴味的对照。眼前这位老人，每天都在看着眼前相同的景色吧？而且永不厌腻地眺望着。这位老人究竟在思考什么呢？不消说，老人并非在思考未来，而且恐怕也不是在思考现在。老人大概在回忆漫长的一生，以及漫长一生中发生的各种事情吧？不，恐怕连这些事老人都忘光了。老人像山上的一棵老树，或者像长满苔藓的岩石一样，安置在此，面对景色。如果说老人在思考着什么，那么，他的思考只能像老树或岩石的思考吧。谦作这样揣测着，他很羡慕眼前这位老人静寂的心态。

老人左侧的墙壁旁，堆积着若干个装大米用的稻草袋。从刚才开始，稻草袋后面就发出窸窸窣窣的声响，突然一只猫仔出现在稻草袋顶上。猫仔的两只耳朵前倾，全神贯注地盯着刚才它跳出来的那个地方。猫仔的身体一动不动，只有长尾巴好像另一个活物似的，自在地摆动着，圆圆的猫爪时而自尾巴下侧露出来。

“老爷也来一杯‘直酒’吧，怎么样？”车夫将老太婆给倒满的一玻璃杯“直酒”端在手里，向谦作劝道。

“我从来没喝过‘直酒’，不喝。”

“我一口也没喝，老爷您先来一杯尝尝吧。”

“哎呀，别劝了，我不喝。”

“是吗？盛夏里，唯有喝这个才最舒服。”说罢，车夫一边将嘴唇贴近酒杯，一边回到了自己的饭桌边。

“那只猫仔是在这里生的吗？”

“那只猫仔是在这里生的吗？”车夫将谦作的问话对老太婆又复述了一遍。

“去年要来的一只猫生的。”

“是吗，真快呀。这里有公猫吗？”

“没有公猫，也不知从什么地方讨来的种。”

“四公里以内没有别的人家，从哪里讨来的种啊？”

“猫两天没在家，也许去了 ×× 一带。”

年近八旬的老人俨然是一个摆设，始终背对着大家。两只猫仔在草袋上面，交互地忽上忽下地跳动嬉闹着。嬉闹过程中，一只猫仔一不小心跌落到草袋下面，顿时以扫兴呆愣的神情，发出了两三声哀鸣。老猫不知从何处倏然跑了出来，舔着猫仔的身体。

这时，一个穿着马裤扎着绑腿的三十多岁的男子走了进来。

“呀。”他打了一声招呼，在门框边转过身去，张开双腿，两手放在腿上，好像疲惫不堪似的，扑通一声坐了下来，说道，“为找山田，我去了山上，没找到他。老奶奶，今天他经过这里没有？”

“谁呀？”

“山田。”

“我没看见呀。”

“山田是不是又去了御来屋？”

“昨天断了腿的那匹马，现在怎么样了？”

“就因为这件事，我才找山田。找不到他，我实在没办法了。干脆将马杀了埋掉算了。”

“是山田君的马吗？”

“是的。”

“损失严重啊。”

“哎，今天做什么菜？”

“做咸鲑鱼，可以不？”

“咸鲑鱼啊……那我来点烤鱿鱼干吧。”

老太婆给那个人倒酒，边烤鱿鱼干边说道：“听说今年山上也有蚊子了。”

“这事儿我没听说过，是吗？”

“这个月初就开始挂蚊帐了。”

老猫闻到鱿鱼干的味道，反反复复在鱿鱼干附近转悠着，每次鼻子贴近盛着老太婆撕开的鱿鱼干的盘子时，脑袋都会挨敲。老猫眯缝着眼睛，耷拉着耳朵。

少时过后，谦作与车夫走出了茶屋。走了半小时左右，谦作又口渴难耐了。车夫说再稍走片刻，前面就有清澈的小溪。等他们走近一看，小溪已干涸，连溪底的洁沙都干裂了。

“昨天夜里，鸟取下了一场大雨，这边却没下。”谦作有些生气似的说道。

车夫以安慰谦作的语气对他说，再走上大概一公里，在有牌坊的地方，有从山上引来的凉水，又问道：“老爷打算住哪所寺院？刚才我说过，莲净院虽然没有什么美景可供欣赏，但厢房目前闲置着，我觉得住在那里，环境适合读书。”

“总之，先去看一眼再做决定吧。”

“老爷是暂住一段时间吗？”

“如果称心如意，我想长久住下去。”

“再长久，也就是住到夏季结束。到了秋天，山麓有好多舒服的温泉浴场，待在山上就没啥意思了。首先，山上没有可口的饭菜[1]，没法长久住下去。”

“寺院里吃素食吗？”

“不，鱼啊肉啊，什么都吃。和尚也娶妻生子，非常开通。和尚热衷于做贩马的生意。”

此前，谦作听说伯耆大山是仅次于比叡山的天台宗的圣地，如今听车夫这么一说，他感到有点失望。

朱红漆的神社大牌坊上有些表皮已经剥落了。大牌坊旁有旅馆。二人在这里终于找到了凉水。车夫说，从这里到寺院还有五六百米的路程。

“这家旅馆，老爷觉得可心吗？”车夫低声问道。谦作默然无语，摇了摇头。

车夫一路背着行李，好像累得够呛。谦作觉得应当比讲好的劳务费再多给车夫涨点钱。

谦作买了绘画明信片与香烟。

从大山神社的入口往右走下去，来到遍布石头的宽敞河滩。河滩的坡度较陡，位于两片森林之间，向山麓平原延伸而去。

人称此处是“地藏菩萨切开处”，河道为界，好似一刀切开似的，河两岸都是断崖。

二人走过河滩，再登急坡路，进入昏暗的森林之中。

---

① 伯耆大山是种荞麦的名地，这里的特色美食是荞麦面条，其他饭菜一般。

路右侧是金刚院，左侧地势更高一些的地方，坐落着莲净院。

走进莲净院僧房入口土间，车夫一打招呼，出来一个四十岁左右的方脸女人。她打量着谦作与行李，问道："您想暂且栖身这里吗？"

谦作看见僧房里火炉旁，一个身穿白色单衣的年轻和尚，与一个马贩子风格的男子正在对酌，高声交谈。

"我打算暂且打扰一下。"

女人有点拿不定主意，回头向和尚问道："是暂住，怎么样？可以不？"

"欢迎！"喝酒后红光满面的和尚出来了，站在那里，虚情假意地施礼。

"我可以栖身这里吗？"

"也不是不可以，只是本寺前任住持身体有些欠佳，明天我决定去江州的坂本，人手不足……但总之您先住下再说。如果照顾不周，再将您介绍给其他寺院。"

谦作被领进了厢房。厢房是"书院式建筑"[①]，有客厅、邻室，拐过去是玄关，每室面积都是四叠半，是为前任住持之前的那位住持建起的隐居之家。门柱与门柱间的横梁上，搭着竹竿，竹竿上堆积着没镶边框的隔扇，

① 日本武士住宅的一种传统建筑方式，定型于室町时代末至桃山时代初期，后来被神社、寺院与民宅所采用。

令天棚变得低了。到了寒冬，按照这样的高度，用隔扇将客厅隔开，就起到了采暖设备的作用。

客厅狭窄的书院式建筑令谦作略感住着有点憋屈，最后，三间全都租给了他，他这才心满意足。

车夫在这所寺院里住了一夜，翌日清晨，下山回去了。

第十四章

多年来，谦作饱受人际关系的折磨，已经精疲力尽了。他觉得伯耆大山的生活十分称心如意。他时常登山走三四百米，去森林中一处名曰“阿弥陀堂”的殿堂。这是一所受特别保护的建筑物，但边廊等处已经腐朽，破败严重。这反倒令他感到亲切。每当他坐在通往边廊的石阶上，就会看见大蜻蜓在约二十米的前方飞来飞去。蜻蜓力张双翼，在距地面约一米的高处直线飞着。飞至某处，转换方向，又直线飞回。翡翠般的大眼睛，黑黄相间的条纹，从细长而又紧致的腰肢伸向尾部的鲜明线条——全是美的。特别是蜻蜓那干净利索的动作，令谦作觉得非常带劲。谦作拿世间小人——譬如水谷那样的人的动作相比较，发现小蜻蜓不知要高尚多少倍。两三年前，谦作在京都博物馆观赏了鹰与金鸡的双幅画，被强烈吸引。谦作忆及此事，觉得当时被强烈吸引的心情，与此刻观赏蜻蜓飞动的心情，是大致相同的。

他看见两条蜥蜴在岩石上以轻快的动作嬉戏着，时而用后脚站立，时而跳跃，时而纠缠厮打，他的情绪自然地快活起来。

来到这里，谦作还发觉，鹡鸰是跑着走的小鸟，而绝非跳跃走的。而如此说来，乌鸦倒是时走时跳的。

用心仔细观瞧，谦作觉得各种各样的东西都十分有趣。他在阿弥陀堂的森林里发现了一种小灌木，叶子正中心都托着小豆粒大小的黑色果实。那种像用手掌小心翼翼地托着的状态，深化了谦作的信念。

回眸自己过去因无聊的人际交往而浪费掉的日月，谦作感到似乎有一个更广阔的世界正展示在自己面前。

青空下，他仰望着高天上悠然飞翔的鹞鹰的雄姿，感到人发明的飞机之丑陋。三四年前，因执着于自己的工作，他曾赞美过不断征服陆上、海中与空中的人类意志。然而，不知何时，他萌发出与之截然相反的心情。人像鸟一般飞翔，或像鱼一般游于水中，诸如此类事实，果真是自然的意志吗？人类这种无限制的欲望，不久会在某种意义上把人类引入不幸吧？他思忖：依恃人智而狂妄自大的人类，或迟或早，会因此而遭受严酷惩罚吧？

谦作曾经赞美人类无限制的欲望，如此心情令他认为：迟早必然灭亡，这是地球的命运。人无意识的意志是要把人类从地球上拯救出来，不让人类与地球同归于尽。当时谦作感到自己所见所闻之物全都是人的无意识的意志之体现。他认为所有的男人都为如何拯救人类而焦虑。那时，对于自己对工作的执着，以及由如此执着中产生的焦躁心情，他只能做如此理解。

然而，他的理念现在完全变了。他一方面仍然存在对事业的执着和因此而焦虑的心情，另一方面却生出如此心情——人类若最终必将与地球共同毁灭，那么，他能够心甘情愿地欣然接受如此现实。对于佛教，他一无所知，然而，针对以涅槃或“寂灭为乐”[①]的境地，他却感受到不可思议的魅力。

他每天都要读一点从信行那里要来的《临济录》[②]，虽然不太懂，心情却好转起来了。从鸟取买来的《高僧传》，尽管是通俗读物，但他一边读着惠心僧都[③]拜访空也上人[④]的问答，一边潸然泪下。

---

① 《涅槃经》四句偈中最后一句，意即脱离烦恼之境，进入涅槃之境，才是真正的安乐。

② 《临济录》全名为《镇州临济慧照禅师语录》，为临济宗之祖师临济义玄法语之记录，被临济宗奉为最重要的语录。

③ 惠心僧都（942—1017），即源信，平安时代中期日本天台宗禅僧。著有《往生要集》，下文“厌弃秽土，欣求净土”等即出自《往生要集》。

④ 空也上人（903—972），平安时代中期高僧，亦称“阿弥陀圣”。

“厌弃秽土，欣求净土之心急切，便可遂往生之愿。”

言语虽简，谦作却觉得自己很想与惠心僧都一起双手合十。

天气如果晴好，谦作就要去阿弥陀堂外缘待上两三个钟头。黄昏时分他常去河滩，拿起一个酸橙大小的石头，用力抛向河滩上的大石头。“咣”的一声击中，发出悦耳响声，酸橙大的石头又在大石头之间几度弹跳而去。不知何故，石头抛得如意时，谦作就会心满意足地踏上归途。若无论如何也抛得不如意时，他就固执地一直抛下去。

谦作对伯耆大山的生活大体上是满意的，只是寺院的伙食令他受不了。他离家之际，拒绝家里寄食品，抱着吃粗茶淡饭的精神准备来到伯耆大山。但令谦作始料不及的是，这里大米的质量太次。迄今为止，他不太在乎米的质优质劣，但他觉得，如果勉强吃下难以下咽的米饭，不知不觉之间，饭量就会减少，以致身体逐渐衰弱。

寺院的女主人是个心地善良的人，对谦作关照得很周到，她善于用野当归做“奈良咸菜”[①]，仅有这道菜，谦作吃起来觉得十分可口。

寺院女主人的女儿嫁到了鸟取，眼下带着婴儿回到了娘家。她是个十七八岁的漂亮女子。她不常进谦作的

① 用酒糟腌制的瓜类或茄子等，据说这种咸菜是奈良地方发明的，故名。

客厅，但常来到他的窗前和他说话。

“像个稚儿一样的人生了孩子，真是没办法啊。”女子笑着这样说道。谦作觉得女子这是将别人评论她的话原封不动又复述了一遍。母亲忙忙碌碌地干活，女儿却抱着婴儿整天闲逛。对这个女子，谦作并没有什么感情，但女子常来到窗外，站着与他聊天。谦作认为女子虽是姑娘年龄，却已为人妻，所以不害怕男人。于是，他想到了直子的过失。若直子还是个处女，或许就不会发生那种丑事了。

某日，寺院的女主人手持信件，来到谦作处商量事情。因为有个四五十人的旅游团队申请要在这里吃住。

“您看怎么办好？”

但是，谦作也不知怎么办才好。

“吃饭问题能解决吗？”

“也不是不能解决。”

“如果是这样，就接受下来吧。不过，我是什么忙也帮不上的。”

寺院的女主人还有点困惑，又思考了片刻，终于决定接受这份申请，并自言自语：“阿由如果能多少帮我一把就好了。”

“阿由带孩子，根本脱不开身，倒不如求阿竹来帮忙。”谦作建议道。

所谓“阿竹”，是山麓村子里一个专门修葺屋脊的年轻人，为修葺大山神社[1]洗手亭的屋脊来到了山里。洗手亭的屋脊由厚木板铺盖而成。因此，干这个活儿，须先将山中原木劈成木板。一个人干这种活儿，绝非易事。据说已讲妥，阿竹的食宿由大山神社负责，他的劳力就算为神社做奉献了。谦作对阿竹有好感，阿竹干活时，谦作常去工地，与他尽情闲谈。

谦作代替女主人写了接受团体申请的回音明信片。

两三天过去了，谦作身倚木桌孤零零地发呆之际，女主人从下面急匆匆地登着石阶，跑了上来，说道：“来了！来了！”

看女主人的样子，很像是发生了什么大事件，谦作觉得滑稽可笑。他认为这并非什么稀奇大事，何必这般大呼小叫的呢？但他转念一想，因为和尚平时也干活，而如今只有女主人一人，负担过重了。到了午后，女主人多次登上高坡遥望，终于看见四五十人络绎不绝地走过河滩时，她才那么兴奋。

俄顷，四五十人的旅游团队一到，寺院立刻变得热闹起来。如果能帮上忙，谦作也很想去搭把手。但正因

① 实为“大神山神社奥宫”。承和四年（837），大山神被授神阶，山腰建大神山神社。1069—1077年间，大神山神社迁至山麓，最后迁至米子市尾高。大神山神社奥宫留在伯耆大山中。

为搭不上手，他便只好独自出来散步。

黄昏时分，谦作回来了。片刻过后，阿由抱着婴儿终于送来了晚饭。

“没关系，我自己盛饭。”

“反正我也没啥事。”接着，阿由笑着说道，“今天晚上，请允许我睡在老爷的身旁。”

谦作一时不知如何回答是好。他想，所谓“老爷的身旁”，不言而喻，是指这套厢房靠玄关的那个房间。若是这样，蚊帐肯定不够用的。因此，谦作又觉得阿由的话意思模糊，弄不清具体指哪个房间。

当晚，谦作一如往常地睡了。阿由再没露面，这也理所当然。但她为何突然说出那种话来？谦作难以理解。

第十五章

该夜，谦作做了一个莫名其妙的梦。

神社境内人山人海。他被人挤着推着，迈步登着坡度较缓的台阶，远远望见台阶上面有一座“大社造”[①]建筑风格的新神社。此刻，那里正在开始举行仪式之类的活动。然而谦作受人群阻隔，很难靠近那里。

石阶旁，圆木被捆起，上面铺着木板，达到人腰部那么高，作为另一条通道。谦作明白，当仪式落幕后，“活神”就走这条通道下来。

人群高声欢呼着，仪式结束了。身穿雪白衣服的少女——“活神”，出现在道路的一端，带领五六个人，快步从板铺通道上走了下来。谦作被挤得动弹不得，被推着搡着，一点一点挪动之际，他感受到一种冲动，更想

① 指岛根县出云大社正殿，是神社建筑中最古老的形式。

猛地靠向前去。

“活神”好像无视涌动的人群，以毫不费力的样子疾步走下了板铺通道。“活神”居然就是新近从鸟取回娘家的阿由！谦作不知道自己是刚认识她，还是早就认识她，总之，这个女子毫无表情且不太聪慧的面容依然如故。同时，这个女人又具备与平时一样的美丽。与这些相比，更令谦作感到美好的是，女子被祭为“活神”，却毫无傲慢神态。他觉得阿由当“活神”当得非常自然，并认为阿由是一个至高无上的神灵传达者。

阿由几乎像奔跑一般通过了谦作的面前，长长的白衣袖摩擦着他的头顶滑过去了。此刻，谦作倏地感到了一种莫名其妙的极致快感。他心醉神迷地觉得，正因如此，人们才深信这位姑娘是“活神”。

梦醒了。醒来之后，谦作觉得自己做了一个奇妙的梦。毋庸置疑，昨天来到伯耆大山的旅游团队进入了他的梦中。然而，莫名其妙的极致快感从哪儿来的呢？如此想来，虽然梦中并没意识到与性的感觉相关，但如今回味，那种感觉中带有相当程度的性快感要素。谦作觉得此事怪异，自己的心情与这种事相距很远，却做了与性欲相关的梦，真是滑稽可笑。

翌日清晨，谦作听着房檐雨滴的声音醒了过来。他起床后，打开了套窗。户外是一片灰蒙蒙的浓雾，窗前高大的杉树变成朦朦胧胧的淡墨色，只能看得出轮廓。流进屋内的浓雾挥发着雾味。皮肤感到凉爽，心情颇畅。原以为是雨滴，其实是浓雾化为水滴，沿着茅草屋脊滴答下来，形成响声。伯耆大山上的清晨十分寂静，远方传来了雄鸡打鸣的声音。僧房那边，人们好像已经起床了。谦作拿着牙刷与手巾来到了户外，一边刷牙一边在这一带漫步。此刻，阿由手执炭火铲，端起一大堆炭火，从僧房里走了出来。

"昨夜睡在那边，可把我坑苦了。旅游团队的人喧哗不止，孩子睡不着觉呀。"

"我在这边也略能听见，但不像那边那么沸反盈天的。"

"我真想搬到这边睡觉，但看老爷睡得正酣，只好打消了念头。"

谦作觉得眼前女子与梦中的阿由迥然不同。

"在我昨夜的梦中，你成了一位'活神'。"

"'活神'是怎么回事啊？有'活神'吗？"

"你知道天理教[①]的一个名叫什么的老太婆吗？她是天理教的教祖。你成了教祖那样的人，但你不是老太婆。

① 天理教为日本教派神道十三派之一。天保九年（1838）十月二十六日，大和国山边郡庄屋敷村（今奈良县天理市三岛町）妇女中山美伎创立天理教，并成为教祖。

你年纪轻轻，我好像成为你的信徒了。”

“啊。”阿由耸了耸肩头笑了，但不知如何回答为宜，沉默了片刻后说道，“阿竹的父亲就是因为信天理教，搞得倾家荡产。”

“是吗？——因此，阿竹才一个人成为伯耆大山天台宗的信徒的吗？”

“阿竹家世世代代都是伯耆大山天台宗的信徒，但阿竹的父亲因信天理教，把家坑了。家人吃尽了苦头。”

“阿竹将修葺洗手亭屋脊一事，当作为神社做奉献，这也带了几分天理教的味道……”

“……但是，阿竹确实是一个令人钦佩的人啊。”

“好像是的。每天都勤劳不辍。”

“在村子里，他也像是个另类。”

“阿竹有的地方显得老成持重。正因如此，他身上朝气蓬勃的地方较少。”

“因为他经历过千辛万苦啊。”

“千辛万苦？……”

“阿竹的孩提时代，他父亲荡尽了家财。仅此一点，就够阿竹受的了，听说最近又摊上了对人说不出口的糟心事。”

“哎，他是有那样经历的人啊。不说这个了，从昨天开始，阿竹来帮忙了吗？”

“没有。我妈好像没去求他。”

谦作坐在早餐的饭桌旁时，阿由讲起了阿竹的所谓“对人说不出口的糟心事”。

阿竹的老婆比他大三岁，没有生过孩子，是个天生的淫妇。她与阿竹婚前、婚后以及现在，一直都有称作“情夫”的那种男人，而且不止一个。阿竹与情夫的区别，仅仅表现在他被称作“丈夫”而已。事实上，阿竹不过是他老婆的几个情夫之一。阿竹是在明知这个女人底细的前提下与她结婚的，尽管如此，老婆不安于室，还是令阿竹受到了极大的精神折磨。有人劝阿竹干脆与老婆分道扬镳，阿竹自己也多次深思过离婚的事。然而，不知何故，他就是很难下定决心与这个女人一刀两断。阿竹觉得这是因为自己没骨气太窝囊，而且事实上也的确如此。尽管如此，阿竹对这个女人却怎么也恨不起来。

阿竹家的麻烦事接连不断。这并非因包括阿竹在内的所谓三角关系使然，而是将阿竹排除在外的三角关系导致麻烦不断。与老婆的品行不端相比，倒是这些麻烦事令阿竹不堪忍受。虽然如此，他也不想干脆与老婆一刀两断。

“他家的事也太不像话了。听说情夫来了，与阿竹老婆在里屋寻欢作乐，阿竹却在厨房忙碌着，从展示厨艺到洗脏衣服的活儿，什么都干。还听说更过分的是，有的时候，阿竹老婆喊他当跑腿儿的，去给买酒。”

“有点怪异呀。老婆都放肆到了这个份儿上，阿竹还不生气，那么，他要不是个了不起的圣人，就是一个变态者。看来只能认定阿竹是个变态者。”

谦作想起阿竹，寻找像个变态者的面影，却没有觅得。不过，对于阿竹的那种病态心情，谦作并非无法想象。

“阿竹自己是怎么说的呢？”

“他好像对我妈发过什么牢骚。”

“嗯。”

“看来阿竹已经认命，想开了吧。”

“他能认命想开了吗？”

“反正他老婆就是这路人了。尽管是认命想开了，但在这块狭窄的土地上，人们的街谈巷议风言风语，也够阿竹烦的了。因此，他之所以进山里干活，这好像是端由之一。”

“听说阿竹是个受过磨难的人，然后再看他，会觉得他是有点像那种人，但我怎么也想象不出他如今还在品尝这种苦涩。阿竹时常一边哼着松江小调，一边劈着木头，看他那样，好像无忧无虑轻松愉快，真令我由衷羡慕。”

“阿竹时常也有郁郁不乐的时候啊。”

“是吗？那或许是真的，但是看阿竹的面相，根本想象不出他也会有情绪消沉的时候。”

“无论是谁，”阿由突然笑了，“仅看阿竹的面相，谁也看不出他被戴了一顶绿帽子。”

“是的。确实如此。”谦作也一起笑了，“那么，你看看我的面相，你是怎么想的？你认为我有阿竹那种事，还是没有？”

“哈哈哈哈……”

此时，谦作心生一种不安：阿要如果知道我外出，是否又会去衣笠村？于是，谦作的内心一阵轰鸣震颤。但是谦作不认为直子会重复以往的过失，也不想这么认为。他愿意相信直子，但他的心中，至今仍旧残留着某种渣滓，导致他不能发自肺腑地彻底相信直子。

直子决不会主动偷人，这一点谦作相信。尽管如此，若说直子决不会私通，这一点谦作无论怎样想去相信，心中也还是会残留某种渣滓。是因为女人是弱者，在那种事中，女人是被动的，才导致他有这种感觉的呢，还是因为他的境遇促使他这样思考的呢？谦作搞不明白。但是一言以蔽之，谦作想要努力相信直子不会再做出那样的事。只是阿要纵然因做了丑事而后悔，但他毕竟是一个年轻单身汉，他若知道自己不在家，难说不会为想找直子的本能欲望所驱动。阿荣这个女人若能干练一些，是个聪明的女人就好了，但阿荣只是个老实厚道人，所以这种事不能指望她。为此，他感到焦虑不安。

第十六章

外出临别之际，谦作曾对家人说过，不要盼来信，没有来信，就可以认为他是平安无事的。谦作没将地址告诉直子，直子无法来信。但是今天听阿由讲了阿竹的事，谦作突然想给直子写信了。如果让直子认为自己现在与出发前毫无变化，那也太可怜了，而且他认为，这样做也是不合适的。

谦作想起了临别之际直子的形象。她的眼神中流露着哀伤，孩子似的歪着脑袋问道："我真的可以不必再乖僻地胡猜乱想了吗？"谦作觉得当时的直子十分可怜，令自己的心情很是不快。直子无论如何也不相信自己能得到完全的宽恕。直子觉得纵然自己被宽恕了，自己也不可认为被宽恕了。直子认为，如果自己认为被谦作宽恕了，从而心安气定，那么，这时就会发生好像突然挨谦作一记耳光似的事情。谦作的心情未能达到彻底的宽宏大量的程度，令直子只能做如此揣测。谦作也为自己的这种意识而苦恼。对直子无意识中犯下的过失，那般执拗地纠缠不放，实在无聊。若这样继续下去，二人会变得更加不幸，此乃愚不可及之事。然而，如此想法中含有功利主义的心情，令谦作感到不愉快。另外，从直子方面说来，谦作的这种带功利主义心情的宽恕，不能令她得到名副其实的安心。而谦作既然不能达到发自肺腑地宽容直子，那么除了示以带功利主义心情的宽容，别无他法了。为此，谦作感到生气。他这次远游的目的，就是为了纯化自己的如此心情。所幸的是，奏效之快，实出谦作意料。谦作于致直子的信中这样写道：

你们一切都好吧？我希望你们诸事皆好。我曾说过不给家里写信，但突然想写了，便发出了这封信。我离家远游，变得精力充沛了，每日从容不迫，心平气静。来到伯耆大山，从各种意义上讲，都可谓太好了。每日时而读书，时而笔耕，只要不下雨，我就常去附近的山中、森林或河滩漫步。我来到伯耆大山，观察小鸟、昆虫、大树、花草、溪流与岩石等各种各样的景物。一个人仔细观察，针对这些景物，会深思迄今未曾察觉未曾思考过的奥义。于是，迄今未发现的世界，如今展示在我的眼前，令我感到喜不可言。忘了对你说过没有，几年来，傲慢的想法[1]一直萦绕在我的心头。我感到因为在伯耆大山的生活体验，这种想法开始痛快地融化了。此前一个人赴尾道时，我因傲慢的想法而独自逾常焦躁不安，如今心情与那时截然相反。如果这种心情能化作我的本能，我就会有一种自信，即面对别人，面对自己，我再也不是一个危险人物了。总而言之，我感受到了由谦逊的心情酿出的欣喜（不是指对他人的意义而言）。如今回想起来，如此心境是我远游出发之时就朦朦胧胧憧憬的目标，因而并非意外的变化。不过，意外的是从容的心境来得如此之快，自己能自然地进入如此心情，令我喜出望外。此前我对你的那种态度，实出无奈，如今后悔也来不及了。但希望今后彼此能安下心来。我绝不希望你对彼此的关系感到不安。一人在深山，遥想自家事，如此心情愈发强烈。今后我或恐还会发火，令你为难，但望你相信这是毫无根由的举动，我决心再不干那样的事了。如果下了伯耆大山又旧态复萌，那是无聊至极的事。我要紧紧地抓住这种心情，将其化作本能，再回到你的身边。重逢之日不会太久了。在各种意义上，我希望让你真正地安下心来。

① 主要指《暗夜行路》第一部第九章里的日记内容，重点突出的是主观至上、“人定胜天”的思想。

实际上，我清楚地知道，迄今为止自己的言行十分愚蠢。但就像疾病一样，人不经过一场大病，是无法豁然彻悟的。现在的我已经确实完整地体验了这个过程，再无理由忧心忡忡了。

我时常想到孩子的事。你要充分注意，勿让孩子得病。我栖身的这座寺院里，有一个婴儿比我们的孩子大半岁，育儿方法十分粗率。这里是无医生无药房的深山，虽是别人的事，我也挂虑这个婴儿。

这里的米饭味道太次，非常难吃，叫我实在受不了。原因并非厨艺低劣，而是大米本身质劣，有生以来，我第一次吃如此劣质的大米。

家里若有给我的信，就寄来吧。信行大概会给我来信。你告诉阿荣，我来伯耆大山，与此前远赴尾道时的心情迥然不同，让她不必挂牵。你也要注意身体，我的身体很健康，但因膳食欠佳，不知不觉导致饭量下降，变得略显瘦削了。但不要给我邮寄任何食品。

谦作身倚桌子，透过书斋敞开的窗口，呆呆地眺望着户外。客厅前约六米处，是白色低矮土墙，其下侧是长着苔藓的灰白古旧石墙，墙边是路，从路边再往下约六米，有一座梵刹，名曰“金刚院”。清晨开始弥漫的浓雾尚未消散。金刚院巨大的草葺屋脊，与坐着的谦作的眼睛处在同一高度，呈现出灰白色。

谦作觉得信的内容写得有点不够完整，更令他感到不安的是，此信或许会令直子觉得事出突然，莫名其妙。谦作揣摩此信也许会令直子认为自己突然想家，发作似的写了这样一封信。他拿出洋式横格杂记本，撕下三页，在余白处写上了“我经常写这样的东西”几个字，然后将其装入信封。那洋式横格纸上详细记述了两三天前自己目睹的一个场面：一只捕蝇的蜘蛛，在书斋窗口捕捉小甲虫，但终未成功。谦作觉得，这些内容有助于直子了解自己的山中生活片断。

谦作此前买的香烟已经吸光了，为了买烟兼寄信，他走过河滩，来到了牌坊处。小卖店经营者时常将因浓雾浸润而变得潮乎乎的金蝙蝠牌香烟卖给谦作，这一次他让店主新打开一盒，吸了其中的一支，确认没有受潮之后，买了几盒，再原路返回。谦作情不自禁地觉得心情舒畅。他随身带一盒，将余下的几盒香烟从自己房屋窗口扔进了室内，然后走向与刚才去的地方相反的方向。巨杉的叶片含着水汽，沉甸甸的，一束一束地下垂着。谦作孑然从其下面走过。巨杉枝叶缝隙间漏下的阳光，在树下濡湿的绿草地上画出了各种各样的图形，望之十分炫目。如此山中气息令谦作感到神清气爽。

路旁有一块在巨岩上凿出的洗手石槽，引山溪注入其内。唯有此处路面宽敞，阿竹就在此处干活。高大的水楢树枝叶纷披如盖，遮住了这一带。叶片罅隙漏下的阳光十分柔美。树荫里的阿竹先将水楢的原木截短，然后将截短的原木破成薄木板。已经破完的木板在阿竹身旁堆积如山。阿竹看见谦作，轻施一礼。

“需要这么多的木板吗？”

“哎呀，这还只是需要量的三分之一啊。”

“从制造原料开始干，可真够呛啊。”说完，谦作坐在放倒了的一根原木上。

“而且，将如此壮美的大树随便伐倒，岂不太可惜了吗？你还在砍伐这附近的树吗？”

“不，尽量在人不去的地方伐树，然后运到这里。”

“虽然如此，山上树木并不太多①，伐倒了还是很可惜呀。”

“修葺洗手亭屋脊，需要的木材并不多。”

阿竹手中的刀具像是桶匠用的弯刀，两端有柄。他将手中刀具置于身旁，从草黄色旧马裤的兜里掏出金蝙

---

① 伯耆大山海拔700—1350米这一带，生长着茂密的温带阔叶林，海拔1400米以上是灌木与草，海拔1600米附近生长着珍贵县树“大山红豆杉”，海拔1600米以上，多为火山熔岩或削壁。因此，谦作说“山上树木并不太多”。

蝠牌香烟，点着后，吸了起来。

“伐这样的大树，也是你一个人干吗？”

“这样的活儿不是我的本行，我干不了，那是专业伐木匠人伐倒后运到这里来的。”

“是吗？”

“这个先不说了，你什么时候登山啊？”

“我什么时候都行，阿竹你方便的时候为宜。”

“实际上，明天晚上就有一伙游客求我给当向导，听说是四五个学生。你和他们一起怎么样？”

“嗯，可以呀。”

“他们都是中学生，天真无邪，与他们同行，倒是挺好的。”

“是的。”

巨岩上凿出的洗手石槽边湿淋淋的。巨岩表面布满了苔藓。石槽边未曾见过的不知名的虫子蠕动乱爬着。比樱树上的毛毛虫小，毛稀，可以看见黑色皮肤。有成千上万只，重重叠叠，在起伏蠕动着。目睹成群结队的虫子，谦作厌恶至极。他甚感扫兴。

“这也是毛毛虫的一种吧？”

“昨天一只也没有，今天却突然出现了这么多。”

“……半夜十二点从寺院出发，从容登山，到山顶恰好可以看日出。如果月夜登山，那当然轻松，但近几天月亮在夜里就落了。”

“是吗？没有月亮，就得打着灯笼登山吧？”

“只要夜空晴朗星光灿烂，亮度就足够了。因为从开始登山的位置往上，山上就没有树了。不过灯笼还是准备上为好。”

“不睡点午觉，恐怕晚上挺不住吧，可我白天又睡不着，这可难办了。”

“晚上早点睡就可以了。时间到了，我去叫醒你。”

“这又是个问题。早睡是个习惯，但是我没有这个习惯，睡不着。”

“哎哟，这可不好办了。”

阿竹吸完了香烟，用脚踩灭了烟蒂，又开始干活了。谦作绕道经由总去的阿弥陀堂，回到了客舍。

谦作思忖，今天发出的信，如果快的话，后天可寄到；邮差隔日登山而来，今天若不来，再推迟一天也能送到直子手中。他面对桌子，拿起读至途中置于桌上的《元三大师传》，接着读了起来。庄户人家门口常贴“元三大师避邪画像”的缘由让他觉得妙趣横生。他首次知道上野宽永寺的两位大师[①]之一，就是这位元三大师。

这时，谦作听见玄关处传来生疏男人的声音。自己

① 另一位大师是天台宗高僧慈眼大师天海（1536—1643）。江户上野宽永寺慈眼堂内合祭这两位大师。

无客来访，他以为是去僧房的客人走错了门，暂时未予理会。接着又听见了相同的声音。于是谦作来到门口，看见一个四十岁上下的和尚恭恭敬敬地站在那里。

“贫僧打扰您片刻，可以吗？”

谦作认为和尚也许是进错了门，但还是将他请进了书斋与玄关之间的房间。和尚有些不好意思地环顾着里屋与玄关，当发现壁龛上堆着一些书籍时，问道：“您在研究什么学问吧？”

“不是。”不知何故，谦作觉得和尚很俗气，很讨厌他。他想，和尚即便没走错门，来了也不会有什么好事，遂故意态度冷淡，默不作声。

“恕贫僧免去客套，贫僧是山下赤崎这个地方的万松寺住持。明天开始，于金刚院举办为期十天的禅学讲习会。您若对禅学多少有点兴趣，希望您能莅会……贫僧前来打扰，就是为了请您莅临……”

“由您主讲吗？”

“不。主讲人不是贫僧。这次是应小学教师们的申请，贫僧只是作为主持人来帮忙。禅师是师从天龙寺峨山和尚[①]修业的高僧。贫僧与禅宗的门派不同。”

---

① 天龙寺在京都市右京区，是临济宗天龙寺派的“大本山”，历应二年（1339）创建。峨山和尚名“桥本峨山”（1852—1900），京都人，是临济宗的高僧，他修复了在江户幕府末期被烧毁的天龙寺。

关于峨山和尚的事，此前他从信行那里听说过。如果是峨山和尚的门徒，理当是具备系统的禅学造诣的和尚，讲习的内容也许会饶有兴味。

“主要讲哪部经典呢？”

“应该是讲《临济录》。”

“若是这本书，正好现在我手里有……”听谦作这么一说，和尚露出有些意外的神情。谦作接着说道：“我有一个哥哥，去镰仓的一座寺院参禅，《临济录》是哥哥送给我的。”

“呀，这么说来，您的禅学修养一定非比寻常。”

“哪里，哪里。禅学神髓，我一无所知。”

“绝不可能。但此事另当别论。总之，您既然有《临济录》，还恳请务必莅会。”

“出参禅课题吗？”

“出。”

谦作记得此前听信行说过，讲禅的禅师如果不是功底深厚的和尚，拿出的参禅课题也必然枯燥无味。于是谦作沉默片刻，说道：“我思考一下，再做答复。”

谦作一想到今后必须和坐在眼前的和尚打十天交道，感到殊甚厌腻。

“请不要想得太艰涩，请参加一下吧，毕竟不过是十天的讲习会，听讲者都是初次接触禅学，也就是说，能达到朦胧地知道何为禅学的境界，也就可以了。请不要想象得过难，请务必莅会。您手里有《临济录》，这就说明有缘分……”

“以后我再做答复。”

“请不要这样说，请务必……”

谦作没再表态。和尚有点不好意思了，突然一本正经地说道：“实不相瞒，贫僧有一事相求……”

和尚的话，梗概如下：下面的金刚院没有厢房，禅师与听讲者住在一所房子里，禅师的房间与听讲者的房间只隔一层隔扇。因此，给每个人出的参禅课题容易漏题，此事很不好办。如果谦作能成为听讲者，就可以与其他听讲者同住，这样，禅师可栖身谦作的客舍。若能让谦作腾出房子，这真是再理想不过了。所幸谦作对禅学有所了解，连何谓课题都知道，求他腾房子一定容易，可谓大幸。

听罢和尚的话，谦作勃然大怒。他觉得险些中了和尚的圈套。以故，他很生气。

“若是一开始你就这样说，那还有商量的余地，你却先给我戴高帽，想让我中你的圈套。”谦作怒气冲冲，反复说着这样的话。

“您这是误解了。贫僧并非一开始就带着这个目的前来拜访，只是想争取更多的求道者，哪怕能增加一个人也好。唯此，才请您莅会。来到贵处后，才认为这套厢房非常适合禅师使用。贫僧明知自己的想法很不礼貌，太冒失，但终于还是启齿相求了。贫僧的确不是为了求您腾房子才登门拜访。这一点若不能得到您的谅解，贫僧似乎就会被视为非常狡猾的人了。”

“一派谎言！”谦作终于疾言厉色，高声申斥起来。

“您为何这样动怒？”和尚口气稍变，脸色铁青。

“纵然撒这般显而易见的谎也是白搭。我绝不会上当的。”

二人沉默少时，相互凝视。而后，和尚突然“哗”的一声，两袖外甩，滑稽可笑地俯伏在地，说道：“恳望海涵！”

和尚言行变化如此神速，令谦作顿感惊愕。

最后，谦作表态，倘能在别处给他找到环境安静的居所，自己可以将房子腾出来，未必非栖身此处不可。和尚说倘能这样，感激不尽。说完，就归去了。被无聊之事破坏了自己难得的平静情绪，谦作感到自己很愚蠢。但是，他并没有为此耿耿于怀。

第十七章

黄昏时分，谦作从阿由那里听到了出乎意料的坏消息，心情变得极其不快。阿竹的老婆因为争风吃醋，与情夫同时身负重伤，生命危笃。惊悉此事，阿竹刚才慌慌张张地下山了。

“阿竹好可怜哟。摊上那么个坏老婆，他却一点也不恨。他说自己早就预想到最终肯定会出现这样的事，听说阿竹一边哭着，一边下山了。”

“真是个令人心情憋闷的坏消息。”

“砍人的凶手，是这个女人与阿竹结婚前就有过暧昧关系的情夫，被砍的情夫是阿竹的朋友，听说他曾与阿竹一起来过山上。”

“阿竹的老婆还有救吗？”

“听人家说，挺不到阿竹回到家中了。”

“即便得救了，那样的老婆，干脆分手算了。”

“阿竹好像做不到。”

谦作感到费解，但转念一想，正因为是这样的阿竹，才没被卷入情海旋涡中。

“其实，刚才我还见到他，说好了明天夜里登伯耆大山，求阿竹当向导。事情敲定后，我刚回来。”

“是的，是的。我妈也说了。但阿竹下山了，只好找别人替他当向导。”

来到了人称仅次于比叡山的天台宗圣山——伯耆大山，却不得不听这样的事情，谦作感到非常扫兴。但是，阿竹完全处于事件之外，躲过了这场灾难，这倒是万幸。那天清晨，谦作从阿由口中听到了关于阿竹的事，当时他觉得阿竹似乎有点变态。但如今谦作认为，与其说阿竹变态，莫如说这或许是阿竹完全了解了老婆的禀性之后，对老婆示出的宽容。老婆的性格、婚前的恶习，阿竹了然于胸，然后，他抹杀了自己的感情，宽恕了老婆。适才谦作与阿竹轻松交谈，恐怕就在那个时间段里，山下正在发生一场血光之灾。谦作觉得阿竹再超然事外，现在也受不了了吧，既然阿竹不恨那个女人，恐怕他就得长年累月过着朝悲夕叹的日子了。

针对母亲与直子的情形，谦作认为与其说是不贞，自己更愿意将其界定为性过失。而正是这种性过失，令人们遭了大殃。就自己的遭遇而言，迄今的人生，一直因这种性过失而备受折磨，苦不堪言。如果所有人都能像阿竹那样活得超脱也就罢了，但阿竹也是非常不幸的。至于和阿竹性格相异的人，摊上此类事，谁都会陷入浴血搏斗的惨局。就谦作自己而言，他若没有自负的心志，若没有对事业的执着，那么，不知道如今他会沉沦颓废成什么样的人了。

“好可怕呀。”谦作不由自主地说道。

“真是太可怕了。”阿由以与谦作相异的心情回答道，然后又补充道，“但我无法理解阿竹老婆的心情。”

“对那样的女人毫不憎恨，阿竹也够怪异的了。”谦作说道。

翌日是个大晴天，是适合登山的好日子。但是，谦作昨天阴郁的情绪，如同渣滓，还残留心中，他莫名地懒得登山，实在提不起兴致。最后，原定该夜登山一事只好作罢了。

午后，谦作去了阿弥陀堂，在外廊呆呆地独坐了一小时左右。自孩提时代开始，谦作思念母亲时，经常一个人来到母亲的墓前。现在，谦作以同样的心情来到阿弥陀堂。此处几乎没有人来，因此，小鸟、蜻蜓、小蜂、蚂蚁、蜥蜴等许多小东西在这里嬉戏。谦作还时常能听见附近树林中传来山鸽的叫声。

归途中，谦作去了名曰“不二门院”的荒寂古寺。

梵刹高大的草葺屋脊埋没于更大的巨杉林间。这是一座闲置年深岁久的古寺，关闭的防雨套窗上，多处板皮已经剥落。谦作脚蹬木屐，走入荒寺。

荒寂的古寺正殿的本尊佛像等皆荡然一空，只剩下很大的佛坛，佛坛两侧各有宽两米许的开放着的状似壁橱的设施，数十个大牌位蒙尘挂灰，有的立着，有的倒了。这些好像是历代住持与大施主的牌位。牌位的顶端装饰成桃山时代[①]风格建筑中的房山墙形状，牌位涂着黑漆，上面写着金字。目睹乱七八糟的牌位，谦作的心情很是不佳。牌位之所以如此，恐怕都是野鼠与松鼠干的吧。

昏暗僧房里长长的土间内，有一个大水槽，水槽上面有一个面积一叠大小的挺深的蓄水箱，一半在屋里，一半伸出屋外，山间清水通过引水竹筒流入蓄水箱，又源源不断地溢了出来。巨杉枝条间漏下的夏季金阳，照射至沉淀着山沙的蓄水箱底，形成一片绿色，非常悦目。在一切都像死了一般的这座荒寂古寺里，唯有此处，正在洋溢着勃勃生机。谦作又朝与蓄水箱相反方向的书院[②]

---

① 庆长元年（1596），建于桃山上的丰臣秀吉晚年居城伏见城竣工，因此称丰臣秀吉秉政期为“桃山时代”，下限至“关原之战”爆发的庆长五年（1600）或家康建立幕府的庆长八年（1603）。

② 寺院中客厅兼书斋的房间，亦称“书堂”“书阁”等。

走去，看了一看。书院荒秽得很。这座森林中荒寂的古寺，周围四五百米以内没有人家，如果能住人，谦作曾觉得住进此处亦可，但前来观看之后，遂断念了。

谦作回到莲净院之际，阿由抱着婴儿正站在石阶上。

“我不在家时，昨天那个和尚又来了吗？”

“没来。再说了，这么称心方便的地方，别处也不可能有啊。”阿由回答道。她对那个和尚表现出几分反感。

“没来正好。说实在的，刚才我去不二门院看了看，太荒芜了，无法住人……”

“哟，那座荒寺根本不能住人啊。”阿由摇头说道。婴儿将小拳头尖握成一道奇妙的直线形，塞满口中，然后用被口水濡湿的小手指着谦作，边扭动身体边大声喊着，而且或许是希望被谦作抱着，遂将身体使劲地伸向谦作。

“前几天让孩子尝了炼乳，尝到甜头了。”谦作一边笑着一边说道，“不抱了，不抱了。”说完，他径直走进了自己的客舍。

第十八章

两三天过去了，阿竹家的消息一点也没有。山下那个和尚自那次以后再没露面。谦作有一次听见了由下面梵刹传来的“喝”[1]的大喊声，好像是在讲解“喝”的要义。谦作思忖，临时单去听一下《临济录》里的提纲，也是不错的。然而，自那以后，和尚不来了，谦作也就没去听。连日来天气晴好，谦作孤零零一人到处漫步。然而，阿竹消失了，他感到很孤怅。在此之前，尽管谦作与阿竹的关系并非特别亲密，但现在不能一边看着阿竹干活一边吸香烟，少了这一道风景，令他总觉得漫步活动有点美中不足。在谦作总去的地方，阿竹当时干到途中的活计，原封不动地撂在了路旁。那日洗手石槽边聚集的、令谦作看到就心情不快的毛毛虫，此刻一只也不

① 禅宗语，禅宗僧侣的叱喝声，用以表示语言或文字难以表达的心理活动，或者以叱喝促使参禅者开悟。

见了。洁白的鹡鸰在嬉戏着。

谦作并非在翘盼阿竹归来，好和他一起登伯耆大山，但与阿竹的预约付之东流，导致他懒得登山，推迟至今。谦作只是觉得，好天气持续了多日，一旦下起雨来，似会阴雨连绵，所以，现在想尽早完成登山大事。于是，回到客舍后，谦作立即去拜访寺院的女主人，求她给找一个登山向导。

“什么样的同行向导都可以，请尽量定在明天夜里动身。”

“是吗？一个登山客配一个向导，这也太浪费了。但是，天气若变了，也许您会后悔地说：‘那时动身就好了。’……总之，我去打听一下向导的情况，也许会有可心的向导。”

“拜托您就这么办吧。”

二人站在僧房的土间商谈此事之际，一个打着绑腿、穿着草鞋的年轻邮差，擦着满头的大汗，从户外走了进来。他一屁股坐在门槛上，翻检着用细带捆扎的一束信件，抽出了其中的两三封信，放在门槛处。

“您一路辛苦啦！今日这种大热天，一定热得很难受吧？来杯茶好，还是来杯水好？”

“来杯水吧。”

“来杯白砂糖水吗？”

"好的，谢谢！"

邮差翻检信件之际，谦作瞥了一眼，寻找直子的字，但很显然，目前尚不可能有回信。

"无论有没有单人向导，尽量就把我安排在明天夜里出发吧。"谦作对走向厨房的寺院女主人这样说道，然后就想转身返回自己住的厢房。

"哎哟！还有，还有。"

邮差好像突然想起了什么，在上衣兜里一个一个地摸索着，最后掏出一封皱皱巴巴的电报。"哎，时任先生是您吗？"邮差问道。

谦作吓了一跳，突然揣测直子死了，她自杀身亡，因不知自己的住址，一直无法通知。他听到了自己心脏"怦怦"跳动的声音。

"是家中拍来的电报吗？"寺院女主人手端托着玻璃杯的托盘，走了过来，这样问道。她那异常从容不迫的口吻，令谦作愈发感到心里七上八下的。电报内容如下：

信已拜读，详情见信，放心，直。

"多谢！"谦作向邮差致谢，然后无意识地一边将电报叠成若干层，一边返回自己的房间。

为何会那般心胆俱惊？谦作自己都感到可笑。他完全没预料到直子会发电报当回音，此为原因之一。原因之二是，信发出之后，这两三天他一直在思索，应当再早些时日去信，将自己的心思告诉直子就好了。原因之三是，阿竹家发生的不快事件浸入他的头脑，接到电报时，他的脑际突然闪过直子自寻短见的可怕联想。总而言之，这是自己愚不可及的想象，谦作在心中发出了苦笑。“总之，这样挺好。”他的心情突然变得快活起来，于是将电报反复读了若干遍。

当晚，谦作将蚊帐中的铺盖挪到一侧，趴在另一侧，给久疏联系的在镰仓的信行写信。他打算详写来到伯耆大山后自己的心境。但他觉得此前支配自己的思想过度富于空想色彩，若按照自己的实际体验，写由此进一步变化了的思想，又像是在进行空虚的自以为是、自命不凡的表白。对如此写法，谦作感到很不如意，他觉得目前自己尚未掌握恰当描写自己心境的方法。他转念一想，直子或阿荣会给信行去信，信行知道自己远游之事后，恐怕会很挂虑，自己莫不如只写一封报平安的信为好，以免信行惦念。于是，谦作将写完五六页稿纸的信对折叠好，装入身旁的折叠式手提皮包里。

“已经睡了吗？”隔扇外传来了声音。接着，寺院的女主人露面了。她来通知说恰好找到了合适的旅伴，明天半夜十二点左右出发，攀登伯耆大山。

“多谢！如果是这样，明天清晨我尽量睡个懒觉，请您不要开门。我这个人不能睡午觉，只好尽可能早晨多睡点。”

“知道了。”女主人依旧跪在门槛旁边，低声说道，“再说一件事，阿竹的老婆到底死了。”

“是吗？……那么，被砍了的情夫怎么样了？”

“听说那个情夫或许还能得救……”

“还有，关于阿竹，听到什么消息没有？”

“阿竹啊……听说大家都担心杀人犯也许伺机对阿竹下毒手。”

“这事倒怪了。杀人犯还没抓到吗？”

“是的。好像逃入深山了。”

谦作感到心情不悦。

“根本没有对阿竹下毒手的理由啊。没有比这更荒谬的事了。”

“那个家伙已经像个疯子了，阿竹还是不要粗心大意为好。”

“那是肯定的。阿竹现在没事吗？”

谦作怒从心头起，他思忖：没完没了，如果阿竹再遭毒手——如此荒谬残忍之事，叫人如何忍受啊。

翌日，谦作打算尽量多睡会儿，但已成癖习，依然如故地过了七点就醒了。昨夜给信行写信，睡得稍迟，加上听到阿竹的坏消息，另一方面，他揣度起直子读了自己的信之后会有如何反应。凡此种种，思考起来，他很难入眠。忽然，他听见远处鸡鸣，惊愕地一看表，已经两点多了。

谦作醒后，心想如果立刻起床，那么睡眠时间恐怕还不到四个小时。于是他硬闭着眼睛，想再睡一觉。只是迷迷糊糊，似睡非睡，难以熟睡，到了十点，才终于起床了。脑袋疲劳，身体乏力，今夜登山肯定够自己受的。不过谦作觉得，此刻这般模样，也许反倒能酝酿出一场午觉。

第十九章

攀登伯耆大山的旅伴是大阪某公司的职员，他们参拜完出云大社，归途顺路来到伯耆大山。谦作睡了两三个钟头午觉，困倦是消除了，但是午餐吃了鲷鱼，好像食物中毒了，黄昏时分腹泻厉害，浑身无力，蔫头耷脑的。到底该怎么办？谦作有些困惑。他服下超量一倍的六神丸[①]，总算止住了腹泻，最后决心今夜登山。

半夜十二点许，谦作离开寺院，打着灯笼的向导是一位年近五十的大伯。公司职员皆正青春年少，他们活用一周的休假，打算尽情享乐，因而愈发朝气蓬勃了。他们身着西装，脚穿胶鞋，脖颈围的小毛巾肯定是付茶钱时作为答礼得到的，而且每人都拄着一根长长的用天然树枝做的登山杖。

① 中药之一，有镇痛解毒功效，自古深受日本人珍视。

“大伯，注意别把那个‘一升瓶’[①]打碎了，我们也请大伯一起喝。”

后面有人这样高声喊着。

“你说了多少遍了？如果那么担心，干脆你自己挑着一升瓶登山算了。”有人说道。

“这酒你们也喝，怎么能叫我一个人挑着，傻瓜。”

大家越是劲头十足，谦作越是对此夜自己的体力感到缺乏自信，因而很是不安。一想到同行途中，若仅仅自己挺不住，谦作就倔强起来，不甘示弱。然而这样一来，谦作更感到痛苦。他想到大家年龄相仿，唯有自己是关东人，便很容易产生无聊的竞争意识，便又感到不安。

“您在伯耆大山中住了多久了？”一个与谦作并肩登山的男子主动问道。唯有谦作一人不是团队成员，这个男子好像觉得谦作挺可怜的，才努力将谦作当作交谈的对象。

“住了大约半个月了。”

“您真是久住不厌啊。如果在这伯耆大山里老老实实待上两天，我就忍受不了寂寞了。”

走在前头的胖男人回头说道：“你又在讲给别人听了。真可以啊，又要津津乐道自己的风流韵事了。这人

① 能装净含量一升酒的大玻璃瓶。

出发旅行的当晚就想回家，最近他刚与一个妙龄佳丽结婚了。”说完，胖男人哈哈大笑起来。

“你这个家伙！”那个男子无可奈何，为了掩饰难为情，朝胖男人的后腰猛拍了一掌。

从阿竹经常干活儿的地方向前走一公里左右，就没有树了。左侧是茅草繁茂的山坡，夜空晴朗，星星像秋季的群星，在山坡的上空闪闪发光。风吹雨淋的方木柱路标，略微倾斜地立在路旁。此处是登山口，凹凸不平的山道宛如河底，两侧被茅草叶梢遮盖。大家排成一列，行进在这样的山道上，高喊着“六根清净，山上晴天！①”身体左右摇摆着登山。谦作前面有四个人，后面有两个人，因此谦作必须与大家以相同速度攀登，渐渐地气力不支了。虽然如此，他还是打算努力坚持，却也有些不安。登了一个钟头左右，他感觉到达了很高的地方。尽管在夜里，他也知道自己身在何处。就在此处，谦作决定无论如何也要休息一下。

谦作太累了，心情与身体均失去了劲头。他感到自己再也无法继续以同样速度跟随大家登伯耆大山了。他对向导说道：“我身体欠佳，想从这里就返回去。再过大概两小时，就到黎明了，黎明之前，我就在这里歇息。”

---

① 这是有山岳信仰的登山者登山时的祈祷语，祈祷天公作美，信徒的身心污秽能得到净化。

"是吗？这怎么可以呢？"说完，向导又问，"您身体怎么样啊？"

谦作回答说："没什么大事，只是腹泻之后体力衰弱，所以不必担忧，我留在这里，你们继续登山吧。"

"哎，话虽这么说，但到底怎么办才好呢？"

"真的不必担心我，不必客气，请你们继续登山吧。"

"坚持不下去了吗？——喂，大伯，还有好长的路程吗？"有人问道。

"还必须攀登的路程，比刚才的路多一倍还不止呢。"

"下山我没问题，但继续攀登，我实在没有自信了。请不必挂虑，让我留在这里吧。"

大家都对谦作说着安慰的话，他已经有点懒得一一致谢了。最后，谦作一人留在了此处。或许是出于对谦作的同情，一时之间，大家多是默不作声地攀登着。谦作穿上带来的毛衣，将包毛衣的包袱围在脖颈上，从山道进入道旁生长的茅草丛中，找到一个平坦舒适的地方，背靠伯耆大山，坐了下来。他用鼻子深呼吸，一种快意的疲劳泛上，他闭上了眼睛。远远的山上，正在登山的人们仍在喊着："六根清净，山上晴天！"谦作听见了两三次，尔后，就什么声音也听不见了。辽阔的夜空下，仅有谦作一人。

冷飕飕的山风静静无声地吹着，轻轻地摇动着茅草穗。

谦作筋疲力尽了。但他觉得这种疲惫升华成了一种不可思议的陶醉感。此刻，他感到自己的身体与精神都正在融入大自然中。这个自然俨然是肉眼看不见的气体，以其无限宏大，包容了种子般微小的自己。自己正融入自然之中——这般回归自然的感觉，是一种不可名状的欣悦。没有任何不安，却有近似困倦时要进入梦乡的感觉。实际上，他已是半睡状态。人融入大自然的这种感受，对他来说未必是首次体验，但这种陶醉感确属首次体味。他感到迄今的情况，与其说是融入自然，莫如说是被吸入自然。此前尽管有某种快感，同时也自然地产生欲对其进行抵抗的意志，而且他感到，从难以抵抗的感觉中，萌出了不安。然而，此刻感觉与彼时迥然不同。如今他毫无想要抵抗被自然吸入的心情。他无忧无虑感受到的，全是一种任己融入自然的快感。

夜，静静的，连夜鸟鸣声也听不见了。山下薄雾弥漫，连一个个村庄的灯光都完全看不见了。能看见的唯有星辰，星辰下面俨如某种巨大动物脊梁模样的这座大山的容姿，仰望之也朦胧可见。此时此刻，他深思的是，自己在通往永恒的路上向前迈出了一步。对于死亡，他毫无恐惧感，他认为如果此刻就这样死了，自己无悔无憾。不过，谦作并不认为所谓“通往永恒”就是指死亡。

谦作将双肘顶在腿上，好像睡了一会儿，当他突然睁开眼睛时，不知何时，四周已是淡蓝色的黎明了，晨星尚未隐没，只是数量减少了，晨空带有柔和的蓝色。谦作觉得这是含有慈爱的颜色。山麓雾霭已经消散，已经能望见山下一个个村庄稀疏的电灯之光。他看见了米子的灯光，远远望见了位于夜见滨尖端的境港灯光，隔一段时间强烈光束就开始闪动的，那一定是美保关的灯塔[①]。像湖泊一样的中海，为这座伯耆大山的山影所笼罩，此刻还是一片昏暗。而日本海的外海海面在闪动着灰色的波光。

黎明时分，景物变化异常神速。少时过后，谦作回头一看，从山顶的那一面宛如涌上来似的，升起了橙色的曙光。眼看着曙光色调变浓，片刻过后又开始趋淡。这时，四周突然明亮起来。伯耆大山上的茅草，与平原的茅草相比，显得较矮，茅草中处处挺立着高高的野当归。举目望去，开花的野当归，这里挺立一棵，那里挺立一棵，一直点缀到遥远的各处。此外，女郎花、黄瓜香、甘草、松虫草等，也混在茅草丛中，开着花。小鸟一边鸣啭着，一边像抛出的小石头一般，画着弧线飞动在茅草上，最后钻入茅草丛中。

① 山阴地方最古石造灯塔，高14米，为法国人设计，1898年竣工，为“世界灯塔百选”之一和“日本灯塔五十选”之一。

中海的彼岸一侧伸入日本海中的连峰染上旭日颜色后，美保关雪白的灯塔沐浴着朝阳，清楚地浮现出来。片刻过后，太阳照在大根岛上。此岛形似赤魟趴伏，望去平坦而广阔。所有村庄的电灯光消失了，继之，谦作开始望见白色炊烟升起。山麓的村庄还位于伯耆大山的山影里，显得比远处更昏暗沉静。谦作突然发现，自己此刻所在的伯耆大山，山影正清晰地映现于此刻观赏的景色中。他还刚刚发现，山影的轮廓由中海向陆地后撤，米子的街市突然开始显得明亮起来。不停地后撤的山影，既似拉地网一般逐渐移动过来，又像舔着地面的云影。谦作在“中国地方”第一高峰伯耆大山上，可以望见轮廓线条紧凑有力的这座高山的山影印在山麓平地上，真可谓稀奇。由此，谦作受到了某种感动。

第二十章

上午十点左右，谦作好不容易返回了寺院。他筋疲力尽，以未倒在途中而甚感庆幸。阿由正在玄关的地板上哄孩子玩，一见走进来的谦作的模样，她没有先向谦作打招呼，而是惊愕地大喊："妈妈！妈妈！"可见谦作的形象与脸色，已经难看到了惊人的程度。

寺院的女主人也大吃一惊，即刻安排谦作躺在厢房休息。谦作发着高烧，体温高达三十九摄氏度，片刻过后就升至四十摄氏度。她用冰囊冷敷谦作的头部，同时马上遣人去山麓村落请医生，并顺便让使者带上发往京都的电文。因为谦作说胡话时，频繁喊着直子的名字。

夜里八点过后，村里的医生来了。此前女主人与阿由多次去户外，眺望确认医生是否到来。日暮时分，路上几乎没有行人了，这是一个与以往别无二致的寂静黄昏，母女二人却觉得此刻的寂静迥异于以往，十分气恼。

总之，母女二人都绝对是好心人。然而，由于家中仅有两个女人，二人都担心此时谦作若撒手人寰，那可怎么得了！母女二人只有一个想法，只盼着医生尽早到来，以分去心理负担的一半。派去的使者提着灯笼拿着提包走在前头，上了年纪的矮个医生打着绑腿，脚穿草鞋，跟在使者身后，来到山上时，母女二人欣喜异常。

“大夫来了！喂，大夫来了！”

最先跑进来的阿由，双手拄在谦作的枕边，用脸抵着蚊帐，亢奋地高喊着。尽管如此，谦作只是微微地睁开眼睛，未做任何回答。但是，医生进来，问他病情与经过时，他的声音虽低，却异常清楚地一一回答。谦作回答道，吃的烤鲷鱼——是盛夏里从二十余公里外运来的，将本来烤了一遍的鲷鱼又烤了一遍后吃的——这可能是病因。或许他意识到有寺院的人在场，回答略显暧昧。医生系统地诊察一遍后，又特别认真仔细地用手按着谦作的腹部各处，一一问道：“此处有何感觉？……”“此处有何感觉？……”医生以此寻找痛点，最后诊断为急性大肠炎，并指出服用六神丸强行止泻的做法不妥。医生说通过服用蓖麻油与灌肠，若能排净恶物，也许高烧就能降下来。医生已经从使者口中得知患者腹泻一事，遂备好相应药物，放入了提包内。

灌肠几乎毫未奏效。医生说服用蓖麻油大概需要三四个小时才能见效，在此之前，自己会在厢房观察患者病情，还需检查排泄物。寺院女主人去了僧房，准备酒馔，以犒劳医生与当使者的那个男子。

“患者是干什么工作的啊？”医生来到邻室，盘腿坐下，喝了一口已经放凉了的茶水，向阿由问道。

“这位先生是搞文学创作的。”

“听他的口音，像是关东人。”

“先生是京都人。”

“京都？啊，是吗？”

谦作听着医生与阿由这样的谈话内容，好像与自己毫不相关一般。

“……病情怎么样？”阿由小声问道。

医生也压低声音回答：“不必担忧。”

谦作半睡半醒地做着梦，他梦见自己的双腿与身体分离了，唯有双腿在自己身边胡乱地走来走去，令自己心烦得无法忍受。不仅眼见心烦，双腿疾走，踏地“咚咚！咚咚！”作响，更是闹腾得令他烦得不行。他恨这两条腿，想方设法努力令两条腿离开自己，走向远处。因为他知道人在梦中，觉得此事可以如愿，然而，两条腿却根本不离自己左右。他思考的“远处”，即指雾霭之中——而且是黑色雾霭。他想将双腿驱入其中，为此付出了异常的努力，终于令双腿逐渐远去。随着双腿逐渐远去，眼看着双腿变得越来越小。黑色雾霭升腾笼罩，其深处是一片漆黑。他决心让双腿前行，消失在那一片漆黑中，然后将双腿与漆黑全都驱走。他要再加一把力，加劲复加劲，这就需要异乎寻常的努力。就在他鼓足干劲之际，即将消失的双腿却如抻到极致的橡皮筋突然断了又缩回那样，突然一下子又返回自己身边。于是，“咚咚！咚咚！”又像刚才那样闹腾起来。他又反复多次努力驱赶，但无论如何，双腿及其噪声仍无法从眼中与耳中消失。

其后，他几乎完全处于梦境里，意外也有清醒的片段。之后，他全在梦境中，已不再有痛苦，只是频频感到自己的灵与肉均得到了净化。

翌日清晨一大早，老医生就归去了。代替他的不太年轻的医生中午前后来了，带来了生理盐水、注射器等。这时，高烧退了下来，排泄物宛如米汤。谦作手脚冰凉，心脏衰弱，脉搏几乎难以摸到了。作为成年人的急性肠炎，这是最坏的状态。代理医生担忧会不会是霍乱，总之，必须立刻注射强心剂与生理盐水。医生将粗针头深扎入谦作的大腿，用药泵将盐水缓缓注入体内。注射的部位肿得吓人，谦作疼得流出了眼泪。

少时过后，直子到了。寺院的女主人知道谦作在时刻盼望直子的到来，但担心如果让他突然见到直子，神经松弛下来，万一出现意外就坏了，因而反对直子马上见谦作。谦作已经衰弱到这种程度了。医生也说等注射的生理盐水被吸收后，脉搏会强健起来，那时让直子见谦作为宜。因此，直子惊恐不安。她出发前，想象到各种不好的情况，但又认为实际情况肯定会比想象的要轻得多。直子甚至想到与谦作重逢，他会微笑着说："给你拍了电报，你大吃一惊了吧？"她带着如此希望来了，却发现谦作的病情超出了想象，不由得惊恐万状，怕见衰弱到如此程度的谦作。由于在大热天里赶了十二公里山路，疲劳与亢奋令直子也失去了自信。在如此状态下见谦作，面对他那变化过大的形象，一旦自己控制不住情绪，对病人非常不利。想到这里，直子认为还是遵从医嘱，暂且看看情况，然后再去见谦作，或许能稳妥一些。

睡眠不足以及坐夜行列车的灰尘与汗水，导致直子的脸色很难看。寺院的女主人小声劝直子洗个澡，直子却一直不愿挪动地方。

"请换上浴衣吧。"女主人又劝道。

"谢谢！那我洗把脸吧。"

直子让人将自己领进浴室，终于洗了洗脸，在浴室的小妆镜台前整理了一下散乱的垂髻，正要转身回去之际，看见医生与女主人围着僧房的火炉在小声说着什么。

二人听见脚步声，不约而同地望着直子。医生说道："夫人，请进来一下。"

"……"直子惊悸不安地走进了房间。

"病人的脉搏好转多了。现在正睡着呢。过一会儿醒来之时，夫人可以尽量心情平静地去见他，怎么样？"

"病情相当危险吗？"

"这不好说，但总之肯定是急性大肠炎。除了儿童与身体非常不健康的大人，这种病通常并不可怕。我认为夫人可以不必担心。说实在话，刚才我与这位夫人商量过，是否再请米子的 ×× 医院的院长先生来给看一看……"

"拜托了！"直子快语回答，"请米子的医院院长先生来吧，拜托马上联系。根据情况，现在是否应该通知病人住在镰仓的哥哥？"

"不，不，我觉得还没到那种状态。总之，赶快派人打电话或拍电报，将 ×× 博士请来。当然，今天是来不及了，请他明天午后务必到这里。"

"还有，我想拜托院长先生能同时带一个护士来……"

阿由进来了。她看着三个人，以惊愕的口气说道："病人已经知道夫人来了。"

"是吗？"医生歪了一下脑袋，带着疑问说道，"病人那是做梦吧？"

“不是的。连我妈阻止不让见面的事，病人都清楚地知道了。”

直子欠身欲站起来，她默然无语，看着医生的脸。医生察觉直子的神情后，问阿由：“那么，病人说要见夫人了吗？”

“哎，病人说了。”

医生用炉中炭火点着了香烟，深吸了一口之后说道：“见面时，尽量不要刺激他的感情，夫人也不要哭为好。”

直子略微低头施礼，然后与阿由一起去了厢房。

“病人怎么样？”寺院的女主人眉间集聚深深的皱纹，又重复问起此前不知已经问了多少遍的事。

“这个嘛，我不知道我们医院的医生此前是怎么说的，但我不能明确下断言。说实在的，我曾担心是霍乱，但看来不像。充分热敷病人的腹部与臀部，再以强心剂维持着，只要不添其他病，我认为大概是可以治愈的……”

“怎奈正赶上我男人外出，男人不在家期间，若万一发生了那种事，真叫我束手无策啊。”

“病人的夫人已经来了，你大可不必那么忐忑了。”

“我总觉得病人的状态不太好……”

“病人的心脏很衰弱，说句实话，我也说不准到底会怎么样……”

“我总觉得病人的状态不太好。”女主人重复着这样的话，深深地叹了一口气。医生默默不语，只是在吸着香烟。

直子的心怦怦乱跳，但是，她表面上尽量装作十分冷静，进入了谦作的房间。但由于亢奋，大瞪双眼，令人一看就知道她心情紧张。谦作仰望着，一动不动，只有目光对着直子，看着精神紧张的她。直子看着谦作双眼深陷，两颊瘦削，脸色蜡黄，人整体上瘦了一圈儿，她的心很痛。直子默默无声地坐在谦作的枕边，施了一礼。谦作以沙哑的、几乎很难听见的声音问道：“你一个人来的吗？”

直子点了点头。

“孩子没领来吧？”

“孩子留在家里，我一个人来的。”

谦作倦怠地伸出张开的一只手，搭在直子的膝头，直子赶紧伸出双手紧握谦作的手。那只手冰冷逾常，而且干巴巴的。

谦作沉默不语，只是用眼神上下轻抚一般望着直子的脸庞。直子觉得，这是迄今不曾在任何人眼中见过的柔和而且充满爱情的眼神。

“已经没事了。”直子本来想用这句话来安慰谦作，然而，她看着谦作很是安宁平和的模样，觉得这句话听起来显得非常空泛而虚假，便没有说出来。

“你的来信好像昨天就寄到了。因为我发高烧，还没给我看。”

直子感到自己若是开口，似乎就要哭出来，因此，她只是点了点头。谦作还是频频望着直子的脸，少时过后，说道：“说实话，我现在的心情很好。”

“不，你不要说这样的话。”直子发作似的，不由自主地激动地说道。接着，她又改口道：“大夫说了，你这病是一点也不必担忧的病。”

谦作似乎很疲顿，他让直子握着他的手，自己闭上了眼睛。这是一张安详的脸，直子觉得自己首次看见谦作这样的脸。她担心此人是否就这样无法得救了。然而，不可思议的是，谦作的状态并没有令直子悲从中来。直子像被谦作吸引着似的，一直凝视着谦作的脸。她一直聚精会神地深思着这样的事：有救也好，没救也罢，总之，我都不再离开此人，纵然远赴海角天涯，我也跟随此人同去。

（后篇终）

译后记

时任谦作苦斗悲剧命运的历程

江户幕府末年，面临内忧外患的日本，汲取中国鸦片战争惨败受辱的教训，掀起了由封建社会向资本主义社会转变的改革运动——明治维新。1868年改元“明治”，朝代更新，日本历史走入近代。明治维新的最高目标，是打破后进国家闭塞的传统文化旧态，改革开放，求知识于世界，发展资本主义，推动封建日本走向民主日本，实现以西方民主为基础的近代化，乃至个人觉醒与人的自我确立。日本近代社会的建立与发展的特殊性，表现在社会性质与文化性质欠成熟，欠成熟的市民社会引发的精神苦斗，过程漫长。以自由竞争为主题的日本经济，跟随急速发展的资本主义前行；国民的思想则一边与封建传统做斗争，一边朝肯定、深化、扩充人性的方向演变。这样一来，日本近代文学虽然以明治元年为起点，但反映近代市民社会里人的“自我解放”理念、名副其实的近代文学之诞生，却迟于起点二十年。当时，随着西方文学理念的引进和新体诗运动的兴起，坪内逍遥的文学论《小说神髓》（1885）与二叶亭四迷的小说《浮云》（1887），大力提倡写实主义，文学开始追求自律性，以人性解放为基调的日本近代文学由此诞生。

在如此时代背景下，一九一〇年四月一日，洛阳堂刊行同人杂志《白桦》，象征大集团型文学流派“白桦派”横空出世。此派秀才作家绝大多数出身于贵族子弟学校“学习院”，主要成员有武者小路实笃、志贺直哉、木下利玄、正亲町公和、有岛武郎、有岛生马、里见弴、园池公致、日下谂、儿岛喜久雄、柳宗悦、郡虎彦、长与善郎、仓田百三等。在武者小路的牵引下，白桦派高举“善”与“美”的理想主义大旗，以此反击“无理想”的自然主义文学，白桦派文学强调人道主义博爱，关注社会，其特色表现为：张扬正义，同情弱小；反对战争，向往和平；言出行随，付诸实践。个人主义和自由主义是日本近代文化精神主潮，如此主潮被白桦派作家提升到“尊重个性，充实人性”的境界，以展示人生的希望，蕴含大量人文关怀的信息，为文坛吹来了令人精神舒爽的清风。如此白桦派文学主将之一，就是与武者小路肝胆相照的志贺直哉。

一八八三年二月二十日，志贺直哉生于宫城县港口小镇石卷住吉町，是家中次子。志贺直哉的祖父直道是武士，父亲直温是成功的实业家，家道殷实。志贺的哥哥直行一八八〇年出生，两岁夭折。志贺直哉成为家中独苗。看重传宗接代的祖父母生怕志贺家断了香火，对独孙倍加溺爱，让他自幼与他们生活在一起，娇生惯养，志贺由此形成了十分任性的性格。一八八五年，志贺家自石卷移居东京。志贺少年丧母，父亲续弦。心境洁癖的志贺，在三十四岁前，多为紧张的父子关系所困扰。他痴迷文学，下定决心走文学家之路，他谴责日本公害事件，他要与女仆结婚，最终自作主张与寡妇成眷属等事，相继与父亲发生了冲突。父子不和的情感疙瘩，成为志贺重要的文学资源之一。一九〇〇年夏季，志贺结识宗教家内村鉴三，开始接受基督教思想影响，八年后的夏季，志贺告别了内村鉴三与基督教。在学习院，志贺与乐天派武者小路是志同道合的同学，一九〇六年九月，志贺升入东京帝国大学英文科。一九〇八年，直哉将学籍由英文科转到国文学科，但从此没去听课。

志贺是“私小说”作家，主要以自身切实生活体验与所见所闻为素材，精心筛选，诚实地从事创作。志贺善于将自身生活升华到艺术领域，看重“生活艺术化”。

相对于“自我破灭的葛西型”私小说，“自我建设的志贺型”私小说，结局总能给人们带来理想与光明，因而荣获“日本私小说之神”（又称“日本小说之神”）的美名。志贺作品主要是中短篇小说，特色大致分为如下几个方面：一、描写父子对立的烦恼与由此引发的病态焦虑神经，如《清兵卫与葫芦》《大津顺吉》《和解》《鸟尾的疾病》《剃刀》《某一页》《偷小孩的故事》；二、表达反基督教禁欲观与“忏悔观”，如《混浊的头脑》等；三、表达心境的“调和”，如《在城崎》《和解》等；四、强调恋爱对文学创作的积极意义，如“山科的记忆”系列与《邦子》等；五、表达仁爱精神，倡扬正义观，如《学徒之神》《正义派》《十一月三日午后的事情》《赤西蛎太》；六、探究“自我至上”的弊端，如《范某的犯罪》《一个男人·姐姐的辞世》。志贺的长篇小说仅有一部，即《暗夜行路》。

鉴于志贺在文学界的威望，一九四七年二月，志贺始任日本笔会会长；一九四九年十一月三日，志贺荣获政府颁发的文化勋章。关于志贺的中短篇小说特色，译者将在《和解》等另外三部中短篇小说选集的译后记中做详述，这里仅就志贺描写人如何苦斗悲剧命运的《暗夜行路》进行阐释。

一 《暗夜行路》的构思阶段及其诞生过程

芥川龙之介说:“从志贺直哉氏作品中的精神痛苦里,亦可窥见他的人生清洁度。贯穿他的长篇小说《暗夜行路》中的,其实就是人们容易感受到的道德灵魂的痛苦。”确实,《暗夜行路》体现了志贺的精神个体性与独特艺术特色,描述了身为作家的主人公谦作的道德灵魂活动由阴郁趋向明朗、由斗争步入“调和”的漫漫曲折历程,以及谦作克服“极端自我”的精神苦斗轨迹。鉴于志贺的人生体验与创作特质,称《暗夜行路》是一部志贺本人的精神生活发展变化史,绝非牵强附会。因此,探究《暗夜行路》奥旨,既是探究志贺文学的奥秘和志贺的心灵生活史,也是索解白桦派文学的人文意蕴和人性感受之关键。

自我中心主义者志贺在人生观方面与父亲长期激烈对峙,不愿和志异道悖的父亲一起生活。一九一二年十月二十五日,二十九岁的志贺怅怅地离家,栖身东京的旅馆。为了系统性地以自己切身的生活为题材从事文学创作,他需要恬静的环境与宁帖的心境,一九一二年十一月十日,志贺由东京来到风光明媚的濑户内海之滨广岛县尾道市。一九一三年二月,志贺只身去四国岛的琴平、高松、屋岛等地旅行。五月暂回东京,八月十五日，志贺被山手线电车撞伤，十月至十一月间，他赴兵库县日本海畔温泉小镇城崎，洗温泉疗疾。志贺根据在城崎的生活体验和精神活动，写出了旨在思索自己对生死意义独特感悟的“心境小说”《在城崎》（载于《白桦》一九一七年五月号）。在这篇词浅义深、短小精悍的作品中，针对人如何调整心态，放弃极端自我，复归自然，寻求安定幸福，如何对待命运，志贺示出了真知灼见。

一九一三年十一月，志贺又去了尾道，因患中耳炎，旋即撤回东京。如此这般，志贺在尾道实际逗留的时间并不太长，但在他的《暗夜行路》创作过程中，在尾道的时光是一个殊甚重要的时期。志贺回东京后，《朝日新闻》文艺栏主笔夏目漱石独具慧眼，肯定志贺的文学才气，通过武者小路向志贺约稿，志贺应诺。此时，志贺精神疲顿，厌烦都市生活中纷杂平庸的人际关系。为追求精神状态更新，一九一四年六月，志贺与白桦派同仁里见去了“日本的威尼斯”——山阴地方的松江市，享受清静，悠闲泛舟于列岛闻名的宍道湖上。后来他根据在松江的轻松生活体验，写出《某年的初夏》与《护城河畔的住宅》。

松江距伯耆大山颇近，站在松江市内，可望见巍峨的伯耆大山。一九一四年七月下旬，活用地利，志贺登伯耆大山，住莲净院，逍遥逗留十日许，亲近壮美大自然，从大自然中汲取艺术灵感，令志贺的目光不再一味纠结于世俗事物，他感受到人与自然内在生命的互动。志贺这次伯耆大山之行，文学价值甚高，为《暗夜行路》预备下构思不落窠臼的结局。

志贺在松江小住三个月后，迁往京都市上京区南禅寺町北之坊，一九一四年十二月二十一日（一说是十日），生活在上流社会、三十一岁的志贺自作主张，与二十五岁心地善良的寡妇勘解由小路康子结为伉俪，进一步恶化了父子关系。翌年一月，志贺移住京都衣笠村。

白桦派作家总体特色之一就是喜文学，爱美术，异乎寻常地崇拜罗丹的雕塑和后印象派画家的绘画，志贺即为代表。本多秋五说："以志贺和武者小路为代表的白桦派，是日本文学的后印象派。"就美术观而言，志贺早期崇拜的是"动"的西洋美术，后来逐渐转向爱好"静"的东洋美术。居住在千年文化古都京都的这一期间，志贺对东洋美术神韵有了深度理解。《暗夜行路》中谦作在京都的相关描写，即取自志贺的这一段实际生活。一九一五年九月，志贺夫妇移住千叶县西北部的我孙子町。在我孙子，志贺准备着手创作的作品即早在尾道已动笔的小说《时任谦作》，怎奈缺乏激情，思钝笔涩，顾虑纠结，迟滞不得进展。原因之一是这时志贺与父亲激烈对峙的状态仍在持续，精神焦躁，烦恼不堪。同时受血缘宗法观念影响，志贺难以超越父子私情，不忍心在作品中将父亲塑造成陈腐丑陋的形象。原因之二是，志贺应许为《朝日新闻》写连载小说，但言出而行未随。志贺迄今作品多发表在杂志《白桦》上，作品的形式、体裁、风格和行文长短均不受约束。对于创作受约束的报纸连载小说，志贺甚感不适应。厌烦捆手束脚的创作规定，是志贺乃至白桦派作家的共同特色。志贺觉得辜负了漱石的期望，遂登门致歉。其后索性停笔，调整情绪，精神“充电”，并依靠“心绪”这一泓创作的源泉，构思《暗夜行路》。

一九一七年八月三十日，志贺与父亲旷日持久的对峙终于达成和解。为此，他发表了耐人寻味的中篇小说《和解》(载同年十月号《黑潮》)。其后，感情的天平趋于平衡，有了心理余裕。由此，志贺开始平心静气地梳理迄今自己心灵的烦丝忧缕，回顾自己在茫茫精神苦旅和命运暗夜中孤独行路向往黎明的心路历程，思索如何克服自命不凡的极端自我。一九一九年四月，志贺发表了《可怜的男人》，此篇后来成为《暗夜行路》第二部结尾。翌年一月在《新潮》上发表《谦作的追忆》。此篇后来成为《暗夜行路》的序章《主人公的追忆》。一九二一年一月号《改造》开始连载《暗夜行路》，中经停顿，一九三七年九月至十月，标志着志贺文学创作的顶峰、家喻户晓的《暗夜行路》，作为改造社《志贺直哉全集》（共九卷）第七卷与第八卷，相继刊行。

志贺在富有理想主义和现实主义艺术色彩的《暗夜行路》中，着意探究和刻画的，是女性贞操问题引发的主人公时任谦作的人生悲剧命运、谦作的精神解脱途程，以及与之相关的复杂心态。《暗夜行路》在艺术构思上，拒绝接受具体的历史时间和社会背景的框范，通篇避而不谈时代背景，谦作好似与时代隔绝，俨然是生活在真空地带的人物。一九三八年四月改造社《志贺直哉全集》第九卷问世。志贺在收入此卷的《续创作余谈》中写道："这次策划出版全集，我认为其中首屈一指的成果，就是我完成了《暗夜行路》的创作。"

《暗夜行路》的诞生经过了漫长时日，其间，兴致主义者与"感觉型作家"志贺，不拿创作当义务，不靠外力强制，全凭兴致与感觉，兴致与感觉来则写，去则休，顺其自然，如鲁迅《二心集·答北斗杂志社问》所云："写不出的时候不硬写。"一般认为，一九二一年一月是《暗夜行路》正式着笔起点，写《暗夜行路》耗费了十七载时光。志贺本人也承认写的时间过长，于《续创作余谈》中直言不讳："我的作品有的写得很顺手，也有的常常写得很缠手，《暗夜行路》可谓是其中写得缠手的作品。"阿川弘之于《志贺直哉的生活与艺术》中指出："志贺的生涯中，数年完全不执笔的时期有过多次。作品总量偏少，长篇仅有《暗夜行路》一部。这部唯一的长篇也是从开始连载于《改造》，到结束于该杂志，前后用了十七载光阴。法国文学研究家辰野隆断言，志贺作品与巴尔扎克等作家大体上形成了鲜明对照，他将志贺作品喻为从岩缝间一滴一滴涌出跌落的清水。”此见精辟，志贺笔耕，认定一理：宁肯慢些，宁肯少些，但要好些，宁缺毋滥。

二 《暗夜行路》的主人公原型与作品主题

《暗夜行路》中，谦作是私生子，以及谦作之妻直子被表兄阿要诱奸这两项焦点内容，纯属虚构。至于谦作年龄的设定，按本多秋五的考察，他约生于一八八七年或翌年，比志贺小四五岁。谦作的人生体验与志贺的实际生活大致重合。志贺《续创作余谈》释云：“关于主人公的原型，谦作大体上等于作者本人。我想，自己假若处于那种场合大概会有那种行动，或者本来就想将那种行动付诸实践，或者实际上我确实那样行动了。”由此可见，谦作是志贺想象的世界里被艺术化了的志贺，是活动在现实与想象相融后的世界里的志贺。《暗夜行路》

是志贺以自身体验为基调写出的作品，将自己精神活动的真实借文学艺术形式表达出来。因而《暗夜行路》带自传色彩。关于作家人生与艺术的关系，朱光潜《“慢慢走，欣赏啊！”》中有灼见：“严格地说，离开人生便无所谓艺术，因为艺术是情趣的表现，而情趣的根源就在人生……人生本来就是一种较广义的艺术。每个人的生命史就是他自己的作品。这种作品可以是艺术的，也可以不是艺术的，正有如同是一种顽石，这个人能把它雕成一座伟大的雕像，而另一个人却不能使它‘成器’，分别全在性分与修养。知道生活的人就是艺术家，他的生活就是艺术作品。”

此论允当。“知道生活”的志贺，惯以建设性和艺术性眼光，看待自己的日常生活体验和激情，着意追求“生活的艺术化”，善于将一己寻常生活体验升华为艺术。《暗夜行路》中，志贺最大限度地、清晰地、艺术性地勾勒出了自己精神世界发展演变的轨迹。至于《暗夜行路》的主题，志贺在《创作余谈》中解释道：

> 《暗夜行路》的主题着重写的是，第一，女人微不足道的过失——女人为这种过失所折磨也未可知，但这种过失有时会出乎意料地折磨他人。……第二，刻意写的是，主人公因其母亲的过失作祟，沉陷于

苦恼之中。主人公好不容易才由如此苦恼中解脱出来之际，这一次又遭到妻子的性过失作祟。

志贺主观上直接要表现的主题，是谦作的心灵因母亲与妻子的性过失而饱受的双重磨难。志贺读过《哈姆雷特》，江头彦造从比较文学角度考察《暗夜行路》，认为此作受到《哈姆雷特》的启发和影响。江头彦造在《志贺直哉研究序说》中指出："青年谦作因为母亲的性过失而苦恼，前篇这个主题的设定，与《哈姆雷特》是一致的。"冈崎义惠认为，《暗夜行路》在某种程度上受到了古典文学名著《源氏物语》的影响。中村光夫在《〈暗夜行路〉》中也谈及此作主题：

> 不言而喻，描写有夫之妇的婚外恋，形成了近代欧洲小说的一大"主题"。然而，在《暗夜行路》中，志贺描写的却是其反题。志贺在这里阐述的是，西洋的小说特别是法国或奥地利小说，作者是站在被已婚妇女深爱的男人的立场上，来描写已婚妇女的婚外恋，其用意在于令读者去感受"不道德的魅力"。此外，志贺认为，关于已婚妇女的婚外恋，也可站在受害者——私生子和被妻子行了"不义之举"的丈夫的立场，展开描写。鉴于如此趣旨，志贺是在

彻底追索一身兼有两个立场的时任谦作的苦恼。

中村光夫言及谦作“一身兼有两个立场”，指的是谦作既是私生子，又是被妻子行了“不义之举”的丈夫。咀嚼这般悲剧命运之苦的谦作，如何调节自己的伦理价值观念，克服心理障碍，达到心境平衡，这是志贺在《暗夜行路》中执着探究的大主题。在如此大主题涵盖下，《暗夜行路》执意追究的是：第一，黑暗命运的可怖性；第二，被妻子行了“不义之举”的丈夫“宽恕”妻子“性过失”中存在的伪善意识；第三，所谓“忏悔意识”的价值；第四，主人公由“与自然对峙的自我”向“与自然相融的自我”发展，通过人与自然的融合，以克服自我至上意识的意义；第五，男人如何从性苦恼走向爱的获得，如何由爱的苦恼走向爱的“调和”。

三　父亲“宽恕”意识本质

《暗夜行路》中的祖父与志贺的祖父风马牛不相及。志贺在《续创作余谈》中写道：“我尊敬祖父。即便排除骨肉私情，我也把祖父当作自己今世相知的最可尊敬的三四个人中的一个来尊敬。所以，我须尽量把《暗夜行路》中主人公的祖父与我的亲祖父写得相互没有类似点，才能心安理得。我是把当时出入我孙子的家的一个园丁老头儿当作原型。这个老头儿过去大概是个所谓的美男子，为此他品行不端，如今被儿子驱使着，是个窝窝囊囊的老头儿。我讨厌这个老头儿，心中浮现着他，把他写入了《暗夜行路》。”

志贺将谦作虚构成祖父与母亲的“私生子”，其端由之一是志贺正式创作《暗夜行路》时，已同父亲言归于好，而此前那种极想专门以父子感情对峙为题材从事创作的、蓄积于心内的热能，已经消散。志贺为了既不损害父亲形象，又能艺术地表现自己迄今“忤逆”举动因不见容于父亲的正统观念而产生的苦辣酸涩等内心感受，不得不将谦作虚构成“私生子”。端由之二，见于《续创作余谈》：“我想象自己不是父亲的儿子，或许是祖父的儿子。我还不记事的时候，父亲就去釜山的银行工作，还供职金泽的高等学校会计课。当时我和母亲留居东京。加之，我十三岁时，家母去世，享年三十三岁。祖父站在亡母枕头旁，边哭边说：‘没让你享受到什么真正的人生快乐，你就离开了人世，太可怜了，我家对不住你呀。’当时在场的父亲却没哭。这个印象一直留在我心中，令我对父亲怀有反感。”可见志贺将谦作设定为“祖父的儿子”，是出自一种瞬间病态式臆想。

谦作的悲剧命运根源首先来自乱伦。母亲与祖父乱伦，使谦作心灵备受折磨，令父亲蒙受奇耻大辱，苦恼不堪。苦恼，即给人以破坏性精神痛苦的一种现象。尽管父亲沉陷苦恼中，但他不愿外扬家丑。信行致独栖尾道的谦作的信中，交代了母亲与祖父乱伦的发生时间。谦作的父亲赴德留学三载，其间谦作出生。外祖父欲让女儿离婚。可是谦作的父亲却表示自己一切都可宽恕。

由此而始，《暗夜行路》的郁闷情节错综复杂地推展开去。谦作的父亲强压着感情暗潮，力求扩大度量，靠理智淡化家丑。此乃谦作父亲的理想。然而，当人的理智在现实世界里活动之时，往往障碍多于顺畅，理智不能尽如人意地发展，因而理智与现实的冲突在所难免。父亲在理智方面“宽恕”母亲，但他的理智无法战胜令他憎恶的现实。于是父亲做出看似宽宏大量的“宽恕”，却并非真心希望“和解”。受感情驱使的父亲，压根儿就没“宽恕”母亲。父亲表面端出一副“大度能容难容之事”的高姿态，是因他出于功利主义意识，担忧自己若不表态“宽恕”妻子，夫妇离异，家丑外扬，自己这个上流社会家庭难免落得个声名狼藉的下场。维护家庭声望，是父亲“宽恕”母亲的真意所在。显然，父亲的“宽恕”是假，憎恶是真。“宽恕”并非出于心甘情愿的选择，而是一种虚伪之举。父亲的感情纠葛原封不动地遗留下来，酿出了更残酷的悲剧。

谦作六岁丧母，父亲将对妻子的憎恨转向谦作，令妻之罪殃及无辜的儿子，对谦作非常冷漠，因谦作是妻子不守贞节的活证据。父亲心怀憎念，将六岁谦作逐出家门，令他去和祖父（实为生父）一起生活。某日，谦作跟祖父回到父亲家。父亲与谦作摔跤，视他为怨敌。谦作与父亲摔跤，是志贺少年时代有过的体验。他在《续创作余谈》中谈及此事。志贺把自身体验扩大化，将之活用于《暗夜行路》的情节中。关于《暗夜行路》中的“摔跤事件”，红野敏郎于《鉴赏日本现代文学·志贺直哉》中指出：“‘摔跤事件’的开头、中途、结尾，整个过程包含一场小型的、激烈的戏剧。所有的一切均源自祖父与母亲之间的不义行为。那阴暗的风尚纠缠着这一家。”

父亲与谦作于深层感情上，无限期地持续着冷战状态，但谦作不知自己被歧视的缘由。在父亲方面，其有“性过失”的妻，这个不节烈的“下品女人”已名登鬼录，他只得转恨谦作。在谦作方面，其妻直子同样也有“性过失”，好在无私生子。这样一来，谦作憎恶的对象，则主要集中于朝夕相伴的直子身上。两代人几乎重复着同样的命运悲剧。烦恼中的谦作，理性上不愿重蹈父亲虚伪“宽恕”的覆辙。他关注人的内心，要拓宽心路，真心实意宽恕妻的“性过失”，这是谦作精神活动追求的目标。为到达这个遥远的目的地，谦作必须忍受常人不能忍受的痛苦，步履维艰地行进在漫长精神暗夜中。身为受难者的谦作，翘盼黎明的到来。

四 “悲剧命运”对谦作的惩罚

在“被诅咒的命运下出生”的谦作，身上被打上“罪过之子”的烙印。命运安排他必须接受来自世间的鄙视。这个噩运暗中时刻缠磨着他，使他的精神一直处于恶浊状态。人生的失望令谦作的心空布满暗云。

母亲的“罪过”殃及谦作，导致他首次求婚惨败。谦作的婚姻观是严肃认真的，他认为外祖父与外祖母相依为命，白头偕老，富于深长意味的互爱，是理想型有爱的婚姻，令他羡慕不已。谦作憧憬的就是这种专一不渝心心相印终生永续的婚恋，谦作旨在追求一个完整的人理应享受的爱，以促进自己人性的成长与完善。

谦作的意中人是爱子。爱子的母亲与谦作的母亲是好友。谦作丧母，总想在爱子的母亲身上觅得亡母的美好形象。谦作坚信两家门当户对，向爱子求婚，肯定心想事成。他向爱子的母亲直陈己意，而详知谦作出生秘密的爱子母亲闪烁其词。最终爱子嫁给别人，沉重伤害了谦作的自尊心。求婚失败令谦作对人生感到失望，认为“人心不可信”。他弄不清婚事失败的真正原因，不知此乃由“悲剧命运”作祟所致。其后，谦作将郁闷写入日记：“我觉得自己身上被压着莫名其妙的重物。令人不畅的黑东西正蒙在我的头上。我的头上并不直接就是苍穹，重叠的郁悒气闷的东西飘浮在我的头与苍穹之间。”

所谓“令人不畅的黑东西”，是谦作尚未洞悉的噩运的象征。谦作的情绪被这种“黑东西”压抑着，精神欠佳，创作无法推展。他百无聊赖，脑海混沌，神思恍惚，为逃脱令人窒息的现实，他采取玩世不恭的态度，以放荡的生活来麻醉自己的烦躁苦闷。就谦作的“放荡”原因，冈崎义惠在《日本的近代小说》中认为：“谦作因求婚失败，造成心灵创伤。这创伤是将他引向‘放荡’的一个动机。这和《源氏物语》中光源氏爱藤壶未能如愿以偿便开始与多数女性发生性关系的现象，在本质上同出一理。”谦作将柳陌花巷作为排忧解郁的天国。这是谦作没办法的办法。折柳攀花期间，谦作甚至对祖父之妾阿荣也生出“邪念”。谦作受过良好的高等教育，他察觉到自己的生活中潜伏危机，遂当断立断，告别在东京过的淫荡生活，去开拓一方全新的人生格局，欲竭力笔耕，以文学创作来稀释心灰意懒的悲情，追求自我拯救。

谦作来到尾道市。风光明媚的濑户内海，美丽的绿岛，使他的心神暂时得到安定，他准备写一部自传小说。开始写得还算顺畅。怎奈境由心裁，在尾道这块恬静新天地，谦作的平静生活未能持久。心绪的烦乱，怊怅的生活，令谦作意气消沉。为改换神志萎靡状态，他放浪四国岛。夜泊屋岛旅馆，见一个囚首垢面的乞丐醉卧地上无人管。他观乞丐，思自身，认为自己和乞丐的境遇别无二致。谦作感到自己虽有家，但那不是自己的安身之所，家中有父亲继母兄长等，但都对自己并不顾念，自己是一个被家人忘掉了的孤儿。他于反思中产生“自我嫌恶感”和“自我丧失感”。

人处孤寂境地，渴求“共生”的欲望最烈。这种情况下就谦作而言，他觉得能疗治自己“孤独症”的妙药唯有恋爱。但是，他到底有资格去爱谁呢？情感最近的人，唯有阿荣。谦作向哥哥信行写信表明想法，求信行居间撮合，欲和阿荣结成眷属。谦作犯世俗大忌，挑战既成观念，和性情温良的阿荣结婚，他认为并不悖逆人伦，并非为世诟病的不道德行为。因为父亲说过，阿荣是一个雇来的人。在谦作观念中，阿荣是一个善良的孤独无依的女性。谦作认定孤独者相结合，可一扫怊怅苦境，进入新生活。谦作将阿荣看作一个独立自主的人，尊敬她的人格，提出与她结婚。父亲因此大怒，宣称阿荣若与谦作结婚，就立即付阿荣三千日元，将她逐出家门。谦作读信行回翰，知道自己的“出生秘密”。这一阴惨事实不啻晴天霹雳。阿荣拒绝和谦作结婚，她认为与丈夫的儿子结婚，势必造成“该诅咒的命运”的二重“过失”。

谦作认为母亲“性过失”责任在祖父。岩上顺一《志贺直哉》指出：“在现实社会里，坠入乱伦之中的男女，男性几乎都可免遭非难，而‘乱伦’的标签只贴在女性的额头上。谦作不能不反对社会对女性的非难。他必须撕下贴在女性额头上的那一张‘乱伦’的标签。”因此，谦作不恨母亲。然而，“乱伦”这个事实及其对谦作产生的恶劣影响，毕竟无法消除。所幸谦作具备进取精神，他不甘自暴自弃，深知要改变精神虚脱状态，唯一手段即扬己之长，靠文学创作这一项事业自拯，认定这是自己奋力自救的“唯一血路”。即便私生子，既然来到世上，也应同样享受平等的生存权。谦作反抗传统礼教对他的人格摧残，要从文学创作中寻觅人格独立和自由。谦作认为，自己是悲剧命运的受害者。对受害者的境遇，世人寄予理解和同情，本属人应具备的朴素人道主义情怀。然而社会、时代和道德皆不赞同不承认如此意义的人道主义。谦作立志埋首文学事业，力反俗见，欲活出积极的自我。对此，岩上顺一《志贺直哉》认为，“谦作如此‘反抗’世俗的意识里，存在的是作家志贺直哉文学的苦斗精神”。

为追求和谐平静的精神状态，谦作去京都，接触那里古老的寺院与美术，平心静气欣赏东洋美术，心中享受着淡淡的快乐与宁静的心绪。旅行和美术鉴赏，在谦作的精神领域具有举足轻重的作用。他从自然性的、直觉性的、精神性的东洋文明审美意识中寻得了精神安慰，找到了心被解救出来的感觉，绷得过紧的神经得以舒缓，这段体验构成了谦作最终恰到好处地与自然融合的前因之一。

逗留京都期间，谦作面临第三次婚事。谦作相中的女性是N老人的外甥女直子，N老人思想开通，看重个人，宽厚大度，同意直子嫁给谦作，令谦作对人生有了自信。他决心忘掉过去的阴霾，以现在为界限，截断“因果报应，现于子孙”这一根“命运”的锁链。与直子结婚，谦作尝到富有生命力的爱，欣喜地认为总算走出了悲剧命运的“暗夜”，进入黎明。殊不知充满磨难的暗夜正在等着他。首先是儿子直谦夭折，这是不祥的前兆。阿荣经商失败，被困在朝鲜，谦作前往解救阿荣回国。其间，表兄阿要诱奸了直子。直子的“性过失”对谦作的精神来说，不啻雪上加霜。谦作刚迎来“人的生活”，就遭到第二次“悲剧命运”的惨烈打击，他好像难以冲出与父亲相同的“悲剧命运”怪圈。

谦作与直子结婚，让他从自我毁灭的危机中解放出来，但好景不长，他不得不面临新一轮自我毁灭的危机，又被推进了精神苦斗的旋涡。谦作久久不能由悲剧命运的泥淖中拔出双足。这样一来，直子的“忏悔”、谦作的“宽恕”与夫妇的“调和”，就构成感情至上主义者志贺表现在《暗夜行路》中的一种异常重要的伦理意识。

五　时任谦作的忏悔观

志贺接触内村鉴三，体验过基督徒生活。基督教对日本文学思想影响之一，表现在否定自我、皈依上帝、抑肉扬灵，强调“忏悔”的价值。这样一来，忏悔意识与以个人主义为基调的日本近代文学，难免发生龃龉。日本近代文学受基督教影响后，朝向所谓“忏悔万能”的方向发展，即若把自己犯下的罪孽告白于公众，便可获宽恕。面对席卷文坛的忏悔风潮，在精神上饱尝过“神主人从”、舍己崇神的苦头的白桦派作家拒绝忏悔。白桦派作家信奉个人主义，认为生活在社会里的每一个具体的人，都充分发挥各自的天才，充实地生活，合理地做人，社会才能进步。白桦派作家不囿于故常，崇尚健旺的生命，高唱惠特曼特色的“灵肉一致论”和明朗的自我解放论，开启人道主义文学新风。

《暗夜行路》中关于忏悔的深度思考，始于“蝮蛇阿政”这个女人。阿政为明示忏悔，将自己的犯罪经历编成小戏巡演。谦作认为，阿政的做法是欺世盗名的行为，是一种伪善。所谓伪善，即做表面文章，假充好人，假冒行善。所以阿政这种忏悔不能救助她的心灵。按谦作的观点，一个人一旦犯了罪，做一番忏悔就会得到彻底宽恕，这是源于基督教文化中“忏悔见恕”的幼稚肤浅的想法，世间断无此理。谦作认为“罪过”如浸透心底的一滴污点，心在，罪就无法涤除。人也不可能获得真正意义上的“宽恕”。因此，谦作认为一个人真正得到救赎并非易事，与其肤浅忏悔求宽恕，倒不如不忏悔，心怀有罪意识，一人独受苦衷，心理处于一种紧张状态，由中可生出一种精神生活的张力。谦作认为：因有罪过，常怀苛责之念而不公开忏悔，才有可能构成促己悔悟的内驱力。按志贺的观点，人的生活由生理要求和精神要求这一对矛盾构成，如此矛盾势必使人的心情处于紧张状态，从而构成人的真实生活。如果有“罪”就忏悔，二者的对立趋向弛缓，人的内心生活也就变得平板、乏力、无味，甚至无刺激。

岩上顺一说：“谦作是《暗夜行路》的主角，但这个主角的内心世界还有一个主角，这个主角就是作者志贺。志贺进入谦作的内心世界，随场面而应变，指挥着谦作。”谦作被志贺的意识控制着。不言而喻，谦作坚信的“忏悔无用论”，犹如一股彻骨寒气袭击直子的心，令她对自己的未来预感到一种不安。谦作否定忏悔，这一论调隐蔽着令人毛骨悚然的可怖性。我们可以断言，谦作的忏悔理念暗示的不外是：正像谦作的父亲终究没能彻底宽恕犯有“性过失”的母亲一样，谦作也甚难宽恕犯有“性过失”的直子，无论直子怎样向谦作痛做忏悔。

直子遭阿要诱奸后，时时为心病所苛责。直子内心倾向于“忏悔有用论”，她认为忏悔可令己获宽恕，摆脱困惑。面对这个事件，谦作不愿丧失理性，不愿把事态推入不可收拾的地步。所以，谦作强忍屈辱，决定将此事当作自己的心境问题来尽量妥善处理。他调整心境，淡化苦恼，理智上宽恕了直子，但在感情上则完全相反。谦作的理智与感情之间存在着激烈矛盾，他是一个感情至上主义者，他的内心世界寓居着一个“暴君”——感情。谦作极力要理智地生活下去，他一边同感情这个“暴君”格斗，一边被这个“暴君”般的感情牵着鼻子走，即所谓感情的自立性远超过理智的权威性。在感情这一点上，谦作与志贺在《范某的犯罪》《邦子》等作品中表现“感情为主，理智为辅”的精神结构一脉相承。一言以蔽之，谦作内心世界里，感情是为所欲为天威难犯的“暴君”，理智是直言敢谏但不被纳谏的“大臣”，“暴君”不能从谏如流，“君臣关系”激烈对立。谦作最后承认：归根结底，自己不是与外界某物斗争，而是在和自身内的某种东西做斗争。这是谦作最突出的性格特点。所以，谦作在处理直子的“性过失”问题时，他的感情“暴君”总是强烈干扰他的理智决断。谦作的理想是靠理智管控“暴君”，但每每适得其反。

谦作对直子的潜在憎恶意识令他心绪不宁。他有时摔碎杯盘，有时用剪刀剪坏直子的和服。谦作与末松、阿荣、直子乘列车去宝冢时，谦作“暴君”型感情空前大发作，将直子推出火车，甚至想置直子于死地而后快。因此，本多秋五《〈暗夜行路〉论》指出：此时的谦作是“宛如薄布包住的一柄白刃般危险的男人”。关于谦作的性格特质，长谷川泉《志贺直哉》认为：“谦作的‘自我’是一种洁癖。其想法是严酷的。谦作的感情的好恶反映得很直接，露而不隐。在如此意义上，谦作的‘自我’是单纯而朴直的，爱憎之念的表白呈直线形。这不是经过挫折考验和被风雪吹打过的‘自我’真形，这是成长在无风带温室环境里的‘自我’。”这个观点指出了谦作的感情与理智失调而产生的致命弊端。谦作贯彻“感情型的自我”，其冷酷举动令直子恐惧不安，她感到谦作以行动证明了他说过的“忏悔无用论”，进而对谦作的“宽恕论”绝望了。直子认定谦作是“口（理智）蜜腹（感情）剑”型的恐怖人物。平素口头禅般阔论高尚美德“宽恕”，一旦事临自身，便丧尽理智，原形毕露。谦作想法（理智）的宽大与感情的狭隘，是直子面临的严峻危局，她忧心如焚。这般事态若任其自流，二人的心理痼疾永无治愈之日。

谦作承认自己的性格缺陷，希望能截断感情上对直子不依不饶的怨恨，与直子怡然携手走进调和的新生活。为到达如此境地，谦作必须抛开逼仄的自我空间。迄今为止，谦作抱定“斗争哲学”，在世间恶战苦斗不止，结果证明他走的是一条死路。面对现实，谦作发现一条活路，即走入安谧大自然的宽敞怀抱，增大气度容量，以真正宽恕他人的“罪过”。

六　关于人与自然融合的哲学思考

西田几多郎《善的研究》云：“没有任何罪恶、没有任何不满的平稳的世界，应该说是平凡而且浅薄的世界。……没有不满、没有苦恼的人就不能了解深远的精神上的趣味。罪恶、不满和苦恼都是促使我们人类上进的重要条件。”应当承认：绝望是孕育希望的土壤，人生路走到看不到希望的尽头，往往就会看到希望。

本多秋五在《志贺直哉》中指出：“《暗夜行路》的基本构造，像古代人试作的壮丽的哲学诗，它表现了‘人类’与地球、宇宙的对话。”《暗夜行路》终局，高等游民谦作，作为一个隐遁者，来到山阴地方的伯耆大山，在自然里重新发现自己，重新认识生活，寻找人生感悟。他与清朗自然（地球、宇宙）的感情进行适度融合，独处反思，这个专意探究人生问题的主人公，走入一个调和的现实世界和精神世界。志贺令谦作最终融入自然，静享感悟，其艺术用心带有意味深长的哲思。

对谦作而言，自然是静谧的心灵憩园，是精神安定剂。谦作隐居山中，身心解放。曾几何时，谦作盛赞人类无限的欲望——“人定胜天”的精神。当他看到美国飞行员玛司在日本首次驾机飞行，一种莫名其妙的感动竟使他几乎潸然泪下。谦作认为科学进步是人类意志（人智）战胜自然的明证，肯定科学进步，也就等于赞美人智的发达。然而，当谦作由伯耆大山中得到启悟，他的审美意识发生彻底转变，意识到违背自然的意志和法则，是人类不幸与烦恼的根源，人智（物质文明）发达以致失控，难免为人类带来深重灾难。于是，谦作对自然表现出驯顺的超脱态度。谦作迄今坚守的感情性狭小“自我”，开始融入自然，以往的“两极对立”变成“相互融合”。谦作最终否定科学，这足以证明，谦作的人生美学观，由以理智性和物质性为基础的西洋合理主义，向东洋的“天人合一”型调和主义转化。志贺《电影〈暗夜行路〉原作者的话》坦述道：“谦作通过自己与大自然同化，他的精神得到了解脱。”译者恩师、国立冈山大学教授小坂晋先生于《白桦派与志贺直哉》中指出：“志贺直哉出于泛神论的自然观，认为人生于自然的怀抱，死后当回归自然。与有岛武郎的‘人类中心主义’相比，志贺秉持的是‘自然中心主义’，主张以自然为母体，自然与人结成一体。……志贺崇信的是超人的、亲近大自然的神秘主义。”

这也就是说，在志贺眼中，人的内在自然与外在自然借助人与自然的内在灵性关联，便可浑然融为一体。谦作从伯耆大山中得到的彻悟，就是自然那种无限宽容绰有余裕的气度，如此气度足以稀释谦作携自浊世的一切怨念。谦作在大山上迎来黎明，望见了广阔的日本海。谦作感到在大自然和宇宙面前，人不过是微观粒子，他迄今那种扩张自我的自傲观点开始融化，自然的恢宏大气包容了种子般微小的自己。因之，谦作融入了以具有兼容并包功能为特质的自然，成为自然的一部分，爱的领域空前外扩。还应指出，谦作接触庄子，亲近禅宗，对他打破“自我至上”的精神结构，进入物我一致的调和境域，也有裨益。

哲人云：“凡负罪于我者，我反宜容之；容彼，所以大我也。”谦作有了“大我”与“大爱”，也就对他人有了“大恕”。谦作从感情上对母亲与妻子的“性过失”有了发自心底的大恕。他不把母亲和直子的那种情形称作“不贞节”，而称作“过失”。所谓“不贞节”，出自本意的能动性，心理要素色彩偏浓；所谓“性过失”，在一定程度上带有非本意的心理倾向。《暗夜行路》结尾，谦作与直子共享真爱的喜悦。这是爱的相容机能促动谦作与直子最终达成了诚实的和解。如此和解中不含违心的因素。

“爱是主客合一的问题。所谓我们爱物，就是抛弃自我而与他物相一致的意思。只有自他合一，在这中间毫无间隙，才能发生真正的爱情。我们爱花就是自己与花一致。爱月就是自己与月一致。”拿这个“爱学”观点为谦作与直子二人感情的“主客合一”做注脚，是有说服力的。爱是要求统一的情感，爱的成立，其中不可或缺的要素就是“爱力”均衡的相互吸引作用。直子为琴瑟不调所苦，她渴望能被谦作真爱，即“被吸引”到谦作的“爱域”里，谦作变成一个性情温和宽厚的人之后，“直子像被吸引着一般”被吸入谦作的心中。须知，这是直子梦寐以求的结果。伊藤佐枝于《〈暗夜行路〉——漫长的迷路》中评论道：“这是相互间消除空隙，和谐同行的宣言，是《暗夜行路》中的‘爱’，是夫妇走过漫长的迷路之后到达的终点站。”有了这种来之不易却终于到来的爱，谦作与直子心空一片晴朗。自结婚以来，一直缺乏人格主体的直子，由此，终于作为一个有决定自我的独立性格的人，站立起来，“性过失”的污点由此付诸东流了。偏爱喜剧的志贺，是创作“探究幸福的文学”的作家，因是，历经磨难的谦作，病愈后，必然迎来迥异以往的光明幸福的新生活。

七 《暗夜行路》与志贺的文学观

《暗夜行路》中流露出何种人生态度和文学观？平野谦《志贺直哉》写道：“《暗夜行路》是一个男人的故事。主人公被现世的羁绊纠缠着，他向往自由、生活的平安和自足，为此行进在布满陷阱的危险的人生路上。他常常一边恢复精神的平衡，一边在冒险地走钢丝。……时任谦作这个名字，按我的推测，意即希望做一个有‘任凭时光的流淌而谦逊地应对’那样一种心态的男子汉。也就是说,《暗夜行路》的构建基础是，一个希望谦逊地对待命运的男子汉，为达目的而战斗不止，作者在纯粹地追求着谦作的战果。”小坂晋教授在《白桦派与志贺直哉》中认为:“《暗夜行路》描写了希腊式的智慧与命运的格斗，是希腊悲剧式的英雄故事。谦作是卓尔不群的强者，是英雄型的主人公。”谦作确实倾尽了人智，但结局是他顺随了自然的命运。志贺认定，自然的生命是人类生命的源泉，所以自然总是充满了活力。须藤松雄《志贺文学的自然与生命力》指出:“志贺文学最终到达的世界，不像芥川龙之介那样陷入了地狱……他围绕飞蝶和流萤来歌颂自己对地上微物群寄予的哀切的激情。……志贺让身在伯耆大山中的谦作一步踏进了通往永恒之路，而且存在于这永恒的世界里并放出光辉的，不是死亡的影子，而是幸福的生命。纵然是山鸽和牵牛花等地上的微物，志贺也不令其流露出败北的情绪，而能让它们都展示出调和的自然。因此，我们可以把志贺的文学看成是幸福的文学。”

志贺观察现实的眼睛，不轻易地因天真的泪水而模糊。本多秋五在《志贺直哉的自觉问题》中一语道破:“没有特殊意味的眼睛，就没有志贺的文学。”志贺文学的基调拒绝灰暗伤感，作品结局不归于感伤情调。即便是感伤性题材，作品中流动着阴暗倾向，也不以感伤情调告终，而是给人以静稳、澄虑、调和、安适的感觉。譬如，《母亲仙逝与新母亲》《事件》《在城崎》《和解》《暗夜行路》等代表作的结局，无不如此。欣赏莎士比亚戏剧，志贺偏爱喜剧，厌嫌悲剧。他的如此情趣明显流入创作情绪中。因此，志贺的文学是被强旺生命力驱动着的“非感伤的文学”。

《暗夜行路》在艺术表现上不落陈套，作品中性放荡场面表现得体，无露骨的官能描写，无空洞表白和造作的煽情。作者洞察严酷现实的同时，极力于文学中体现人道主义精神。譬如，谦作寻花问柳，得知善良烟花女子接待一个客人，从雇主那里仅能拿到五分钱，便觉得她太可怜。他不想重逢这个女人，但欲对她示以善意，想给她寄点钱。阿荣无儿无女，举目无亲。谦作不忘自幼受阿荣关照之恩，将困在朝鲜的阿荣接回身边，真心实意照顾她的生活。谦作以人道主义精神，探索人生苦恼的出路，纵然忍辱，也不放弃对真爱的执着追求，以此来营养自己的精神，其发人深思的伦理意识和理想主义意识昭然可见。因此，《暗夜行路》被誉为“教养小说”。

《暗夜行路》结尾，夫妇重归于琴瑟和谐，酿出美韵。对此，冈崎义惠认为，这一点与《源氏物语》存在美学意义的关联，继承了“悯物宗情”（物之哀）的传统审美意识。冈崎义惠说:“《暗夜行路》虽无《源氏物语》那样大的规模,但它是压缩了规模的纯粹作品。”《暗夜行路》最终将完整的爱展示在现实世界里,这是白桦派特色人道主义立场的展现。这是志贺以文学表现生活时立足的位置与显示的情感角度。

《暗夜行路》出版至今,在岛国发行了数百万部,至今人气不衰。可见此作不是“一声震得人方恐,回首相看已成灰”式的快餐文学。如果志贺不创作《暗夜行路》,他的文学在整体结构上势必比例失衡,自然,他的文学也绝不会被誉为“日本文学的故乡”。

志贺是一个有正义感的文学家,一九三三年二月二十日,日本共产党员、无产阶级作家小林多喜二牺牲于反动派的酷刑中。噩耗传来,志贺“心情黯淡”,十分悲痛地向小林家属表示哀悼。《暗夜行路》完成之年,“卢沟桥事变”爆发,日本军国主义在“大东亚战争”的邪路上越走越远。在这种非常态势下,日本文坛歌颂侵略战争的所谓“文学报国”形成浊流。面对如此腐恶的政治氛围,作为驰名文坛的老作家,志贺一如既往,坚持正义立场,拒绝同流合污,宁肯折笔也不为侵略战争歌功颂德。所以,郁达夫于《日本的娼妇与文士》中称志贺是“良心不昧的人”。

译者于濑户内海之滨的冈山与广岛,攻读日本文学硕士学位与博士学位期间，因研究白桦派骁将志贺直哉，志同道合的岛国益友田口君热心任向导陪我考察了与《暗夜行路》相关的许多“舞台”——东京、尾道、四国岛、姬路、神户、明石、须磨、京都、奈良、伊势神宫、天桥立、城崎、香住、福知山、松江、鸟取、鸟取大沙丘、米子、中海、大根岛、美保关、境港、伯耆大山，获得第一手宝贵资料，在此，译者谨对珍视日中友好与日中文学交流、一片冰心博学多才的田口君，致以由衷感谢！

刘立善

2021年5月4日，写于沈阳水湄“白桦书屋”